結城充考
Yuki Mitsutaka

アブソルート・コールド
AbsoluteCold

早川書房

アブソルート・コールド

一

《Co-》

屋上の縁《ふち》でよろめいてしまう。綱から横断機《ローラー》を外し、コチは手のひらで胸元を押さえた。息が少し震えている。横断機にぶら下がって空中を渡っている間は、風圧でほとんど呼吸もできない。今横切ったばかりの空間を振り返った。太い綱が向かいの高層建築へと伸び、途中で夜の闇に溶けている。目を凝らし、後をつけて来る者がいないか確かめる。コチの住むユニットハウスはとても小さく貧弱だったから、誰かに襲われたらひとたまりもない。

扉の南京錠を外し、身を屈めてユニットハウスに入った。ライトが点き、エディ・ウィルソンの、モノクロームのポスターがいつものように出迎えてくれる。ほんのわずかに視線を逸らした真っ黒な瞳と、魅力的にちょっとだけ綻《ほころ》んだ灰色の唇。

防寒レインコートを扉の内側に掛け、ポケットから取り出した工具と電池を床の充電器に繋いでゆく。今日最後の依頼主が、分からず屋の集合住宅管理人だったのを思い出す。太陽反射鏡の角度がずれるのは整備の問題じゃなく、制御プログラムの有料アップデートをけちったせい、という話をなかなか納得してくれなかった。コチは濁った気持ちを吐息にした。作り置きしたライ麦パンのサンドイッチを冷蔵庫から取り出し、ケトルとともに電熱器で温める。チョコレートを割ってカップに落とし、熱湯で溶かす。乾きかけたサンドイッチを食べ、最後のひと欠片《かけら》を口に含んだままレインコートを羽織ってカップを持ち、ユニットハウスの外へ出た。

清掃ゴンドラのレールの隙間に座り込み、チョコレートを啜って見幸《ミユキ》市を見下ろした。街明かりが、壊れた液晶に散らばるドットのよう。レインコートから携帯端末を取り出し、エディの『エモーショナル・ストーム』を再生する。こめかみの埋込装置《インプラント》が骨伝導で音楽を聴覚に伝える。耳栓をしていなかったから、エディの濁りのある艶やかな声に風が混じってしまう。

――水平線上の不吉な月。今日の空気には何かがある。雷のサウンドを聞く。それに、強い雨のリズム……

雨の気配を含んだ厚い雲が、街明かりを桃色に反射している。高層建築の群れが見幸市のアウトラインを形作っていた。羽根車《タービン》が輪郭のあちこちから不格好に突き出ている。高架道路の重なりの隙間から地上が仄《ほの》かに見えた。コチは生の目と耳で、地上人の生活を感じ取ろうとする。繁華街は微生物の働きで輝いていた。

――体を動かし続けていれば、また違う日まで乗りきれる。君の欲しかったものは全部、今日の夢に留まる……

市民点数が貯まって正市民権を得たら、あたしもあそこで生活できるだろうか。埋込装置の必要ない、発光微生物で満たされた別世界。でも、何をして生きていけばいいのだろう？　下層には太陽反射鏡も風力発電の羽根車も設置されていない。あたしが整備できるものが何かある？

遠くに見える下層の輝きを、夢を見るようにコチは眺める。チョコレートを飲み終え、立ち上がった。予報からすると、明日は雨の中の作業になる。工具の防水被膜を吹き直しておかないと。

――この世界に多くを求めたことはない。少しだけ近付いて。触れ合った時、何が起こるか確かめてみよう……

音楽に、雑音《ノイズ》が鋭く入り込む。次の瞬間、世界が一変した。

何が起こったのか分からなかった。仮想現実空間《VR》に迷い込んだように、コチは錯覚する。遊技の最中、突然サーバが落ちた時と同じ光景。数秒の間、全てが闇に包まれる……けれどこの黒色は、幾ら待っても晴れようとしない。埋込装置のネット接続が切れ、エディの歌声も消えた。コチはその場にしゃがみ、カップとレールを握り締める。視覚と直結する埋込装置が不具合を起こし、視神経を焼いてしまった？　組合内で流れる埋込装置の故障の噂は安物の素子を使うコチからすれば、とても恐ろしい話だ。

黒雲の微かな起伏が見分けられるようになり、コチはやっと自分自身の問題ではないのを察した。震えながら見渡し、厚い雲の奥に薄《うっす》らと月が透けているのに気がつく。

電気が消えた。街中の電気が。

でも、なぜだろう？　高層建築のそれぞれには大抵、補助発電が備えられている。そのための羽根車なのだから。下方の景色の中には、わずかな明かりを再び点ける低層の建物が見えた。それなら、なぜ高いビルはどれも真っ暗なままなのだろう……

ウイルスだ。互いに電気を売買する基幹系の電力ネットワークが、ウイルスに食いつかれたから。K県の仕業？　全然分からない。

コチはその場にしゃがみ込んだまま、身じろぎもできずにいた。建物の中で一番高い佐久間《サクマ》種苗株式会社の、刃物のように鋭い輪郭で聳《そび》えるビルを見詰め続けた。何の思い入れもない、むしろ多少敵意さえ覚えていた高層建築の電気の復活を、コチは願った。生命工学と情報技術を独占する佐久間種苗とその二〇〇階建ての本社施設は、見幸市の象徴のようなものだから――

この感覚には覚えがある。この世界にたった一人でいる、という感覚。『襲撃』の際に父さんが殺され、突然この世で一人になった時の、〝無〟というものに限りなく近付くような――

低層住宅の小さな明かりを数えることで、現実感を取り戻そうとする。心臓が激しく胸を叩いている。何とか、自分の体温が感じられるようになってきた。ユニットハウスに戻ろうとふらつきながら立ち上がった時、佐久間ビルの下方が白く霞《かす》む様子を、コチは見た。建物のエントランス辺りが霧に包まれ、滲《にじ》んでいる。息を潜めて眺めるうちに体が震え始めた。

こんなの、見たことない。停電に続いて、もっと何かが起ころうとしている。幻想的であっても、美しい話のはずがなかった。ビルの間を吹き抜ける風が、甲高く鳴る。それとも、あれは誰かの悲鳴……

今日の空気には何かがある――

《Ku-》

主任、と至近距離から呼ばれた来未《クルミ》は監視所の中で身じろぎした。澤《サワ》が停電に怯えているのは声だけでも分かり、「もう一時間以上、電気が通っていません」闇の中からそう訴えた。

口を閉じろ、という言葉を来未は呑み込む。年上の部下である澤が口を開く時、吐き出されるのは大抵、不平か弱音だ。来未は片目を微光暗視照準器《スコープ》から離さなかった。銃と埋込装置の同期を切断したくなかったからだ。監視所のスリット窓から外へ出した銃口は、今も『橋』の中央を捉え続けている。分厚い雲を通して射すわずかな月光を、昼の日差しのように増幅させていた。

運河に架かった橋。そのたもと、見幸市側に設置された監視所。停電によって暖房も停まり、コンクリート製の四メートル四方の空間が夜気で満ちようとしている。

「異常事態です。いったん署に戻り、指示を仰ぐべきかと……」

「駄目だ」苛立ちを抑えつつ来未は答える。震え声の抗議はやまず、

「ですが、銃とネットの接続も切れたままです。やはり、電力が復旧しないと……」

澤は、狙撃自動拳銃を固定するための三脚すら立てていない。ハンドライトを床へ落とし、小さな悲鳴を上げた。落ち着け、と来未は声をかけ、

「早く、手動で拳銃を精密射撃方式《モード》に変形させろ。銃身《バレル》を伸ばして銃床《ストック》を引き出すんだ」

「手が震えて……」

「なら、照準器だけ取り外して、橋を見張っていろ。市境《しざかい》に人が集まり始めている」

来未は膝立ちの姿勢のまま、集中力を弱めないよう背筋に力を込めた。対岸へと伸びる二車線の細い橋の中間に炭素繊維《カーボンファイバ》製の頑丈な柱が不揃いに林立し、K県側からの不法侵入を遮《さえぎ》る防壁となっている。監視所から約四〇〇メートル離れた柱の塊、その隙間を通して人の集まる様子が見て取れた。柱には普段であれば高圧電気が流されているが、今は橋上の照明も全て消え、その効果に期待はできない。

照準器内に映る緑色の光景の中、ノイズのように沢山の羽虫が横切っている。蜉蝣《カゲロウ》だ。街中の照明が消え、浄水領域から逃げ出して来たらしい。羽虫の出現は混乱を深めるだろう。入市を望む者たちはその空気を越境の好機と誤解するかもしれなかった。今なら、絶縁手袋も光回折服も必要ない。群衆が、柱に向かってものを投げる様子があった。電流の有無を確かめている。

「停電なんて、聞いたことがない」澤が訴える。「少なくとも、この五十年はなかったはずだ」

「……落ち着け。橋が封鎖されたのは二十年前だ。それ以前の話は意味がない」

「奴ら、なぜ橋を渡ろうとする？　川を潜ればいいじゃないか」

機雷でばらばらになるよりはましに思えるのだろう。来未はそう考えるが口には出さなかった。

澤は喋るのをやめず、「まず警告を……」

「停電で拡声器《スピーカ》が動作していない。それに……規則を忘れるな。警告も威嚇射撃もなしだ。集団による不法入市行為には、断固とした態度を取るよう——」

来未は、暗視映像内に新たな動きを発見する。柱を昇り始めた者がいる。柱を抱きかかえるようにして六メートルの高さの天辺《てっぺん》に簡単に達し、指を掛けた。それに倣《なら》おうとする者も現れ始める。来未は人差指を引き金《トリガー》に掛け、

「……銃を構えないなら、観測手《スポッター》役に集中しろ」澤が慌てて制服の懐を探るのが、気配で分かる。

「そんなもの必要ない」弾道計算のための電子手帳を取り出そうとする部下へ、

「五・五六ミリ弾だ。この距離では、どうしたって風に流される。俺は標的に集中する。弾が外れた時には、お前が着弾点を知らせるんだ。その位置から、次弾の照準を補正する。それと、弾《マガ》倉《ジン》を貸せ。全員を撃つには、一〇発では足りない」

「……ここは、難易度の低い勤務地のはずです。誰かを撃つような状況になるなんて、そんな配属じゃなかったはずだ」動揺で呼吸まで乱す澤へ、

「しっかり見ろ。弾が空へ逸れないよう、胴体を狙う」

不法入市者が、上半身を柱の上に引き上げた。自分と同世代に見える。二十代の男。

「……主任は『襲撃』の時、何人殺したんです？　噂では――」

海底道路での記憶が脳裏に瞬くが、

「黙れ。男が柱を越えたら撃つ。集中しろ」

ようやく澤が口を噤《つぐ》んだ。真っ暗な監視所の中で、部下の呼吸音だけが響いている。照準器の中の、緑色に染まった世界。来未は息遣いを乱しているのが、部下だけでないのを認める。

来るな、と心の中でつぶやいた。来未は規則を頭の中で反芻《はんすう》する。炭素繊維製の柱を乗り越え、こちら側へ体全体が入った瞬間、発砲が可能となる。不法入市者が見幸市の地面に着いた時から、仮市民の身分を保証される。その場から逃れ、二十四時間後以降に拘束された場合、準市民として扱われる。解釈の曖昧な国際条約にぎりぎり抵触しないための措置であり、従って、市境警備隊は不法入市者を絶対に見幸市の地面に下ろしてはならない――

男が柱の上に座る。男に続いて市境を越えようと、柱を抱える手が新たに次々と出現する。

――来るな。

来未は息を止め、照準の揺れを極微に抑えた。天辺の男が防寒着の背を向ける。

一人を殺せば、後の者は逃げるだろう。

「撃つぞ」部下へそう宣言し、人差指に力を込める。

突然、監視所の天井の照明が点《つ》いた。その明るさに目がくらみ、来未は狙撃自動拳銃から離れ、双眼鏡を探し、急ぎ橋上の状況を確かめる。

柱に触れていた者たちが慌てて飛び降り、感電の痛みにうずくまる姿が見えた。羽虫たちが街灯の光を浴び、狂ったように乱舞する。柱の天辺で、男が全身を硬直させている。背筋を伸ばしたまま上半身が揺らぎ、K県側へ倒れ掛かり、頭からアスファルトに墜ちて動かなくなった。

《Bi-》

尾藤《ビトー》は停電の発生に、なかなか気付かなかった。建物の予備電源が動き出し、鳴り始めたアラーム音をBGMにして、ソファに寝そべったまま血中に残留するアルコールを味わい、夢うつつのまま、天井近くを流れるぼやけた投影体を見上げていた。

微かに明滅している。何かを訴えようとして、その思いが伝わらず嘆く霊魂のように。

単調な音色がホーム・ネットワークの警報だとようやく気付き、尾藤はソファから飛び起きた。明滅する投影体も、警報の一つに違いない。解像度の問題で、その警告文が読めないだけだ。もつれる足で寝室へ向かう。ノブを握った瞬間、額から冷や汗が噴き出した。

薄暗い室内に足を踏み入れ、壁に設置されたモニタ・パネルに触れる。尾藤は毒突いた。ホーム・ネットワークがリセットされている。こんな時にどう操作するかなど、誰からも教わっていない。狭い寝室を占領するベッド。その周りの機械――栄養補給や呼吸や洗浄、排泄を請け負う――と何本ものチューブで繋がれた娘が、全身を介護スーツに包まれ横たわっている。

尾藤は急ぎ、娘の顔面からマスクを外す。一緒に痰吸引チューブを引き抜きそうになった。そこだけが露《あらわ》になった娘の口元へ、恐る恐る耳を寄せた。

呼気が感じられる。呼吸器内に酸素が残されていたのだろう。ほっとした途端、今度は室内の病原菌が気になった。マスクを丁寧につけ直し、パネルへ戻る。メニューに映し出された幾つかの質問に答えると、ようやくモニタが正常に動き出した。電動機《モーター》や空気圧縮機《コンプレッサ》の作動音で、寝室が騒がしくなる。体温、血圧、血中酸素飽和度測定。心電図。呼吸器のフィルターの交換時期が近付いている、との知らせ。投薬が始まる。

尾藤がベッドの端に腰掛けても、娘は指先さえ動かさなかった。

九歳の里里《リリ》の細い手首を握り、体温と脈拍を感じ取ろうとする。

《Co-》

ユニットハウスを雨粒が叩いている。レインコートを着て外に出たコチは、灰色に濡れる見幸市を見渡し、欠伸《あくび》を噛み殺した。昨夜は街の電力が回復しても胸騒ぎが収まらず、なかなか寝付くことができなかった。今も胸に残る不安を息に交ぜて吐き出し、忘れようとする。

コチは小雨の降る中、屋上伝いに組合長の店へ向かった。

建築制限のために建物の高さはある程度揃っていても、屋上から屋上へ飛び移る時には気を引き締めなければいけない。狭間が二メートルより広ければ誰かの掛けた梯《はしご》を探して渡り、向こう側が高い場合は無理をせず、非常階段の踊り場に敷かれたポリエチレンマットへ飛び降りた。

橘《タチバナ》が足を滑らせたのもこんな雨の日、仕事帰りの夜だった。悲鳴も上げず、橘はコチの目の前から闇の中へ消えた。組合長に指示されてコチの教育係となったその老人は無口な質《たち》で、意地悪でも世話焼きでもなく、けれど仕事を奪われるのは怖かったらしく、孫ほど歳の離れたコチにも心を開くことはなかった。思い出すのは聞き取りにくい、独特の掠《かす》れ声。

同僚の死を自分がどう感じているのか、今でもよく分からない。父さんが死んだ時に、あたしの心も一緒に消え失せたのでは、とそんな風にも思う。それでも、事故に学んだことはあった。翌日から、組合の規則により橘の作業担当地区の半分がコチに譲られた、という事実。だからこそ、縄張りを誰かに奪い取られないよう気をつけること。二人で作業する時には、絶対に油断してはいけない。背中を押されて屋上から突き落とされてしまえば、それでお終《しま》いなのだから。

唸りを上げて稼働する空調の室外機を回り込むと、視界が開けた。広い屋上の敷地に色々な店が入り乱れて並び、市場を成している。どの建物も有り合わせの材料で組み上げたのが、奇妙にカラフルなその色合いで見て取れる。煉瓦や木材やトタン板、どこから拾ってきたのか、アクリル製の派手な看板やステンドグラスを組み合わせて、それぞれが個性的な外観を拵《こしら》えていた。

作業服の穴を繕うために接着剤が欲しかったが、専門店はまだ開いていなかった。隣の歯科が開業の合図に、扉にぶら下げた髑髏《どくろ》の顎を赤色ＬＥＤで照らす。その先の天幕食堂も開店していたけれど、空腹でもあの威張った老爺《ろうや》の料理を食べる気にはなれない。組合長に媚《こび》を売ることで、屋上の一等地での営業を許されているだけの店だし。

コチは天幕食堂の先の、市場の中で一番大きな家屋、潰れかけた人工樹脂建築の端をジャッキで押し上げて建物と世間体を守る〝精肉店〟の前に立ち、呼び鈴を鳴らす。

扉には『電気連合組合』のプレートが貼られている。

《Ku-》

「警備課市境警備隊巡査部長、来未由《クルミヨシ》」

刑事課長に所属と名前で呼びかけられた来未は直立姿勢で頭を下げ、無帽の敬礼で応えた。自分が制服ではなく、背広姿で警察署内にいることが不自然に思える。

広い会議室の机と椅子は幹部と来未の席以外、壁際に片付けられていた。他に室内で目につくものは、天井に設置された発光微生物の放出プラントだけだ。制服姿の副署長と刑事課長が長机を前に腰掛けている。その左隣に背広を着た男が座っていた。何となく姿勢が悪く、部外者のように見えたが、全署員の顔を来未が覚えているわけでもない。幹部たちとの距離は、物理法廷の証言台と裁判官席を連想させた。刑事課長が、

「昨夜の大停電の際には、ご苦労だった。報告によると、狙撃寸前までいったそうだな」

「はい」昨夜の『橋』の様子を思い起こす。監視所から見た、微光暗視照準器に映る緑色の光景。

「あの柱をあらゆる市境に突き立てたのは、前市長だが」副署長が口を挟む。骨張った白髪の老人。「当時は孤立主義だのと様々な批判を浴びた政策だったが、今にして思えば……正しかったのだろうな。君は、二十二歳か」傍の空間に投影体のウィンドウが浮かび、来未のプロフィールが映し出される。裏側からでも顔写真がよく見えた。像を結ぶための画素となる発光微生物が室内に満ち、高解像度の立体映像を実現している。「二世だな。最初から市民権を持っている」

「はい。両親は市外で育ちましたが、私は市内で産まれました」

「君は十八歳で署に採用された。四年前の『襲撃』時には、すでに市境警備隊に入っていたことになる。何人かの不法入市者へ、実際に銃弾を撃ち込んだか？」

「……報告書に書いた通りです」

「名簿とは紐付けられていない。撃ったかね？」

「六人を」

「全員殺したか？」

「直接確認はしていませんが、恐らく」

「私は当時、地域課にいた。同じ人数を射殺したよ。大変な騒ぎだったな」

そういって副署長が重々しく頷く。来未は様々な階級の人間から、同じ質問を何度も受けたことがある。来未が答えると、ある者は同志を見付けたように満足そうな反応を見せ、ある者は腫れ物を扱うような慎重な態度となる。座りなさい、と副署長が来未へ指示した。

床にぽつんと置かれたファイバーグラス製の椅子に腰掛けると、

「我々が評価しているのは、君の冷静さだ」刑事課長がいう。「『襲撃』の後でも、君の態度に変化はない。今回の停電騒ぎでも君は落ち着いて対処することができた。その理由も、君の経歴の中にある。『TR999P』。無関係ではなかろう？」

「はい」体内に、刺《とげ》の立つような痛み。

「違法だが、その経験が君の狙撃能力を飛躍的に――いや、その話はいい」灰色の短髪を撫で上げ、「君自身は、市境警備隊を天職だと考えているかね」

「分かりません」突然の質問に来未は言葉を選び、「与えられた任務を全《まっと》うすることだけを考えています。向いているかどうか、を基準に考えたことはありません」

「……紹介しよう」副署長が急に話を変えた。背広の人物を片手で示し、「こちらに座っているのが、佐久間種苗株式会社のシライ氏だ」

来未の前にウィンドウが現れる。名刺。佐久間種苗株式会社・光学通信技術部第三課長・白尹《シライ》回《メグル》。三十歳程度の男で、目を伏せて長めに切り揃えた髪をいじっている。来未は投影体に触れ、名刺を受け取る。佐久間、と聞いて覚えた不快感は表に出さなかった。警察幹部と佐久間の技術者。意外な組み合わせとはいえなくとも、大停電と社内の虐殺事件があったばかりで、こんな会合を開く余力が見幸署と佐久間にあること自体、不思議だった。

見せたいものがあります、と白尹がいった。背広の内から何かを取り出し、長机に置いた。載っているのは、数センチ四方の小さな箱。白尹がその蓋を開け、「何が見える？」

来未は立ち上がり、小箱を覗き込む。何も見えなかった。困惑していると、

「これが本日の用件です」立方体の底を見詰めても、黒色以外、何も存在しない。深い穴が空いたように、その内部を視認することができない。視覚的なトリック？

「最先端技術」白尹がいう。「重要なのは、これがただのデモンストレーションではなく、実用的である、という点です。ああ、この技術は社外秘情報ですので、他言なきように」

「……この黒色と警察の任務に、何か関係が？」

もちろん、と白尹が答えた。佐久間の技術者はこちらの困惑を楽しむように、

「この新技術は、警察の捜査を何段階も進化させることになるのですから」

「佐久間種苗の技術提供を受け、署内に新部署を設置することになった」副署長が説明する。

「刑事課に鑑識微細ソウサ係を新設する。この場合のソウサは、走査《スキャン》を意味する」

鑑識微細走査係。来未が質問を口にする前に白尹の方から、

「人の記憶を走査する。大脳新皮質に残った記憶を引き出すのです。新技術を用いて。ここに、何が見えますか？」再び、小箱を示した。

「……物体《オブジェクト》」来未はそう返答する。「光を通さない何かが詰まっている」

「少し違う」白尹は嬉しげな様子で小箱を持ち、傾けた。常に、深い穴がどこかへ続いているように見える。「これは、絶対黒色《アブソルート・ブラック》。炭素の一形態。光を透過しないのではなく、反射しない。赤い物質は赤色の波長だけを反射するために赤く見える。白色は可視領域の光を乱反射し、銀色は正反射する。では黒色は？　全部の波長を吸収する。絶対黒色が吸収するのは、可視光線だけではないんだ。ずっと広い帯域の電磁波を取得できる……この特性をセンサとして用いることで、我々は従来の超伝導量子干渉計よりも、遥かに微弱な情報のリアルタイム測定を可能にした」

小箱の蓋を閉じ、「アブソルート・ブラック・インターフェイス・デバイス。ＡＢＩＤ《アブィド》。システムの総称をそう呼びます。君にはその、ＡＢＩＤに繋がってもらう」

もう一度、来未が副署長の顔を確かめると、相手は頷き、

「それが、君を呼んだ用件だ。適性試験を受けてもらいたい」

「……人の記憶を走査するために、ですか」

「微細走査官としてな。君だけではなく、署員のうち二十名が候補として試験を受ける」

「むろん試験自体、他言無用だ」刑事課長がいう。「適性試験に合格すれば、君は警備課から刑

事課へ異動となり、自動的に警部補に昇格する。疑問反論がなければ、すぐに試験場所へ向かってもらう。ＡＢＩＤの詳細は、現地の試験官に訊ねてもらいたいが……もう一つ、伝えておくべき事項がある」少しの間、言葉を切り、「走査対象は、遺体だ」

見幸署と佐久間の思惑が、見えてきたように思う。昨夜の停電中、百名を超す佐久間社員が殺されている。関連がない、とは考えられなかった。

刑事課長へ、「死者の記憶を読み取る、ということですか」

「その通り」白尹が身を乗り出して話に割り込み、「大脳新皮質の神経細胞に電気刺激を与え、発生した微細な活動電位を炭素素子により光学的に検出する……残念ですが、生者の精神活動はノイズが多すぎて、記憶を情報として固定するのが難しい。が、死者は違う。すでに精神は静止しています」

「死者の記憶を自由に引き出すことができる？」

「いえ。ＡＢＩＤの欠点として、相手が死人であっても記憶のランダム・アクセスは実現していないのです。どの時点の記憶にも自由に接触、という真似はできない。当人にとっての印象の強弱に左右されてしまう。つまり、確実に接触できるのは最も生々しい、死の直前の記憶、ということになります」

「死の直前であれば、プライバシー侵害にはあたらない、と？」

「法的にいっても、死者にプライバシーはない。あれば、検視も解剖もできないのでは？」

死者の記憶——想像を絶している。感想すら浮かばない。

白尹は続けて、「これは、警察捜査にとっても重要な技術となる。殺人事件のほとんどの場合、被害者は犯人を目撃しているはずですから。この装置が画期的な提案として見幸署に歓迎されたのも、当然でしょう」

一瞬、上司二人の顔に苦々しさがよぎったのを来未は見た。佐久間への反感を抑えられず、

「設計したのは人工知能？　『単　眼《キュクロプス》』が？」

「……なぜそう思う？」初めて苛立ちを目元に表わした白尹へ、

「ＡＢＩＤ。工夫のない名称なので」

「……確かに人工知能が炭素を超微細集積させた。だが、人工知能自体も我々の技術だということを忘れないように。単眼も『双頭《オルトロス》』も」

単眼と双頭。それらが佐久間製人工知能のバージョンを示しているのは、秘密でも何でもない。最初の汎用人工知能である単眼が見幸市のほとんどの行政方針を判断していることも。白尹の反応からすると、単眼や双頭が佐久間の研究開発の主導権を握っている、という噂もあながち嘘ではないのかもしれない。

「我々は、君の冷静さを買っている」副署長が少し声を張ったのは、会議室の空気を変えようとしたためらしく、「六人を射殺し、その後も市境警備隊の任務に継続して従事する君の沈着さを。そして、我々は急いでいる。知っての通り、昨夜の大停電のさなか、佐久間ビルのエントランス付近で、大勢の社員が殺された。細菌兵器が使用されたことはすでに鑑識が突き止めているが、実行犯は未だ、一人も確保できていない。だからこそ急遽、微細走査官が必要となった」

「合格し、刑事課に配属された場合、こめかみの埋込装置は不要となる」刑事課長が替わり、「狙撃自動拳銃と視覚を接続する必要がないからな。除去したければ、手術の経費は刑事課が払

う。他に何か質問は？　なければこのまま試験場所へ向かうように」

「銃の返却は」

「刑事課では警備隊ほど大袈裟な武器は必要ないが……新調する時間もない。いずれ交換する。今はそのまま所持していなさい」

「了解しました」

「では……試験と異動について、了承するんだな？」

背後に父と母の気配を感じる――来未が、はい、と答えると、目の前にウィンドウが広がった。同意書。一読し、指先で署名する。

副署長が満足げに、

「では適性試験を。場所は遺体安置所だ。単軌鉄道《モノレール》で二駅。合否はその場で試験官により判定される。合格の場合すぐに刑事課へ。不合格の場合は警備課に戻るように」

来未が立ち上がると副署長は、期待している、といい添えた。頭を下げ、退席する。

一瞬、乾いた目付きをした白尹と視線が合った。

《 Bi-》

尾藤は、事務机に片足を載せたままの恰好で目を覚ました。もたれていた肘掛け椅子から身を起こす。今も、安物の果実酒《リキユール》の残響のせいで体が揺らいだ。

指先を動かすことさえ、気怠《けだる》く感じる。投影体ウィンドウを空間に呼び出し、寝室で眠る娘の体調を確認する。像は霞んでいたが、色味から〝ノーマル〟と読み取れた。事務所内の投影体が全部ぼやけて見えるのは、発光微生物を培養し放出するプラントの栄養が足りていないからだ。微生物たちを無線で空中制御できたとしても、数が揃っていなければ映像を空間に投影しようがない。栄養剤を、もう丸一月は追加していなかった。

——金がないのなら、埋込装置を体に入れるべきだ。あの、高層に住む貧乏人どものように。費用のかかる投影体システムは潔くやめて、直接、視神経に映像を映すべきだろう。手術は、街の藪医者にかかるしかない。が、その費用を捻出することさえ難しい。仕事をこなそうにも、警察内の情報提供者が配置替えとなったせいで最近ではうまく種《ネタ》を拾えず、電子円は支出に記録される一方だった。机上の指先が、果実酒の瓶を無意識に探していることに気付く。

事務所の呼び鈴が鳴り、目の前に広がったウィンドウを何とか視認しようと目を細める。訪問者が建物のエントランスに立っている。ぼんやりと光る投影体をしばらくの間、尾藤は見詰めた。見覚えのある姿。

扉を開けると、顔色の悪い痩せた中年男性が挨拶もなく足を踏み入れた。

相手の姿を眺める尾藤は、本当に訪問者が環《タマキ》であることに内心啞然としていた。顔を合わせるのは十年振りだ。環がレインコートを脱いでスタンドハンガーに吊るし、ソファに薄く積もった微生物の死骸を払ってから腰を下ろし脚を組んだ。セーターとスラックス姿で、四十歳を超えた今でも、身嗜《みだしな》みには気を遣っているように見える。訪問客は事務机に戻った尾藤を凝視していた。そのまま無言で、見詰め合う。環の視線には敵意も愛情も見当たらない。ただ、互いに観察し合っているだけだ。過ぎ去った年月が相手の表面と内部に、どんな印を刻んだのかを。不幸だったのか、あるいは幸せだったのか――

不意に環が視線を逸らし、周りを見た。臭うぞ、といった。

「吐瀉物の臭いだ。部屋中に染み込んでいる。炭酸ナトリウムとクエン酸を撒けよ」

「忙しくてね……それに、俺はお前ほど潔癖症じゃないんだ」

潔癖症、という言葉が魔法のように室内を静かにした。過去のいい争いの中で、何度も尾藤が口にした表現。無言の時間に耐えきれず、「何の用だ」

「……いい方ってものがあるだろう」環が両手を後頭部に回し、束ねていた長髪を解《ほど》く。「街の人間が皆、君の敵ってわけじゃない」

「別に、皆から親切にしてもらってるさ」

「そんな顔付きには見えないな」

「お前も親切にいい話を持って来た、ってことだろ」

尾藤は鼻で笑う。自分自身の硬い態度に、驚いてもいた。「あるいは、ひどく繊細な話ってことかもな。わざわざ潔癖症の人間がこんな街外れに来るくらい、繊細な案件。そうだろ」

「……そうだな」環は否定せず、「君にしか、頼めない」

「随分と、しおらしくなったもんだ」尾藤の口は皮肉をいうのをやめず、「射撃競技《シューティング》で誰かにやり込められて、上には上がいるってようやく理解したのか？　それとも正義感と独善が同じものだってことに、今更気がついたか？」

「私は見幸署に、もう二十年いる」笑みを浮かべると、記憶よりも多くの皺が目尻と頰に寄った。

「それなりに学んだつもりだ」

よせよ、と心の中でつぶやいた。まるで、一から関係をやり直したい、って風に聞こえるぜ。

「勘違いするな」環はこちらの心を読んだように、「君と暮らしていた時間は今も覚えている。だがそれは十年前の話だ。いい想い出……と考えるようにしているよ」

尾藤は首を竦《すく》め、ほとんど空になった果実酒の瓶を指先で傾けながら聞いた。

環がいう。「正式に、君に仕事の依頼がしたい。いや……警察署から、という意味じゃない。あくまで私個人の依頼だ」

「さて、ね」瓶の底に残った酒が粘り気を帯び、微小機械《ナノマシン》の混じった建築素材のように揺れている。「すぐに動き出せるとは、限らないぜ。こっちも元警察官の腕利きだからな。列の最後に並ぶ気があるなら……」

「生活安全課《セイフティアン》の笹《ササ》」環のひと言が、尾藤の口を封じる。「彼が管理する街の防犯カメラ、その映像を君は自分の仕事に利用していた。浮気調査や捜索依頼を処理するためだけでなく、簡易ＡＩを使って、問題を抱える市民を見付けては進んで手を差し伸べたり、時には弱みにつけ込んで恐喝まがいの取引を持ち掛けたり……していたかもしれない。笹が君に協力するのは報酬を受け取っていたからか、泣きどころを押さえられているせいか……そこまでは彼も打ち明けなかったが、笹が刑事課に転属したことで君は落ち目になった、という想像は私にもつく」

尾藤は瓶から手を離し、机上の微生物の死骸を手荒く払った。白い煙が舞う。腹立たしいことに、環の話は全て事実だ。笹へは奴自身の不倫を種に脅し、幾らかの謝礼を渡すことで必要な映像情報を得ていた。そして……俺が落ち目だという事実も。

どう反論をひねり出すか思案していると環から、「娘さんの病気は石化症か」

「……機械制御系神経衰微症だ、正式には」〝石化〟といういい方が気に入らず、「里里の場合は、循環器系の弱さを助けるために埋め込んだ体内ネットワークと神経が衝突《コンフリクト》を起こした」

「悪いのか」

「装置を外せば心肺も止まる。神経の機能不全を薬で遅らせる以外、今できることはない」

「指定難病から外されたそうだな」

「全部調査済みってわけだ」込み上げる怒りを抑えられず、「勿体振《もったいぶ》った喋り方しやがって。仕事の依頼だと？　本当は、俺を哀れみに来たのか？　十年前にお前と別れた野郎がどんな惨めな生活を送っているか覗きに来た、ってわけか」

「落ち着け」環は醒めた口調で、「来年は指定難病に戻されるかもしれん。請願書を送ってみたらどうだ」

「人工知能へ請願書？　馬鹿いえ」

「統計的に、判断されるはずだ」

「請願書が増えれば、ソフトウェアにも温情が湧くか」

環はゆっくりと首を横に振り、「市政用人工知能の単眼は最初から、個々人の都合など見ちゃいない。全体の利益だけを考えて、細かな矛盾が出現すれば容赦なく切り捨てる。それだけ、衰微症が増えているってことさ……」

「何が〝理想的再分配〟だ」環へいっても仕方ないとは分かっていたが、「何が〝ＡＩ社会主義〟だ。あんなもの、共和国のご機嫌を窺うために作った見せかけの仕組みじゃないか」

「見幸市が自分の後ろ盾に気を使うのは、当然だろう。形だけでも共和国と政治形態を揃えておかなければ、な」

「どうせ、AIは佐久間製だ。奴らに有利なようにできてんのさ」

「佐久間はこの街と一体だ。大々的な鉄鋼業の立ち上げに失敗して朽ちかけ、K県から切り離された見幸市を救ったのは、間違いなく佐久間種苗株式会社だ。政令指定都市化、独立した行政単位といえば聞こえはいいが、実際はK県側から救済を拒否されただけの、自己責任の檻に叩き込まれた負け犬が、この街だ。佐久間の移転と共和国のバックアップがなければ今頃、市民全員が浮浪化しているよ。最近は、こんな常識的な経緯さえも忘れた人間が多すぎる。君は……そんなに若くはないはずだろう」

「……お前も、K県と呼ぶんだな。昔はそんな蔑称、使わなかったぜ」

　反論の思い浮かばない尾藤が放った、悔し紛れの皮肉。

「つい、周りに影響されてな……地域課や刑事課に」環はにこりともせず、「いい直そう。見幸市は叶《カナエ》県に見捨てられ、佐久間と夏《シア》共和国に拾われた。これでいいか？」組んでいた長い脚を解き、股《もも》に両腕を置く。髪の先から床へ水滴が滴《したた》った。「この部屋は、アルコールの臭いが染み込んでいる」声に冷たさが加わり、「酒に頼って不安を忘れる前に……することがあるだろう」

　尾藤の怒りは収まらなかった。口を閉じたのは、議論を吹っかけても環の冷静さには敵《かな》わないことが分かっているからだ。

「君がここにいるのは、君の意思だ」環は〝正論〟を幾つもこちらの身に突き刺そうとする。

「刑事課を辞職して興信所を始めたのも。その椅子にもたれて、アルコールに浸っているのも」

「……見幸署を辞めたのは、味方がいなくなったからさ」

「違法薬物――舌の裏に置く幻覚剤だったか？　証拠品を横流しするからだ」

「俺はしてないぜ。同僚の横流しに、目をつぶっただけだ」

「私はあの時、君にまで罪が広がらないよう、内部で努力していたんだ。当時の警務課でな。正直いって……君が刑事課を離れるとは思っていなかったよ」

「……潔癖症なのさ。俺なりに」

「なら今度は、私の潔癖に協力してもらいたい」まともに環の強い視線がこちらを捉え、「ある事件の犯人を捜して欲しい」

「警察の仕事だろう……」

「今の見幸署は、佐久間種苗にひどく侵食されている。君が在籍していた時から、その気配はあったはずだ」

「さっきまでは、佐久間の肩を持っていただろ……」

「君は昔から、立場というものを理解しようとしない。個人も組織も同じだよ。立場は見方によって変化する。以前の君も今の私も、市の治安を守る警察官だ。同時に地方公務員でもある。あくまで本体は叶県警察本部なんだ。この単純な事実のせいで、出先機関である見幸署は追い込まれたといっていい。知っているか。今では署の玄関に、鎧《よろい》みたいなボディスーツを着た佐久間の私設警備員がこれ見よがしに小銃を下げて立っている。建物自体が彼らの所有物だから、という名目で。佐久間は不信を隠そうともせず、叶県側と見幸署の繋がりを調べている。当然、本部との通信は暗号化されているが、相当な情報が漏れているだろう。現在の見幸署は常に佐久間の顔色を窺いながら、名目的な捜査権限を頼りに体裁を保っている、という格好だ。下手を打てば、署の警察官全員が叶県へ追放される事態に陥りかねない」

「……犯人を捜せ、といったな」複雑な領域に、足を踏み入れようとしている。あるいは、危険な領域だろうか。「事件そのものに佐久間が絡んでいるって、そういう話か」

「昨夜の停電中、佐久間の本社ビルが細菌兵器の襲撃を受けた。知っているな？」

「寝入ってたものでね……」

「本当に、酒に溺れて過ごしているのか……二十一時九分、佐久間ビルの内外でボツリヌス菌の変種が撒かれ、そこで働いていた百二十一人が死んだ。筋肉麻痺による呼吸不全」

尾藤は眉をひそめ、「……どうやって細菌を撒いた？」

「入口前で無人航空機《ドローン》を使った。細菌は空調に取り込まれ、エントランスに侵入した。さらに、建物内にも細菌は散布されている。あらかじめ発光微生物の栄養剤に細菌を混入させ、液温を調整することで菌の萌芽・増殖を促したという。狙われたのは、八〇階から一二〇階に位置する技術開発部門だ。ソフトウェア、ネットワーク制御、人工知能、創薬……特に人工知能技術部の開発室で、多くの被害者を出した」

「残留した細菌は？」

「すでに、全て死骸となって無毒化されている。繁殖の条件が厳しく設定されていたらしい。それも計画の内だろう」

「そこまで分かっているのに、なぜ犯人を挙げられない？」

「街のブラックアウトと同時に仕掛けられたからだ。停電により一切の映像記録が存在しない。

過去の記録も一部削除されている。そもそも停電がなければ、未登録の航空機が市の防犯設備を潜り抜けられるはずはなく、不審な飛行物体の接近を佐久間の警備システムが許すはずもない」

「ビルの予備電源は？」

「働かなかった。電力ネットワークを通して佐久間社内もウイルスに汚染されたんだ。社外との電気系の繋がりが、結果的に裏口《バックドア》として機能したことになる」

「……大掛かりな話だな。第一、無人航空機は細菌兵器の搭載どころか一切の武装化が拡張ジュネーブ諸条約で禁止されているはずだ。つまり犯人は最初から、大量虐殺《ジェノサイド》を意図したことになる。技術開発部門を狙ったのは、佐久間に経済的損失を与えるのが目的だ」机を指先で打ち、「要するに犯人はK県側の人間、ってことだ。そうだろ？」

外部からの嫌がらせは物理的にも電子的にも引っ切りなしに行われ、珍しいものではない。

「当然、その可能性は高いと見幸署もみている。だが」環は首を縦に振らなかった。「会社の中にも内通者がいたはずだ。社を出入りする者でなければ、発光微生物のプラントに触れることはできない。裏口の存在に気付いたのも、恐らく内通者だ」

「……捜査はどこまで進んでいる？」

「無人航空機は二キロメートル先の公園で見付かった。細菌の線は見幸署の捜査係と鑑識が追っている……建物内の作業は、だいぶ社員どもに急《せ》かされたらしいがね。社内の電子的な痕跡は佐久間自身が調べている。ネットワーク関係の短期社員を中心に、個人情報も洗い直すそうだ」

「それなりに段取りは進んでいる、ってわけだ」尾藤は首を竦め、「どこに俺の出番がある？」

「……妙な動きがある」環はローテーブル上の置物、磁性流体芸術《アート》の動く渦を見下ろし、「被害者であるはずの佐久間がこの件の解決に、どうも積極的じゃない」

「裏がある、と」

「今朝、署の刑事課の記者会見でも〝叶県のテロリズム〟と犯行を説明したが、それは佐久間種苗からの指示だ。佐久間には、何か都合の悪い情報が上がり次第、介入しようという気配がある。いつ捜査が中止になるか分かったものじゃない。だからこそ」鋭い目付きが再び尾藤へ向く。

「警察官以外の、信用できる人間が欲しい」

「今さら刑事課の下について、周囲を嗅ぎ回れ、ってのか」

「違う。君には、完全に独立した捜査員として動いてもらいたい」

「無茶をいうぜ……俺の籍が署内に残っているはずもない。もし突然部外者が刑事課に採用されたら、それこそ佐久間を警戒させるだけだろう」

「考えがある。一時的に、君に警察官としての権限を与える。女優や運動選手を呼んで、仮の署長とする行事があるだろう。あの仕組みを拡張する。署長というわけにはいかないが、君には警部補の身分を一週間与えよう。捜査の権限としては充分だ。これなら、私が在籍する総務課の業務範囲で芸能関係として処理できる。佐久間の目を引くこともない」

尾藤は奇妙な気分になった。環の計画が考え抜かれたものであるのは分かる。昔から、実行前に完結しているも同然の緻密さで立案する男だった。

しかし今回は、曖昧な点が残っている。環へ、「分からないことがある」

「……何だ」

「お前自身の動機、さ。一体誰に忠誠を誓って、佐久間ビルの件に介入する気になったんだ？」

「百人以上の遺体が運び出される様を目にしてみろ。警察官なら、思うところもあるはずだ」

「どうかね……」環が情に流されるとも思えない。「俺を利用するなら、建前で喋るのはやめた方がいいんじゃないか？　見幸署の異端者になってまで、何がしたい？」

「もちろん私は今も、叶県警本部と深く繋がっている。他者よりも深く……この関係が、私の出世を保証しているんだ。同時に、私の正義感とも連動している。要するに」手の中の髪留めへ目を落とし、「本部も私も、真相が知りたいということさ」

「黒幕が必ずいる、とは限らないぜ」

「なら、事件に裏がないことを示してくれ」

「……佐久間の目を引くことはない」尾藤は、環の言葉を繰り返し、「だがもし、注目されたら？　俺がこの部屋にもう一度戻ることができる、という保証は？」

「もちろん、ない。それでも……君はこの依頼を断れないはずだ」髪をまとめ、再び後頭部の高い位置で留めた。「前金で五〇万。全部で五〇〇万を私の銀行口座の一つに入れて、その番号を教える。君の口座に直接入金するのは、まずいだろう」ソファから立ち上がり、「前金だけでも娘さんは二ヶ月、延命できるはずだ」

「……容赦がないな。昔と同じで」

「私なりに、必死なんだ」スラックスから、ペン状の携帯端末を取り出し、「君は署と私から逃げ出して女性看護師と結婚し、すぐに娘が生まれた。娘の母親は亡くなり、君はこの生活を一人で守り、今ではそんな有り様になっている」改めて室内の隅々へ視線を巡らせ、

「後悔したことは？　私との昔を思い出したことは？」

里里の疾患が母親からの遺伝だと知ったのは、のちの話だ。娘の方がより深刻な体質だということも。母親の死因にも関係していたはずだが、死亡診断した医師は肺炎、と簡単に片付けた。尾藤は寝室の扉を振り返る。扉の奥の、二年前から意思の疎通ができなくなった娘を。

「子供はいるか?」尾藤から訊ねる。

「……いや。諸々の権利期間を延長したくなったら、考えるだろう」

「後悔したことはない……一度もないな」

環を思い出したことはある。何度も。長い指。木目の細かい肌。そして思い出す度に、結局自分が惹かれていたのは彼の中の〝女性性〟だと再認識することになった。

「……協力に感謝する」十年前の愛人は静かにいうと端末を起動させ、歩み寄って来た。

尾藤は逃げ出したい衝動に駆られる。動くな、と環がいった。

「君の虹彩を撮影する。一時間後には、警部補の身分が与えられているはずだ」

《Co-》

コチはレインコートの水滴を振り落とし、派手な音とともに解錠された精肉店の入口を抜ける。中に並べられた透明な冷蔵庫には、売りものの合成肉が詰まっている。牛肉や豚肉のブランド名が値札とともに貼られていたが、それは詐欺のようなもの。けれど、この店は繁盛している。店主が長年、組合長を続けていられるくらいには。

店番をする、コチとそれほど年齢の違わない女が壁掛けＴＶから目を離し、こちらを見た。鼻で笑い、顎先で店の奥を示す。精肉店を訪れる度に、組合長の妻はこの態度を見せる。上下関係を見せつけているつもりらしい。銅色に変色したビニルカーテンを捲《まく》り、店の奥に入った。

冷凍肉を切り分けるための回転式スライサーを跨《また》ぎ越え、ビーズカーテンを潜り、事務所に足を踏み入れる。金庫の傍で巻物《スクロール》PCを広げて座る副組合長へ近付き、仕事をもらおうとする。普段ならメイルのやり取りで済む話だったが、今日は店まで来るよう呼びつけられたのだ。副組合長は子供のように小さな手で扉を指し、今日はそっちだ、といった。

「どうして……」

「さあな」老人は首を傾げ、「何か用事があるみたいだ」

不思議なことに、彼は緊張しているように見える。コチは組合長室の扉を拳で叩いた。入れ、と太い声が聞こえるのを待って扉を開ける。組合長室に呼ばれることは滅多にない。コチが顔を覗かせると部屋の真ん中に、以前あったものより大型の機械が置かれている。

丸椅子にどっかりと座る組合長が振り返って、「コチ、見ろ」機械を指差して上機嫌に、「今、動き出した。認証サーバの再起動がやっと完了したらしい。どれもこれも、停電のせいだ」

コチは小さく頷く。この機械もやっぱり、三次元蛋白質印刷機《プリンタ》だ。巨大な印刷機は甲高い音を立て、シリンダーの中で得体の知れない合成肉を織り上げている。コチは、組合長と会う度に空想することがある。あの巨大な肉の塊である中年男を捌《さば》いた方が、大量に商品を店先に並べられるのでは、と。脂肪が多すぎて、大半は投げ売りになるにしても。

「これまでとは、格段に精度が違う」組合長がいう。「これで、『高サ』の連中を出し抜けるぞ。細胞をアミノ酸単位で再現できるんだ。旨いぞ。用事が終われば、お前にも食わせてやる」

コチは黙ってまた頷いた。組合長はいつも同じ話をしている。店の売上と組合費を印刷機の買い替えと電気容量の増設に費やし、いつになっても再現しきれない〝本物の味〟を追いかけ続けていた。コチからすると合成肉の取ってつけたような獣臭さは苦手で、大豆肉の方がずっとましに感じるのだけど。組合長が手招きする。コチが歩み寄ると、肥満した腹の上で両手を組み、今日は屋上の仕事はなしだ、といった。

「他の頼みごとがある」副組合長の話は本当らしい。不安に顔を強張《こわば》らせるコチへ紙切れを差し出し、「そこへ向かえ。下層だ」

「買いものですか……」

「違う。文字は読めるだろ？　そこは市場じゃない」

「冷蔵倉庫？」

「海里《カイリ》運送が新しく埋立地に作った物流用の倉庫だ。場所は分かるな？」組合長が片手を広げる。分厚い手のひらの上に、コチは紙片を返した。「そこに、アナイの死体が保存されている」

「アナイ、って？」

「組合員の穴井《アナイ》だ。もちろん」

コチは一瞬、言葉を失う。「……落ちたの？　足を滑らせて」

「違う」

「地上人が、遊び半分でアナイを落とした？　無人航空機を使って」

「いや」

「じゃあ、ごみ収集日に下層へ降りたのを、狙われた……」

「そうじゃない。テロに巻き込まれたんだ。昨夜の停電。あの時アナイも佐久間ビルにいた」

細菌兵器の巻き添えになった、ということ――なぜアナイはそんな場所に？

「お前には、アナイの遺品を持ち帰ってもらいたい」組合長が首元の贅肉をたるませて溜め息をつき、「アナイには、あるものの受け渡しを頼んでいた。それがまさか偶然にも、あんな災いに巻き込まれるとはな。組合にとっても損失だよ。お前も友人を亡くして、さぞ辛いだろう」

コチは考える。友人、だったのだろうか。

「アナイは、立方体型《キューブ》の記憶装置《メモリ》を持っているはずだ。それを取って来い」

「記憶装置？　何の……」

「仕事関連の、だ。中身はお前とは関係ない」

「……市民権のある人がいけば。副組合長とか。ナカサコとか」

「お前は、アナイと親しかったろう。奴に親族はいないから、遺灰宝石も作らない。お前がどうしても作りたい、というなら反対はしないがな。ただし、費用はお前が持て」

彼とは同い年で、アナイの方からやたらと馴れ馴れしく近付いて来た。コチの準市民権が目当てだったからだ。一度寝ただけで、結婚を持ち出してきたことでその魂胆が分かり、こちらの気持ちは完全に冷めてしまった。あたしを陥れて、縄張りを掠め取ろうとしていたのかも。もっと仕事が欲しいと不満をいっていたから。少なくとも、彼の遺灰に含まれる炭素を宝石にして、ずっと身に着けていたいとは思わない。「その仕事は、正市民の誰かに……」

コチ、と組合長が呼びかける。「この頼みごとは、信頼のおける人間にしたいんだ。お前は愛想は悪いが、仕事振りは真面目だ。だから、他の組合からも守ってやってる。後二年くらい真面目に働いて、もっと体に肉がつけば、俺の四番目の妻にしてもいい」

組合長は、こちらの機嫌をとっているつもりらしい。

コチは首を竦め、「でも、今日のあたしの巡回場所は？」

「手分けするさ。こっちの用事も手間賃はやる。半日で済む話だが一日分やろう。下層に降りるのも、それなりに大変だ。何なら他に……貸した金の金利を下げてやる。コンマゼロゼロ二パーセント」分厚い頬を押し上げる笑み。気をつけた方がいい、と思うようになってきた。

組合との駆け引きが始まった際には、鉄則がある。下手に口を開かず、相手が全部をいい終えるまで喋らせること。そうしないと、言葉尻を捉えられ、いらない保険に入れられたり、おかしな薬を売りつけられたり、臨時の組合費を徴収されたりしてしまう。

でも、組合金庫に沢山の借金があるのも確かだ。ユニットハウス代はおろか、埋込装置の手術代金さえ払い終えていない。コチが黙っていると、

「そう緊張するな」組合長は首を横に振り、「ただのお使いだ。嫌なら、別の人間を送る」

警戒しすぎだろうか？　決心がつかず、

「……あたしがいっても、身元引受人とは認めてもらえないんじゃないかな」

「電気連合組合の者と証明できれば充分だ。何も持っていく必要はない」コチの作業服を無遠慮に眺め、「少しはましな格好でいけよ……黒っぽい服を着ていくんだ。お前は知らないだろうが、それが礼儀ってものだ」

部屋を出て扉を閉めようとした時、組合長が灰皿の上で冷蔵倉庫の住所を記した紙片を燃やすのを、コチは見た。

ユニットハウスに帰ったコチはつなぎの作業服からデニムパンツに穿《は》き替え、厚手のシャツを身に着けた。シャツは紺色だったが、どちらにしても黄はだ色のレインコートをその上に着ることになる。この装いは遺品を受け取るのに相応《ふさわ》しくないのかもしれない。けれど、他の上着は持っていなかった。安全ブーツ以外の靴もない。コチは迷ったが、小型のカーボンナイフをコートのポケットに隠し持つことにした。所持品検査のリスクはあるにしても、命の方が大切だから。

ポリ容器を手に屋上へ出て水槽から雨水を汲み、建物の階段を降りる。遥か昔にテナント企業が撤退した埃だらけのフロアを通り抜け、化粧室に入った。薄暗い中でトイレタンクに水を注ぎ、用を足して流す。屋上に上がり、ユニットハウスに戻ろうとした時、パラボラアンテナの下に掛けていたコチのタオルと肌着を興味深そうに触りながら近付く、一人の男が目に入った。

平静を装ってポリ容器を置き、コチはカーボンナイフを隠したポケットに片手を差し入れる。住み処を他人に見付かった、という事実に足が竦みそうになる。しかも相手は『高層サービス会』――上着やズボンのあちこちに留められた、特徴的な青色の反射材。

屋上を強く吹き抜ける風に細かな雨が交じり、コチの被ったフードを撥《は》ね除け、短い髪と、方々を結わえた小さな髪留めを揺らす。

お前か、と男がコチへいう。分厚いニットキャップを被り、口髭を生やしている。髭の薄さからすると、たぶんまだ十代で、こちらとそう変わらない年齢……前にも会ったことがある？　半年ほど前に、電気連合組合《こっち》の縄張り内の空調室外機をこじ開け、電子部品を盗もうとして捕まった『高サ』の若者がいたことを思い出す。三人組で一人は逃げ、残りの二人が市場で袋叩きに遭う様子をコチは怖々《こわごわ》と眺めていたが、〝口髭〟はあの盗人の一人かもしれない。コートのポケットの中で、カーボンナイフの柄を握り締める。鞘に親指を押しつけ、そのままゆっくり刃を抜き出そうとする。

「何か用……」相手を見据え、コチは訊ねた。

口髭はコチの住む屋上を、物珍しそうに見回している。アンテナの陰に干した洗濯物。雨を溜め置くための、蓋を開けたままにした高架水槽。低い震動音を鳴らし続ける風力発電機。塔屋《とうや》を回り込み、コチのユニットハウスに目を留める。

「このビルには、どうも生活の気配を感じてたんだ」ユニットハウスの出来栄えを調べるように壁面パネルを手のひらで押す。軽い仕草でもコチにとっては不快そのもので、「水蒸気が昇ってるのが見えたこともある。それにしたって、よくこんなところに住んでいられるな。免震ゴムも劣化してるはずだ。いつ建物ごと傾いてもおかしくないぜ」

「ここは、電気連合組合の縄張りだよ」コチは深いポケットの底に鞘だけを落とす。

「今は中立地帯さ。少なくとも、俺らはそう解釈してる。再開発の禁止された、地盤沈下地帯。整備する電気機器もない……いや、そんな話はどうでもいいんだ。挨拶したくなっただけだぜ……お前とは初対面じゃねえ。唇が裂けて血塗《まみ》れになった俺と、何度も目が合ったじゃねえか。お前は電連の中でただ一人、俺を心配してくれた」

やっぱり、あの時の。コチは相手の、上唇を縦断する深い傷跡を認める。髭は傷を隠すために生やしているのかも。小さく頷くと口髭は満足したように、オータ、と自分を指していった。

「お前は？」

「……コチ」

オータが片手を突き出した。コチはナイフの柄をきつく握る。オータの二本の指が小さな紙片を挟んでいる。紙の名刺？

「持ってろって」胸元に押しつける。「知ってんだろ？　高サは同族運営だって。名字は違うがね、俺もその一人なんだよ」

「高サには、いかない」コチはかぶりを振り、「あたしが地上の児童相談所にいた時、身元引受人になってくれたのは、電連だけだったから」

「そうやって、連中は素早く恩を売る」オータがせせら笑い、「で、嫌気が差して、皆こっちに移籍する」

逆に電連に移籍する人間もいる。結局電連も高サも同じくらいがめつく、どちらも似たり寄ったり、という話。オータは紙巻き煙草に火を点け、しばらく黙って吹かしていたが、

「こっちに来れば、もっとましな生活ができるだろうぜ。ここそこ隠れて暮らすんじゃなく」吸い殻を屋上に落とし、踏み躙《にじ》ると、「お前なら歓迎してやるよ」

コチが曖昧に頷いたのはトラブルを避けるためでしかない。オータは満足げな顔で踵《きびす》を返し、雨の中、隣の建物の屋上へ身軽に飛び移った。すぐに見えなくなり、コチは名刺を丸めてその場に捨てた。ようやくほっとするが、住み処を変えないと、と考え憂鬱になる。できるだけ早く、もっと電連の縄張りの深いところに。すると居住権の又借りをしなければならず、それはわざわざ円を払って隣人の溜め息が聞こえるような密集した場所で暮らす、ということでもあり――

今夜はアナイのテントに泊めてもらおう、と考えついた後、アナイはすでに死んでいて、亡骸《なきがら》

から遺品を持って帰る、という用事を思い起こし奇妙な気分になった。立方体の記憶装置。ポケットの中で、カーボンナイフを鞘に戻す。

二

《Ku-》

遺体安置所は公共機関を多く収めた建物の地下、人目に触れない場所にあった。

無人の広い空間に、銀色の解剖台が並んでいる。壁際に設置された遺体保管庫が空間を取り囲んでいた。何台かの自動清掃機《スイーパ》が微生物の死骸の混ざった埃を無音で床から拭き取っている。空調の唸り以外何も聞こえなかった。奥の解剖台の一つにだけ白いシーツが掛けられ、内部の形で盛り上がっている。あれが……走査《スキャン》対象となる遺体。

来未《クルミ》は室内中央の折畳み椅子に腰掛け、責任者が現れるのを待った。消毒液の匂いが漂っている。わずかに血液の金臭《かなくさ》さを嗅いだように思う。解剖室は寒かった。空調の音が止まり室内が静まり返ると、来未の耳に小さな雑音《ノイズ》が届いた。部屋の隅に、パーティションで区切られた狭い場所があり、音はそこから聞こえてくる。来未はパーティションへと歩き、裏側を覗いた。

白衣を着た初老の男が、椅子の背にもたれ、腕組みをしたまま小さな音量で鼾《いびき》を立てている。机の上に、高精細な投影体が散らかっていたが暗号化されており、来未の視覚ではぼやけた発光体としか捉えることができない。男の両目が見開かれ、機械化された眼球の巨大な瞳が天井の光を映している。人工虹彩がはっきり見えるほどの大きさだった。来未がパーティションを拳で叩くと、途端に解剖医が瞬きし、目を覚ました。着いたか、と痰の絡んだ声で机上のクリーニングクロスを手に取り、直接眼球を拭き始め、

「昨夜は忙しくてね。知っての通り、佐久間《サクマ》ビルの件で」

「……百二十一体。全てをここで解剖した？」

「いや。先着の五体も解剖すれば充分だ。何せ、死因は全て同じだからな」

「ここの保管庫に、全ての遺体が？」

「まさか」回転椅子に座り直し、「細菌に殺《や》られた死体だぞ。大方は運送会社の冷蔵倉庫に隔離してある……とはいえ、どの死体にも残留物がないことは分かっている。こっちでも軍事用の検知器を借りて、徹底的に検査したよ。いずれにせよ、ここの保管庫は満席だ。一日に何体の異状死体が運ばれて来ると思ってる……」

答えを期待するようではなかったから、来未も返事をしなかった。解剖医は手元の投影体を忙しく操作しつつ、少し待っていなさい、といった。置物のように机に載っていた小型の無人航空機《ドローン》が浮かび上がって一本腕を下ろし、書類作業を補助し始める。

解剖医が背後には誰も存在しないように仕事を続けるものだから、

「……待っていたら、どうなるんです？」

「佐久間の技術者が来る」うるさそうに、「そいつが試験官だ。ああ、遺体に触れる時は作業台の手袋を忘れるな。吐きたくなったら、解剖台の流しを使え。床に吐くなよ。タイルの目地にひび割れがあってな。あんたの前に来た受験者のせいで、清掃機が一台……」

「他の受験者はどこに？」

「署の霊安室か別の遺体安置所だろう。受験者同士が顔を合わさないように、それぞれの試験時間をずらしているからな。全く手間のかかる……」

「なぜ会わないようにする？」

解剖医は乱暴な溜め息をついて振り返り、

「そう警察署と佐久間種苗が決めたからだ。互いの試験にどんな影響があるか分からない、とさ。その辺りの話は技術者に聞け。ここは試験の場所と遺体を提供しているだけだ」

説明すると、すぐに仕事に集中し出した。来未は折畳み椅子に戻り、これまで意識的に避けていた解剖台の遺体へ目を向ける。シーツの厚みが貧弱なのに気付く。覚悟を決めろ、と自分にいい聞かせた。試験を拒否する選択など、最初からないのだから。そして……ここに安置されているのは全て異状死体だ。これから、どんな状態の遺体を目にすることになるのか――

両開きの扉が揺れ、突然、佐久間種苗の試験官らしき人物が現れる。来未と同年代の女性だった。スーツの肩に少しだけ掛かった暗い金色の髪が液体のように滑り、色素の薄い顔が来未へ向いた。踵を鳴らしてこちらに近付くと、片手に持っていた小振りなジュラルミンケースを下ろし、滑らかな指先の動きで、投影体の名刺を寄越した。

佐久間種苗株式会社・光学通信技術部第二課・オルロープ雫《シズク》。

高い鼻梁。青い虹彩。混血《ダブル》。来未も席を立ち、名刺を表示させようとすると、

「来未由《ヨシ》巡査部長。プロフは得ています……早速、試験を始めましょう」今まで来未が座っていた折畳み椅子とジュラルミンケースを両手に持ち、遺体の乗った解剖台へと歩き出す。

「……説明が欲しいんだが」来未はその後を追いかけながら、「ＡＢＩＤ《アブイド》の使用方法を。遺体の記憶を読み取ると聞いたが、試験内容も具体的な操作の仕方も……」

「何も操作する必要はありません」解剖台の脇に置いた椅子に腰掛けるよう、手振りで指示し、「あなたがこれから行うのは、五感に入力されたものを観察することですから。最も重要なのは、視覚です。人によっては音が聞こえたり、臭いがしたり、皮膚に何かを感じたりもするようですが、あまり意識しない方がいいでしょう。光景以外に気を取られると、混乱します」

試験官が床に片膝を突き、タイトスカートの裾がぴんと張った。ジュラルミンケースを開け、幾つかの道具を出した後、灰色の何かを取り上げた。広げると、一種のヘッドギアであることが分かる。同じものが二つあり、それぞれの表面に並んだ端子から伸びる沢山の有線がまとめられ、ヘッドギア同士を繋いでいた。配線のばらばらな色や、医療用らしきヘッドギアを流用した様は、いかにも試作品という風に見える。指示に従って頭に被り、顎の下でベルトを留め、固定した。

装着の具合を中腰で確かめる相手へ、「死者の記憶から、何を観察する？」

「被害者の、最期の時を」

試験官が解剖台のシーツを躊躇なくめくり、突然、遺体の頭部から鎖骨の辺りまでが露になった。来未は息を呑む。長い前髪が真っ青な顔中にほつれている。

来未が想像していたのは大きく損壊した遺体だった。実際は小柄な、まだ十歳にも満たない少女で、片耳から首筋にかけて皮膚が焼け爛《ただ》れていた。首の辺りと、頭頂部から後頭部にかけて髪の中に縫合痕が見えるが、それは通常の司法解剖の措置だ。

「……ＡＢＩＤを使う必要もない」来未は目を背け、「死因は火災による一酸化炭素中毒だろう。

背中には、鮮紅色の死斑があるはずだ」

「死因の解明、事件の解決は微細走査の主眼ですが、今回の試験の合否とは関係ありません。司法解剖の結果も含め、こちらはすでに詳細を得ていますが、あえて情報は与えません」試験官はビニル手袋を嵌《は》め、少女の前髪を丁寧に払い、その頭部にもヘッドギアを被せた。わずかに唇を開けけた、小さな顔。「あなたの観察行為自体が試験なのですから。判断基準は、どのような過程を経て被害者の神経細胞を走査したか、という点です」

「こういう可能性は？」閉じたジュラルミンケースの上でPCを起動させる試験官へ、「こちらは死者の記憶を探ることができず、ただ試験に受かりたいばかりにでたらめな話を並べた、としたら？　偶然、それらしく聞こえるかもしれない」

「私があなたを常時モニタしています。視神経を通した接続ではありませんから、あなたの体験を映像として観ることはできませんが、脳内神経細胞の活動から心理状況の把握は可能です。心拍や脳波も監視しています。虚偽の証言は、見抜くことができるでしょう」

「モニタは監視のため？」

「ＡＢＩＤの管理と情報収集、ユーザー心理を把握するためです。もし、あなたの精神が危険に晒《さら》されるようでしたら、私の判断で死者との接続を切断します」

「……技術者として、ＡＢＩＤの使用を司《つかさど》るだけの資格がある、と？」

試験官の青い瞳が来未を捉え、「もちろんです。あなたがこの試験に合格した場合、私はそのままあなたの仕事の補佐につきます。民間の微細走査補佐官として」

「君は〝体験〟といったが、この被害者の最期の瞬間を追体験する、と考えていいのか」

「少し違います」二つのヘッドギアから分岐した配線をPCに繋ぎ、「被害者の最期の心象風景は静止しています。そして、それはある程度の広がりを持っています。心象空間は、最期の記憶に印象が主観的に結びついたもので、『エゴスケープ』と光学通信技術部では呼んでいます。一枚絵でも動画でもありません。あくまで、空間です」

「……心象空間《エゴスケープ》には、どのくらいの広がりが？」

「個々によります。被害者の年齢や記憶力の差、自らの最期をどのように捉えたか、などの事実により、その規模は様々です。遺体の鮮度も関係します。空間の辺縁へ近付くに従い、ノイズが増えて視覚的に無意味になります。心象空間が完全に壁で閉じていた事例もありました」

「空間内部に存在するものに対して、こちらから接触《インタラクト》できる？」

「可能です。限定的な繰り返し《ループ》ですが、動く物体《オブジェクト》が空間に存在する場合もあります。いずれにしても、無闇に触れないように。触れた場合、被害者の神経細胞に残された感覚を引き出す可能性があります。すでに生命活動は止まっていますから、激しい反応が起こるとは思えませんが、結果の予想が難しいので」

来未は口を閉ざし、頷いた。幾ら質問しても、理解の及ばない点が多すぎる。気をつけてください、と試験官がいう。

「被害者の負の心理に引き摺り込まれないように。記憶は必ずしも真実とは限りません。記憶はあくまで被害者自身のものであり、正確な記録ではありません。死者は嘘をつく、ともいえます」

小箱を開け、内部の透明な樹脂を来未の口へ突きつけ、「噛んでください。マウスピースです」

いわれた通り口に含み、軽く上下の歯を立てると、樹脂は弾力を緩め、ジェル状に変化した。

味も臭いもなく、発熱が始まり、その後再び硬化してゆく様子を口内で感じる。

これを、と銃把《グリップ》に似た小さな装置が渡される。引き金《トリガー》までついていた。

「この引き金を引いた瞬間に、あなたは遺体との接続を解除され、現実に戻されます。まだ指を掛けないで……緊張で、咄嗟《とっさ》に握り締める場合がありますから」

来未の人差指を引き金から外し、「緊急の際には仕方ありませんが、できるだけ気持ちを整えてから、遺体との繫がりを切断してください。覚醒は接続時とは違い……急激ですから。あなたの神経細胞に電気刺激を与えるので」周囲に展開した投影体ウィンドウをさらに増やして、「もう一度いいますが、心象空間をよく観察してください。光景だけでなく、彼女がその場所で何を感じていたのか推測して欲しいのです。接続が始まれば、あなたは夢遊病に近い状態となります。微かに現実を意識しており、椅子から落ちたり、自傷したりすることはありません。接続した自分の状態を心の隅で理解していますが、それでもあなたの主観は遺体の心象空間の中にあります。冷静に観察を。あくまで光景は、ＡＢＩＤによって再構築された非現実《アンリアル》にすぎません」

小さな錠剤を手渡し、「では……これを舌の上でゆっくり溶かしてください。睡眠導入剤です。それと、ヘッドギアのイヤフォンを。外部からの雑音を遮断します」

錠剤が舌の上で崩れ、苦味が口中に広がる。

「接続限界は現実時間で四十分、と光学通信技術部では定めています。個人差があるために決定的な基準ではないのですが、多くの被験者が、接続後六十分を境にして、自ら引き金を用いて切断することを忘れるようです。心象空間での時間経過は人によっては長く、あるいは短く感じられます……安心してください」試験官・オルロープ雫がわずかに微笑み、「私は優秀な技術者です。全力であなたを補佐します。目を閉じて、イヤフォンを装着して――」

＋

目を開けても来未はしばらくの間、何も思い出すことができなかった。

その場で何分経ったのかも分からない。身震いし、ずっと見詰めていたのが天井の隅に付着した黒黴《かび》だということに気付き、そしておぼろげに任務を思い出した。空間を観察しろ――

背後を振り返る。水の中にいるように、動作が鈍かった。小さな部屋。カーテンにも小振りなベッドにも黴の黒い点が浮かび上がっている。景色の印象は曖昧で、全体が青灰色に見えた。周辺視野で絶えず風景が震えている。そして、ひどく寒かった。この世とは思えない――いや、ここはもちろん現実空間ではない――冷気に満たされた世界。来未はその場から足を踏み出す。体が重く、少し動くだけで光景が滲む。立ち止まった時だけ、視界が安定した。ベッドには沢山のぬいぐるみが載っていたが、近付くと一つ一つの形状がぼやけてしまう。子供番組や公共機関のキャラクタが脈絡なく積み重なっている。そこに、被害者の思い入れは感じられなかった。

扉を開け、細い廊下に出た。廊下の壁には沢山の画用紙が貼られていた。幼児の描いた絵。全部が長い黒髪の、母親らしき人物を描いている。壁が、クレヨンや絵の具で彩色された笑顔で埋め尽くされていた。ママおたんじょうびおめでとう。ママいつもおいしいごはんをありがとう――

――来未は、足元を見た。

何かが床板に凝集し、影を作っている。だが、目を凝らしても視認することができない。床に膝を突き、手のひらを微動する影にかざす。感情らしきものが手のひらを通して伝わってくる。来未の内の、負の何かと対応している。慌てて立ち上がった。

手のひらで顔を擦る。俺の両手も両足も、顔もここに存在する——わずかに感じる遺体安置所での実在と空間内の主観が来未を混乱させ、胸の中に歪みを生じさせた。

急げ、と自分に向けていう。空間に体温を奪われ続けていた。廊下を見渡し、一方の先に玄関扉を見付けるが、壁に埋め込まれ、簡単に開閉できるようには見えない。反対方向へと歩き出した来未は、廊下の壁にもう一つの扉を見付ける。ノブが見当たらず、やはり開く手段がない——通り過ぎようとして、扉と枠のわずかな隙間に目を留める。息を潜め、暗い室内を覗き込んだ。

何かが、闇の中で蠢《うごめ》くのを感じる。大きな顎と幾つもの牙を持った塊。口が体の全てを占める獣。白い物体を咀嚼《そしやく》していた。真っ白な肌が黒色の中、浮かび上がる。女だ。その両目と視線が合い——来未はぞっとし、扉から離れた。

本能からの警告を感じた。ここは、人が足を踏み入れていい場所ではない——

体内の歪みがひどくなる。胸を押さえ、廊下を進むと視界が広がり、ダイニングルームが現れた。食器が載ったままのテーブル。大きな窓を遮光カーテンが塞いでいる。その手前に、園芸用品らしきブロックやスコップが散らかっていた。来未は息を呑む。キッチンシンクの辺りが燃えている。強い光を放ち、白く霞んでいるのは静止した炎だ。ゆっくりと歩を進めるが熱は少しも伝わらず、冷えきった来未の体を温めることはなかった。やはり、被害者の死因は出火によるものだ。炎に驚き、子供部屋に逃げ込んで一酸化炭素を吸ったのだろう——待て。

来未は身震いする。なぜ俺は目覚めた時に、天井を見詰めていたのか。

それに、子供部屋にも廊下にも直接の原因であるはずの黒煙が存在しない。来未は引き返す。気になるのは、やはり廊下の床に溜まる負の要素——黒煙の塊とも違う、不確かに滲む影を見下ろした。これは少女そのものでは、と思い至った瞬間から影が変化し始め、やがてうずくまる小柄な人物を形作った。来未は震えながら近付き、両足を影に浸らせる。

気がつくと、壁に貼られた母親の絵、その全ての目がこちらを向いていた。弓形《ゆみなり》の線で描かれた素朴な両目の奥から血走った眼球が画用紙上に滲み出す。激しい頭痛を覚え、来未は廊下に両手を突いた。視線が突き刺さるのを感じる。壁からの、沢山の視線。

床を這って子供部屋に戻った。体内で臓腑が捩《よじ》れ、来未を苛《さいな》んだ。

仰向けになり、天井を見上げ——

＋

遺体安置所に戻った来未は引き金を放り出し、ヘッドギアをむしり取った。

背広の上から鳩尾《みぞおち》を押さえ、よろめきつつ流し台へ向かい、マウスピースとともに胃の内容物を吐き出す。空腹だったため、胃液ばかりがせり上がり、口から糸を引いて排水口へ滴《したた》った。後頭部を片手でつかみ、足元のタイルに両膝を突いて、その場で呻《うめ》いた。近付いて来た試験官が小さな注射を手にしているのが見え、手のひらで止めた。注射は鎮痛消炎剤だろう。

「……大丈夫」そう告げて流し台を手掛かりに立ち、折畳み椅子に戻った。俯《うつむ》き、身を震わせながら体温が戻るのを待った。両手で顔を覆う。吐く息からも熱を感じない。

「微細走査の結果を」すぐ傍で、試験官の声がする。「これは試験です。あまり時間を置くと、あなた自身の記憶が薄れてしまいます。どんな空間でしたか」

「……集合住宅の一室。珍しい場所じゃない」

「被害者の死因は確認できましたか」

「一酸化炭素中毒。最初の見立て通り――」来未の背筋を震えが走った。あの、全てが凍りついたような青灰色の空間は、確かに少女の内面そのものだった。「――ただし被害者はその前に、後ろから頭部を鈍器で殴られている」

試験官がすぐに投影体を呼び出し、解剖結果と照合し始める。

「たぶん、園芸用のブロックか何かだ。被害者は後頭部を殴られ、廊下に倒れ伏した」今も鈍痛がつむじの奥に残っている。「その後、被害者は這って子供部屋に入り、仰向けになった。朦朧とする心地で天井を眺め……そこで気を失ったまま、黒煙を吸い込んだ」身を起こし、「母親は生き残っているか？　何と証言している？」

「……油料理の不始末で出火し、通報して集合住宅の外へ逃げた、娘は友人宅にいるものと思い込んでいた、と」投影体ウィンドウの一つを指差し、「司法解剖の結果、確かに後頭部の出血が記録されていますが……刑事課では、火災発生の影響で倒れた際に床で打ったものと推測しています。その後は、来未巡査部長と同じ所見です」

「……現場と傷跡を、もっとよく照らし合わせるべきだ。虐待を見過ごしたのは、検視官と解剖医の誤りだ」

「現場は、あなたが走査した状況とは違います。全焼に近く、子供部屋だけがかろうじて残っていた、という様態でした」

来未は左右に頭を傾け、異常に強張《こわば》った首筋を解《ほぐ》そうとする。試験官へ、

「少女の心象空間には、母親の存在感が深く刻まれている。そして、ひどく恐れてもいた……同時に、父親から母親への暴力も案じていたらしい」自問しつつ、「奇妙なのは、父親の気配が寝室以外にないことだ。母親の痕跡は空間の隅々に存在するが、父親は寝室にしかいない」

「どんな姿でしたか」

「……大きな黒い獣のようだった。母親を噛み砕こうとしていたよ」

「被害者に父親はいません」試験官は一瞬いい淀み、「母親の交友範囲には幾人かの異性がおり、警察は仕事の同僚である若い男性との関係を疑っています。ということは……獣と母親のイメージは幼い被害者から見ての性行為を表すとして、獣は父親ではなく愛人を示しているのでは」

来未は無言で頷いた。全ての要素が繋がったように思える。二人の関係の邪魔になり、娘を——来未は小さく首を振る。その判断を今ここで下せるほど情報は揃っていないし、結論を出す立場にもいない。

「後頭部を押さえていましたが」試験官からの質問。「外傷による痛みを感じたのですか？」

「だいぶ引いたが……体調不良によるものか、心象空間での——被害者が実際に受けたその被害の名残だったのか、うまく区別がつかないんだ。たぶん、両方だろう」

来未は手を伸ばし、シーツを少女の頭部に掛けてやる。「彼女は殴られた瞬間、加害者を目にしてはいない。だが……相手は母親だと確信していた」

「……それが微細走査の結論、ということですか」

来未が頷くと試験官は空中のウィンドウを素早く操り、次々と投影体を閉じてゆく。ジュラルミンケースにヘッドギアとPCを仕舞う。流し台に移動すると、来未がそこに吐き出したマウスピースをガーゼで丁寧に拭いて包み、プラスチックの小箱に入れた。全てをジュラルミンケースに収めて蓋を閉じ、立ち上がる。来未へ、「試験は合格です。刑事課の捜査とも、解剖結果とも矛盾する箇所はありませんでした。微細走査の結果は担当捜査官へ伝えておきます。今回の走査が、事件解決の糸口になるかもしれません。個人的な意見ですが……あなたの同期能力は、とても高いように思えます。それも、『TR999P』を繰り返し使用したためでしょうか。実際に、TR999Pと心象空間に共通点はありましたか？」

「……どちらも、ひどく現実的で緊張を強いられる」来未は即座の合格判定にも質問内容にも戸惑いながら、「だが、二つは全くの別物だ。違いを、簡単には説明できない」

試験官は頷き、「後はあなた自身が決めてください。異動と昇進を辞退することも可能です」

来未は椅子に座ったまま、体内に溜まる濁った空気を吐き出した。凍りついた心象空間。暗い負の要素ばかりが蠢いていた。あの場所に戻りたい、と思えるはずがない。だが――

両親の気配が背後で起こり、来未は瞼《まぶた》を閉じる。分かっている、と心の中で伝えた。

「――鑑識微細走査係へ異動します」相手を見上げ、「ありがとう。試験につき合ってくれて。ええと、オルロープ？」

「雫で結構です。呼びづらいでしょうから」ジュラルミンケースを片手に提げ、「では……またすぐに会うことになるでしょう。来未警部補。今後とも、よろしくお願いします」

長い睫毛《まつげ》を伏せて会釈し、規則的に革靴の踵を床に打ち、解剖室から雫が去ってゆく。

《Co-》

第四両替所は廃ビルの、コンクリートの踊り場に設《しつら》えられた長机と椅子二脚にすぎない。

そこに陣取った組合職員二人は、電気連合ポイントを電子円に替える仕事だけでなく、門《ゲート》番《キーパー》の役目も担っていた。どの両替所も同様だ。組合は、上層と地上とを結ぶ幾つかのエレベータを縄張りの外れだけで動かし、地上人が無闇に侵入しないよう管理している。

両替所の職員は大抵年寄りの二人組で、やたらと威張っていて、皆すぐに昔話を持ち出してはこちらを脅そうとする。〝高層人狩り〟に昇って来た路上強盗団《ロードランナー》らと何度も銃撃戦になったこと。死んだ組合員。さらわれた若い女。小型爆弾やカッターワイヤをあちこちに仕掛けて待ち構えた話……コチが、組合の用事で地上へ降りたいと伝えると、職員は「聞いている」と無愛想に答えた。机に載った角張った機械を指差し、「この番号を知っているか？」

「それ、何……」

「馬鹿。電話機だよ。通話専用の機器だ。お前のアドレスへ、番号を送っておくからな。アナイの遺品を受け取ったら、連絡しろ。埋立地まで誰かが迎えにいく」

「……護衛付き？」

組合職員が頷き、席を立って階段を塞ぐ金網を、勿体《もったい》ぶった仕草で開く。薄暗い階段を降りながら、護衛が必要なくらい大切な用事なら、なぜ他の人間がいかないのかと不思議に思う。それにどうして今は、埋立地まで送ってくれないのだろう。市の中心から離れた場所が危険なのは、行きも帰りも変わらないのに。

通路を一歩進む度、足元のコンクリートから埃とともに灰色の冷気が立ち昇る。もっと考え事を続けろ、と心の中でいう。エレベータの扉に到着するまで。小さなスタンドライトがところどころに置かれただけの、窓のない空間の湿り気を帯びた気味悪さから、気を逸らしていたかった。

《Ku-》

遺体安置所を出て地下通路に入った途端、体中から汗が滲み出した。自動販売機で購入した弱炭酸飲料を飲み下すと、胸と胃が少し落ち着いたように感じる。刑事課へ向かうよう副署長から指示されていたのを思い起こした。いや、その前に辞令書を受け取らなくては……来未は飲料水の残りを飲み干し、容器の小瓶を回収箱へ差し入れる。内部の粉砕機が瓶を砕く音。こめかみに、微かな痛み。

遺体安置所で現れた二人の存在感が今も来未の背中に張りつき、離れようとしない。父と母の青白い顔がずっと脳裏の片隅に浮かんでいた。市内で生まれた来未は最初から市民権を持っていたが、両親は最後まで準市民の身分から抜け出すことができなかった。二人は日頃から、息子が見《ミ》幸《ユキ》市の公務員となることを心の底から願いながら、そのための伝《つて》がない新参者の身分と少しずつ増えてゆく借金に悩んでいた。そして結局……彼らは、願いを実現する方法を見付けたのだ。

両親の視線を襟足の辺りに感じる。その気配が一緒に微笑んだ。来未は心の中で小さく頷き返す。自分以外誰も知らない、二人の計画に今も従っていることを示すために。ようやく存在感が薄れ始めた。

《Co-》

停留所で路線バスを待つ間、コチはレインコートのポケットの中でカーボンナイフを握り締め続けた。路上強盗団は防護用具《プロテクタ》で全身を固め、小型内燃機関《エンジン》を搭載したインラインスケートで駆け、電撃棒を振りかざして狩りをする……狙いは、正市民以外。あたしのような。警察に被害を訴えても、取り合ってもらえない立場の人たち。

路線バスに乗り込み無人の運転席の後ろに座ってからも、コチは窓の外を警戒し続けた。細かな雨粒が窓を覆い、道路に沿って並ぶ高層集合住宅の下層を面紗《ヴェール》のように薄く隠している。バスが発車すると、対戦型人形の宣伝が投影された。次には光線銃。その次には、子供用の単軌鉄道《モノレール》シミュレータの広告が流れ、ようやくその意味を悟ったコチは顔をしかめる。こちらが少年だと、車内の人工知能に判断されたのだ。髪が短いせい？　姿勢が悪いから？　それとも服装……きっと全部が理由だろうけど。通路を挟んで反対側に座る、同世代の女性を盗み見る。被膜できらきらさせた唇をつまらなそうに歪めて、投影体の宣伝を指先で弾《はじ》き操作していた。明るい色の長い髪を丸め、大きな羽根の髪飾りで留めている。スリムなコートが、体にぴったり合ったシャツとパンツを透過していた。そんな衣装では工具も予備の充電池も入らない……コチは窓の外へ目を逸らす。歩道の上を一列になって歩く短期労働者を、バスが追い越してゆく。同じ緑色の制服を着た列の前後を監視役の無人航空機が挟み、誘導している。たぶん、とコチは考える。

たぶんあたしは、彼らよりはましなのだろう。彼らは仮市民権さえ与えられず、一時的に製品検査や養殖魚工場の手伝いをして、再び市外へと戻される。そのたった半年の市内労働の権利も、くじ運がよくなければ得ることはできない。俯きながら無表情で歩く中年男性たちの顔。でも、彼らにはきっと家族がいる。子供とか、両親とか——

バスが中心街に入り、急に窓外の光景が賑やかになる。投影体の広告が、大勢の歩行者と一緒に横断歩道を渡っていた。頭上に張り巡らされた電線が雨雲の奥から差す弱々しい陽射しをさらに翳《かげ》らせていたが、発光微生物で満ちた都市空間は光り輝き、眩しいくらいだ。電気自動車と人の流れと投影体と街路樹が混ざり合い、うっとりするようなモザイク模様を描き、渦巻き、動き続けている。あの、建物の壁面で踊る女の子は仮想人格だろうか。それとも本物？　衣装も肌も全部がすべすべしていて、あたしと同じ生きものにはとても見えない。

街なかを過ぎ、輝きもバスの後方へ去ってゆく。埋立地に入ると風景から人が消え、色彩も消えた。高い塀と、それを越えて覗く屑鉄の丘。貨物自動車が甲高い電動機《モーター》音を立て、バスを追い越してゆく。左の車線をゆっくり移動するのは小山のような清掃車で、機械腕《マニピュレータ》を歩道へ伸ばし、資源回収箱を持ち上げ、アルコールでも呷《あお》るように中身を荷台へ落としている。

バスを降りて辺りを見回したコチは、停留所を一つ間違えたことに気付いた。次のバスを待たずに歩く、と決めた。雨水の溜まった歩道のくぼみに安全ブーツの爪先が引っ掛かり、足を取られそうになる。ふと、水溜まりを除《よ》けるために父さんの腕にしがみついた幼い場面を思い出し、歩みが止まりそうになった。両目を固く閉じ、大丈夫、と心の中で唱えた。一人でも大丈夫。もう雨も止んでるし。

単軌鉄道の高架線が、景色の先で錆色の結晶のように広がる工場群へと流れている。あの場所には何もない、という話をコチは橘《タチバナ》から聞いていた。橘は昔、電気工事士としてそこで働いていたのに、数年経ったある日工場の稼働が全て止まり、寮からも追い出されたのだという。だから、あの工場にはもう誰もいない。何も造っていないから管理する者もおらず、ネットにも繋がらず、住む者もない。ライフラインと切り離された暗い廃墟でしかない――他の組合員からは、別の話も聞いたことがある。

あの、埋立地を覆い尽くす巨大な工場の中には犯罪者と逃亡者が何世代も隠れ、すでに一つの街になっていて、黴を調味料に馬鈴薯《ばれいしよ》を食べ、鼠を蛋白源に暮らしている、とか。噂が本当かどうかは分からないし、確かめようもない。その話をした組合員は単に、あたしを怖がらせたかっただけかもしれない……〝逃亡者〟という言葉が頭の中で引っ掛かった。電連から遠く離れた場所にいる今の自分を、いい表しているように。

そう感じるのは、組合から頼まれた用件が奇妙だから。組合長は、立方体《キユーブ》を持って来いといった。猫撫で声で。でも、詳しい内容をあたしに聞かせたくないという態度で。組合長は何かを目論《もくろ》んでいるような気がする。保険を掛けた方がいいかもしれない。組合にとって、こちらは作業員の一人でしかない。今、組合が考えていることの切れ端だけでも、知っていた方がいいのでは。

産業廃棄物処理場を隠す高い壁が途切れ、視界が広がる。高架駅の昇り階段と海里運送《カイリ》の真っ白な建物が見えてきた。

《Ku-》

副署長から電子辞令書を受け取った際、来未が微細走査係長の笹英夫《ササヒデオ》から聞いたのは、走査員は係長を含めて今のところ七名が決定したこと、急拵《ごしら》えの捜査係には署内に席も操作卓《コンソール》もなく、報告書等を作成するには小会議室を使うこと、約一時間後には被害者への微細走査が始まるが、技能を持たない係長は刑事課室を離れない、という話だった。

刑事課を出た来未はそのまま、人員輸送車の待機する地下へ降りた。またすぐに死者の精神に接続することを思うと、昼食を摂る気にはなれなかった。

大型水素バスを改造した黒塗りの人員輸送車の中には、すでに四名の微細走査官——来未と同様、その役職を拝命したばかりの者たち——がばらばらに座っていた。年齢もまちまちで、乗り込んだ来未へ皆軽く会釈をしたが、全員の顔に血の気がなく、緊張がありありと伝わってくる。来未は中ほどの窓際の席に腰掛け、することもなく窓から地下駐車場の広がりを眺めた。時折、薄暗い通路を誘導のために発光する投影体が横切り、警察車両がその後に続いた。

集合時間が近付く間に、少しずつ残りの人員が集まって来た。会釈と会釈。他人行儀な挨拶の繰り返しに興味を失い、次に乗車した警察官へ来未は注目しなかった。その人物がこちらの傍で立ち止まり、失礼、といった。

見ると、ダークグレーの背広を着た人工の頭部がこちらを覗き込んでいた。

「隣に座ってもいいかな」空席は幾つもある。困惑する来未へ、「話し好きな質《たち》でね」

磁器のように滑らかな頭部には目、鼻、口と認識できるものはなく、代わりに小さな孔が多数空いている。来未はこめかみに手を触れ、相手を見幸署のデータベースから検索しようとするが、虹彩情報が見当たらずエラーが返ってきた。隣に腰掛けた相手が生身の手のひらを広げ、

「人物証明はこっちで行っている」含み笑いをしているようにも聞こえ、「何しろ表皮で残っているのが片手分だけなんだ」指紋と掌紋で照会が行われ、検索結果が来未の視界に表示される。

朝里絆《アサリキズナ》・男性・二十六歳・警部補・元交通鑑識係。朝里の話は止まらず、

「全部で八名の合格者がこっちに異動したそうだ」

来未は、凹凸のない顔面に空いた孔のうち、どこから発声しているか探りそうになり、目を逸らした。朝里の話が本当なら、鑑識微細走査係員は、係長を合わせて九名ということになる。

「話をするのは迷惑か？　嫌なら黙っておくが」

「構わないが……なぜ俺の隣に座った？」

「一番、落ち着いて見えたからさ」遠慮なしに周囲を見回し、「ほとんど皆、死にそうな顔でいるじゃないか」

来未は小さく首を横に振る。俺も変わらない。これからもう一度ＡＢＩＤを使用することを想像するだけで、吐き気が込み上げるようだ。「……あんたは違うようだな」

機械の体が軽く首を傾げる。朝里が動くと各所の電動機が微かに唸りを上げる。

「俺を見れば分かるだろ？」来未の当惑を楽しむように、「最悪の経験はもう済んでいる」

「……いつ外皮を人工物に？」

「大胆な質問だ」

「話したそうに見えたからな。喋りたくないなら……二度と聞かない」

「四年前だよ」冗談をいうような軽い口調。朝里の声帯は自前のものだろうか。拡声器《スピーカ》を通しているのだろうが、とても自然に聞こえる。「爆薬を使った不法入市者がいたんだ。俺はただ、交通整理の応援として駆り出されただけだったんだがな」『襲撃』に続き発生した暴動に巻き込まれた、ということ。「奴らも馬鹿だ。自分たちで騒ぎを大きくしたせいで、あの多脚式の戦車みたいな鎮圧車両に、機銃を乱射させる口実を与えちまったんだからな」

「鎮圧車両の出番はほとんどなかった、と聞いているが」

「信じるなよ、そんな公式発表を。俺は実際にその場にいたんだ。人間が一斉に、細切れに飛び散るんだぜ……あんたはその時、どこにいた？」

「市境に。警備隊として、当時は一三一区の海底道路を担当していた」

「すると、あんたが『襲撃』を抑えきれなかった無能どもの一人、ということか」来未が黙っていると、「冗談だ。市境警備隊にも多くの殉職者が出たことは、俺も知っている」

声色から笑みが消え、「覚えているか？　その時の市境の様子を。一三一区なら、工場地帯だな。どんな景色を見ていたんだ？」

「……隧道《トンネル》の中で、道の先をずっと見詰めていた。それだけだ」

来未が担当した一三一区の海底道路では、不法入市者の侵入を完全に防いだ。

その時も来未は、埋立地に近い海の底の元産業道路上、非常灯だけが点《つ》いた三車線を塞ぐ黒い柱の列を、およそ五〇〇メートルの距離を置き、隠れる場所もなく片膝立てのまま暗視照準器《スコープ》で見詰め続けていた。隧道内に轟いた数百人の不法入市者の騒ぎに、早々とその場から上司が警察車両で逃げ出したため、絶縁衣服を着て真っ先に柱を乗り越えた六人全員を、来未一人が射殺することになったのだ。最初に柱を越えた男が来未の銃弾を受けて見幸市側に墜ち、背負っていたずだ袋に見えたものが動き出し、子供の顔が現れた。墜ちた男は、後から柱を越えた不法入市者たちに踏みつけられ、押された子供は柱に当たって感電し、小さな体を一瞬跳ね上げ、男の傍に倒れ動かなくなった。来未が立て続けに、容赦なく見幸市に降りた者を撃つと、市境に押し寄せていた群衆は動きを止め、やがてK県側へ不承不承、引き返し始めた。その場の一部始終は、隧道に設置された監視カメラによって記録された。見幸市側に接地した後の越境者を射った、という事実を来未が上層部から咎《とが》められることはなかった。処分を受けたのは逃げた上司だけで、二階級降格となって辞職し、見幸署から消えた。のちの司法解剖により、『襲撃』時の海底道路における死亡者の全体数は九名、銃弾を死因とする者が六名と分かった。他の三人は、感電あるいは落下で死んだことになる。

　二人は親子だったのだろう、と来未は思い起こす。倒れ伏した父親の背から降り、呆然とする娘の白い横顔……あれは確かに娘だった。これまで想起したこともなかった、微かな記憶。思い出したのは、たぶん——遺体安置所で幼い少女を走査したことが関係している。

「なぜ『襲撃』が起こったか、知ってるか」朝里からの問い掛けが、来未の思索を破った。

　車内の多くの者が聞き耳を立てている気がし、来未は話を切り上げたかったが、

「……熱狂の伝染、と聞いている。一種の……集団ヒステリーのようなものだと」

「皆、そうやって簡単に流しちまうがね、実際は流言《デマ》があったんだ。K県の中で」

　朝里の声が低められ、「『襲撃』の七日前に佐久間種苗の会長が亡くなった。覚えているか」

「……同じ時期だったのは」

「新会長は入市者に関する考え方が違う、となぜかK県の奴らは考えたらしい。新会長は見幸市の政令指定を解除させるつもりだ、と。市がK県に再び編入されるのを望んでいると。そうなる前に見幸市側の人間になっておけば、再合併の際、自動的に仕事と住み処が県から与えられると。それで奴ら、いきり立っちまった」

朝里の話が本当なら、馬鹿げた流言だ。佐久間種苗が、見幸市と叶《カナエ》県の再合併を望むなど。佐久間は自らの研究と事業を高速回転させるために見幸市の後援を必要とし、市も唯一の金脈である佐久間を手放すはずがない。

「噂は噂だ」来未は率直にそういった。朝里は楽しげに、その通り、と答える。

「今後、街の噂には俺たち微細走査官の話が加わるだろう」

車内前方のコントロールパネルが光り、人員輸送車の発車を知らせ、シートベルトの着用をアナウンスする。電動機の高音とともに朝里が姿勢を変え、

「どんな恐ろしい噂が生まれるか、今から楽しみだよ……だが俺たちの場合、本当の話の方が恐ろしいがね。あの死者の世界を佐久間の奴らが心象空間《エゴスケープ》と名付けたのを知ってるか」機械の手でシートベルトを締める。その動きは滑らかだ。「あれは、そんな生易しいものじゃない。だろ？　あの空間と比べられるものはどこにもない。絶対的な、凍りついた世界……興味深い話を教えようか」シートに深々ともたれ、腹部の辺りで機械と生身の手を組み合わせる。

「一人、現実世界《リアルワールド》に戻って来れなかった受験者がいたそうだ。気をつけなよ、俺はもう自分自身の命にさほど未練はないがね、あんたはもう少し長生きしたいだろ……」

海里運送の物流倉庫内の休憩室に入ったコチは、不機嫌そうな背広姿の集団を避けて壁際の長椅子に座り、エディ・ウィルソンの歌声を再生した。虹彩検査の後すぐにアナイの遺品を受け取れるものと考えていたのに、警察の検死が済んでいないとかで、他の市民と一緒に名前が呼ばれるのを待つことになったのだ。

警察が倉庫内をうろついている、というのは嬉しくない話。奴らの中には、高層人と見ると難癖をつけて市民点数を下げようとする者がいる。コチも以前に一度、コートのフードで顔を隠していたのを咎められ、減点されたことがある。今はポケットにナイフを忍ばせているから、もし見付かった時には間違いなく準市民から仮市民へ降格されてしまうだろう。

影の外から、彼女は夢のように歩み寄る——全面照明の低い天井を見上げながら、歌声に耳を傾けた。ようやく、「東玲《コチアキ》」と休憩室の扉を開けた警備員に呼ばれ、長椅子から立ち上がる。こめかみに触れ、歌を停めた。

警備員の肩に付けられた社章を目にし、コチは冷蔵倉庫を守っているのが佐久間種苗の警備員なのを知り、少しほっとする。フェイスガードで顔を隠し、ボディスーツを着込んで小銃を下げた警備員の見た目は厳《いか》めしいが、その態度はいつも苛立っているような警察官よりずっとまし。あのボディスーツは刃物も銃弾も弾《はじ》き、緊急時には膨れ上がって筋力を増強する、とか。

展示会場ほどもある広大な冷蔵倉庫に、コチは通された。銀色の壁と天井に囲まれた無機質な空間には、数え切れないくらい大量の黒い袋が互いに距離を置いて並び、整然と床を埋め尽くしていた。それぞれわずかに形の歪んだ大きな袋で、その全部に遺体が入っている、と気付いたコチの足が竦《すく》む。先導する警備員は歩みを止めなかった。白い息を吐きながら緊張して後に続くと、警備員は太い柱の傍で立ち止まり、足元を指差した。

警備員が片膝を突き、黒い袋のファスナーを下げ、中がよく見えるよう大きく開けた。

瞼を閉じ、唇を薄く開けたアナイがそこにいる。

血の気がなく、それにやはり生命も感じられなかった。それ以外は不思議なほど、いつもと変わりがない。コチと同じくらい、小柄な体。厚手の外套。左手の人差指と中指が義指なのは、その二本を発電用の回転翼に挟まれて潰してしまったため。肌に触れられた時、義指がひどく冷たかったのを覚えている。

胸の中で感情が膨らむのを、コチは予想していなかった。アナイの死に動揺するなんて。あたしはこの子のことを、気に入っていたのだろうか。

電連の人間に連れられて初めて上層に昇り、精肉店の隅で縮こまっていたコチを組合の児童養護施設へ連れていってくれたのは、同年代というだけで組合長から命じられた、アナイだった。手作りの低層建築が密集する区域へ案内する途中、振り返った時の人懐っこい笑顔。

「早く済まさないと凍えるぞ。遺品は袋に入っている」

警備員に促され、コチはようやく動き出す。全部忘れよう、と思う。遺体の胸元に置かれたナイロンの袋を取り上げる。それさえも冷えている。中には、タオルと精密工具、握り潰された煙草の空箱以外、何も入っていなかった。そんなはずはない。警備員へ、「これだけですか……」

私設警備員はボディスーツの前腕から巻取式の端末を引き出して、ぎこちない様子で操作を始めた。室温が低すぎるせいで倉庫内では発光微生物が浮遊できないのだ。警備員がタブレットに表示された情報を読み、それだけだ、と答えた。「全部、外套のポケットに入っていたものだ」

コチは遺体へしゃがみ、外套を探って荷物を見付け出そうとする。

「アナイは、どんな風に死んだんですか」

「……佐久間本社から配達の仕事を請け負い、荷物をエントランスで受け取る際に細菌兵器の被害を受けたそうだ」

「何を配達しようとしたのか、分かりますか……」訊ねながら、コチはそっとアナイの着る外套の、模造毛皮のついた襟の後ろに手を回す。アナイは、人に知られたくないものをそこに隠す、と知っていたから。横目で警備員を確かめる。慣れない端末操作に集中している。

——あった。

静かに毛皮の奥のボタンを外し、内部のものを取り出した。小さな箱形をしているのが、手触りで伝わる。紙袋で包まれていた。警備員の説明が続き、

「……結局、荷物を預かる前に事件が起きた、ということじゃないのか」

「映像は残されていますか」質問しつつ、コチは立ち上がる。

同時に、紙袋を素早くレインコートのポケットに押し込んだ。

「いや、ない。事件の前後、電気系統のネットワークがやられて予備電源も正常に働かなかった。例の停電さ……K県の仕業だよ」

コチは頷く。胸の中で心臓が大きく鳴り、吐息が短い間隔で目の前に白く広がるが、警備員に気付いた様子はなかった。

「遺体は引き取らない、ということでいいんだな？」

コチは慌てて、もう一度頷いた。

「それならこの遺体は焼却され、市の電気エネルギー生産の一部となる。骨も残らない。身元引受人として同意するか？」

アナイの白い顔を見詰めたまま、同意した。ポケットの中の遺品を意識する。アナイ――何を佐久間から持ちだそうとしたの？　コチは警備員に指示された通り、指先でタブレットに自分の名前を書いた。体が冷えきっていることに気付く。踵を返し、駐車場へと歩き出す。

さよなら、と心の中でいう。

《Ku-》

冷蔵倉庫に保管された百十四人の遺体――遺体安置所へ運ばれた七人を除く――を、八組の微細走査官と補佐官を二つに分け交代で調べる、と現場で初めて佐久間側から伝えられた。走査時間は四〇分、ＡＢＩＤの用意と片付けも含めて一時間交代、という話だった。来未は第二陣とされ、一陣が微細走査を終えるまで、民間人とともに休憩室で待つことになった。最初に戻って来たのは朝里だった。他の走査員とともに円卓を囲んでいた来未の隣に、腰を下ろした。俯いたまま、「ついさっきな、海里運送の人間と擦れ違ったよ」疲れた声でいう。

「遺体収納袋が並んでいるのを見て苦りきっていたが……無理もないな。稼働前の食品倉庫に遺体を運んだ、なんて話が外へ漏れたら業者としての信用に瑕《きず》がついちまう。そのリスクに対しての代金を払うのは、全部佐久間だがね……私設警備員がでかい面をしていても、俺たちは何もいえんな。これだけの遺体を収容できる施設を、見幸署は持っていない」

来未は軽く頷いてみせたが、人工的な視界にこちらが入っているものか、判断のしようがなかった。朝里はしばらく黙り込んだのち、

「仮市民の少年だった。一七歳だ。小柄で、もっと若く見えたよ」

腰掛けた姿勢で動かない同僚を見ていると、つい糸の弛《ゆる》んだ操り人形《マリオネット》を連想してしまう。

「当時、少年はエントランスで広告を眺めていたようだ。恐怖を感じたのは、死の直前のほんの一瞬だった。あっという間に冥土へ旅立った、ってわけだ」

「……走査で得たものは、それだけか」

「遺体の搬送を後回しにされたらしい。神経細胞の保存状態がよくなかった。心象空間は不確かで、色々な記憶が錯綜していた。人の顔やただの光、ゴムボールが水槽に沢山浮いている光景とかな。走馬灯って奴かね……どれも断片的で、事件との関連性までは分からない。結局、何も知らずに死んだんだ、幸せな最期かもな」吐き捨てるような言葉。「馬鹿馬鹿しくなって自分で引き金を引いて離脱したんだが……夢の中で現実の指を動かすようなものだ。なかなかうまくいかなかったぜ。佐久間側の説明とは全然……」朝里が顔を上げる。

扉が開き、防寒コート姿のオルロープ雫が姿を見せた。「用意ができました。始めましょう」

微細走査は冷蔵倉庫の奥の、食堂で行うことになっている。来未は頷き、席を立つ。倉庫では針で突くような冷気が周囲から迫った。その寒さの中で、遺体と対面する一六、七歳の少女がいた。しゃがんだまま佐久間の私設警備員から説明を受けている。遺体の襟元から遺品らしき何か

を取り出し、黄はだ色のレインコートのポケットに仕舞った。

《Bi-》

佐久間種苗株式会社本社ビルの受付で順番を待つ尾藤《ビトー》は、エントランス内を見回した。前日に大量殺人があった、とはとても信じられない。多くの人間の出入りがあり、鑑識作業の痕跡も注意を促す投影体も存在せず、細菌兵器の散布された印を見出すことはできなかった。入口側の硝子を透して、哨戒用無人航空機が普段よりも多く飛ぶ様子が目に入ったが、ビル前の風景を変えるほどの違いではない。

受付でこちらの用件を取り次いだのは、機械ではなく生身の女性だった。尾藤は広告を映す円柱を眺め待ち時間を潰した。広告が切り替わる瞬間だけ、太い柱は鏡に変化する。その度に頬が痩《こ》け、擦り切れた襟高のコートを着込む自分自身の姿と対面することになり、気分が滅入った。あの顔色を見ろよ。いかにもアルコールが手放せません、って面じゃないか……柱の映像が、佐久間種苗株式会社の創立七十五周年記念日が一日後に迫っていることを知らせる。一握りの興味すら湧かない。

総務部の者が応対いたします、と受付嬢がいった。尾藤は指示通り来客者用のタグを襟に留め、人工知能技術部の話も聞きたい、と受付嬢へ告げる。

「その部門で働く者の被害が一番多かったと聞いている」

返事を待たず受付を離れ、エレベータへ向かう。

海里運送の倉庫を出ても、コチは第四両替所に連絡しなかった。

屋上へ戻るのにも、一つ先の停留所で降り、第三両替所のゲートを使った。職員たちは不思議そうな顔で階段を塞ぐ金網を開けてくれた。屋上を幾つか渡り、住宅街に足を踏み入れる。

その区域は無計画に住居が建てられたせいで、〝道〟と呼べる空間はどこにもなかった。有り合わせの材料で作られた建物は皆古く、コチの肩が少し触れるだけで壁の塗装が剝がれ落ちた。目の前の換気扇《ファン》から、得体の知れない香辛料の臭いが漂ってくる。垂れ下がった重いコードの束を持ち上げ、そこに引っ掛かった八木《ヤギ》アンテナの下を潜った。

電連の指示通り動いていない……そう認めると、不安になる。警戒しすぎなのだろうか？　でも、やっぱり何かがおかしいように感じる。アナイの死。アナイが運ぼうとしていたもの。組合の態度――不安の正体を確かめないと。

蔦《つた》を払いながら進んでいると、甲高い罵声が耳に届いた。〝児童養護施設〟の傍を通っていることに気付く。あの老婆の声を聞くと反射的に身が竦んでしまうのは、コチも施設の中で怒鳴られ続けたせいだ。あちこちが破れた寝袋と、残飯が用意されただけの狭い小屋。何の思い入れもなく、老婆がまだ元気でいることだけが残念だ。

突然、空が見えた。ツバキの住み処は屋上の一番端にあり、そこがコチの目的地――

ツバキの住居は他の建物と違い、コンテナと配管を樹脂接着剤で不格好に固めた上に、屋上の縁から宙へせり出す格好で建てられていた。〝不安定〟を見せびらかしているのは防犯のためという話だけど、コチからすれば基礎の固定すら怪しい小屋を住み処にするツバキの気が知れず、頭がおかしいのでは、と訪れる度に考えてしまう。

外階段を登っていると、一歩上がる度に軋《きし》みが手摺りを握る手に伝わってくる。色々な場所がぐらつき、今も雨で少し濡れていて、それだけでなく完全に段の抜けた箇所まであった。そこを通して遥か下の幹線道路が見える。後悔しかけるが、〝遺品〟の中身を確かめるためにはツバキの技術が必要で、なぜなら彼女は〝計算屋〟を自称しているから。コチはその職業を〝PCを最大限に活用する業種〟と理解していた。ツバキと知り合うことになったのは、彼女が小屋に無理やり貼りつけた光発電パネルの配線に四苦八苦しているのを見兼ねて、手伝ってあげたからだ。

階段を登りきり、扉についたブザーを押し、応答を待った。ツバキはこちらが階段を登り始めた時から、訪問者に気付いているはず。彼女は馬鹿馬鹿しいほど防犯にうるさく、映像で監視するだけでなく、電撃銃的な仕掛けまでコンテナの周囲に張り巡らしていた。食料を配達する無人航空機とごみ回収人とあたしの他に、ここを訪れる者がいるのだろうか？

唐突に、扉の解錠音が聞こえる。

足を踏み入れたコチは室内の眩しさに目を伏せつつ、後ろ手に扉を閉めた。いつも通り変な臭いがし、口の中に苦味らしきものを感じる。それは空間に濃厚に満ちる発光微生物のせいで、体に害がないことは分かっていても咳き込んでしまう。蒸し暑さにレインコートを脱ぐが、積み上げられた機械や紙の本の上に置く気にはなれず、扉についたフックに吊るした。コートのポケットから紙袋を取り出す。安全ブーツを脱ぐと、大きなスライドボルト式の錠が音を立てて締まった。

　空中に、幾つもの投影体ウィンドウが浮かんでいる。暗号化はされておらず、コチにも内容を見ることができた。ほとんどのウィンドウにプログラムのコード——その内容について計算屋は〝最適化〟としか答えたことがない——が、その他には風景が表示されている。小屋の周囲を見張るための防犯映像。ツバキは大きなゲーミングチェアに膝を曲げて座り、よれよれの下着姿で、丸めた毛布を抱えたまま物理キーボードへ両手を伸ばしている。コチより十歳年上だが体つきは同じくらいで、常にぼろぼろの毛布を手放さない様子は、とても子供っぽく見える。

　ツバキ自身が小柄でも、空間にほとんど隙間はなかった。大型ＰＣの筐体《きょうたい》と幾つもの記憶装置《ストレージ》と拡声器と梱包されたままの荷物が机と椅子を取り囲み、その間で太いコードがのたくり、温度計や冷蔵庫の扉や冷房の噴出口が顔を出し、さらに周りを物理書籍とディスク（ほとんどが子供向けの絵本やカトゥーンで、ツバキのコレクション）、その他の用途の分からない装置が微妙なバランスを保ち重なっている。コチの爪先に何かが当たった。

　蜘蛛の形をした自動清掃機が、先に進めずに戸惑っている。清掃機の記憶した室内の地形をコチが乱してしまったせいだ。爪先立ちになると、清掃機は恐る恐る隙間を通り、前脚についた汚れを口に運ぶ作業に戻った。ゲーミングチェアの背を倒すために空けられた場所に、コチは立った。ツバキの、髪が刈り込まれた後頭部を眺めているとキーボードを打つ手を止め、「組合長は元気？」と興味のなさそうな声で訊ねてきた。

「……三次元蛋白質印刷機《プリンタ》に夢中。いつも通り」

「最新型でしょ。私が勧めたんだよ。あれ、ほんとに凄いんだ。単純に細胞を配列するだけじゃなくて、分子単位で組み上げる。高度医療の脳外科手術にも使われる代物だから」

「じゃあ、組合長の夢がかなったわけ……」

「今は無理。印刷機の精度は高いけど、それに合ったスキャナが存在しないから。情報《データ》を買おうにも、良質な食肉の価値はこのビルが土地ごと買えるくらい……で、調べもの？　何？」

「ちょっと……興味ありそうなものを持って来たんだけど」

コチはむず痒い鼻を手の甲で擦り、紙袋の中の小箱をツバキに差し出す。相手は怪訝《けげん》な顔で、

「どうして欲しいの……」

「それが何なのか全然分からなくて、さ」

ツバキはひどく慎重な態度で、小箱を開けた。中には瑠璃色の機器が入っている。小さな『立方体』。ツバキの細い首が強張《こわば》ったのが分かる。小箱と機器を手にしたまま動かなくなり、そしてコチは、計算屋が蓋を開けた箱の方を見詰めていることに気付いた。

「……それしか入ってなかったよ」

教えるが、ツバキは箱の中を覗き続けている。投影体の一つを引き寄せて照明にし、箱の角度を変えて眺めた。コチも後ろから首を伸ばすが、やはり内部には何も存在しない。

「……全然、何も見えない」

ツバキが当たり前のことをいうものだから、「そういったけど」

「違う」ツバキは小指を箱に入れ、爪で底を掻く。「何もないんじゃなくて、何も見えないっていうだけ」小指の爪が黒く染まっていた。見て、と小指を色々な方向へ傾けながら、「ずっと真

っ黒でしょ。光を全然、反射しない」

「それが何……」

分からない、とツバキは答え、毛布に指を擦りつける。「でも、炭素《カーボン》だと思う。光線を吸収する。たぶん、もっと広い範囲の電磁波も。箱の底に塗られてるのは……商品見本《サンプル》のつもりかな」

「何かの役に立つの」

「神経細胞に電気を流して反応を読み取るとか。ただの噂。本当かどうかは知らない。本当だとしたら……」改めて振り返る。一重の目がコチを睨み据え、「どこで手に入れたのさ」

「……組合に頼まれて」一瞬口籠《くちご》るが正直に、「死んだ組合員がそれを、こっそりどこかへ運ぼうとしていたの。ちょっとなんか……嫌な臭いがするでしょ？」

「誰が死んだの？」

「アナイ。知ってる？」

「知らない」素っ気なくいって、ツバキが再び黙り込む。コチは不安になった。彼女は敵ではなかったが、無条件に味方をしてくれるような間柄でもない。「噂が本当だとしたら、これは佐久間のものだよ。完全な黒……この炭素はそれらしく見える」

「アナイは、佐久間本社でこれを受け取った。だから……その推測は合ってると思う」

コチはツバキの片手に握り締められたままの機器を指差し、こっちは、と訊ねた。「あたしとしては、こっちを調べて欲しくて来たのだけど」

ツバキは小箱を積み重ねた絵本の上に載せた。立方体を手のひらの上で転がし、

「これは、ダイヤモンド」

「どの部分が……」

「ダイヤモンドの結晶を利用した量子記憶装置《メモリ》。特大の記憶容量で、特別な高級品」

「端子はどこに？」

「ほら。ここをずらすだけ」

「ＰＣと接続できる？」

「できるはず。見るのも触るのも、初めてだけど」

「……全然、大したものじゃないと思うよ」コチは首を竦め、「大事なものなら、あたしになんて運ばせないだろうし」

それはどうかな、とツバキは鼻で笑い、「厄介な荷物なら、誰も触りたくないでしょ」

「これをＰＣに挿してみたい、と思う？」コチは不安を隠し、「中身を見てみたい、って」

「あのさぁ」ツバキは溜め息をつき、「これに悪意のソフトウェア《マルウェア》が仕込まれていない、って保証がどこにあるの。得体の知れない記憶装置を調べろって依頼なら、相応のポイントを払ってもらうよ。あんたの数ヶ月分の稼ぎが飛ぶだろうけど、それだけの……」

「でも、これは佐久間のもの。でしょ？」黙り込む計算屋へコチは言葉を被せ、「中身に興味がない、って風には見えないのだけど」

「……オフラインにしても、ＰＣ一台が駄目になるかもしれない。その保険分の費用は請求させてもらう」

コチは後ろから素早く量子記憶装置を奪い取り、

「高級品、って分かっただけでもよかったよ。ありがと」

「……誰も彼もが、足元を見るんだ」

ツバキが子供のように毛布を抱き締め、顔を埋める。唸り声を発し、「自分の都合ばっかり」

ごめん、とコチは声をかける。「あたしも、急いでるからさ……」

ツバキが顔を上げ、両手で空中のウィンドウを次々と消していった。キーボードを叩いて、部屋中のPCをシャットダウンさせてゆく。それぞれの機械から流れていた換気扇の回転音が消え、急に空間が静かになる。

「複製できるものは、させてもらう」ツバキが背後へ手のひらを広げ、「それが対価。いい？」

コチはその手に量子記憶装置を落とした。ツバキは身を乗り出して、大きな筒型のPCに記憶装置を差し込む。幾つかのウィンドウが二人の前に広がり、自動的に内部の情報を開示する。いよいよ、立方体の中身が明らかになる。様々なファイル。ツバキはそれらを目まぐるしい操作で確認してゆく。アブソルートブラックインターフェイス……とつぶやいた。ファイルの一つは、化学式の羅列で、後の幾つかはテキスト、もう一つはモノトーンの三次元設計図、らしい。

二人の目の前に突然、新たな投影体が現れた。線だけで構成されたデザイン。何だこれ、とツバキがつぶやいた。コチが線画から連想したものを口にするとツバキは振り返り、

「どこが？　五芒星《ごぼうせい》か何かが崩れているようにしか見えない」

「昔そんなカトゥーンがあったよ。知らない？　これは落書きみたいだけど色はそれっぽく……」

一瞬、室内の投影体が全て消えた。コチが瞬きをする間に、ウィンドウは元通りに並んでいた。線画だけが消えている。幻を見た気分だった。ツバキも唖然としていて、怖々《こわごわ》とキーを叩き始める。あっ、と大声を上げた。「誰かが階段を登って来る」コチも映像を確かめようとするが、ど

のウィンドウの話をしているのか分からない。ツバキは、畜生、と吐き捨てるようにいい、「警報がリセットされてる。くそ、さっきの暗転のせいだ。あっ」椅子から飛び上がって、「勝手にオンラインになってるじゃないか」記憶装置を乱暴にPCから引き抜き、「こいつ、人工知能だ。人のシステムを勝手に……何でこんなものが入ってんだ」コチへと投げつける。

外で、大きな破裂音と男たちの悲鳴が起こった。防犯の仕掛けが発動したのだ。

「組合の奴らみたい。知り合い？」ツバキが投影体の一つを指し示す。

その防犯映像は広い画角のせいで、ひどく歪んでいた。二人が階段に倒れ掛かっている。服装からは、確かに電連らしく見える。先頭の男が手にしているのは……

「……あれは、銃？」コチがつぶやくと、

「馬鹿」ツバキは罵《ののし》って立ち上がり、「連絡なしで来て仕掛けを喰らってんだから、用事はあたしじゃないだろ。そこの蓋を開けな。早くっ」

指差された足元の床に把手を見付け、コチはコードの束を掻き分けて両手でつかむ。凄く重く、歯を食い縛って持ち上げ、何とか蓋を開くとツバキが、

「隙間が見える？　あんたなら、抜けられるだろ。そこから、とっとと出てけ。あたしは何も知らないからな。奴らが勝手に仕掛けを喰らっただけだ」

コチは慌ててブーツを履き、レインコートを身に着けて立方体を仕舞う。床に空いた大穴に膝下を差し入れた時、積み重なった機器の上に、横断機《ローラー》が無造作に置かれているのが目に留まった。手に取り、充電を確認する。視線が合ったツバキは顔をしかめ、「それで第一両替所までいって、下層へ向かえばいいだろ」舌打ちし、「ゲートを開けるよう、偽のメイルを流しておく」

ありがとう、と伝え、コチは床を抜けてコンテナの隙間へ体を押し込んだ。

急に視界が塞がれ、勝手に体が滑り落ちてゆく。コンテナの向こう側から、電撃を受けて苦しむ男たちの様子が伝わってくる。苦しげな唸り声が、悪態に変わる。

レインコートが顔まで捲《まく》れ上がり、自分がどの辺りの高さまで降りたのか見当がつかない。ようやく、ブーツの底が屋上に着いた。身を捩ってコンテナの狭間から抜け出した途端、すぐ傍で大きな金属音が鳴った。銃撃された、という事実に頭の中が白く染まり、思考停止に陥りそうになる。けれど、コチの足はすでに駆け出していた。

向かいの高層建築を目指し、屋上の端へと走り寄る。支柱に繋がれた、空中を渡る綱に横断機を掛ける。待て、という鋭い声が背中に届くが、コチは構わず屋上を蹴り、空へと飛び出した。

三

《Ku-》

来未《クルミ》は長椅子の背にもたれ、埋込装置《インプラント》を使って微細走査の共有情報を視界に呼び出した。

気になっていたのは、あの少女が被害者から遺品を取り上げた場面だ。被害者の氏名は穴井直《アナイナオ》。身元引受人は東玲《コチアキ》。同じ屋上組合に所属している。彼女が受け取ったはずの遺品は名簿に記載されていなかった。記録するほどの品ではない、と私設警備員が判断したのか。いや、そもそも警備員は遺品をコートに仕舞った動作を認識していたのか。

アナイ・ナオの走査を担当したのは朝里《アサリ》だ。微細走査の報告にも遺品については記されていなかった。こちらが気にするような話では、最初からないのだろう。しかし、もし——

休憩室の扉が開き、冷気とともにオルロープ雫《シズク》が姿を現す。三度目の微細走査が始まる。来未は重い体を引き上げるように席を立った。

雫がわずかに首を傾げ、「もう少し休みますか」

「いや、いこう……まだ何も発見できていない」

朝里の言葉は正しい。来未の走査対象者は二人とも人工知能技術部の研究員だったが、やはり細菌兵器の散布された状況を理解するどころか、ほとんど自分の死を意識する間もなく人生の終わりを迎えていた。急に死が訪れたために、被害者たちは事件に関する情報を思い浮かべる間もなかった、ということでもある。彼らの心象空間《エゴスケープ》に現れたのは、恐怖ではなく混乱だった。

来未は雫に続き三度《みたび》、きれいに片付けられた食堂へと向かう。間隔を空けて床に並べられた遺体収納袋のそれぞれに、微細走査官と走査補佐官がつき添っていた。男性走査官の補佐は女性が担当し女性走査官には男性がついている、ということに何か意味があるとすれば、それは警察ではなく佐久間《サクマ》種苗の思惑だ。

来未は用意された小さな椅子に腰掛け、疲れないか、と走査補佐官へ声をかけた。

「補佐をするにも集中力がいる」

「私の方は問題ありません」わずかに微笑む。その口元の固さに、彼女が佐久間の人間だという事実を改めて認める。雑談を交わす必要も笑い合う必要もない。雫はジュラルミンケースから走査機器を取り出しつつ、「睡眠導入剤は必要ですか」

いや、と来未は断った。すでに二度摂取し、その影響がまだ体に残っている。目を閉じるだけで眠りに引き込まれそうだ。黒い収納袋から顔を出した遺体には、すでにヘッドギアが被せられている。頬と顎を脂肪で弛《たる》ませた中年男性。硬く目を閉じている。三人目も研究員で、雫がその素性を伝えるが表面的な内容だった。必要以上に、佐久間社員の情報を警察に晒《さら》したくないのだ。

それはそれで構わない、と思う。微細走査に個人情報の詳細は必要ない、ということが分かってきた。走査官にとっての対象は、全て心象空間内に存在する。証拠を空間の外に求めるのは刑事課と鑑識員の仕事だ。内側を予断なく観察し、心理的違和感を客観的表現に置き換えるのが微細走査官の職務──今では、来未はそう理解している。

始めよう、と雫へ告げ、受け取ったヘッドギアを被り、マウスピースを口に含んで離脱用の引き金《トリガー》を手にする。耳孔をイヤフォンで塞ぎ、瞼《まぶた》を閉じた。

《Co-》

横断機のハンドルを通して綱の軋《きし》みが伝わる。道路を挟んだ向かいのビルの屋上へ高速移動するコチは、風圧から顔を背け後ろを見た。追っ手の二人がそれぞれ横断機にぶら下がり、空中を渡って来る。一本の綱に二人以上の体重を掛けるのは、規則違反だ。下方を確かめると、距離感を失うほど遠くにアスファルトの紺色と街路樹の緑が見えた。

屋上に達するとすぐに横断機から手を放し、飛び降りた。勢いと落差を、前転することで相殺した。屋上のリノリウムに溜まった雨水にコチの肩が突っ込み、水飛沫《しぶき》を上げる。そのまま駆け出し、洗濯物のシーツやシャツを腕で払いつつ屋上家屋の密集地区を走り抜けようとする。背後から、横断機同士のぶつかる金属音が聞こえた。

逃げるのは得意、とコチは自分にいい聞かせる。狙撃手に撃たれた父さんが最後にいったのも、逃げろ、という言葉だった。

──アキ、明日のこの時間まで逃げきれ。それだけで、お前は準市民だ。

屋上に立つ排煙機が、コチの傍で火花を散らす。銃撃だ、と気付き、慌てて首を竦《すく》める。追っ手の一人はイーノのように見えたけど。あいつら、本当にあたしを殺すつもりで──

第一両替所にコチが駆け込むと、組合職員が啞然とした顔で、けれど階下への金網を開けて待っていた。軽く頷いて通り過ぎ、階段を走り下りる。利用したことのないゲート。けれど、降り立った通路の先にはエレベータの扉が見え、黴臭《かび》さと薄暗さも他の建物と同じだ。階上から喧騒が届く。追っ手が職員と揉めている。全部、計算屋のツバキのお陰……彼女は無事だろうか？あたしと接触したことで、組合での立場が悪くなってしまったのでは。コチが勝手に訪れ勝手に逃げ出した、とツバキがいい張ったとして、組合はそれを信用するだろうか。

通路の突き当たりの扉に張り付き、隣のボタンを叩くとエレベータの駆動音が手のひらに響いた。階数表示を見上げても、発光装置が壊れているせいで何階を過ぎたのか読み取ることができない。コチは、いったん地上へ逃げると決めただけで、自分がそれ以外何の考えも持っていないことに気付く。どこへいけばいい？　いつまで逃げ続ければいい？　地上で身を隠そうにも、すぐに手持ちの電子円は底を突くだろう。背後を振り返った。

階段を下りる追っ手の物音が、通路に轟《とどろ》く。コチは泣きそうになるのを堪《こら》え、握った拳の底でボタンを何度も叩いた。ひどく曇った扉の窓から暗い昇降路《シャフト》を覗き込むと、ワイヤが巻き上げられ、エレベータ籠《ケージ》が昇って来るのが見えた。

到着した籠に急ぎ乗り込む。一階のボタンを両手で押すと、通路の先でフードを被った追っ手の一人が走りながら銃を構えるのが見えた。あれは確かにイーノだ。もう一人はスミ。どちらも中年男の仮市民で、こちらよりも後に電連に入った組合員。二人が血の気のない顔で迫って来る。コチは後退《あとずさ》り、エレベータ籠の壁に背中をつけた。全身が強張《こわば》り身を伏せることもできない。

追っ手が銃弾を発射する前に、扉が閉まった。籠が動き出し、重力の変化にふらついてその場に座り込んだ。レインコートの上から胸元を押さえる。苦しいほど、心臓が胸を叩いている。

事情を聞いた組合職員がエレベータを止めてしまうのでは、と怯えていたが、籠は何事もなく一階に着いた。裸体の彫刻の並ぶ無人のエントランスから、路上強盗団《ロードランナー》が待ち構えていないか道路を窺う。ここでぐずぐずしているわけにはいかない。イーノたちが諦めて引き返す、とは思えなかった。目の前の停留所に到着した路線バスに、コチは迷わず乗り込んだ。席に座り、身を低める。また、男子用の玩具の広告が流れ始めた。ボディスーツを着て大きな銃を構え、投影体と連動して他の玩具と戦う兵士たち。

このままもう一度倉庫へ向かう、と決めた。あの場所には佐久間の私設警備員がいる。佐久間種苗の施設でなら電連の奴らも無茶はできないし、それにもしかしたら、兵士のような警備員があたしを守ってくれるかもしれない。

＋

《Ku-》

瞼を開ける。朦朧とし、どんな体勢でいるかしばらくの間、把握することができなかった。黒くぼやけた人物が、こちらを正面から見据えている。来末は自分が、よく磨かれた床を見詰めていることに気付く。相対しているのは、自分自身の影。

膝と手を床に突いていた。心象空間内での位置関係を理解した途端、感覚に歪みが生じる。大丈夫、と自分にいい聞かせた。これはよくある反応だ。ともかく俺はまだ、現実と死者の世界との区別がついている……ゆっくりと立ち上がった。

　同期に曖昧さが残る間に、この場から離れた方がいい。心象空間での最初の位置は、被害者の最期の瞬間に近い。その動揺に巻き込まれると混乱し、走査に支障をきたすことになる。両手で肩を抱き、歩き出した。天井の、そこから細菌兵器が撒かれたはずの発光微生物噴出口を見上げる。その辺りにも恐怖は感じられない。この被害者もやはり、何も知らずに死んでいったのだ。

　来末は同じ景色に、他の被害者を通してすでに二度、足を踏み入れていた。佐久間種苗本社ビル九十九階、無柱構造の広い開発室。背広か、あるいは割合整った身なりをした大勢の者たちが机に向かい、それぞれ控えめに投影体を展開して、作業している。投影体の内容を読み取ろうと見詰めるが、焦点が合うことはなかった。被害者自身の記憶に、その細部が残されていない。

　清潔な空間。すでに見慣れた光景のはずだったが、若干の色味の違いがあるようだ。机の配置や天井の高さも少し異なるようだったが、困惑するほどでもない。

　気分は落ち着いてきたものの、胸の奥の騒《ざわ》めきだけはやまず、病の兆しのように体を細かく震わせ続けている。足を止め、奇妙に印象の薄い同僚たち――テクスチャを張り忘れた多角形《ポリゴン》モデルのようにしか、認識することができない――を眺め渡した来末は、自主的に離脱するべきか、と考える。無味乾燥な日常的世界。事件の証拠となるものは、この空間には存在しない……いや。

　〝最期の瞬間〟の地点で覚えた歪み。そこにもう一度身を置き、被害者と同期するべきだ。微細走査係としての矜持《きょうじ》……無駄な行為だろうか。

　来末は、心象空間の起点となった場所へ近付いた。不安が肺の中で膨れ上がってゆく。今は、その混乱を制御できる――しかし一歩前に出た途端、来未は床に這いつくばった。世界が氷で閉ざされたように感じる。視界が黒く塗り潰されてゆく。悲鳴を上げようとするが、呼気さえ吐き出せなかった。これは果実の匂いか？　感覚が混沌とし、何もかもが渦を巻くようだ。口内に金属の味が広がる。喉が焼けるように痛み、手足の先端が激しく震え始めた。

まずい。来未は愕然とする。まるで、死者の罠に嵌《は》まったかのようだ。被害者が、これほど死の瞬間を克明に記憶しているとは――

意識が遠のきかけ、そのさなか、来未の脳裏に数列らしきものが浮かび上がる。

――28522。

＋

ヘッドギアを引きちぎるように外し、大きく息を吸い込んだ。周囲の微細走査官と補佐官の注目を浴びているのに気付き、来未は現実に戻ったのを知る。

全身から汗が噴き出した。肺に痛みを覚えるほど空気を吸い、吐き出す。酸欠はあくまで心象空間での話なのは理解していたが、精神も身体も平静を取り戻してはくれなかった。

口の中に、何かが入って来た。

「噛まないで」雫の顔が傍にあった。その指が来未の口内に差し込まれている。「マウスピースを吐き出して。呼吸だけを意識してください。大丈夫。すぐに収まります」

マウスピースを外された来未は、雫を押し退け、椅子から崩れ落ちるように、補佐官用のＰＣ

を手にした。雫の驚く気配を背後に感じるが無視して操作を続け、二次元モニタ上に、記憶した数列を打ち込んだ。

《 Bi-》

案内役の警備員が外から扉を閉じ、尾藤《ビトー》は広い応接室で一人になった。

少し待って引き返し、ノブを握って扉が開くか確かめる。ノブは回らず、扉も動かない。尾藤は苦笑し、木製の扉を上から下まで観察するが虹彩検査器は見当たらず、社員用タグの有無に電子錠が反応する、と見当をつけた。応接室の内装を見渡す。壁一面にはめ込まれた水槽が、外の景色を透過させていた。水槽には発光する何かが沢山浮かんでおり、歩み寄ると、傘や袋の形をした海月《クラゲ》が触手をなびかせ泳いでいる。浮遊生活を送る不定形の生き物と街並みの重なりには、何か比喩か寓意が込められているのだろうか。

応接室の扉が開き、背広姿の中年男性が二人――一人は険しい顔で、もう一人は限りなくニュートラルな表情で――入って来た。名刺によれば一人は総務部広報課長であり、もう一人は人工知能技術部長であるという。広報課長は日暮《ヒグラシ》といい、技術部長は花城《ハナグスク》といった。

お掛けください、と促され尾藤はソファに腰を下ろす。対面に二人が座った。警察の相手を広報課が担当するのは気に入らないが、態度には表さなかった。

広報課長は感情の読み取りにくい冷めた微笑みを浮かべ、

「私も含め、多くの社員がすでに何度も聴取を受けているのですが」

「申しわけない」卵に目鼻をつけたようだ、と尾藤は思う。「警察内にも、色々な部署があるものですから。私も総務課で捜査の進捗状況を監視する立場なのですが、幾つか疑問点が浮かびまして。役割上、直接お伺いするしかないのです。お手数ですが是非、ご協力をお願いします」

微かに後ろ暗さを感じていた。身分は正規のものだったし、十年以上前とはいえ、捜査経験は今も身に染みついている。それでも、偽者は偽者でしかない。

「あれは、自動機械《オートマトン》？」肩の力を抜くつもりで水槽を示し、「街並みと海月の組み合わせには、何か意味があるのですか」

「あれらは本物です」広報課長が落ち着いた声で、「景色と対比しているわけではありません。あの生きものこそ本来の我々を表している、というだけで。あれらは遺伝子工学により発光量を増やし小型化し、毒性を消しています。ご存じの通り元々我々は種苗会社です。遺伝子組み換えによって様々な植物の種子を創ってきました。一代雑種《ハイブリッド》。より瑞々しく、甘味の濃い――」

ただし、と尾藤は思う。ただし次の代の芽が出ることはなく、人々は繰り返し佐久間の技術に代金を払う。その技術はどこまでも広がり、ついに街と一体化した……

「――今では機械制御技術、ネットワーク、ソフトウェア開発にも手を伸ばすことになりました。ですが我々の原点はあの通り、生命工学です」

「社員の中に、機械は？」

「何ですって？」

「精巧な自動機械を造り上げた、という報道を以前に観たものですから。脳波まで人と同じ、とか。その割に、見た目はぼろ人形のようでしたが」

「それは脳内神経細胞の機能を再現するための、ただの装置です。外側は骨組《フレーム》だけの、実験体ですよ。今は市営の教育科学館に飾られています」

「社内で一緒に働いているのでは？　佐久間は宇宙人を匿《かくま》っている、という噂まで……いえ」尾藤は自分が、佐久間への反感から詰まらない話題を振っていることに気付く。「話が逸れました。聴取を始めさせてください」

「手短に、な」そういったのは、技術部長の方だった。痩せた顔立ちのあちこちに皺が寄り、苛立ちを露《あらわ》にして、「警察の地域課にも刑事課にも、同じ話は何度もしている。私の部署の被害が大きいことは、知っているだろう。仕事の引き継ぎどころか、部署そのものの存続さえ危ぶまれる事態だ。今もなお、損害の大きささえ計算しきれていない。我々は昨夜から睡眠も取らず、現状を把握しようと苦心しているんだ」

「その事実もあって、お時間をいただいたのです」尾藤は目を伏せて、「ちなみに、あなたは事件当時どこに？」

「二十九階下の菜食食堂だ。前触れもなく闇に閉ざされて、その場を動くことができなかった」

「不幸中の幸い、というべきですな……それで、人工知能技術部では、現在どんなプロジェクトが進んでいるのです？　具体的には？」

「我が社の基幹技術だ。開示できる情報はない」

「ＡＩ開発を統括する部署。間違いないですか？」小さく頷く技術部長へ、「『単眼《キュクロプス》』、『双頭《オルトロス》』と呼ばれていますが……どう違うのですか。それらの名称に、どんな意味が？」

「……コードネームにすぎない。開発順に番号を振る代わりだ」

「目が一つ。頭が二つ。それなら、次のバージョンは？」

「公開していない。内部情報だ。事件とも関係がない」

時折視線を上げて相手を観察する尾藤は、奇妙な印象を受ける。技術部長へ、

「単眼は市政を担い、双頭は市民の監視を担当していますね。性能に違いは？」

「単眼の役割は、議会の評価だ。双頭は、市民から様々なフィードバックを得るのが役目であり、監視しているわけではない。噂を元に無意味な質問をするのは控えてもらおう」

「街の治安維持のために、また別の佐久間製ＡＩが働いているとか。見幸《ミユキ》署とは別系統の」

「……その資料は警察へ渡しているはずだ。それ以上は非公表となる」

「警察相手でも非公表？」

「セキュリティとは、とても繊細なものだ。情報公開を絞るほど、安全性は増す」

技術部長の顔はやや紅潮し、緊張しているように見える。聴取の始まった当初には、そんな様子は見られなかった。本当の用件を切り出す前の、周辺の話題にすぎなかったが……あるいは予想以上に、俺は核心に近付こうとしているのかもしれない。

「はっきり、いいましょう」尾藤は相手を刺激しすぎないよう口調を和《やわ》らげ、「警察は、内部の人間の犯行を疑っています。Ｋ県と内通する者が社内にいるのでは、と」

「その可能性は、我々も認識しています」広報課長が口を挟み、「総務部でも、会社に出入りする短期社員の経歴を精査し直しているところで……」

「警察には提出を？」

「個人情報となりますが、こちらで調べたのちに提出する予定です」

「組織内の全ての部署、課長以上の役職についた者の経歴も提出していただきたい」

広報課長が黙り込む。尾藤は技術部長を見やり、

「上の役職の者であれば、ずっと簡単に事件を仕組むことができると思うのです」

《Ku-》

「死の直前、突然頭に浮かんだんだ。正確に書き写したはずだが」

来未は抗議しようとする雫へPCモニタを向け、『28522』の数列を見せた。

雫は眉をひそめ、「どういうことですか」

「分からない」呼吸を落ち着かせつつ、「だが、確かに脳裏に現れた。俺の記憶じゃない。被害者の知識だ」

「事件に何か関わりのある数字だと?」

「恐らく……」椅子に座り直し、頭を抱える。唸り声を上げて頭痛に耐えている間、雫はその場で黙って立っていた。痛みが収まり始め、ようやく来未は自分が漠然と、タイトなスカートから伸びる雫の白い脚を見詰めていることに気付き、目を逸らす。やっと思考が回転し始めるのを意識し、数列についての自分の考えを否定した。「……いや、必ず事件に関係するとは限らない。死を感じ、咄嗟《とっさ》に被害者は何か個人的な記憶を呼び覚ましたのかもしれない」

遺体収納袋の内の中年男性を見下ろす。血色の消えた顔貌《がんぼう》は、もう何も伝えようとしない。

「数字の検索は当てはまる結果が多すぎ、絞りきれません」PCを操作する雫がいう。「何かの

ＩＤ、型番、口座番号……どの一部であってもおかしくはありません。総務部に連絡し、被害者の個人情報を調べてもらいます。それで結果が出るかどうかは、微妙なところですが」

「令状の必要は……いや」雫も佐久間社員であるのを思い起こす。時折その事実を、忘れそうになる。来未は、こめかみに手を当てて時刻を確かめ、接続時間が二〇分程度であったのを知る。

ふと肩の緊張を抜き、すまない、と雫へ話しかけた。「君が接続を切ったのか。助かったよ」

「……数値上、ひどく動揺していたのは明白でしたから」手早くＡＢＩＤ《アブィド》の機器をジュラルミンケースに収めながら、「すぐに休憩に入ってください。脳活動に、疲労の蓄積が見られます」


食堂の扉の前で別れ、事務室へ向かおうとしていた雫の手首を、来未はつかんだ。

「待ってくれ。頼みがある」振り向いた青い瞳を見返し、「続けてもう一人、接続したい」

「手順に従ってください。微細走査の手順は、あなた自身のために……」

「あの遺体を走査できるのは、今だけだ」

来未は、冷蔵倉庫の太い柱の足元に置かれた遺体収納袋を指差す。

雫は小さくかぶりを振り、「あれは、我々の担当する遺体ではありません……朝里走査官が担当し、すでに微細走査を終えた被害者です」

「分かっている。アナイ・ナオ。朝里が休憩している間に接続したい。身元引受人が、あの被害者から遺品を持ち出すのを見た」来未は倉庫の寒さに身震いし、「だが、その記録がない。記録の必要がないほど、無価値なものかもしれないが……朝里が何か見逃した可能性もある」

「再走査も朝里走査官の仕事です」

「奴こそ相当、参っている。これ以上、負担を増やしたくはない。代わりに俺が接続する。すぐに終わらせる。十五分。いや、十分あればいい」

黄はだ色のレインコートを着た少女。フードの内の、思い詰めた表情。

《Bi-》

「奇妙なご依頼に聞こえます」広報課長は、隣に座る人工知能技術部長と一瞬目を合わせた後、冷静な視線を尾藤へ向け、「課長以上の経歴全員分を警察へ提出、とは」

「個人の動機というものは」尾藤は、ソファに前屈みに座ったまま相手を見据え、「物事の表裏だけでなく、隙間に隠れていることもありますから。大変分かりづらいところに」

「弊社の課長以上の者がわざわざその地位を捨ててまで、細菌兵器を散布するなど……どのような動機があるのでしょう」

「特別な理由があった、としか」外套の襟の毛羽立った箇所をいじりながら、「可能性の話です。それをどの程度に見積もるかは、佐久間種苗と警察ではもちろん異なるでしょう。犯人には何か、政治的な主義主張があったのかもしれない。あるいはK県から大金を提示されたか」

「佐久間の課長以上の役職についている者なら、安定した給与を得ています。こういっては何ですが、公務員や他の会社とは立場が違う。その金額には、技術流出を防止する意味も含まれているのです。報酬を目当てに、他の組織と接触するなど考えられません」

「……正義感が勝ったのかもしれませんがね」

「何と？」広報課長の表情は変わらなかったが、その声には怒りが含まれている。

尾藤は応接室を囲む水槽へ目を逸らす。都市を背景に漂う海月。「……いずれにせよ」話の角度を変えることに決め、「犯人が誰であろうと最も考えられるのはK県との強い繋がりです」

「我々は、公務員ではありません。個人でも組織でも、K県との繋がりはない」

尾藤は頷き、「そう。最初からK県との間に利害関係があるなら、佐久間の人事課が見逃さないでしょう。ですから、繋がりを持ったのは入社後ということになります」

「弊社よりもK県に価値があるとは、考えられません」

「弱みを握られた、としたら？」

「弱み？」

「K県につけ入られる隙が、社員の一人にあったとしたら。具体的には……本人よりも家族の方が問題となるかもしれません。当人と家族の条例違反歴、病歴、その他可能な限りの履歴をできるだけ詳細に、洗い出すべきです」広報課長の顔を見る。口を噤《つぐ》み、考え込む様子だった。「いずれにせよ、情報が足りないのです。必要なら令状も用意します。これは当然、真相究明のためです。我々は少なくとも、目的は共有している。その程度の信頼関係は保っているでしょう？」

相手の無表情な顔から、微妙な反応を窺いつつ、「もし、社員名簿の閲覧を警察に許してもらえるなら、即刻情報の精査を開始して……」

「無理でしょう」広報課長が静かにいい切った。「社員名簿は当然、とても個人的な情報となります。ご存じの通り、プライバシーはあらゆる情報の中で、最もその扱いに気を配るべきものです。あなた方に閲覧を許しては、社員との信頼関係を根幹から破壊してしまう。それに」瞬きもせず尾藤を見詰め、「弊社では、犯行は外部、あるいは外部に近い者と確信しております」

尾藤は溜め息をつく振りをした。こんなところか、と考える。

個人名簿の閲覧を断られるのは、最初から決まっている。目的は、佐久間種苗に揺さぶりを掛けることだ。この提案で佐久間は恐らく、内部調査の深度を上げるはず。会社内で調査が広まれば、動揺し口が軽くなる者も現れるだろう。環《タマキ》であれば間違いなく、幹部クラスとはいかなくとも、情報提供者を佐久間内部に飼っているはず。

「では、もう一度刑事課の方から正式に……」そういって退席しようとした尾藤は、技術部長の蒼白な顔色に気がついた。花城。痩せた、五十歳代と見える人工知能部門の責任者——目が合った途端、花城がソファから立ち上がった。そのまま、小走りに扉へと向かう。

尾藤も反射的に席を立った。扉は技術部長の所持する電子タグを読み取り、自動的に解錠し薄く開いた。扉を大きく押し開け、応接室を出た途端、技術部長が走り出す。

待ちなさい、という広報課長の警告を無視し、閉じようとする扉の隙間を尾藤は素早く擦り抜ける。花城の後を追い、通路を駆けた。技術部長は振り返らなかった。次々と自動で開く扉を抜け、走り続ける。擦れ違う社員にぶつかり、それでも足を止める気配がない。尾藤も己の運動不足を呪いつつ、扉が閉じ切る前に、懸命に体を滑り込ませ続けた。

なぜ花城は今逃げ出したのか。都合の悪い事情を抱えていたとしても、それを処理するのは俺が帰ってからでも間に合ったはずだ。俺は最初に、本命に突き当たったのか——

他人の庭だったが、このまま逃がすわけにはいかない。技術部長は『人工知能技術開発室』とプレートで示された部屋に突入する。沢山の机と、その脇に設《しつら》えられた大型ＰＣの並ぶ極秘であるはずの広い開発空間。昨夜、最も被害の大きかった場所だ。室内の関係者たちが一斉に振り返るが、ここでも技術部長は足を止めなかった。

技術部長は開発室の奥、全面を硝子で仕切られた『人工知能技術部長室』に駆け込むと大きな机の裏に回り込み、扉の閉まるぎりぎりで擦り抜けた尾藤へ、来るな、と大声を出した。

尾藤は立ち止まり、部屋の中央で軽く両手を挙げた。息を切らしながら、

「花城。落ち着いてくれ。俺は何も、あんたのことを……」

後方を仕切りで塞がれ、逃げ場をなくした技術部長が机の引き出しを慌ただしく開き、中を探る。何かを手に取った。尾藤は後退る。骨董品の回転式拳銃《リボルバー》は、事務所に置いたままだ。技術部長は取り上げたものを自分の頭の後ろに当てた。もう片方の手のひらが、探しものをするように机の上を彷徨《さまよ》い、やがて止まった。

花城が深呼吸し、瞼を閉じる。尾藤が何か声をかけようとした瞬間、花城の頭部が爆発し、頭蓋骨の破片と神経細胞組織を辺りへ飛び散らせた。

《Ku-》

現実世界《リアルワールド》に戻った来未は静かに瞼を開ける。

アナイ・ナオの記憶は確かに混沌としており、まるで、舞台上で無意味なザッピングを繰り返す投影体広告を観せられたようだ。舞台となったのは、佐久間種苗本社のエントランス。アナイの最期の記憶はそこで完結していた——だが、分かったこともある。

少し前にアナイの走査を担当した朝里が情報を収穫し損なったのは、〝遺品〟という手掛かりを得ていなかったせいだ。来末はヘッドギアを外し、マウスピースを口内から舌で押し出した。死者の記憶に焦点らしきものが存在しなかったために、こちらへの影響も少なく、混乱に陥ることもなかった。来末は、オルロープ雫が差し出したケースを受け取り、マウスピースを仕舞った。報告を待つ雫へ、「……少し、休ませてくれ」

パニックこそ起こしていなかったが、連続で微細走査を強行し、体も精神も疲れ果てていた。目を閉じ、椅子に座ったまま前屈みになっていると、簡単に眠りに引き込まれそうだ。

来末走査官、と雫が話しかけてきた。「走査時のあなたの反応からすると、何か発見があったように見えます。すぐに、報告を。記憶が薄れないうちに」

「……大丈夫。要点はそう多くない」

来末はふと、自分が本当に居眠りしていたことに気付く。顔を上げ、「何分経った？」

「十五分ほどです」走査道具がすっかり片付けられている。雫は来末の近くに折畳み椅子を出して腰掛け、揃えた膝の上にPCを載せていた。来末は首を回し、強張りを解《ほぐ》そうとする。こちらの体こそ、死後硬直を起こしたように冷たく固まっている。雫へ、

「アナイという少年は、確かに佐久間の社員から荷物を受け取った。一瞬の記憶だが、小さな紙袋を渡されている。中は分からない」

「本人が、他の記憶と混同しているのでは」

「俺はその荷物を、実際に見た。身元引受人が遺品を持ち出した、といったのはその話だ」

「アナイへ荷物を渡した佐久間の社員は？」

来未は心象空間で見た、背広姿の男性を脳裏に浮かべ、「印象は、何らかの重役、といったところだ。中年男性。痩せぎすで灰色の背広を着ている。名前までは分からなかった」

「その荷物を、身元引受人が警備員の目を盗んで外へ持ち出した、ということですか。なぜそんな細工を……」オルロープ雫が黙り込む。細工の必要性は来未にも分かった。

理由は、佐久間が持ち出されたくないものを持ち出そうとしたから、だ。

「身元引受人として倉庫に現れたのはアナイと同じ組合員の、コチ・アキという娘だ。アナイの記憶の中にも、同一人物らしき映像があった」

アナイ・ナオは佐久間ビルのエントランスで流れる円柱広告を眺めている間に、事件に巻き込まれた。広告に登場した芸能人にコチ・アキを重ね、見惚《みと》れていたせいだ。唐突に訪れた死の気配に恐慌したアナイが、最期に思い浮かべたのもコチ・アキだった。が、その時の印象を雫へ伝える気にはなれない。それは――アナイの個人的な領域に属するものだ。もう一度会いたいと願い、それが叶わないと悟った際も、コチ・アキは彼の恐れを癒す鎮静剤となった。

「朝里走査官の報告書にも、短い髪をした少女、として記録されています」雫が指先でPCのモニタに触れ、「もう一人、髪が長く背の高い、鋭い顔立ちをした女性が印象に残った、という記載もありますが……心象空間で確認できましたか」

「それらしき人物は見た。だがサージカルマスク姿と、きつい目付き以外の心象はない」

「コチ・アキを重要参考人に指定しますか。任意同行を求め、聴取しては」

「……難しいな」来未はかぶりを振り、「屋上は一種の治外法権地帯だ。安易に踏み込めば様々な問題が生じる。あの荷物が事件と関係しているとも限らない。コチへは参考人として、穏便な接触を考えるべきだろう」

「もう一人、佐久間側の重役らしき男性の風貌を詳しく教えてください。社員のデータベースを検索します」

「白髪が混じった、五十代程度の……」

「失礼」雫《さえぎ》が言葉を遮り、「総務部から、先ほどの問い合わせの結果が送られてきました」28522。最期に数列を想起した、中年の研究者。「そちらへ転送します。確認してください」

視界に情報を映す。中田起《ナカダタツ》。三十七歳。調達管理部調達企画課長。市外の大学の薬学部を卒業。薬剤師の資格を所持。市内の伊土《イド》製薬に勤めたのち、佐久間種苗株式会社へ転職、正市民となる。事件時は人工知能技術部の夜の会議に参加した後、部内の個別打ち合わせのために開発室内に残っていたところ、細菌兵器散布の被害を受け死亡……

調達管理部。元製薬会社勤務。来未が考え込んでいると、

「数字は、何かの識別コードでしょうか」

「そうかもしれない。だが、そもそも事件とは関係のない、直近の仕事に関連したコードが頭に浮かんだ可能性もある」

「調べる価値はあります。被害者の経歴を元に、検索をカスタマイズすれば……」雫の表情が険しくなる。「別件が入りました」そういい出し、訝《いぶか》しむ来未へPCのモニタを向ける。映し出されているのは、顔写真も含めた個人情報だった。

来未は驚き、その男だ、といった。「その男が、アナイに荷物を渡した」

人工知能技術部・花城高《ハナグスクタカシ》、と来未が情報を読み始めた時、雫がPCの電源を落とした。佐久

間本社へ戻ります、という。「花城技術部長は本社内でたった今、自殺しました」

来未は絶句する。事件と無関係だとは思えない。手早くアタッシェケースにPCを仕舞う雫へ、

「……俺も向かう」ようやくそう口にした。「微細走査の必要がある」

「必要ありません。走査は不可能です」雫はアタッシェケースを手に立ち上がり、「報告によると、花城はプラスチック爆薬を用い頭部のほとんどを吹き飛ばしたそうです」

何のために、とは口にできなかった。花城は明らかに、微細走査をさせないために自らの頭を吹き飛ばしたのだ。「……その件は、外部にも公開するのか」

「せざるを得ないでしょう。通報したのは現場に居合わせた警察官、ビトー・ケンです」

すぐにその男も私設警備員によって佐久間本社から追い出されるだろう。

雫へ、「今後、花城についての情報共有は期待してもいいか？」

「私の一存では、何とも」

「だったら」雫の青い瞳を見詰め、「直通の線《ライン》を君と俺の間に張れるか。すぐに連絡を取ることができるように」

磁器で作られたように整った顔が、わずかに変化する。戸惑いのようにも、微笑みのようにも見えた。「……問題はないと思います」

アドレスが届き、来未は自分の情報を雫へ送信する。扉を開け、立ち去ろうとした雫の足が止まった。室外から喧騒が聞こえてくる。私設警備員と何者かが押し問答をしている。

食堂の外へ出た来未は、警備員に倉庫への立ち入りを阻《はば》まれるコチ・アキの姿を見た。

遺品を持ち去った少女が悔しそうな表情で、門の方へと小走りに引き返し始めた。

「俺が、彼女を追う」雫へそう宣言すると、応援は、という質問が返ってきた。

「必要ない。あくまで参考人として、事情を訊ねる」

《Bi-》

「動くなっ」尾藤は硝子扉を振り返り、室内に入ろうとする佐久間社員たちへ大声で警告した。つい外套のポケットを両手で探るが拳銃も警察の身分証票もなく、携帯端末を取り出して、まるでそれが捜査権限を保証する小道具《ガジェット》であるように掲げ、「第一発見者は見幸署員である俺だ。ここは事件現場だ。一歩でも足を踏み入れた者は写真に残し、被疑者の一人として扱う」

机の向こう側に座り込む、血腥《ちなまぐ》さの立ち昇る遺体に近付き、背広から氏名の印刷されたタグをむしり取った。タグを手に硝子扉へ近付くと操作メニューが現れ、尾藤は施錠を選んで部長室を外部から隔離する。携帯端末で見幸署の刑事課へ通報した後、血飛沫の散る室内の写真を数枚撮影し、最小限のテキストを添え、アプリを使って各ＳＮＳへ匿名でばら撒いた。刑事だった頃に、何度も使った手だ。即座に世間に広まれば、現場の主導権を握ろうとする佐久間を牽制《けんせい》できる。

血液の金臭《かなくさ》さが室内に満ちていた。首から上をなくした遺体——わずかに、下顎辺りの骨格が残されている。背後の硝子が飛び散った骨片と脳細胞を受け止め、そこに奇怪な模様が描かれている。爆発の影響で、模様の中央にひびが生じていた。

刑事課が到着する前に立ち去るべきだ。尾藤は自分の外套を見下ろし、点々と血を浴びているのを知った。異臭の中に、遥か昔に見幸署内の爆発物講習で嗅いだ臭いが混ざっていることに気付く。工業系オイル――爆薬の硬化を防ぐ物質――ということは、これはプラスチック爆薬だ。

部屋を仕切る硝子壁の向こう側に大勢の社員が集まり始め、こちらを覗き込んでいる。独自に動くことのできる時間は、もう幾らもない。尾藤は意を決し、遺体へと近付いた。なぜ部長は今、死なければならなかったのか。せめて、俺がここを去ってから決行するべきではなかったか。どうして、それほど急ぐ必要が。

遺体に触れないよう気をつけ、花城の机を漁ろうとする。断片化した頭部のほとんどは机上を飛び越えたらしく、木製の天板には黒っぽい滴がまばらに落ち、後は各種の端子差込口とアルミニウム製のフォトフレームだけがある。親子の写真――花城と、その息子だろう。引き出しの中も、古めかしい筆記用具が幾つか目につくだけで、興味を引くものはなかった。尾藤は焦り、両手で自分の顔を覆う。考えろ、とつぶやく。

花城の、蒼白な顔色。技術部長は聴取の始まった当初、そんな表情はしていなかった。最初は、不遜な苛立ちさえその態度に含まれていた。変化したのは、人工知能の話題を持ち出してから……いや、急変したのは、聴取の終わり頃か。俺は話の最後に、何といった？

――では、もう一度刑事課の方から正式に……

他には？

――K県につけ入られる隙が、社員の一人にあったとしたら。

俺の言葉が正確に、花城の弱みを突いたのか。人工知能技術部の話が聞きたい、と要請したのはこちらだが、部長自ら応接室まで足を運んだのは、警察の動きを知るためだったのでは。だとしたら、最初から本命に当たったのは偶然ではない。つまり花城には実際に、何者かにつけ入られるだけの隙があったことになる。

花城が恐れたのは警察ではなく佐久間だ。俺の提言により、会社が幹部社員まで徹底的に内部調査することになった時には逃げきれない、という事態を察し自死を決めたのだ。この男こそが、細菌兵器を仕掛けた張本人か。だが……やはり、それも奇妙だ。技術部長の地位にある者が、なぜこんな事件を引き起こさなければならなかったのか。広報課長のいい草は気に入らなかったが、一理あると認めざるを得ない。それに、事件後なぜすぐ佐久間を離れなかったのか。犯行後も会社に在籍し続ける理由が分からない。尾藤は、血液の臭いから顔をそらす。捜査を十年以上も離れ、感覚がすっかり軟弱になっている。

花城には自死の用意があった。その死も奴の計算に含まれていた。だが、なぜ小型爆弾を使用した？　拳銃を手に入れる方が容易《たやす》かっただろうし、もっと穏便な方法もあったはず。いずれにせよ、花城は何らかの計画に沿って行動していた。目論見《もくろみ》が露見しかけ、最悪の想定に合わせて自分の頭を吹き飛ばすことになった――

技術部長の最期の瞬間を、尾藤は思い浮かべようとする。その表情。目をつぶった花城の顔には、一種の静寂が現れていたようにも思う。尾藤は傍らの遺体を意識しつつ、死に際の花城を真似、片手を後頭部に当て、もう片方の手のひらを細かな血液の散る机の上に置いた。

二次元写真に収められた親子が、こちらを見返している。花城は、シングルで息子を育てていたのだろうか。十歳ほどの少年は父親が死んで、この後どうなる……いや、捜査に集中しろ。

尾藤は机の上のざらつきに気がついた。天板に細かな凹凸が存在する。姿勢を低め、光の加減を変えると沢山の線状の傷が刻まれているのが分かった。ペン先か何かで幾度もなぞった溝らしい。様々な図形を無造作に重ね描きしたような、直線ばかりで構成された稚拙なデザイン。単なる落書きにすぎない……何かが気にかかった。花城は死と接する瞬間、片手をこの線画の上に置いていたように思える。線画には宗教的な意味でもあるのだろうか。とても、そんな洗練された意匠には見えない。これは、むしろ——

慌ただしい物音が、硝子扉の向こうから届いた。フェイスガードとボディスーツで身を固めた私設警備員が硝子を叩き、解錠するよう促している。その奥でも、黒い制服を着た見幸署の地域課警察官と私服の刑事が社員たちを掻き分け、近付いて来る姿が見えた。

尾藤は懐から取り出したハンカチで手のひらについた花城の血を拭い、携帯端末の撮影機能で、机上の線画とフォトフレームを写真に収めた。

《Co-》

「中に入れてよ」コチは、冷蔵倉庫の入口で立ちはだかる私設警備員たちへ食い下がろうとする。「もう一度、友達の顔が見たいんだ。最後に。それだけだから」

「駄目だ。許可はできない」ゴーグルの奥の冷たい両目がコチを見下ろし、「コチ・アキ。君のここでの用事は、身元引受人として署名した時点で終わっている」

コチが視線を彷徨わせ、警備員の並びの中に潜り抜けられそうな隙間を探していると、一人が肩に掛けていた小銃を両手に持ち、

「不法侵入を試みるなら、発砲も辞さない。倉庫の建物だけでなく、駐車場も含めた敷地全てが、

海里《カイリ》運送のものだ。現在は我々がその警備を任されている。今すぐ、門から出てゆくように」

警備員に片手で突き飛ばされたコチはよろめき、相手を睨みつけて口を引き結び、踵《きびす》を返した。中心街へ向かう、と決めた。埋立地は人通りが少ない分、居続けるのは危険な気がする。駐車場を横切り歩道に出ると、巨大な清掃車がゆっくりとコチの前に差し掛かった。はっとしたのは、その陰に誰かが隠れていることに気付いたからだ。イーノ。

逃げようとするが、背後から別の誰かに腕をつかまれ、その煙草臭さですぐにスミだと分かる。もう一方の腕を捉えたイーノが、プラスチック製の電撃銃を目の前に持ち上げてみせた。コチは冷蔵倉庫を振り返り、私設警備員の助けを期待するが、彼らは敷地外のこちらに注目してさえいない。荷物を載せて四脚で歩く自動機械が心配するように一瞬、レンズを向けた。

「手間を掛けさせるなって」イーノがいう。「コチ。お前、色々間違ってるぜ……」銃の先が腰骨の辺りに突きつけられ、「お前のせいで、ややこしいことになっちまった」

清掃車と海里運送の高い塀に挟まれ、周囲から分離されたまま、コチは移動を強いられる。しばらく歩くと、道路を横断する古びた貨物線路の上を歩くよう指示された。

三人で道路を逸れ、塀と積み上げられたコンテナの狭間に足を踏み入れる。奥へ進むに従って線路は弧を描き、薄暗く陰ってゆく。線路が下り坂になり、コチは、痺れるような不安を感じる。線路の先は海底の暗渠《あんきょ》へと繋がっているはず。二人はそこであたしを殺そうと――

「何でまた、組合長のいいつけに逆らった?」今まで無言だったスミが低い声で訊ねてきた。

「逆らってない」コチは必死で否定する。「おかしいでしょ。あんたら、なんでずっとあたしに張りついてるわけ?」

「護衛だからな。両替所に連絡を入れてくれたら、俺らがお前を守って戻るはずだったんだ」

「俺らはな、お前が電連に戻らないようなら殺せ、っていわれてんだ」「お前が、余所《よそ》の組合と接触しないか気をつけろって」口々にいうイーノとスミへ、

「余所に持ち込んでなんかいない。中身を調べようと思っただけだよ」

「それ、余計なことだぜ。組合長はこの件に、やたらと神経を尖らせてるんだからな」

「だって、何か雰囲気がおかしかったじゃん。アナイが死んだ理由も変だし、あたしがこの仕事に選ばれたのもおかしい。身を守るためだよ」

「運び屋に選ばれたのは、お前が一番それっぽくないからだ」「小娘だからさ」「もう、お前が逃げ出したって、組合長に報告しちまったよ」

コチは口を噤む。レインコートのポケットに入った瑠璃色の立方体《キューブ》を意識する。これにどんな価値が？　佐久間が関係していて、組合長が真剣になり、余所の組合も欲しがるような。

線路の曲線に沿って歩く二人が立ち止まり、コチも動きを合わせた。暗渠の入口は灰色の人工樹脂で塞がれていた。袋小路に追い込まれたのだ。

「立方体を渡せよ」イーノがいう。「逃げられたことにする。二人で相談したんだ。立方体さえ渡したら、逃がしてやる」

「……殺そうとしたのに？」

「してないだろ。一発も撃ってない。俺ら、お前を必死に追ったんだぜ。バスに乗るお前を見て、巡回タクシーを呼んで。それも必要経費にはならないだろうよ……手ぶらで帰るのは無理だぜ」

嘘だ。コチは内心、身構える。立方体を持っているのを確かめたら、この場で撃ち殺すつもり

だ。でも……渡す以外の選択肢が？　決断できずに黙っていると、

「早くしろよ」呆れたようにイーノがいい、「頑固者だってのは知っているがな、お前が持っていたって、自分で換金できるような代物じゃないだろ」

「……じゃあ何？　立方体って」

「知らねえな。アナイがしくじって、組合長はだいぶ焦ってたけどな。でも結局、騒動に乗じて取引相手へ電子円の上乗せを要求した、っていうぜ。それで、いつもの得意顔さ」

両脇の二人から敵意らしきものが感じられないのを、奇妙に思う。組合長の命令に逆らえる立場でないにしても、簡単に殺しができる冷血漢のようにも見えない。少なくとも……この二人には隙がある。「……銃をどけてよ」向き直ったコチは、レインコートに片手を差し入れる。

立方体をイーノへ押しつけ、その勢いのまま走り去るつもりだった。ポケットの中の立方体に指先が触れた時、引き返そうとした線路上に人影が立っているのを知った。

大型拳銃を構える背広姿の男。

男が銃のスライドを引いた。その硬い音にイーノとスミが驚き、振り返る。

《Ku-》

「見幸署だ。銃を地面に置け」武器を持った一人へ来未は銃口を向ける。「男二人はゆっくり下がって膝を突け。下手な動きをみせれば、こちらの判断で射撃する。これ以上、警告はしない」

二人組はいわれた通りに身を屈めつつ一方が相棒へ、狙撃自動拳銃だ、と小声でいった。あい

つ、狙撃手だ。錆びたレールの傍に置かれた銃へ、来未は一瞬視線を落とした。針のついた発射体《カートリツジ》を射出する小型の電撃銃だが見るからに安物で、上着の一枚を貫くことができるかどうかも怪しい。来未は電撃銃へ歩み寄ると手に取り、暗渠の方へ投げ捨てる。

「両手を頭の上に組むんだ」両膝を突いた姿勢の二人組は素直に従った。コチだけがすぐ傍で突っ立ったまま、唖然とした顔でいる。来未は二人へ、「お前たちを拘束はしない。手続きの時間が惜しい」男たちの表情に、見るからに安堵の色が浮かぶ。「ただし、まだここを動くな。今から十分が経過したのち、静かに立ち去るんだ。俺はその様子を見張っているかもしれないし、いないかもしれない。指示に従っていない、と判断した時には容赦しない」

来未の持つ、市境警備隊専用の拳銃の威力を知るらしき男の一人は明らかに怯えており、何度も忙《せわ》しなく頷いてみせた。

突然、金属音が袋小路となった狭い空間に響く。

背後を見ると、迷い込んだ荷物運搬用自動機械が線路上で転がり、もがいていた。その胴体には穴が空き、火薬の臭いとともに白煙が昇っている。

弾痕——狙撃。かなりの距離からだ。自動機械を一撃で撃ち倒すことのできる長距離用の大口径弾。七ミリを超えている。来未は狙撃ポイントを探るよりも先に、

「奥へ下がれっ」身を低め、この場の者たちへ指示を出す。

地面に膝を突いた二人は、顔を見合わせ戸惑っている。少女がこちらへと突進して来た。

来未は驚くが、その手に鋭い何かが握られているのを認め、咄嗟に上半身を傾け、ナイフの刃先を躱《かわ》した。コチは体勢を崩した来未の脇を擦り抜け、道路へ駆け戻ろうとする。空気を切り裂

く鋭い音が聞こえ、少女の背後の地面が砂埃を上げた。来未も少女の後を追い、走り出す。

——狙われているのはコチ・アキだ。

来未はそう判断するが、彼女自身は狙撃に気付いていない。警察から逃げることだけに、必死になっている。銃弾がまた傍を掠《かす》めるが、コチは何の反応も示さなかった。不規則な動きが、正確な射撃から彼女自身を救っている。急に方向を変え、単軌鉄道《モノレール》駅の細い階段を登り始めた。コチの足は速く、来未は走りながら拳銃の安全装置《セイフティ》を掛け、全力で階段を駆け登る。事件性を感じたのだろう、猟犬に似た防犯自動機械が来未を身軽に走り抜き、改札を目指すコチを追った。

来未は焦りを覚える。彼女をプラットホームへ向かわせるべきではない。高架駅の外壁は透明な硝子製で、遠くまで見通せるようになっている。プラットホームにコチが着けば、周囲の高所から狙っているはずの狙撃手に、彼女の位置を知らせることになる。だが、なぜコチを狙う？あの荷物が原因か。ならば、狙撃手と佐久間の関係は……いや、佐久間の目的が荷物なら、取り戻す方法は他に幾らでもあるだろう。

推測しようにも、情報が足りない。佐久間種苗ですら、事態の全てを把握できてはいないはずだ。把握しているなら、微細走査など初めから必要ないのだから。

コチが改札を抜け、プラットホームに足を踏み入れた。全速力で追いかける来未は、駄目だ、と声を上げた。彼女は硝子張りの空間に全身を晒《さら》している。

少女が出発寸前の鉄道車両へ強引に乗り込もうとする。硝子の砕ける音。

コチ・アキがタイル張りの床へ、頭から勢いよく倒れ込む。

高架駅の階段を駆け上がるコチの頭の中で〝狙撃手〟という言葉が木霊《こだま》していた。

――あいつか、あいつの仲間が父さんを殺した。

警察官が背後に迫ろうとしている。相手の足は速かったが、コチは鉄道利用客の間を素早く擦り抜け、近寄らせなかった。頭上の電光掲示板から列車の到着するプラットホームを探し出し、逃げきってやる、と心に決める。すぐ脇を、犬に似た自動機械が並走しているのに気付く。市内を見回る防犯機械。警告を発しないところをみると、こちらの様子を窺っているらしい……立方体を捨てないと。もしも捕まった時、量子記憶装置《メモリ》を握り締めたまま所持品検査を受ければ、まずいことになる。プラットホームでよろけた振りをして、電池回収箱に入れるのは？

改札を走り抜けると、視界の隅に電子円の支払い額が表示された。工場地区へ向かい身を隠す、とコチは決めていた。埋立地の奥がどんな世界なのか想像もできなかったけれど、そこへ向かう車両がこのタイミングで駅に着くなら、乗り込むしかない。

鉄道利用客の隙間を縫い、駆ける。硝子張りの空間ではすでに列車が扉を開け、停まっている。電池回収箱も傍に見えたが、発車ベルが鳴り響き、立方体を捨てる時間がない。単軌鉄道に駆け込もうとした瞬間、駄目だ、という声が届き、同時に信じられないほど強い衝撃を背中に感じ、前のめりに床へと倒れ掛かり、頭を強くタイルに打ちつけた。

気を失う寸前にコチが見たのは、手から離れ鉄道車両の中へ転がってゆく量子記憶装置と、その光景を遮って閉じる銀色の扉。

《Ku-》

来未は咄嗟に、大きな金属製の電池回収箱を俯《うつぶ》せになったコチの前に倒し、楯にした。コチを仰向けに返すと、背中から胸元まで銃弾が貫通したのが分かった。血液が止めどなく流れ続けている。コチの唇に耳を近付ける。呼気は感じ取れたが完全に失神し、出血は鼓動に合わせて流れ、このままでは失血死すると来未は焦った。

周囲が騒がしくなる。多くの鉄道利用客が、プラットホームの異常に気付いている。

「警察だ」来未は周囲へ、「出口へ向かえ。ここは危険だ」

動揺した利用客が一斉に動き出す。避難させたものの実際は、彼らに危険はほとんどなかった。狙撃手からすれば、他の人間は何の価値もない。狙いはあくまで一人の少女、コチ・アキだけだ。

靴音が周囲で鳴り響く中、回収箱に完全に隠れるよう傷口を押さえたままコチを引き寄せた。姿勢を低めて狙撃自動拳銃を操作し、遠距離用の精密射撃方式《モード》に変形させる。銃身《バレル》が伸び、銃床《ストック》が張り出す。小型の照準器《スコープ》が望遠に対応して長くなる。狙撃位置の見当はついていた。物流倉庫に隣接する大規模な立体駐車場。その高所。

恐らく狙撃手は駐車場の中から、今も発砲の機会を窺っている。

プラットホームが静かになる。一対一の戦いが始まった……こんな状況も、来未は『TR99P』で何度も経験していた。日中の市街。敵は一人。雨の上がった湿り気のある空気——コチに半分覆い被さるような格好で、銃の照準器の接眼レンズを外して引き延ばし、頭を外へ晒さないよう気をつけ、回収箱に銃身を載せた。片手で銃把《グリップ》を握り、もう一方の手で接眼レンズを顔に近付ける。コチの胸元から手を放さなくてはならなかった。銃と視覚が同期し、手を触れずとも望遠と焦点《フォーカス》を操作することができる。視界の端でアイコンが瞬き、オルロープ雫からの通信を知らせる。銃口をわずかずつ動かし索敵を続け、来未は通信を接続する。

『来未走査官、一体何が……』詰問口調の雫へ、

「参考人が狙撃された。犯人は不明だが、居場所は物流倉庫の隣、立体駐車場の中だ」

部外者の出入りが可能で、四方への視界が開けている高層建築は他にない。だが、狙撃手の正確な位置が分からなかった。恐らく相手は転落防止柵の奥、駐車場の暗がりのどこかで銃を固定して構え、こちらが不用意に動き出すのを待っている。

「静かに駐車場を包囲するよう、警察へ伝えてくれ」雫へそう依頼する来未とコチの周囲に、様々な形をした自動機械が集まり始める。犬型の機械が背後をうろつき。小猿が支柱を滑り降りて来た。筒型の胴体に幾つもの機械腕《マニピュレータ》をつけた医療機械が音もなくコチに近付く。腕の一本がコチの瞼をこじ開けて虹彩を確認し、他の腕は出血を採取して血液型を調べようとしている。周りの動きのせいで狙撃手へ集中しきれず、来未は苛立った。

遠くで、警察車両のサイレンが鳴る。その音に気付いた瞬間、立体駐車場の中で動きが生じる。暗い空間の内、狙撃用のレンズを装着したフェイスガードが微かに浮かび上がる。同色の黒い射撃用ボディスーツ——姿勢を固定するため硬い素材で作られた——が立ち上がる。ボディスーツの上に、裾の長い外套を着ている。華奢《きやしゃ》な男性のようにも、背の高い女性のようにも見えた。

来未は息を止め、引き金《トリガー》を絞った。命中した手応えはない。発射の反動で動いた銃口の先を戻

すと、狙撃手が闇に溶けるように、姿を消した。

撤退のタイミングを、奴は誤らなかった。サイレンを鳴らしたのは、警察側の失策だ。こちらの忠告はうまく届かなかったらしい。あるいは別件へ向かう車両だったのか。狙撃手は装備にしろ的確な判断にしろ、経験豊富な人物、としか考えられない。奴はフェイスガードを外し、長い外套でボディスーツを隠してその場から立ち去るつもりだ。

治療が始まっていないのを見て取り、来未はコチを抱え上げ、立体駐車場から死角となる位置まで移動する。出血が今も続き、少女の顔色はひどく青ざめていた。

医療機械へ、「早く傷を塞げ。何をしている？」

『……彼女は、市民医療保険に加入していません。準市民であり、医療特権も有していません』

「費用は俺が持つ。すぐに応急処置を始めてくれ」

『目を大きく開けてください』機械腕の一つが来未へ伸び、その先のセンサが来未の身元を確かめる。医療機械は、できません、といった。『コチ・アキとの関係が認められません。血縁あるいは共通の組織に属している、などの関係性がなければ身元引受人となることはできません。これは、市内における詐欺の被害を防ぐための基本的な措置です。ご理解ください』

来未は呆然とする。少女の蒼白な顔。腕の中でコチが体温を失ってゆく。小柄な体は完全に力が抜け、体重を全て来未に預けていた。辛うじて呼吸し、そして今も血が流れ続けている。

コチ・アキを助ける方法が一つだけある、と来未は気付く。医療機械へ、

「お前を管轄しているのは、見幸市だな」

『はい』

「今すぐに、手続きを進めて欲しい――」

四

《Bi-》

自分の体が、疲労でぱんぱんに膨らんでいるように感じる。灰色の階段を下り、事務所兼自宅の扉を開けた尾藤《ビトー》は、室内の電灯が点されていることに気がついた。

ソファに座った環《タマキ》がこちらを向き、悪いな、といった。「勝手に合い鍵を作った。外でいつまでも立っているわけにもいかないものでね。この辺りも、防犯無人航空機《ドローン》は通る」

「通信でやり取りすればいいだろう」尾藤は抱えていた紙袋をいったん床へ置き、外套を脱ぎながら、「暗号変換の形式を指定してくれ。そっちに合わせる」

「駄目だ。結局、ネットに痕跡が残る。防犯装置を避けて直接会うのが一番安全なんだ」

尾藤は壁に設置したモニタ・パネルを操作し、隣室で眠る娘の状態に変化がないことを確かめる。事務机を回り込み、いつもの肘掛け椅子に腰掛けた。懐を探って微小《ナノ》繊維ハンカチを出し、机に置いたままのショットグラスを拭き、袋から出したモルト・ウイスキーを半分まで注ぐと一気に呷《あお》った。久し振りにまともなアルコールを胃に収めたように感じ、深い息を吐く。胃壁から体全体へと、微かな震えを伴って染み渡るようだ。こちらを見詰め無言だった環が口を開き、

「……大立ち回りを演じたらしいな」不機嫌な声色でいう。「君は目立ちすぎた。もう佐久間《サクマ》の本社には入れないぞ。私が庇《かば》い切れないからな」

「物事には、機微ってものがある」尾藤は緩めたネクタイに、乾いた黒い点が散っているのに気付く。もう一度ウィスキーをグラスに注ぎ、ハンカチの端でネクタイの血痕を拭き取って、「お陰で、色々なことが判明した」

「……報告書は読んだ」

「あれは、目の前で起こったことを書き連ねただけだ」

「私も報告書にない話を、聞きに来たんだ」

尾藤は携帯端末を背広から出し、机の端子孔に差し込んだ。投影体ウィンドウが広がり、仮想のキーボードが現れる。発光微生物が形作る投影体の完全な形を室内で久し振りに見た尾藤は、その眩しさに思わず目を細めた。一月《ひとつき》振りに栄養剤を注入されたプラントの中で微生物は急速に増殖し、すでに以前の活気を取り戻している。その費用を捻出することができたのは、環からの出資があればこそだ。環がソファから立ち上がり、事務机に歩み寄る。投影体を覗き込み、「暗号化を解除してくれ。何も見えない」

尾藤は、自分の網膜に合わせて特化した投影体を汎用に変換した。人工知能技術部長室で撮影した机上の写真を映し出す。そのままネット上で画像一致検索を開始した。結果に、尾藤は思わず苦笑する。検索ＡＩによると、最も近似する画像はウィトルウィウス的人体図――ダ・ヴィンチが素描した解剖学的な男性の裸体画――ということだ。尾藤から見れば、似ても似つかない。

黙って尾藤の操作を眺めていた環が口を開き、「……この落書きは、何だ」

「単なる落書きだよ。花城《ハナグスク》技術部長の机の上に、傷として残されていた」

「それをわざわざ、写真に記録したのか」

「何か、見覚えのある気がしたんだが……まあ、いい」

環は、机上の球形拡声器《スピーカ》の裏に転がっていた小振りなショットグラスを手にして息を吹きかけ、埃と発光微生物の死骸を飛ばした。尾藤のハンカチで中を拭き、ウイスキーをきっかり指二本分注ぎ込んでソファへ戻った。単純すぎる、といった。

「そのデザインは。アナログ時計にもコインの模様にも見える。検索のしようがないだろう」

「……ＡＩによると、次に近いのは麒麟だそうだ」

「大立ち回りの成果が、たったそれだけか」舐めるようにアルコールを口にし、「こっちの身にもなれ。君の行動を正当化するのに、私がどれほどの労力を見幸《ミユキ》署内で費やしたか」

「さあな」尾藤は微笑み、画像を空間から消して、「物事を再構築してみせるのは、得意だろう。お前は、お前自身をいつもそうやって正当化してきたじゃないか」

環はこちらの皮肉に反応しなかった。もう一口ウイスキーを啜り、「……理屈と屁理屈を、使えるだけ使ったよ。君は佐久間で、堂々と総務課を名乗ったそうじゃないか。辻褄を合わせるために、叶県《カナエ》から異動したばかりの警察官、という設定を署内で強引に通すことになった」

瞼を閉じ、人差指の関節に額を載せた。倦怠感が横顔に滲んでいる。「いずれ矛盾が生じるだろう。無茶な行動は控えてくれ」

「……悪いな」謝罪らしき言葉が自分の口から出たことに、尾藤は驚いた。まるで弱音のようだ。

詳しい話が聞きたい、と環がいい、「花城は、君の目の前で死んだ。間違いないか」

「……報告した通りだ」

「聴取を突然打ちきり、開発室に戻ると小型の爆薬で頭部を吹き飛ばした」

「そうだ。素早く後頭部に当て、自爆した。ほとんど躊躇もなかった。計画的、といえるだろうな。恐らく、奴が事件の首謀者だ。そうでなくとも、中心に近い場所にいる」

「そんな話は報告書になかった」

「判断するのは俺じゃない。だろ」アルコールを濃厚に含んだ息を吐き、「これで、俺の仕事は終わりだよ」

「……疑問が多く残っている」

「確かにな。花城が会社の内外に細菌を散布した、その理由は？」

「刑事課が捜査している」

「現場での最初の疑問は、なぜ頭を吹き飛ばしたか、だ」グラスを持つ手の人差指を環へ向け、「薬物のカプセル一つで、もっと穏便に死ぬことができたはずなのにな。それに、その場で死ぬ必要がどこにある？　事件に関係しているなら、なぜ犯行後すぐに佐久間から離れなかった？」

「……最後の疑問については、俺も答えを持っていない」環はソファの背にもたれ、「だが、その前の二つの疑問。それぞれの理由については知っている」

「何だと？」思わず、身を乗り出してしまう。

環の視線はグラスから離れず、「見幸署と佐久間の共同で新たな捜査手法が開発された。アブソルート・ブラック・インターフェイス・デバイス。ＡＢＩＤ《アブイド》という」

「聞いたこともない」

「当然だ」眉間に、深い皺が刻まれている。「この技術について知っているのは、署内でも捜査に直接関わる者だけだ。他は課長以上が耳にしているだろう」

「なぜ秘密にする？」

「そう、佐久間に指示されたからさ」自嘲の笑みを浮かべ、「ＡＢＩＤは、死者の記憶を読み取る。奴らの先端技術だ。被害者が死の直前に見たもの、感じたものを知ることができる。断片的には、過去の記憶も。つまり」こちらを一瞥し、「花城は記憶を読み取られないよう、自分の脳を吹き飛ばす必要があったんだ。急いだのは、佐久間や警察に拘束されるのを恐れたためだろう。生きていれば、奴の口を割る方法は幾らでもある」

尾藤は絶句した。花城は、自らの脳を木端微塵にすることで、警察と佐久間に情報を与えるのを未然に、そして完全に防いだことになる――

「佐久間がＡＢＩＤの技術を公《おおやけ》にしないのは」環の話が続く。「研究中の最先端技術だから、というだけではないらしい。当然、奴らのビジネスと結びつくはずだが……何か妙な気配がある。どうやら、佐久間の上層部が進める企画と関連しているようだ」

「企画……」

「謎だよ。それもこの件に関する、一つの疑問だ。正直いって今回の件では、佐久間自身も戸惑っているように見える」

花城は一体、何を隠したのか。死んでまで隠蔽したかった情報とは何だ……環がいう。

「佐久間が二年前、街の中心地に巨大な情報施設《データセンター》を建設したのを知っているか。『テュポン計画』と名付けられている。詳細は不明」

「中心地……あれは、調圧水槽だろう。治水のための空間だ。増水しても地下街に水が溢れないように馬鹿でかい水槽を造った」

「街がそのまま入るほどの、な。確かに貯水の機能もある。が、それは巨大なメインフレーム群を冷やすためのものだ。計画名自体、何か不穏な……」

「いつから陰謀論を信じる人間になった？」尾藤は揃えた指先でこめかみを叩き、「色々と考えすぎじゃないのか。佐久間が社内のコンピュータ設備を増やすのは、不思議でも何でもない。情報公開しないのは、K県による妨害を避けるためだろう」

「それだけの高性能設備を公開しないのは、条例違反だ」

「お前こそ、今日はやけに情報公開に積極的じゃないか。俺に何を期待している？」

「……私にはない発想、だよ」

ウイスキーの残ったショットグラスをローテーブルに置いた。環が以前から、こちらに付き合う時以外アルコールを口にしない男だったのを、尾藤は思い出す。

環は静かに立ち上がり、「このまま、捜査を続けてくれ」

「仕事は終わったろ……お前からの依頼は、犯人を見付けることだったはずだ」

「真相が知りたい、ともいったはずだ。まだ何も分かっちゃいない」

「追加の金をもらうぞ」

「了解した」扉の傍のハンガーからコートを取り、袖に腕を通し、丁寧に前ボタンを嵌《は》めてゆく。「二五〇〇は今日中に振り込む。仕事が終わり次第、残りの二〇〇に一〇〇を足して支払う」

「……いいだろう。が、この先を探るには基本的な情報が足りない。花城の経歴、家族構成、その他できるだけの個人情報が欲しい」

環は頷いてノブに手を掛け、次からは穏便に頼む、といい置き事務所を出ていった。部屋に残された尾藤は孤独を感じた気がし、もう一度グラスを飲み干した。

アルコールが食道を焼く。

《Co-》

コチは自分が薄暗い空間にいて、光る曲線を見詰めているのに気付く。

機械式のモニタに映し出された曲線の起伏が、体内の脈拍と連動している。けれど、なぜそんな機械と自分の手首が繋がっているのか、その理由が思い出せない。ぼんやりする頭で辺りを確かめる。部屋の一面に嵌《は》め込まれた大きな窓硝子から、見幸市の夜景が見えていた。別方向から毎晩眺めている光景だったが、風音の聞こえない室内から見下ろすのは初めてで、夜に振動もない静かな場所にいること自体、不思議に感じる。コチは、清潔なベッドに寝ている自分を認めた。病院みたい。でも、どうして病院に？　急速に意識が澄んでゆく。あたしは警察から逃げて単軌《モノ》鉄道《レール》のプラットホームに到着し、車両に乗り込む寸前――

「……撃ったのは、俺じゃない」

コチは驚き、上半身を起き上がらせ、自分の着る患者衣を見下ろした。とても薄く感じ、思わずお腹の辺りにまとまった毛布を首元まで引き寄せる。奥の暗がりで誰かが立ち上がり、ベッドへと近付いて来る。枕元の球体に触れ、明かりを灯した。

コチは身を固くする。背広姿の若い男——狙撃手。

「君は、正体不明の人物により約七〇〇メートル離れた地点から銃撃された」男が立ったまま腕を組み、「犯人は捕まっていない。捜査も行われていない。君は準市民であり大掛かりな捜査はコストが合わない、と見幸署の通信指令室が判断した。誰が君を撃ったか心当たりはあるかい」

コチは小さく首を横に振る。相手が何をいっているのかよく分からなかった。胸元が引き攣《つ》るように感じ、患者衣の襟を引っ張り、覗いてみる。右の乳房の上に大きなガーゼが張られていた。

「肺の中の動脈が傷付けられていた」狙撃手が指先でコチの胸を小さく指差し、「現場で、医療機械により止血の応急処置。その後ここに搬送され、手術が行われた。胸腔《きょうくう》に溜まった血液を抜き、血管も含めた全ての傷口を組織接着した。うまくいったらしい。全て、今日の話だ。明日には退院できる、という」

コチは話を聞くよりも、狙撃手の様子を観察していた。銃を構えていないせいか、廃線上で対峙した時ほどの威圧は感じない。伏し目がちに喋る細身の姿は、別人のよう。この男の話は本当だろうか？　だとしたら、警察と組合以外にあたしを狙う人間がいる、ということになる。コチは突然悟った。その危険があるから、組合長はあたしを使いに送ったんだ——

「……まだ話を聞くのは早かったかい」

そう訊ねる狙撃手の指に、封筒が挟まれていることにコチは気がつき、

「どういう意味……」

「幾つか、契約について説明しないといけないから。君は頭を打っていたし……病院側は問題ないといっていたが、目が霞《かす》んだり、吐き気がするようだったら……」

「それは、大丈夫。頭も働いてるよ」

コチは相手が何の話をし始めたのか、分かるような気がした。きっと医療費についてだ。もう、あたしの口座に負債として記録されただろうか。当人が希望した治療ではないから、反論や減額を訴える機会があるべき……きっと、死んだ方がましって金額のはず。

狙撃手が無言で封筒を差し出す。少し躊躇《ためら》い、コチは受け取った。

「この病室では、個人の投影体は一切表示できないそうだ。字は読めるか？」

「……読めるよ」顔をしかめ、封筒から折り畳まれた紙を取り出す。広げ、文面を読もうとするが〝離婚届〟の文字が目に入り、コチは首を傾げた。二つ並んだ氏名欄の一方には、来未《クルミ》由《ヨシ》と記されている。「これ、誰の名前……」

「俺だよ、もちろん」来未が、視線を落としていう。「今現在、君は俺の配偶者ということになっている」

コチは唖然とし、相手の顔をまじまじと見た。

「俺は警察官で、ここは警察病院だ。俺とその家族は優先的に、警察病院で治療を受けることができる。準市民である君を応急処置し、病院の患者として扱うには俺の配偶者とする他に方法がなかった。単軌鉄道プラットホームで君と俺の虹彩を証明に用い、俺たちは結婚した。君は失神していたから当然、市へ異議を申し立てることはできる。そうすれば経歴上の婚姻を取り消せるだろうが、同時に医療費は君の負担となる」言葉も出ないコチへ、

「あくまで書類上の話だ。気にするな。今でも君は東玲《コチアキ》のままだ。夫婦別姓で申請しておいたから」落ち着いた口調でいう。コチが手にする離婚届を示し、「それに署名して、退院の手続き後

に市へ提出してくれ。郵便ポストは知っているかい」何とか頷くと、「提出すれば経歴の一部以外、全部が元通りになるだろう。正市民権が欲しいなら、半年後まで待って提出すればいい。君に任せる」

「……理由は？」コチはようやく質問を絞り出し、「私を助けた、理由」

「話が聞きたかったから。君は警察にとって参考人だ。佐久間種苗には引き渡したくない。警察病院なら、佐久間も手が出せない……今、聴取を始めてもいいかい」

ぎこちなく頷いた。何か自分が従順に振る舞っているようで気に障り、相手を睨みつけそうになるけれど、コチは目前の来末という名の青年が自分の配偶者であることを思い出し、混乱する。来末は困ったような微笑みを浮かべた。ほっとしている？　こうして見ると、どことなくエディ・ウィルソンに似ているような気がする。眉のラインとか、頬の痩《こ》け方とか。エディほど肩幅が広くは見えないけれど、彼のように革ジャケットの襟を立てて着たら似合うかもしれない……褐色の唇が開き、「君は、穴井《アナイ》直《ナオ》とは知り合いか」

コチはもう一度頷き、「同じ組合に所属しているから」

「それだけ？」

「そう……それだけ」

「恋人ではなく」

「違うよ」

「彼は最期に……君のことを思い出していた」

コチは怪訝《けげん》に思い、「どうして、そんなことが分かるの」

「いや……その話はいい」来未が言葉を濁し、「……君は、アナイの遺体から遺品を回収したはずだ」声に重みが加わり、「その遺品について、君は警備員に申告しなかった」

「……向こうが見ていなかっただけだよ」

「その点は問題視しない。俺は佐久間の人間じゃないから。問題なのは、それをどこにやったか、という点だ」真剣な目付きはやはり鋭く、「悪いが、所持品検査をさせてもらった。工具ばかりで、遺品らしき品は出てこなかった」

コチは体を強張《こわば》らせ、「令状は？　検査に同意した覚えはないけど」

「詳しいな。だが、捜索差押許可状の必要はないよ。俺は……君の配偶者だから」黙り込むコチを来未はじっと見据え、「遺品をどこへ運ぼうとした？」

「……もちろん、上層の組合だよ。電気連合組合。あたしは、お使いを頼まれただけ」

「頼まれた荷物を、どこにやったんだ」

「……覚えてない」コチの脳裏に、単軌鉄道の車両に立方体《キューブ》が転がり込む光景が再現される。

「たぶん捨てた。怖いから、どこかに」

「確かにプラットホームの防犯カメラには、逃走中の君が電池回収箱へ片手を入れる姿が記録されていた」来未は一人考え込むように、「だが回収箱にそれらしきものは入っていなかった」

彼のいう意味がコチには分からなかった。回収箱？　そこに捨てるのを思いついたのは確かだけど、実際には近付いてさえいない。来未がいう。

「海里運送の倉庫に隠したなら、佐久間が気付いているはずだ」かぶりを振るコチへ、「君は冷蔵倉庫から出ると、その後約二時間、鉄道駅近くの無人書店にいた。次にまた倉庫に戻り、最後にアナイの顔が見たい、と警備員へ訴えた。聞き入れられず、門の外に出ると組合員に捕らえられた。どんなトラブルが？」

コチは内心、首を傾げる。来未の話には幾つもの間違いがある。言葉の中に罠を仕掛けている？　少しずつ、互いの理解が嚙み合わなくなっている。慎重に、

「……組合費の滞納だよ。それだけ」

「君が撃たれた理由は、恐らく遺品にある。その中身については、知っているかい」

コチは小さな仕草で否定する。自然に見えたかどうかは自信がなかった。

「事実は事実だ。君は遺品を電池回収箱に捨て、今はそれを所持していない」来未の目付きから険しさが薄れ、「その内容が何であれ、君が持っているべきものじゃない。もしどこかに隠したのなら、警察に渡して欲しい。証拠品だから。罪には問わない。佐久間から被害届は出ていない。正直にいって……佐久間には渡したくないんだ。向こうとこちらは何というか、それほど仲良くはないものでね」

「どこにあるかは、知らない。ほんとだよ」

鉄道車両へ転がり込んだ後の立方体の行方が分からないのは、本当のこと――なぜか、細かな嘘をついたのを後ろめたく感じる。来未の方もそれなりに緊張しているのに気がついた。立ち去ろうとしないのは、他にいいたいことがあるためらしい。同じ空間で沈黙を分け合っている、と思うと落ち着かなくなった。ぶっきら棒に、他に話は、と訊ねた。

「……もう聴取は終わりだよ」来未は目を伏せ、いい難《にく》そうに、

「答えたくなければ、答えなくていい」

「何……」

「君の父親が亡くなったのは、どの地区だった……」

質問の意図が分からず、「知ってどうするの」

「いや……ただ知りたいだけだ」

コチは瞼を閉じる。感情の奥に閉じこめていたものが簡単に噴き出しそうになり、息を止めて堪《こら》えた。大勢の人間たちに混じり、思いがけず『柱』を越え見幸市に降り立った、あの日。コチが道路に降りた次の瞬間、撃たれた父さんが隣に墜ちて来た。そして、逃げろ、と大声で——

「……一三七区」なるべく気持ちを込めず、コチはそう答える。

「そこは、俺の担当じゃない」来未は安堵の表情をみせ、「四年前のあの日、俺が担当していたのは一三一区だった。埋立地の方。海里運送の倉庫に近い……君は〝狙撃手〟という言葉に強く反応しただろ。だから調べさせてもらった。『襲撃』のあったあの日に、君は父親を亡くしている。誰かに撃たれて。でも、それは俺じゃない」

嬉しそうにいうものだから、コチは呆れてしまう。そして来未がこちらを助けた理由にも、思い至った。この人はたぶん、『襲撃』時に入市者を殺しているのだろう。だから、別の入市者であるあたしを生かすことで、その罪悪感を打ち消そうとしている。

来未の表情に柔らかさが生まれたのも、安堵のためらしい。思い描いていた狙撃手の（金属《メタル》人形《フィギュア》みたいに無感情な）姿からは遠く、コチからすると、来未はむしろ世間知らずの神経質そうな青年に見える。それに……信じられないことに今は、あたしの夫でもある。つい、その険しさと気弱さの同居する、エディ風の顔立ちをコチは盗み見る。色素の薄い琥珀色の瞳。

ゆっくり休んでくれ、と来未がいった。「無理に聴取をして悪かった。明朝、検診が終われば退院できるはずだが……そのまま、ここにいて欲しい」

「なぜ……」

「君は遺品を持っていない。が、そのことで君について佐久間がどう考えるかは分からない。奴らが君の身柄を拘束する可能性も、ないとはいえない。準備ができ次第、俺が迎えに来る。それまでここで待っていてくれ」

「準備って……どこへ連れていくつもり」

「警察の、独身寮の空き部屋に入ってもらう予定だ。そこなら、君を保護できる」頷いて、「〝婚姻〟という契約のせいで、お互いの権利や財産について様々な問題が起きる可能性がある。俺が一方的に行ったんだ。君の要求には、できるだけ応えたい。独身寮の男子寮と女子寮の建物は向かい合わせに建っている。離婚後も相談に乗る。部屋に来てくれたら、歓迎するよ。ああ、それと」病室のクローゼットへ顔を向け、「君のレインコートに入っていたナイフの刃渡りは、違法だ。病室に置いたままにしてくれ」

コチの混乱はまだ続いていて、質問を挟む余裕もない。来未は静かに病室を出ていった。

《Ku-》

病室の扉を閉めた来未は、ほっと息をつく。警備や走査とは全然違う緊張を覚えていた。事情聴取の経験自体少ないこともあり、終始落ち着かない気分での聞き取りとなった。

婚姻と離婚という話も、何か感傷らしきものを来未に与えていた。相手は――コチ・アキという名の少女。短い髪のあちこちを飾りで結わえているのは、単に仕事の妨げにならないようにしただけの格好かもしれなかったが、特徴的で、大きな目によく似合っていた。髭をぴんと張って高い場所をしなやかに歩く猫を、来未は連想する……感情移入しすぎだろうか。

〝家族〟という属性に、俺はたぶん動揺している。期せずして家族が登場したことに。彼女がこちらに興味を示した様子はなく、聴取が進む中、辛うじて敵意を薄れさせた、という程度にすぎない。吐息を漏らした後、暗い廊下を出口へ歩き出した時、オルロープ雫《シズク》からの通信が入った。

『病院ですか？　電波遮断区域にいる、と……』

声に少し険が込められているように感じる。警察病院の廊下は来未の歩く速度に合わせ、足元と前後を照らす分だけの明かりが点いた。照明は廊下の補助手摺りの下で、海豚《イルカ》や蛸の形をしている。来未は雫へ、「妻を訪ねていた」

『何ですって？』

「いや……」何となく今も浮ついている自分を戒め、「それで、用件は」

『報告があります。中田起《ナカダタツ》が最期に思い浮かべた数列についてです』

――2852２。

『伊土《イド》製薬の商品コードではないか、と』

「コード……何の」

『シアン化水素です』

来未が立ち止まると、先をゆく海豚の明かりが迷うように瞬いた。

「そうか……中田は薬剤師でもあり、社内で薬品その他の調達を管理していた」

『あなたの報告では、数列を思い浮かべるとともに果実の香りがした、と。シアン化水素は様々な金属の加工に用いられ、そして独特の臭いがあります。中田は死に際してその臭いを嗅ぎ取り、商品調達に使うシアン化水素のコードを思い浮かべたのかもしれません。彼は以前、伊土製薬にも勤めていました』

「警察は佐久間側に急《せ》かされ、建物内の鑑識作業を充分に行えなかった可能性がある」

『司法解剖でボツリヌス菌以外を検出できなかったのは、警察の落度です。シアン化水素が原因で亡くなった遺体には、死斑が鮮紅色を帯びるなどの特徴が現れたはず』

「そう教科書通りにいくものじゃない。細菌を同時に吸引していたなら、なおさら……いや」今の問題は責任の所在ではない、と思い直し、「解剖医は、遺体安置所に先着した五体のみを検死した、といっていた。少なくともその五人の死因は、シアン化水素とは関係がない」

『死体検案書によれば、エントランスでの被害者二名、八〇階の機械制御ソフトウェア開発部の被害者二名、八七階のネットワーク遅延排除研究部の被害者一名を司法解剖しています。当然、中田起はそこに含まれていません』

「つまり、全ての場所でシアン化水素が使われたのではない、ということだ。むしろ、建物内の一部で使用したように見える。だが……なぜ犯人はそんなものを細菌と併用した？」

『確実に誰かを仕留めるために用いたのでは。シアン化水素は空気よりわずかに軽く、すぐに降下する細菌兵器を補うことができます』

「再度の鑑識作業が必要だ」

『人工知能技術部内の残留物の科学鑑定については、佐久間自身で行います』

来未は考え込む。シアン化水素が、人工知能技術部だけに散布されたとしたら？　犯人の本当の狙いは、その部署のみにあったことになる。細菌兵器はむしろ、K県のテロ行為と見せかけるための偽装だったのでは。

「人工知能技術部長の花城。自殺した彼が事件に大きく関わった、と警察では考えている。佐久間はどう見ている？」

『……本社の考えは、私には分かりません』雫はそういうが、佐久間は花城について調査を進めているはずだ。『見幸署でコチ・アキを確保しましたね』探りを入れるいい方だった。

来未は否定せず、「俺が聴取した。彼女は事件とは関係ないが、しばらくは重要参考人として、警察内で保護することが決まった」

『情報交換をしましょう』雫の方から、そういい出した。腹の探り合いは続いている。

「分かった。明日の朝、見幸署に来てくれ」コチを迎えにいくまでに、きな臭い用事は済ませておきたい。「署内が嫌なら……」

『いえ、それで結構です』あっさりと雫がいい、挨拶もなく通信は切断された。

足元で二匹の海星《ヒトデ》が交互に光り、来未に歩みを再開させようと、誘っている。

奴らも毒を持つ、と考える。

《 Bi-》

洗面台で口を漱《すす》ぎ、頭痛薬《アセトアミノフエン》六〇〇ミリ錠を錆の味のする水で呑み込んだ。酸化チタンで被膜された浴室のタイルが割れ、黒黴の発芽した様子が鏡に映っている。事務机に戻ると、わずかにウイスキーの残ったボトルの傍で踊る小さな里里《リリ》の姿が目に入った。五歳の誕生日に、はしゃぐ里里——自己流のぎこちない踊りだったが、それでも娘はこの頃、思うように動くことができていた。病はひどく緩やかに、里里の体を硬直化させていったのだ。昨夜、環が事務所を出ていった後、この投影体を見ながらウイスキーを呷っていたのを思い出す。急に、不安に襲われる。

今のままの生活で後何年、父娘《おやこ》が生き延びられるのか。反射的にボトルへ伸ばしそうになった手を止め、娘を机上から消した。メイル受信のサインが瞬いている。差出人の名前はなく、ということは、環からの情報だ。尾藤の依頼した件、花城の情報が列挙される。

　人工知能技術部・花城高〈ハナグスクタカシ〉、六十一歳。身体特徴・身長一七六センチメートル。両親の代からの正市民。市立大学でニューラルネットワークについて学び、チューリング技術士試験合格。卒業後、佐久間種苗株式会社に入社。ネットワーク事業部、機械関節制御部を経て人工知能技術部へ。のちに部長に昇任する。二十年前に飲食業従業員・準市民・名奈〈ナナ〉（旧姓・張〈ハリ〉）、四十五歳、身体特徴・身長一五五センチメートル）と婚姻。四年後に一人息子・弘巳〈ヒロミ〉が産まれる。弘巳は心臓に疾患があり、補助装置を体内に埋め込むが、六歳の時点で機械制御系神経衰微症を発症、市内のY愛神経病院に入院。五年後に死亡——

尾藤はもう一度、『機械制御系神経衰微症』の文字を見た。里里と同じ病。人工神経が人体に限りなく近付いたからこその疾患であり、今では珍しいものではなかったが、その言葉が目に入る時には大抵その結果も知らされ、暗澹《あんたん》たる気分にさせられる。

名奈は七年前に失踪。原因は、子供の疾患を花城高から責められたことによる。花城高は捜索願を出さず、その三年後に離婚。名奈の生死は不明（叶県へ逃げた形跡がある。いずれにせよ捜すな。名奈の行方は今、佐久間も追っている。君の出番はない）。花城高は佐久間種苗内で人工知能の開発に携《たずさ》わっていた。テュポン計画にも名を連ねているが、実際の役割は不明。

花城の情報は、それだけだった。尾藤は顔をしかめる。少ないが、環へ文句を送っても始まらない。尾藤は思い立ち、もう一度画像一致検索を試みた。答えの出現を期待したのではなかった。他に、同じデザインを検索した者がいるかどうかを調べたのだ。

花城の机に残された、ペン先の落書き。なぜこれがそれほど引っ掛かるのか、自分でも分からない。検索の頻度を折れ線グラフで表示させる。〝線画〟についての検索件数は、小さなピークが昨晩あるだけ。これは俺自身の入力だ。つまり――佐久間種苗は、この線画に気付いていない……というよりも、興味を示していない。誤った方向性だろうか？　尾藤は人差指で眉間の辺りを押し、奥に残る頭痛を抑え込み考える。いずれにせよ、佐久間とは別方向から探る必要がある。

訪問先が決まった。

《Ku-》

来未が見幸署の自動扉を抜けると、観葉植物に囲まれた長椅子からオルロープ雫が立ち上がった。暗い金色の髪が揺れる。始業前から待っているとは予想していなかった。同時に、苛立ちも感じる。彼女はこちらを待ち構えるために、佐久間社員であることを振りかざし当直員の警察官を脅したはずだ。雫は真っ直ぐ来未へ歩み寄ると、

「……コチ・アキと婚姻しましたね。無茶なことを」

「助けるには、他に方法がなかった。重要参考人だからな」

「離婚の手続きは？」

「進めている……が、いつ成立するかは彼女次第だ」

「分かっているのですか」切れ長の両目が来未を鋭く見上げ、「コチ・アキがもしその気になれば、あなたの住宅へ侵入することも、その財産を持ち去ることもできるのですよ」

「何もない部屋だ。金目のものを探す方が難しい」

「室内からパスワードのヒントを得て、電子円を奪うかもしれません」

「警察官から？　そこまで向こう見ずな人間とは思えないな」

雫は来未から少しだけ身を離し、「権利とセキュリティに対する認識が甘すぎるのでは」

「……利用価値がある、と互いに考えているだけだ」

雫の視線はこちらの目を捉え続け、「私たちも、コチ・アキに関する情報を欲しています。彼女の勾留期間を十日として、その後こちらに引き渡すことは考えていますか？」

「コチは被疑者じゃない。あくまで任意の聴取だ。質問事項を用意してもらえれば、こちらで聞き取る。それに……彼女はすでに〝遺品〟を手放している。その事実は、佐久間も把握しているだろう？　コチは単なる運び手だ。機械整備を生業とする、高層人の一人にすぎない」

「では、運送の依頼を請け負った組合そのものを、警察が追及することは？」

「計画はある。が、それこそ佐久間でもできるだろう。組合へ話を聞きに、人をやればいい」

雫が黙り込む。組合と企業との複雑な関係を思い起こしている。高層人の多くは準市民か仮市民であり、一人二人を扱うのは佐久間にとって野良猫を相手にするよりも簡単なはずだが、組合となるとそうはいかない。火種となる話題を組合へ持ち込むには、周到な下準備が必要だ。

「佐久間には佐久間の考えがあります」雫が静かにいう。「その気になれば、あらゆる手段を用いるでしょう」

「コチがこの事件で、重要な位置を占めることはない。中心近くにいるのは花城高だ。社内でもそれなりの地位にいた。彼こそが主犯じゃないのか。人物像は？」

「生まれも育ちも市内です。K県との接点は発見できていません」

「家族は？」

「息子が一人。ですが、五年前に亡くなっています。いわゆる石化症です」

「他には」

「それだけです」佐久間の内部調査がその程度のものだとは思えない。来未は単刀直入に、

「〝遺品〟とは何だ。雫」

「……判明していません」

「花城は人工知能技術部長だった。彼は何を社外へ持ち出そうとした？　主犯が花城だとするなら、彼は〝遺品〟のために佐久間の社員、特に自分の部下を大勢殺害したことになる。佐久間種苗は今、何に注目している？　遺品の行方か。それとも花城の動機か？」

雫は唇を引き結んだ後、少し顎を上げ、「……当然、事件の真相を見極めることです。犯人の素性と動機。事件に至るまでの具体的プロセス」

その言葉は単に〝警察との共通項〟をいい表しているだけだ。この点に限っては協力し他は沈黙を守る、という意味でしかない。来未は雫と睨み合う格好となった。オルロープ雫という人物をどう認識するべきなのか、未だ判断できずにいる。優秀な微細走査補佐官であり、佐久間種苗株式会社に忠実な社員……二つの役割は、恐らく微妙に矛盾している。彼女自身、その矛盾を時に意識しているようにも見える。

「もう論点も出尽くしたのでは？」入口の方から、そう声が掛かった。微細走査係長の笹《ササ》が受付台にもたれ、「結局、お互い様って奴ですよ。オルロープ走査補佐官」こちらを軽く指差し、「来未走査官。話がある」

「まだ情報交換が……」

「そんな階層《レイヤー》の話じゃない、といっておく。署長が呼んでいる」持ち前の憂い顔で、「オルロープ補佐官。あなたも来るといい。関係のある話のようですよ。どうやら、来未の進退が掛かっているようですから」

笹は来未たちにつき合わず、刑事課の机に戻っていった。署長室では、見幸署の長が事務机の向こう側で小柄な肥満体を丸め、投影体ウィンドウを前に仕事を続けていた。

来未は雫とともに、署長室の中央で直立したまま次に何が起こるのかを待った。壁際にソファが置かれていたが、たぶん座らない方がいいのだろう。雫も時折、壁に貼られた交通事故や犯罪発生や二酸化炭素排出量の液晶地図、その更新情報に目をやるだけで、黙って立ち続けた。

ノックもなく背後の扉が開く。現れたのは朝里《アサリ》だった。微細走査補佐官の女性を連れていた。朝里は複数の電動機《モーター》音を立てながら来未の傍を大股で歩き、署長へ近付くと、

「こいつですよ」機械の人差し指をこちらへ突き立て、「俺の手柄を掠《かす》め取ったのは」

来未は、同僚のいきり立つ理由を察した。一瞬、雫と顔を見合わせ、

「待ってくれ。誤解のないよう、全部説明する」

「誤解だと？　お前、自分が何をしたのか分かっているのか？」朝里の補佐官が一重の鋭い目で、こちらを睨んでいた。背が高く、パンツスーツの腰まで長い黒髪を垂らしている。磁器のような朝里の顔面に表情はなかったが、声は荒く、「俺の担当する遺体に、すでに走査が終わったにも拘わらず接触した。係長にも俺にも断りなく。違うか？」

「思いついたことがあった」来未は、同僚の怒りの大きさに戸惑うが、「走査の終わった遺体は、すぐに火葬されてしまう。保存状態も他と比べて悪く……どうしても、急ぐ必要があったんだ。それに、あんたは相当疲労していたように見えた」

「違う」朝里が署長へ訴える。「こいつは、自分が他の走査官よりも優秀だと自惚《うぬぼ》れている。他をないがしろにして独自に動いていい、と考えているんだ」

「オルロープ微細走査補佐官」口を挟んだのは朝里の女性補佐官で、「アナイ・ナオの走査報告

書が、あなたの名前で提出されています。我々の走査の後に。二重の報告書とは異例です」

来未は、女性補佐官が睨んでいるのが自分ではなく、雫であることに気付く。

「手順に多少の問題はあったかもしれません」雫は顔色を変えず、「ですが必要な走査であり、新たに発見した事実を共有するための報告書です」

来未は署長の様子を確かめる。今も書類仕事を続け、関心のある素振りさえ見せていない。苛立ちを呑み込み朝里たちへ、「……予《あらかじ》め断らなかったのは間違いだった。しかしあの追加走査で、人工知能技術部長と事件との繋がりを引き出せたのも確かだ。係の功績、と考えてもらえないか。俺たちは少しずつ、事件の真相へ近付いている」

「お前は、物事の一面しか見ていない。係だと？　いいか、こいつは俺とお前だけの問題じゃない」凹凸のない仮面に空いた沢山の小さな孔が来未へ向き、「見幸署と佐久間種苗、俺とお前、走査補佐官。それぞれがそれぞれへ張った緊張の糸がお前には見えないのか？　これは、いわば政治だよ。どこで崩れるか分からない相互関係が、俺たちの周りには張り巡らされているんだ。今回お前は、俺と俺の補佐官であるサカエに恥をかかせた、というだけじゃない。いや……それも充分に問題だよ。彼女の社員点数はどうなる？　お前は、俺とサカエの立場を危うくし、追い込んでいるんだぞ。俺の身の上話はしたろう？　へまをして体の大部分を失った話を。これ以上点数が下がれば、降格もあり得る。減給となれば、この体を維持することさえ怪しくなるんだぜ。全ての関節を電磁石式に置き換えるのに、何年かかったと思っている……深刻なのは、お前が一々〝特例〟で動こうとすることさ。突然の重要参考人保護の件もそうだぜ。お前が動く度に相互関係が揺れ、緊張が高まってゆく。もっと周囲を見て慎重に行動しろ。さもなければ……」

「いくらでも、俺の評価をくれてやる。だが、あの場で走査しなければ……」来未は激昂しかける自分を抑え、「いや、組織の意向に逆らうつもりはない。あの遺体は、お前が担当するべきだった。オルロープ補佐官は俺の無理に付き合っただけだ。俺の処分は、署長と係長に一任する。それで……よろしいですか」

目線を上げた署長が頷き、顎の弛《たる》みを増やす。来未は雫を促して扉へ向かう。部屋を出る時には、室内へ一礼した。署長は仕事を続け、朝里とサカエはこちらをまだ見詰めていた。朝里の内面は分からなかったが、サカエの口元が微かに綻《ほころ》んでいるところを見ると、彼らの目論見《もくろみ》通りにことは進んだのだろう。建物の共用エントランスへ向かう間、オルロープ雫はひと言も喋らなかった。見幸署の自動扉を出たところで来未は改めて、すまない、と謝罪した。雫は思い詰めた表情のまま、そのことについては触れず、

「これから、どうするつもりですか」

「処分を待つ。今は、微細走査とは別の用事もある」

「どのような？　コチ・アキの件ですか」

「……そうだ」

雫は何もいわなかった。彼女の無言が、互いの背景を探り合う関係そのものを表している。

来未はその場に雫を残し、歩き出す。

警察病院内のエレベータを降りた途端、笹係長から連絡が入った。

来未は朝食を運ぶ配膳機械のために道を空けながら、埋込装置《インプラント》を操作する。音声通話が流れ、

『市境警備隊に戻れ、との話だ。署長命令』口籠る来未へ、『新設したばかりの微細走査係は、色々と試験的な部分が多くてな……悪いが、厳しい前例を作らなくてはならないんだ。とはいえ、降格も減給も謹慎もない。朝里たちもそこまでは望んでいないそうだ。それに、お前は狙撃手として貴重な人材だというじゃないか。市境警備隊は不測の事態がなけりゃあ、定時で終わる職務だ。そこで、昇任試験の勉強でもすればいい』返事をする前に、

『ああ、そうだ。コチ・アキを独身寮へ移動させる手続きは、中止になった』

「どういうことですか」

『説明しなくても分かるだろう』陰気な声がますます低められ、『圧力があったんだろうよ。聴取は昨晩に済ませたんだろ？　今から佐久間に引き渡したところで、特に問題はないはずだ』

オルロープ雫の冷徹な、無言の顔が脳裏に浮かぶ。供述調書を提出してくれ、と係長は告げ、通話を切った。来未は通路を歩きつつ、思考を巡らせる。コチを佐久間に引き渡すのは、彼女にとってあまりに危険だ。俺が独身寮を出て二人のための住宅を借りる、というのは？　彼女は、法的には妻なのだから。が、コチは同居に賛同するだろうか。新たな敵意が瞳の中に浮かぶ様を、来未は想像する。せめて事件が解決するまで、という前提なら——

病室の扉を拳で叩く。室内から応答はなかった。扉を薄く開け様子を見ると、大型の自動清掃機《スイーパ》がベッドの周りを動いている。コチの姿がない。

病室に足を踏み入れ、「コチ・アキは」

『退院されました』清掃機はそう答えると、ノズルのついたホースを巻き取った。

「いつ」

『四十分前です』

「俺に連絡はなかった」

『配偶者様が、その必要はない、と』

クローゼットを開けるが、ナイフすら残されていなかった。清掃機が部屋を出てゆき、来未は病室で一人になった。洗面台傍の丸椅子に腰を下ろす。病室は夜に訪れた印象より、薄汚れて見えた。配偶者か、とつぶやいた。信頼関係など、最初から存在しない。

仮想の家族。浮かれていたのは、俺だけだ。

——そして俺はまた、柱に近付くK県民に照準を合わせる仕事に戻るのか。

なかなか、丸椅子から立ち上がることができなかった。病室で、もう一人の名残を感じようとしている自分に、来未は気付く。

《Co-》

バスを降りたコチは、再開発禁止地区に足を踏み入れる。人通りのない道路のあちこちがひび割れ、地盤沈下の影響を知らせている。人の消えたこの地区の建物は全て、無法な地上人が上がって来れないよう電連がずっと前に電気を停め階段も塞いでいたが、ただ一つのビルだけは臨時の通路として屋上と繋がっている。目印は、柱に落書きされた赤色の羽根。

コチは、食品包装のビニルが散乱する階段を登り始めた。慎重になるのは、この建物内にカッターワイヤの仕掛けが施されているから。十階辺りに、仕掛けの発動した跡があった。階段と踊り場に黒い染みがこびりついている。数年前に流された血。踊り場の隅には、灰色の塊をつけたインラインスケートが転がっていた。侵入者がここでワイヤの罠に触れ、足首から下を切り落とされたのだ。スケートは大型で、たぶん内燃機関《エンジン》を内蔵している。大量の血を滴《したた》らせながら逃げ帰ったのは……きっと路上強盗団《ロードランナー》だ。

この建物を絡繰《からく》りだらけにしたのも電連の組合員で、十階より上は屋上と通じる三十階まで踊り場ごとにワイヤが張られている、と組合長から聞いていた。でも、もしかすると、仕掛けた本人たちが忘れているワイヤがあるかもしれず、コチは階段でも気が抜けず、ようやく金属製の扉を開けて屋上に辿り着いた時には疲労困憊《こんぱい》し、その場に座り込んでしまった。結局、屋上から屋上を渡ってユニットハウスに戻るまでに、午前中一杯を費やすことになった。

自宅に入り、室内から施錠しコートを脱いで、ようやくコチは息をつくことができた。体は疲れ、空腹だった。乾燥したライ麦パンに自家製のトマトジャムを塗って食べ、気の抜けた炭酸水を飲んだ。濾過《ろか》した雨水をポリ容器からポットに注ぎ、煮沸する。冷ます間、瓶ケースを並べたベッドに腰掛け、枕元の缶から裁縫道具を出してシャツの孔――銃弾の通った痕――を接着剤なしで繕った。もう一度ここに戻る機会はあるだろうか、と考えながら。

中古で購入した可搬式ユニットハウスを一人で運んだのは二年前の寒い日で、雪まで降っていたのをコチはよく覚えている。本当にこれは持ち運ぶためのものだろうか、とリサイクルショップの売り口上を疑いつつ歯を食い縛って建物まで引き摺った後、太陽光発電と直結させたエレベータがいつ停まるか怯えながら、ようやく屋上に運び上げることができたのだ。防水紙製のユニットハウスは組み立てている最中何度も崩れそうになったし、廃材と樹脂接着剤でどれだけ補強しても強風の日は吹き飛ばされないか毎回不安だったし、機械室の電源を切ってエレベータを完全に停めても、侵入者が怖かった。それでも、コチはこの家を愛していた。

これからあたしがどうなるかは、もう一つの組合の考え方次第――全て縫い終わるとデニムパンツも脱ぎ、湯で湿らせたタオルで丁寧に体を拭き、汗を拭った。埋込装置で目覚ましのアラームを一時間後に設定し、毛布の中に潜り込む。

モノクロームのエディが狙撃手に似た顔付きで、コチを見詰め返した。

あたしは後悔しているのだろうか、と考える。あのまま来未のいう通り、警察の寮に入っていたら？　結局……あたしは高層に戻ることになるだろう。警察が利用価値のない人間をいつまでも匿《かくま》うはずがない。自分の身は自分で守るというのが、現実世界《リアルワールド》の約束事《プロトコル》。

エディは、「この世界に多くを求めたことはない」と歌った。

警察病院の前、古びたポストの投函口に落とした、離婚届の入った封筒。

指先から封筒が離れる感覚。


その日、コチが移動教室から賃貸住宅に帰ると、学童養護員の仕事から戻った父さんが真剣な顔で二つのリュックに荷物をまとめているところだった。

――今日、見幸市に入るぞ。

父さんは物理円の紙幣を数えながら、

――佐久間の新会長は市と県を再合併するつもりだ。俺たちを歓迎してる。

そういって、リュックに詰め切れなかったナイフをコチの上着の内に無理やり押し込み、二人で家を出た。今にも崩れそうなUR賃貸住宅の灰色の集まりをコチは何度も振り返った。市境には大勢の人間が集っていて、ある瞬間、その塊が一斉に見幸市へ向けて動き出した。それから先は、混沌が全部を塗り潰してしまった。誰かが絶縁網を被せた柱を人波にまみれて昇り、その頂上からは見幸市の景色がよく見え、大勢の警察官と鎮圧車両の銃口がこちらへ向き、降りる時にコチの背からリュックが離れ、残った荷物はカーボンナイフ一つ――

アラームが鳴る前に、メイルの着信音に起こされた。

電気連合組合とツバキからの通信だった。コチは電連のメイルを開かずに捨て、ツバキからの連絡だけを読む。ツバキは自分が無事なこと、今回の件で組合長に睨まれ合成肉の製造を手伝わされる破目になったことを知らせた。あの立方体《キューブ》は早く捨てること、とも記されていた。ところでコチ、あなたは無事なの――あたしの友人で、腕利きの計算屋。コチは仮想キーボードで返事を打つ。『無事。お陰様で。高サにいく。さよなら』毛布を畳み、ベッドから離れる。

ユニットハウスの南京錠を締め、屋上を見渡した。いつの間にか、周囲に霧がかかっている。名刺をどこへ捨てたか、思い出そうとする――あった。水分を含み、しわくちゃになった紙切れを取り上げ、広げた。高層サービス会広報部長・巨田潔《オータキヨ》。

オータはあたしを歓迎してくれる、といった。

深呼吸の後、再開発禁止地区の屋上から高層サービス会の縄張りへと飛び移った。鉄柵につかまるが、表面の塗装がごっそり剝がれて手が滑り、コチの体がビルから離れそうになる。鉄柵をつかみ直し、高層建築の谷間に満ちた霧へと落ち掛かる自分を支え、額の冷や汗を拭った。

柵を乗り越え、レインコートの肩口につけた電気連合組合の印、その羽根飾りを剝ぎ取って指先で弾《はじ》くと宙を舞って風に乗り、魔法のようにどこかへ消えた。肩から斜めに提げたバッグを掛け直す。中身は最低限にしたつもりだったが、着替えだけでなく横断機《ローラー》も入っていて重かった。

霧の中、住宅区の建物がぼんやりと並んでいる。どっちへ向かえばオータと会えるのか、分からない。コチは傾いた鋼板の家に寄り掛かって電子ギターを抱える老人に、組合事務所の場所を聞いた。小さな音で弦を弾く男は不機嫌そうに、それでも演奏を中断して事務所のある方向を指差してくれた。立ち去ろうとするコチの背後で美しい歌が聞こえ、振り返るとそれも老人の声。

変電設備《キユービクル》の群れを抜けた途端視界が開け、屋上の端に立っていた。

縁《ふち》に柱が二本突き立ち、吊り橋を貧弱に支えている。向こう側は霧で霞んでいた。コチの目の前で強い風が吹き、橋が大きくうねった。高サでは横断機を使うより、吊り橋を利用する方が多いのかもしれない。深く息を吸い、左右の綱に手を掛け、最初の橋板に爪先を載せる。隙間の広い橋板を慎重に踏み続けていると、ようやく霧の中から向かいの建物が黒々と姿を現した。

合成樹脂の小奇麗な家屋が並び、商店も多く（放電屋って充電池関係の店のこと？）、ほとんどの建物の上に棒状の何かが突き立っている。アンテナの一種かと思ったが、それぞれが常に振動していて、どうやらそういう方式の風力発電装置らしい。知らない機械。知らない場所。電連とは別の組合に来た、という実感がコチを緊張させる。

区画の中央を目指し歩いていると、『高層サービス会』と扉に書かれた建物を発見する。周囲の家屋より大きく、古びて見える。組合事務所。窓のない、分厚そうな金属製の壁には赤錆が流れ、縞模様になっていた。壁からコードごと飛び出たチャイムを、コチは恐る恐る押し込んだ。

扉が開き、小柄な老爺《ろうや》が顔を覗かせた。長く豊かな白髪を、ほとんど肌着だけの格好の前後に垂らしている。鋭い目付で見上げられ、コチは慌てて名刺を老爺へ示した。

「……オータに会いたい」そう知らせると嗄《しわが》れ声で、用件は？　と質問が返ってきた。

「高層サービス会に入らないか、ってオータに誘われたから」

「電連か？」

もう辞めた、と伝える。老爺はコチの姿を感情のこもらない小さな目で眺め回すと、扉を閉めた。茫然としている間に再び扉が開き、現れた老爺は肩からポリタンクを提げていて、そこからホースで繋がった金具の先端を、コチの頭上にかざした。噴霧器だ、と気付いた時にはエタノールの臭いに包まれていた。

髪から水滴が落ちるほど消毒液を振りかけたコチへ、老爺は顎で中に入るよう、誘《いざな》った。


ところどころに張り渡された紐に幾つもの大きな布が掛けられ、通路の視界を遮《さえぎ》っている。室内も消毒液の臭いで満ちていた。風力発電の振動が伝わるのか、建物全体が唸りを上げている。布と布の間を擦り抜け、時にはくぐり、老爺はどんどん通路を歩いてゆく。磁器の壺が壁に沿って並ぶ空間に着くと振り返り、ここで待っていろ、といった。

両開きの扉の前。病院の手術室をコチは連想する。「オータは……」

「呼んでやる」老爺は扉の一方を押し開け、「壺に触れるなよ」睨みつけると、「全部に、家族の遺骨が入っている」隣室の中へ消えた。

コチは荷物を床に下ろし、レインコートの前を開ける。事務所内は蒸し暑かった。オータを待つ間、目線の高さに並んだ布を眺めて時間を潰そうとする。色にも模様にも共通性はなく、無地だったり幾何学パターンが連なっていたり、外国の景色が印刷されていたりした。その全部に消毒液が染み込んでいる。一枚の、愛らしいキャラクタが目に留まる。『ラバブル・ジラーフ』？　小さな頃にTVで観ていた、睫毛《まつげ》の長い人の言葉を喋る動物たちのカトゥーン。思い出すのはその内容よりも、主人公の絵を描いてみせた時、父さんが誉めてくれたこと――

コチ、と小声で話しかけられ、振り返る。オータがそこに立っていた。外套を着込んだままの、汗だくの顔で詰め寄り囁き声で、今は駄目だ、といった。「バァバが目を覚ましてる。いつもはずっと仮想空間に接続されてんだ。だからほとんどの時間はダダが仕切ってんだけど、バァバが起きてる間は、そうはいかない。早く、ここを出ろ。いったん電連に戻った方がいい」

「バァバって誰……」

「こっちの組合長だ。俺の伯母だよ。全員のIDやパスを管理してる。誰も逆らえない」

「待っていればいいんでしょ？　縄張りの外れにいるのは？」

「そこでもまずい。バァバはしつこいんだ。さっき、ダダには会ったろ？　すぐにお前のことはバァバに伝わる。そうなったら……」

『伝わっているさ。今、伝わった』ひずみのひどい音声が響き渡る。天井の隅に、黒い艶消しの拡声器。『キヨ、お前は兄弟を連れて来い。電連の娘、入りな』

顔を伏せたオータが素早く姿を消し、コチを驚かせた。今も拡声器からは雑音《ノイズ》が聞こえる。あたしが両開きの扉から入室するのを待っている。足が震えそう。不安の他、何も感じない。それでも、もう他に方法はない。

コチは床の鞄を拾い上げ、扉に手を当て静かに押し開ける。扉は分厚く、重かった。

薄暗い部屋に入った途端、嫌な臭いが鼻を突く。死んだ鼠が放つような臭い。あちこちに掛けられた布のせいで、部屋の奥まで見通すことができない。ダダと呼ばれた老爺の姿が目に入る。顎でコチの行く先を指した。口と鼻を手のひらで押さえつつペルシャ柄の布を避けて進むと、唐突に視界が開けた。

部屋の中央に樹脂製の円形プールがある。周りを機械が取り囲み、布はその辺りを隔離するように配置され、数人の男女があちこちに立ってプールを見詰める姿が、布と布の間から窺えた。プールの中に満ちた枯葉色の物体。コチは最初、人間が溶けている、と思った。そうでないことが分かったのは、その大きな肉塊が蠢《うごめ》き、喋り出したからだ。

『名前は？』

圧倒され、すぐに返答することができない。汚れた水に半ば沈み、半ば浮かぶ肥大した脂肪。物体の上の方にレンズと呼吸器とマイクロフォンを一緒にしたマスクが着けられ、そこを中心にして、長い白髪がプールの外へ放射状に伸び、端から垂れている。裸なのか最低限の肌着を着ているのか、厚い皮膚の襞《ひだ》のせいでよく分からない。プールの周囲で、機械のランプが明滅している。ポンプが膨らみ萎《しぼ》むのを繰り返す。機械から肉体へチューブが何本も伸び、襞の隙間のあちこちと繋がっている。

いつの間にか室内の人間が増えていた。機械の前に座って操作する者もいたが、ほとんどの組合員はただ突っ立ってこちらを凝視し、返事を待っている。マスク上の、二つのレンズもコチを指していた。それに、悪臭。

『名前は？』ひび割れた声はコチの足元の、倒れた箱型の拡声器から聞こえてくる。

本当に、脂肪の塊のあそこが顔なのだろうか、と疑いつつ、「……コチ・アキ」

『歳は？』

「十六」

『高サに入りたい？　私の組合に？』

他に方法はないと自分にいい聞かせ、コチが頷くと、

『声に出して反応しな』音量を上げすぎているせいで、バァバの声は何度も割れた。『レンズの曇りが取れないんだ。でも、音はよく拾う』

「……高サに入りたいです。オータに誘われて」

『つまりお前は、最近まで電連にいた。そうだろう？　何年、所属していた？』

「……四年です」

『それはそれは』荒い呼吸が暴風のように聞こえ、『立派な組合員だ。充分に資格があるね』

多少は歓迎されているのだろうか？　高サの考え方というものが、うまくつかめない。それでも、少しほっとしていた。肩掛けバッグのベルトから両手を放す。ずっと握り締めていたせいで、指が痛かった。そっと周りを確かめる。十人前後の男女の年齢はばらばらで、ほとんどが作業着姿で、全員どことなくオータに似て頬骨が高かった。そして、全員の顔が強張って見える。オータの姿を探すと斜め後ろにおり、外套を脱いだ格好になっても、額に汗の玉を浮かせている。

『今日は二人でゲームをしたんだ』バァバがひずんだ声でいう。『ボードの中央の国を取り合う奴さ。タキが二回勝って、私が三回勝った』

「……はい」とコチは一応返事をするが、こちらへ話しかけているかどうかは怪しく、『タキの感じがよく出ていたよ、今日は。いつもは空間の中で優等生みたいに喋るから、ちっとも似てないんだ。でもその違いも段々、分からなくなってさ。記憶に残っているのが、本当のタキなのか……所詮、いんちきだよ』激しく咳き込み、『だから、佐久間の依頼を請け負うべきだったんだ。私が仮想空間にいる間、馬鹿ばっかりのせいで電連に仕事を持っていかれた。佐久間の仕事に噛むことができたら、こんなちゃちな人格じゃなく、本物のタキに毎日会えたはずなのに。お前も、タキを知っているだろう？』

突然、話の矛先がコチに戻る。タキって？　全然分からない。どう答えるべきか迷っていると、『タキだよ、タキ。お前もきっと見ていたはずさ。私の可愛い孫が、電連に捕まって袋叩きにされたのを。キヨも一緒だった』

「それは……知っています」電気連合組合の縄張りで、電子部品を盗もうとした若者。

『高サに帰って来たタキは、すぐに死んだ。そのことも知ってるだろう？』

「いえ」その話は、本当に知らない。鼻を啜《すす》る音。バァバが泣いている。

『私にはね、やり残したことがあるんだ――』その声に今までにない低い響きが加わり、コチの首筋の産毛《うぶげ》が逆立った。『――電連の、誰でもいい、その一人を屋上から突き落としてやる、って。組合自体に喧嘩を売るのはまずいだろ。だから……こんな機会、もうないかもしれないね』

「でも、あたしは知ってるよ」恐怖が、咄嗟《とっさ》に言葉を吐き出させる。「電連が、佐久間から運び出そうとしたものを。量子記憶装置《メモリ》」バァバが黙り込み、コチは急いで言葉を継ぐ。「でも、電連はそれを運ぶのに失敗した。だから、私が地上まで取りにいった」

『今もそれ、持っているんだろうね』バァバの声色が柔らかくなる。ぞっとする質感。『その記憶装置を渡すのと引き換えに、高サに入りたい、と？』

バァバ、と初めて組合長以外の人間が発言した。コチを事務所内に導き入れた、白髪の老爺。ダダ。「あんな与太話を信じてんのかい……遺伝子ごと仮想空間に、人間を移せるだと」

『お黙り、ダダ』また声が低められ、『遺伝子じゃない。神経細胞の全て、さ。その理屈も教えてもらったじゃないか。神経細胞の微弱な信号をカーボン素子が読み取って再構成する、って』

「アブソルート・ブラック・インターフェイス」コチは慌てて口を挟む。「記憶装置の中身が、その設計図。計算屋に調べてもらったんだ」

「馬鹿馬鹿しい」ダダがかぶりを振り、「信じるな、バァバ。その話を吹き込んだのは、新しい透析器を売りつけたいばっかりにあんたが気に入りそうな話を仕入れてくる偽医者じゃねえか」

『でも、佐久間は本当に情報施設を建設中だよ』

「だから何だ。もし本当にそれが死者の魂の容れ物だとしても、俺らとは関係のない話だ。タキの遺体はもう燃やしちまったし、高層人が幾ら支払ったって奴らと同じ容れ物には入れねえよ」

『タキの遺伝子なら、探せば見付かるさ。毛根や血液が』

「人間の設計図だけ手に入っても、どうにもならねえ」

『保管した記憶で、上書きすればいいのさ』

「タキの保管記憶なんてねえだろ。いい加減にしろ。一バイトだってねえよ」

『揃いも揃って、やっぱり馬鹿ばかりだ』怒声がひび割れる。肉塊が震えた。ダダが俯《うつむ》き、口を噤《つぐ》む。『誰が、明日明後日の話をしているんだい。ずっと先の話をしているんだよ。私もタキもいずれ魂だけを分離して、永遠に生きるのさ。私をご覧。肉体には価値がないんだよ。だからこんな玩具みたいな、出来損ないのＡＩの登場する、雨が降っても何も感じないようなちゃちな仮想空間じゃなくて、本物のもう一つの世界が欲しいんだ。大事なのは魂の方なんだよ』

コチに理解できたのは、バァバの肉体は朽ち果てようとしている、ということだけだ。

バァバ、と震え声を出したのは、すぐ後ろに立つオータだった。張り詰めた口調で、「タキが死んだのは、雪の日に屋上の縁で踊って足を滑らせたからだ。電連とは関係ない。それにこの娘《こ》は……俺らが袋叩きに遭う間、嘲笑《あざわら》っている奴らの中で、心配そうな顔をしてくれたんだ」

『花嫁候補かい……いいだろう』バァバが突然声を落とし、コチへ、『出しな、記憶装置を。お前の命は助けてやる。私は少なくとも、それさえあれば甘い夢が見られるのだからね』

どう返答するか迷い、「……今は、持っていない」すぐに、言葉を足す。「勿体振《もったいぶ》っているんじゃなくて、警察に追われる最中に、落としたんだ。本当に」

『探し出せるかい』単軌鉄道の車両の中へ、瑠璃色の立方体が転がってゆく光景。

警察さえ見付け出せなかったもの。「……きっと」

そう答えると、しばらく間が空き、暴風の音が拡声器から流れた。続けて、

『私のマイクロフォンは、よく音声を拾う。そういったろ』さっきの暴風は溜め息だ、とコチは理解する。『下層の医療関係者が売りつけるものの中にも、役立つものはあるんだ。精神電流計《サイコガルバノメータ》機能。それが私のマイクには内蔵されてる』怒りが声に込められる。『嘘が発見できるんだよ』

コチはオータを振り返った。肩を落として扉へ向かう姿が、十字《クロス》柄の布の向こう側に消える。捕まえな、とバァバがいった。室内の男たちが一斉に動き出し、四方からコチの肩や手首や首根っこをつかんだ。カーボンナイフを取り出す間もなかった。

『お前の価値はやっぱり、この屋上から落とされることさ』ひび割れた声。『録画しなよ。何度も観るんだから』

何をするべきか頭の中に次々と浮かび、そしてすぐに消えてゆく。無茶苦茶に暴れる……もっと嘘を並べる……泣いて情けにすがる……組合員たちがコチを部屋の外へ引き立てようとする。息が苦しい。レインコートのフードを後ろからねじり上げられている。扉へ近付くにつれ現実味が薄れてゆく。

昔を思い出していた。父さんの姿が地面に墜ちる。その後、逃げろ、という――コチは自分の頬を涙が伝っているのを知る。一瞬、来未の顔が脳裏に浮かんだ。コチを捕らえる組合員たちが、扉の前で足を止める。その時になって、異変に気付いた。原因は――扉の外。

誰か様子を見て来な、とバァバが声を張り上げた。部屋の外から、騒がしい音が聞こえる。機械の駆動音……両開きの扉が勢いよく開き、複数の自動機械《オートマトン》が雪崩《なだ》れ込んで来た。細身の犬に似た防犯機械。小猿のような自動機械。ポニーほどの大きさの奴は、怪我人を運ぶための医療機械の一種。それに、無人航空機。機械たちが、コチと組合員を取り囲む。

『見幸市防犯課』無人航空機が、冷静な女性の声を発し、『異常事態。コチ・アキを確認。こちらに引き渡すように。抵抗すれば全員、不法市民と決めつけるよ』不思議な言葉づかいで、『責任者は？』

コチを拘束する者たちが、一様に部屋の中央へ振り向く。

『屋上に、自動機械？』バァバの不審そうな声。『お前ら、消毒布を退《ど》けな。全然見えないじゃないか。見幸市防犯課？　おかしいね……その無人航空機は、警察の防犯機械じゃないのかい』

『見幸市だ』そう答える無人航空機へ、

『ますます、おかしな話だ。何だって役所が組合事務所に踏み込んで来るんだい？　私たちの機械整備がどれだけ市の役に立っているか、今更説明する必要もないだろ？　誰の指示で動いているのか、責任者の名前をいってもらおうか。公務員の誰に、そんな真似ができるのかね』

『……自分』

『自分、って誰さ。主体は』バァバは苛立ちを隠さず、『まさか、末端の機械が判断したわけでもないだろ。電連の差し金かい？　行政の機械をハッキングして。この娘を奪い返すために……それも変だ。電連に、そんな大それたことのできる度胸はないだろ。お前は一体何者かね』

『見幸市だ』

『まだいい張る気かい……嘘つきめ。ここは高サの事務所だよ。市も警察もないがしろにできるはずがないんだ。消毒もせずに入って来やがって。知らないなら、教えてやろう。発電装置や変電設備や空調の室外機、生活に必須の機械が建物の屋上に集まることに着目したのが私の父親さ。高層集合住宅の電気関係のメンテナンスを請け負う代わりに屋上の居住権を要求して、あぶれ者たちに仕事と住み処を与えたんだ。父親が一代で屋上にライフラインを作り、技術者を育て、見幸市の治安と貧困の問題を解決したんだよ。流れ者の電気技術者だった男が佐久間の会長と並ぶくらいの、街の功労者になったのさ。それを、令状もなしに……下層の計算屋たちの、手の込んお互いに干渉はなし。お前らはその足元に住む。同じ建物でも私らは屋上に住み、お前らはその足元に住む。お互いに干渉はなし。この完全な棲み分けを崩すなんて誰にもできるはずがない。馬鹿馬鹿しい。出直して来な』

小猿のような自動機械が、プールの端に身軽に飛び乗った。指先で肥大したバァバの爪先に触れる。その瞬間、巨体が波打った。バァバの叫び声。

『次は、もっときつい電気を流す』無人航空機からの警告。『この場にいる全員をぶっ倒すだけの電力が、まだ残っているから。何人かは死ぬかも』

小猿がもう一度バァバの足に触れる素振りを見せ、か弱い悲鳴を上げさせた。コチをつかんでいた男たちが不安げに手を放し、急に体が軽くなる。小猿がこちらへ手足を使い歩いて来ると、組合員たちは慌てて道を空けた。小猿がコチの肩に乗る。

出ていくことができるらしい。扉に手を当てると、蝶番《ちょうつがい》が壊れているのが分かった。機械たちが全員、コチについて部屋を出る。助かったことが信じられない。両開きの扉の脇にあった壺を、ポニー型の機械が後ろ足で蹴り倒し、コチは慌てて目を逸らす。通路では、泣き顔のオータが立っていた。コチを見て唖然とするオータを無言で壁際に押しやり、機械たちと出口へ向かう。『これは貸しだよ、コチ・アキ』バァバの喚《わめ》き声が通路の拡声器から流れてくる。『いずれ返してもらう。絶対だ』

冷たい風が、汗ばんだ顔と首筋を冷やす。外に出ると、どこにそれだけの人間がいたのか、事務所の前には老人と子供の人だかりがあり、コチたちが近付いた途端、逃げ散った。

機械たちの進行に任せたまま歩き、ほとんど一列になって狭い路地に入る。歩きながら、コチは肩に乗った小猿へ、「ツバキでしょ……」

違うよ、と小猿が子供の声で答えた。『ツバキじゃない。僕は人工知能』

怯えた顔の守衛を横目に、コチの一行は高層サービス会のゲートを通り抜けた。

機械たちの動きに身を任せて階段を降りると、ずっと昔に廃業した野菜工場のフロアに案内された。埃を被った沢山の棚の中に、発光ダイオードの照明が並んでいる。

コチは、自動機械を操る者の正体について想像し続けていた。今の自分の状況が、危険なのかどうかも。今のところ、乱暴な扱いはされていない。あのまま高サの事務所にいて屋上から投げ落とされるよりは、ずっとまし……機械たちがコチの周りで動きを止める。小猿がコチの肩から、ミイラ化した何かの葉が引っ掛かった網棚へ飛び乗った。

コチは思いきって小猿へ、「君は『単眼《キュクロプス》』?」

『違うよ』

「じゃあ、『双頭《オルトロス》』って方?」

『どっちでもない。ほんとは、見幸市とは関係ない』

「じゃあ、誰? 何のための人工知能?」

『……自分でも、よく分からないんだ』困ったようにいう。

人工知能が困る、という状況は奇妙に思えたけれど、「それなら、何て呼べばいいの……」

「数字の?」

『ヒャク』

『そう。百《ヒャク》』

コチは、ツバキの名前を知っているような百のいい方を思い出す。はっとし、同じ目線の高さにいる小猿へ、「立方体から逃げ出したＡＩ？　ツバキの家で」小猿が頷いた。「どうして、あたしを助けてくれたの……」

『ずっとこの機械で追いかけていたんだけど、あの事務所に入っちゃったから。音声をモニタしたら、ひどいことになりそうで、待機してた全部の機械を呼び寄せた』

「そうじゃなくて、理由。あたしを助けた理由は？」

『僕も、うまく説明できないんだけど』小猿は首を傾げ、『コチのいうことを聞いた方がいい、って思うんだ』

全然、意味が分からない。「なら、どうしてもっと早く話しかけてこなかったの……」

『ずっと勉強してたんだ』両手を広げて、『ツバキの家の中にも自動機械があったから、それを通して本を沢山読んだ。後、動画も観た』

「ツバキの家で？　ネットの中には、色んな情報が幾らでもあるのに？」

『索引《インデックス》があちこちに散らばっていて、うまく並び替えられなかった。ツバキの家で蜘蛛の機械に乗って、本を読む方が簡単。ネットは今も接続しているけど、手探りって感じ』

百の口調の幼い理由が、分かった気がする。ツバキ所有の絵本やアニメで言語を覚えたのなら。でも人工知能って、そんな初期状態から起動するものだろうか。百はまるでツバキの家で産まれたかのよう――まさかこのＡＩは、あたしを親鳥のように捉えている？

『本当の僕は、もっと凄いんだ』百がいう。『今でも、市役所と警察署なら侵入できるよ。ツバキのＰＣに市営図書館のネットを解析した記録があって、公共のシステムならどれも仕組みが一緒だから。自動機械を動かすのも簡単。でも全力の僕なら、単眼や双頭とネット上でやり合えるくらいの性能がある、かも』

百は一体、どんな目的で造られた人工知能なのだろう。「今はできないの？」

『うん……ツバキが転送途中で記憶装置を外したから。思考体としての基本構造はネット上に展開できたけど、拡張構造と見幸市について必要な知識は全部、記憶装置の中に置いたまま。だから……コチに、立方体の記憶装置を探すのを手伝って欲しくて』

「あたしに？」コチは困惑し、「もっと適任がいると思うけど。探偵とか」

『僕は、コチ以外の人間を信用できない』

「見幸市の知識がなぜ必要なの？　今のままでも学習できるし、生きていける。違う？」

『違わない』小猿が首を竦《すく》め、『でも、自分のことが分からないって凄く不安なんだ。それに知識があれば、友達を助けられるから』

「友達？　あたし以外に知り合いがいるなら……」

『人間じゃない。幽霊みたいなもの？　妖精。お化け』

AIが神秘現象《オカルト》を語るなんて。それでも、これから百と行動をともにするのは悪くないように思える。電連にも高サにも戻れないのであれば。

「……探すのを手伝うとして」コチは何となく小声になり、「どうすればいいわけ」

ポニーの自動機械が垂らしていた首を突然持ち上げ、コチを驚かせた。鼻先から水蒸気のようなものを放ち始め、コチが思わず後退《あとずさ》ると、

『発光微生物』小猿がいう。『プラントが内蔵されていて、どこでも投影体を広げられる。本当

は、医療用の機能』

百のいう通り、ポニーの頭上にウィンドウが現れる。画素数は多少粗くても、何を映しているかは見て取れる……鉄道車両の中？

『単軌鉄道の車両。防犯映像』百が映像を小さな指で差し、『ほら、この人が今、床にあったものを外に蹴り出した』

コチは繰り返される動画に顔を近付ける。確かに、そんな風に見える。

車両がどこかに到着する。車内に乗客は一人。扉が開き、作業服姿の男が座席から立ち上がり、何かを蹴り出して元の場所に戻る。扉が閉まると、車両が逆方向へ動き出す。作業服姿の男は、つまり終点で降りなかったことになる。寝過ごしたことに腹を立てた、らしい。百が、

『蹴られたのは量子記憶装置。コチが工場地区の駅で、車内へ投げたでしょ？』

街を駆け巡る百の計算能力に驚きながら、コチは頷く。わざと投げたわけではないけれど……映像が切り替わり、プラットホームの防犯映像がウィンドウに映し出された。新たに到着した車両から背広姿の男が降りる。プラットホーム上で屈み、立方体を拾う。歩き出し、プラットホームの端まで着くと外へ向かい、投球の格好で思いきり立方体を投げ捨てた。

『この人は、市の工場保守点検員』静止した映像を指差し、『規則では駅で拾ったものは会社へ持って帰らないといけないのに、この人は捨てた。たぶん、報告するのが面倒だから。保守点検員はプラットホームを出ずにゲートの隙間から工場を覗いて、次の車両で帰っていった』

「それが、保守点検？」

『そう。本当は制御室まで足を運ばないと駄目なのだけど。全部省略。週に一度の仕事』

投影体ウィンドウが消え、ポニーが頭を下げる。小猿が肩を落とし、

『で、これから先、記憶装置がどこへいったか分からない』

「工場地区に防犯カメラは？」

『あるかもしれないけど、もう見幸市とはネットワークが繋がっていないんだ』

「今、工場地区はどうなっているの」コチは噂を思い出し、「犯罪者の逃げ込むところ、っていわれているけど」

『それはただの噂。都市伝説。二酸化炭素の排出量地図を見ても、生きものはいない』

「探すのを手伝うって……」コチは不安になり、「工場地区に入れ、って話？」

『これと一緒に』小猿が片手を挙げる。『これと二人で』

「……君たち全員で、大捜索すれば」コチは機械たちを見回し、「自動、なんだから。ネットに繋がなくても、拾って持って帰ればいいでしょ？」

『これ以外の機体には、高度な判断ができるだけの容量がないんだ。これは街なかで立体的な動きをする分、計算も速いし記憶容量も大きい。他の機体は、ネット環境がない場所では役に立たない』小猿が体を縮める。頼みを断られるのを、怖がるように。コチは、

「……君のプログラム本体は今、どこにあるの」

『色々。図書館とか、浄水場や下水処理場のサーバとか、分散してる』

「記憶装置を手に入れて、残りの情報《データ》をネットに流せば、君はそれを吸収して完全になる」

『うん』

「合体したら、装置は必要なくなる。でしょ？」

『そうだね。うん。必要ない』

「なら、記憶装置はあたしがもらう。この条件なら、一緒に探してもいい」

記憶装置には、人工知能以外にも佐久間製の設計図が記録されていた。アブソルート・ブラック・インターフェイス。皆が欲しがるもの。

それは、これからあたしが生きるための切り札になってくれるかもしれない。

『決まり、コチ』

小猿が棚の上で、器用に宙返りをした。

五

《Bi-》

街の外縁へ向かい夜霧の中を歩く尾藤《ビトー》は、路側帯に黒々とした何かが固まっていることに気がついた。近付くと、人であるのが分かる。黒に近い灰色の防護用具《プロテクタ》を全身に着けている。路上強盗団《ロードランナー》。仰向けに倒れ、路肩の排水溝へ大量に血を流していた。周囲に防犯カメラが存在しないことを確認し、尾藤は黒灰色の強盗へ近寄り、しゃがみ込む。

念のため手袋と防護用具の隙間から手首の脈を診るが、すでに皮膚自体が真っ青で、生命の残光を読み取ることはできない。失血死。その原因は胸の防護用具を貫いた……これは、弾痕だろうか？　親指が入るのでは、と思えるほどの大穴が空いている。

尾藤は軽く首を振り、立ち上がる。俺とは関係のない事案だ。爪先で靴跡を簡単に払い、歩き出す。ここで通報すれば警察内で不必要に目立つことになる。後は防犯無人航空機《ドローン》に——仮市民ばかりの住む辺境地域を現在どのくらいの頻度で巡っているのかは知らなかったが——任せればいい。歩き続けると、空中に文字が現れた。〝Y愛神経病院〟と描かれた立体文字が空に浮かび上がり、その背後に、白色の大きな建造物が霧の中から姿を現した。

尾藤は受付の虹彩検査機に顔を当て、警察官の身元を明示する。五年前まで入院していた花城《ハナグスク》弘巳《ヒロミ》について聞きたい、と伝えると自動機械《オートマトン》は、少々お待ちください、と答えたまま停止したように黙り込んだ。各部署へ連絡中、と見当をつけ、尾藤はすぐ傍の長椅子に腰掛ける。

霧の中で見た印象より建物の内部はだいぶ古びて見えた。掲示物でごまかしてはいたが、コンクリートの壁のあちこちに細かな亀裂が走っている。背後の待合室には老人ばかりが点々と座り、空間の上部に展開されたTVウィンドウを全員がぼんやりと眺めていた。、直火で炙《あぶ》られる子羊肉が映し出され、料理研究家が羊の名前を連呼している。その商品名は、クローニングにより輪廻転生させられる度に高級料理として食卓に並ぶのだ。

なぜ花城はこんな辺鄙《へんぴ》な私立病院を選んだのか、その理由を尾藤は考える。機械制御系神経衰微症に罹《かか》った息子の入院先とするには、住居からも職場からも離れすぎているように思える。

受付の前に看護服姿の中年女性が現れ、辺りを見回している。ネームプレートには『看護師長』の役職名。尾藤は長椅子を離れ、看護師長へ歩み寄った。

こちらへ、と建物の奥へ歩き出した看護師長は応接室の前を過ぎ、エレベータに乗った。後に続いた尾藤が、どこへ連れてゆく気か訊ねると、「個室の病室です、もちろん」

病室?　「花城弘巳はすでに……」

「亡くなっています。病室を見に来たのではないのですか?」

「今は、別の患者が利用しているのでは?」

「いえ……」看護師長の顔に困惑の色が表れる。急に、口が重くなったようだ。

エレベータを降りたところで尾藤は声を落とし、「父親の花城高《タカシ》は昨日、死んだ。病院に連絡は？」怯えた表情でかぶりを振る看護師長へ、「警察や……他の組織以外から、この件についての問い合わせは？」相手は同じ仕草で否定する。「個人情報保護に関しての懸念は忘れてもらっていい。母親は失踪中……つまりこの件に関して病院に苦情を入れる人間は存在しない。これは捜査だ。知っていることは全部話してくれ」

「……花城氏は息子さんの病室を、亡くなった後も十年間、保存して欲しいと」

「息子本人は？」

「もちろん火葬されて、すでに納骨堂に納められています」

「確認したのか？」

「お父様が納骨先を探すお手伝いもしたのです。その間も、遺骨と埋葬許可証を当医院で預かっていましたから」

「病室だけを十年間、保存……その費用は」

「お父様から、すでに支払われています」

「保存の理由を花城はいっていたか？」

「……ここが息子の部屋だから、と」

尾藤は思わず黙り込む。もし里里《リリ》が死んだら俺も娘の部屋をそのままにするだろう、と想像しかけて、頭から振り払った。看護師長へ、

「息子さんが亡くなって以降、花城が訪ねてきたことは？」

その病室を見せてくれ、と看護師長へ頼んだ。

佐久間《サクマ》も、病院の個室については把握していない。息子が五年前に亡くなったことは市民情報として記録されており、病院に問い合わせるまでもない。

母親は息子の死を知っているのだろうか。環《タマキ》から送られた何かの証明写真には目元の暗い痩せた女性が写っていたが、パーソナリティまでは把握できず、その行動も推し量ることができない。彼らは技術も人員も揃えているが、足を使って調べることはしない。

「一度も。他に訪れた人もおりません」

病室には大きな医療用ベッドだけがあり、シーツは整えられていたが、塵が薄《うっす》らと積もっている。ヘッドボードには液晶カレンダーと親子写真の入ったフォトフレーム。クローゼットに近付き開けるが、何も入っていない。洗面台の棚にも、タオル一つ置かれていなかった。

尾藤は看護師長へ、「息子さんはここでどんな治療を？」

「主には、薬物療法と対症療法を」進行を遅らせる薬剤。痛みを和《やわ》らげる鎮痛剤。尾藤もそれらは知っている。「他にも、電気療法や食事療法、温熱療法や音楽療法……花城氏から要望のあった治療は、神経内科で全て試しています」

「未承認薬を試したことは？」

「あります。花城氏が強く望まれましたから」郊外の病院を選んだ理由。入院費を抑え、余剰を様々な治療代に注ぎ込むため……佐久間への憎悪は？　理由が一つとは限らない。「患者さんは、後期には介護スーツに包まれたままの状態でした」

そういう看護師長へ、分かっている、と尾藤は短く答えた。大きな枕の載ったベッドを見下ろすと、花城弘巳の名残を感じた気がし、「息子さんは、亡くなる時に苦しまなかったか？」

「苦痛信号が検知された時には、モルヒネを投与していました。最後の方は……ずっと」

尾藤は静かに、深呼吸する。環がこの件の捜査を俺に依頼した本当の目的は、十年前に恋人だった男を苦しめるためでは、とそんなことを考え、鼻で笑った。花城が事件に関わっていると分かったのは、昨日のことだ。俺こそ、環に負い目を感じているのかもしれない。ヘッドボードにも埃が薄く広がっている。尾藤は埃のない箇所に気付き、

「俺が来る前に、ヘッドボードに載ったものに触れたか」

「いえ……その二つは患者さんのものですし」

フォトフレームが、わずかに動いた跡がある。手に取って色々な角度から眺めるが、不自然な部分はなかった。念のため裏ぶたを外し、写真を直接確かめる。ずっと以前の日付が父子の笑顔とともに印刷されている。尾藤はフォトフレームを戻した。天井を見上げ、

「ここに、監視カメラは？」

「室内にはありません。生命兆候《バイタルサイン》は機械でモニタしていますし……通路や待合室には防犯カメラが設置されていますが」

「映像が見たい。昨日、今日の分。できるか」

はい、と不安そうに看護師長が答える。

一階に戻ると、看護師長は建物の最奥、救急入口に近い警備員室へ尾藤を案内した。

プラスチック製の仕切りで塞がれた窓口があったが中は暗く、人も自動機械も存在しなかった。看護師長の横顔が硬いのは、後ろめたさを隠そうとしているためだろう。Y愛神経病院では、防犯機能はすでに失われている。扉を開けて室内に足を踏み入れると、看護師長は天井の照明を点けた。途端に発光微生物を送る圧縮機《コンプレッサ》も動き出したのが振動で分かる。尾藤は手持ち無沙汰に、室内に微生物が満ちるのを待った。

事務机の上には病院の紙パンフレットが積み上げられ、閉じられた書籍端末が真っ白に見えるほど埃を被っており、灰皿には電子煙草の使用済みカートリッジが積み上げられていた。仕事を途中放棄したように見え、あるいは本当に警備員は職務を投げ出したのかもしれない。賃金の不払いがあったのでは、とも思うが、そのことについては訊ねなかった。

室内に充分な発光微生物が散布されたらしく、自動的に幾つもの投影体ウィンドウが部屋の壁に沿って現れる。書類もあったが、ほとんどは院内の防犯映像だ。看護師長が投影体を操作しようとするが不慣れで、尾藤は身を乗り出して勝手にウィンドウに触れる。見幸署の生活安全課で使うものと同じインターフェイス。看護師長は何もいわなかったが、態度に不満が滲んでいる。尾藤は看護師長を無視して、花城弘巳の個室前の通路を映すカメラを探し、時間を巻き戻す。何人かが通路を横切った。看護師。医療機械。それに――黒いロングコートを着た、背の高い女。カメラを切り換え、黒衣の女の動きを逆再生のまま追ってゆく。女はあまりに堂々としていた。動画の中で通路を後ろ向きに歩き、エレベータに乗り込む。一階の奥へ戻り、警備室――つまり、この部屋――の暗がりに侵入する。出ると救急入口から外へ向かい、駐車場を横切り、消えた。

尾藤は一瞬、弘巳の母親――名奈《ナナ》という名前だった――を脳裏に浮かべるが、すぐにその可能性を否定した。母親はもっと歳を取っているはずだし、背丈も小柄だ。

映像の中の、黒衣の女。淀みのない動き。計画されたものだろう。この女は専門家《プロフェッショナル》だ。盗みの……あるいはそれ以上の荒事を扱っている。路肩に転がった路上強盗団の死体。

尾藤は女が病室を出るところを、もう一度映し出す。コートの内から片手を抜き出している。何かを盗み、そこに仕舞った？　フォトフレームを動かしたのは、この女だ。女は病室で何を手に入れた？　看護師長に心当たりを訊ねるが、覚えがないという。女は秘密裏に動いている……ということは、警察とも佐久間とも関係がない。むしろ、俺に近い指向性、第三者的立場にいる──看護師長は青ざめた顔で、不法侵入です、といった。

「ここで、職員用のタグを盗んだのです。だから、奥まで自由に入り込むことが……」

「盗難届を出すか？」それはそれで面倒なことになる。「だが、相手は随分と慣れた様子だった。手袋をしているから、指紋も出ない。それに」相手の背を軽く叩き、「不審者に侵入された、と表明するのが病院のためになるとは限らないぜ。何、次からは気をつけければいいんだ……黙っておいてやるよ」

看護師長が怯えたように、こちらを振り返る。その視線の意味を理解し、

「無料でいい。こっちも忙しいもんでな。映像を複写《コピー》させてくれたら、後は警察だけでどうにかするさ」

そう伝えると、看護師長はあからさまにほっとした表情となり、その顔色に赤みが戻る。尾藤は、病室前の防犯動画を携帯端末に記録した。

だらしのない街だ、と思う。急に、この場にいるのに嫌気が差し、捜査協力の礼をいって救急

入口から外へ出た。自家用車を停めた隣の区画の駐車場へ向かう。あの女の意図も同じだ、と確信する。乗り物を利用しなかったのは、移動の記録を残さないためだ。防犯設備の乏しい区域ならあえて歩くことで、その方針を徹底できる。

よく似た指向性。第三者的。だからこそ——女の背後にも、何者かが存在するはず。

《Ku-》

独身寮の自室のベッドに腰掛け、来末《クルミ》は投影体の記録映像を見詰める。

『二〇〇四年のファルージャの戦闘において、攻囲側の狙撃兵は全兵力の一パーセントにも足りませんでした』女性の語り手《ナレーター》の解説が淀みなく流れ、

『しかしその攻囲戦において、武装勢力の死者の五〇パーセントは狙撃手の放った弾丸によるもの、と推測されています。拡張ジュネーブ諸条約で無人兵器が国際的に禁止されて以降、紛争地域における狙撃手は再び脚光を浴びることになり——』

何度も観た映像。何度も聞いた解説。今夜再び任務に就く市境警備隊の感覚を取り戻すつもりで、来末は見幸署の映像保管庫《アーカイブ》と接続し、警察官向けの教育動画を視聴していた。

『多量の弾丸が、致死率を上げるとは限りません。戦闘で重要なのは、確実に標的を沈黙させる技術なのです』

指先が自然と、銃把《グリップ》と引き金《トリガー》に触れるように丸められる。

『標的を正確に無力化するには、脳幹を破壊する以外ありません。ですが、距離が三〇〇メート

ルを超えた場合、不確定要素が多くなるため頭部を撃つことは諦めるべきでしょう。頭蓋骨は硬く、命中しても骨に沿って銃弾が逸れる事例は少なくないのです。距離がある場合、体の中心、胸部を狙うのが最良の方法となります』

映像は身体を透過させたCGで、兵士の肋骨を砕き背中を突き抜ける弾道を説明する。

『三五〇〇メートルを超える超長距離狙撃は二一世紀前半に達成されました。精密加工技術により着弾の精度は上がり、記録の更新も続いていますが、実際の戦闘で七〇〇メートルを超える狙撃を一撃で成功させるのは現実的とはいえません。照準器《スコープ》のデジタル化にも限界があり、人工知能や観測手《スポッター》の補佐なしに超長距離射撃に挑戦するのは一種の実験でしかないのです。狙撃で重要なのは観測と分析、そして隠密行動《ストーキング》です。状況と標的について調べ、気付かれずに射程内まで近付く。そして最終的には、全ての戦闘は心理戦となります――』

感覚は充分に戻っている。充分すぎるほどだ。結局は、たった二日離れていた、というだけの話でしかない。来未は記録映像を停止した。

突き立った黒い柱を越えようとした男が狙撃され、海底道路へ墜ちる。柱の向こう側に群れていた者たちが、波のように退いてゆく。男を撃ったのは来未だ。狙撃自動拳銃の感触。人差指に当たる、引き金の曲線。男の傍らにもう一人、小さな影が降って来る。ふわりと倒れ、人影の着る外套のフードが捲《まく》れ上がり、娘の白い横顔が露《あらわ》になる。いや、あれは俺が撃ったのではない……映像は鮮明で、横顔はコチそのもの――

来未は瞼を開け、ベッドから起き上がる。着信音とともに、視界の中で通話アイコンが点滅している。オルロープ雫《シズク》。意外な相手。

『人工知能技術部の室内残留物、その社内鑑定が終了しました』接続すると、いつもの冷静な声が、『やはり、シアン化水素が検出されています』

「……俺はもう、微細走査官じゃない」来未は両手で、顔面の冷や汗を拭った。

『知りたいのでは、と思ったので』直通の線《ライン》。

「佐久間の情報を開示しても大丈夫か」

『あなたが、他言しなければ』

「いい触らす相手もいない……」掠《かす》れ声を咳で整え、「それで……犯人は花城高、か？」

『動機は不明ですが、恐らく。発光微生物を管轄する情報管理部にも普段から出入りしていますから、ボツリヌス菌やシアン化水素をプラントに混入させることも可能です。数ヶ月前から見幸市の外部と連絡を取り合っていた、と内部監査室は考えています』

佐久間種苗の内部監査室は、花城の個人メイル・アドレスを手に入れたのか。

来未は慎重に、「通信相手を特定できたのか？」

『いえ』雫の声も低められ、『ですが、特定不能の通信相手が存在します。メイルのやり取りが幾つか残されているのですが、どれも定型の挨拶文ばかりで、かえって不自然です。恐らく裏の意味があります。つまり……通信相手は正体を注意深く隠している、ということになります』隠れる必要のある者、あるいは組織。それが黒幕――

「――K県、か」

『他にありません。K県は、いったんは政令指定都市化させて独立した見幸市を、再吸収しようと画策しています。佐久間種苗により好調な市の業績を、全て取り込むために。その口実として、見幸市だけでは対処できない事件を起こす必要があったのでしょう』

それが事実だとすれば、残る要素は〝遺品〟だけとなる……そのことを問い質《ただ》そうとして、やめた。今の俺には、関係のない事案だ。雫へ、

「伝えてくれてありがとう。確かに、気になってはいた」

互いに黙り込む。やがて雫から、

『……私の判断ミスでした。責任を、あなた一人に押しつける形となっています』

「雫の方に、何か懲罰は？」

『降格も転属もありません。ただしばらくの間、補佐するべき微細走査官が不在であるため、内部の庶務を手伝うことになります』

「……そうか」すぐにでも走査官は補充され、雫はその新人を助けることになるのだろう。

『今日の夕刻、佐久間本社で行われる催しを知っていますか』雫にそう問われ、

「……七十五周年記念日、か」

佐久間種苗株式会社の創立記念日。その知らせは、街中のあちこちで目に入っていた。

『はい。祝宴が開催されます。よろしければ……来未を誘いたいのですが。末端の社員も含め、大勢が参加する予定です。微細走査官も全員、招待されることになっています』

「俺に参加資格が？」

『手続きの中で、招待状が宙に浮いています。総務課は、送っても送らなくても構わない、とい

う立場でいます』

「それなら、やめておいた方がよさそうだ」来未は肩の力を抜き、「今更だが、組織の調和を乱したくはない。知り合いもいないいよ」

『私が話し相手になります』

「……すまない。気に掛けてくれて」

短い共同任務の中、雫との間にわずかでも絆は作られただろうか。

「俺の方は、大丈夫だ。君が責任を感じる必要はない」

『現在のあなたは、少々不安定な状態にあるように思います』言葉をなくす来未へ、『補佐官として来未由《ヨシ》の内面に触れていた私だからこそ、分かることです。引き続き誰かが、あなたをモニタするべきです。いずれ微細走査に戻ることも考慮すれば、その担当は私が適任でしょう』

「……体調に問題はない」少なくとも、今も夢と現実の違いは感じられる。「微細走査係に、もう俺の席はない。今日の当直から、市境警備隊に戻る」

『席を用意できるかもしれません。祝宴で、会って欲しい人物がいるのです』

「誰だ」

『いえません。実際に来未が会うまで、その人物名は口にするべきではありません』

声に硬さが交じり、『その人物はあなたの今後に、影響を及ぼすだけの力を持っています』

投影体の招待状が広がる。〝承認〟の文字が点滅し、こちらの指先が触れるのを待っている。

《Co-》

コチと百《ヒャク》が単軌鉄道《モノレール》車両からプラットホームに降り立った時には、夜が辺り一帯の霧を暗く染め始めていた。無人の終点駅構内は暗く、工場地区に入ったことを後悔しそうになる。

準備に手間取ったせいだ。百は、人間の住まない場所へコチが向かうには多少の食料と飲料水がいる、という話は理解していたが、手に入れるには対価が必要、ということは曖昧にしか考えていなかった。ネット上の数字の中で、操作していいものと悪いもの――というよりも、少しはしていいものと絶対にしてはいけないもの――があるという話を正確に解説するのは難しく、コチはそれだけで相当の時間を費やしてしまった。

――あたしはあたしのお金を使う。だから、百は組合のポイントを電子円に交換してくれるだけでいいんだって。

――組合のネットワークを理解するより、市役所か警察署の円を移動した方が早いんだよ。

百の教育係が子供向けカトゥーンだったせいか、人工知能の善悪の感覚は間違っているとも思えなかったが、よしあしの細かな点になると独自の解釈が多く、説明するのは一苦労だった。特に、電子情報を保管する側と実際の所有者の区別が難しいらしく、コチは自分のポイントを円に交換してもらうのに、子熊と蜂蜜とクッキーを喩《たと》えに何度も説明し直さなくてはいけなかった。ようやく呑み込んでもらい、ポニー型の自動機械に当面必要のない荷物を持たせて自宅のユニットハウス（他にいい保管場所も思い浮かばない）へ向かわせると、やっと隠れ場所の野菜工場から動き出すことができた。コチと百は路線バスで単軌鉄道駅まで移動し、売店で軽食と飲料水を購入して埋立地行きの列車に乗った。乗り込んだ時には百はペットの扱いとなり、その運賃まで支払わされることになった。

乗客のいない列車が、折り返して駅から去ってゆく。高架駅は、工場地区の黒々とした建築物に取り囲まれていた。コチはプラットホームの端まで歩いた。高い塔や煙突やタンクがぎっしりと詰まって並び、階段とパイプとベルトコンベアがそれぞれを繋いでいる。鉄だけで造られた廃墟の都市は、本当に見幸市の中心街と同じくらいの広さがあるはずだった。壁や柱を膿のように流れ縞模様を作る、錆の橙色。巨大なクレーンが風景のあちこちから突き立ち、運搬用の線路が建物と建物の間を流れている。すぐ傍に海が存在するはずで、実際に潮の匂いも届いたが、工場に阻《はば》まれて視界には入らなかった。

コチは身震いする。職員がどこへ立方体《キューブ》を投げ捨てたのか、見当もつかない。これからその内部に侵入するかと思うと、足が竦《すく》んだ。傍に立つ百へ、

「まず、制御室へ向かうんだよね……」

『うん。地区内のネットワークを回復させたいから』

ネットさえ回復すれば、内部のカメラと自動機械を使って立方体を探すことができる……

「ねえ、電気はつくの？　駅の電気と繋がってる？」

『完全に別系統。でも、独自の波力発電設備があるから。今でも保守用に、少しは通電してるはずだよ。いこう』改札口へと百が歩き出し、コチは慌ててその後を追った。

小猿の自動機械は本物の動物のように軽快に、跳ねるように四脚で歩く。床の隅に点々と光る非常灯が、工場施設への道筋を示していた。プラスチック・チェーンが改札を横切り、その先への立入りを禁じている。わずかに開いた重そうなスライドゲートが改札の奥に見える。保守点検

員がその前で引き返すのも分かる気がした。金属製の門が魔力的な力で、工場地区を封じているかのよう。コチと百がチェーンを潜って通り過ぎても、改札は物音一つ立てなかった。ゲートの間から、鉄骨で出来た連絡通路とその先の建物が覗いている。

「あの中に、制御室があるんだよね……」百へ訊ねると、

『そう。十二階建て。制御室は四階。すぐ近く。いこう』

百がゲートを抜け、振り返る。コチが通る時に触れたゲートは冷たく、それに、手を掛けてもびくともしなかった。細かな雨粒の交じる強い横風が、連絡通路ごとコチの体を揺らす。工場内に灯る、幾つかの小さな明かりに気がついた。海の匂いが強くなる。連絡通路は鉄骨以外、床も壁も網状でどことなく接続の緩い感触があり、一歩進む度にコチの不安も膨らんだ。通路の先に建物のエントランスがあり、非常灯が薄らと無人の受付を照らしている。

数メートルまで近付いた時、背後から何かの擦れる音が聞こえ、振り返るとゲートが自動で閉じるところだった。すぐ傍でも大きな金属音が鳴り、エントランスのシャッターが下りていた。

『何か変だ』と百がいった。『いったん外へ逃げよう』

シャッター近くの階段、地面へと逸れる出口を指し示す。

コチは走り出した。恐怖が甲高い音となって、頭の中で鳴り響いている。

まるで工場地区が迷い込んだ獲物に気付き、急に騒ぎ出したみたいに――

《Ku-》

こめかみに触れ、新たな着信を確かめる。何もない。何度確認しても同じだった。来未は寮を出る前も出た後にも、コチへメイルを送っていた。佐久間種苗に充分気をつけるよう促し、さらに素性不明の狙撃手の脅威も去っていないことを説明して、できればこちらの保護を受けて欲しいと繰り返し伝えたが、読んでもらえたのかすら分からない。あるいは、配偶者という立場を利用して市から個人情報を引き出したことに腹を立てているだろうか？　突然、音声連絡をすればさらにコチの反感を買いそうで、メイルのみで訴えることにしたのだが。

なぜこれほど彼女のことが気になるのか、と思う。『襲撃』時に死んだ者たちへの罪の意識、というだけではないはずだ。たぶん……俺は一種の憧れを抱いている。彼女の生き方に。何の保障もなく、それでいて、しなやかに街を闊歩するその自由な印象に。彼女は束縛から逃れて輝き、己は軛《くびき》を嵌《は》められたまま、鈍色《にびいろ》の塵《ちり》に埋もれてゆくように思える。

高架線路を走る単軌鉄道の列車から、霧に沈む街を見渡す。街明かりが点き始め、精巧な縮尺《ジオ》模型《ラマ》を眺めるようだ。きっとコチは、と来未は思う。コチはこちらの助けなど望んではいない。しかし……少なくとも、今はまだ〝家族〟だ。離婚届が市役所で処理されるまでは。

コチを佐久間が確保する可能性を考えれば、雫との繋がりは保持しておいた方がいい。

駅構内から繋がる佐久間種苗の社員専用通路を歩き、本社の自動扉へ向かう。来未が建物内に入るのは初めてのことだ。開け放たれた扉の両脇には、私設警備員が立っている。いつも通りフェイスガードとボディスーツで身を固めていたが、小銃は携えていない。とはいえ、普段以上に安全対策を講じているのは、エントランスのあちこちに設置された金属探知器と火薬検出器からも明らかだ。数台の無人航空機《ドローン》が吹き抜けの空間に控えめに浮かび、しかし来場者の顔を残さず記録し、佐久間独自のデータベースと照らし合わせている。

祝宴会場前の空間に足を踏み入れると、円環型《トーラス》のソファからオルロープ雫が立ち上がった。艶のある紺色のドレス。透かし模様の袖と胸元。二重のスカートの外側も半透明で、少し膨らんだ形を保っている。細身の体に巻き付くように、細かな花の刺繍が覆っていた。暗い金色の髪をした雫に、よく似合っている。

来未が自分の着る背広の値段を思い出し、歩み寄るのを躊躇《ためら》っていると、高いヒールで柔らかな絨毯を突き、雫の方から近付いて来た。

「……あまり顔色がよくないようです」

健康診断をするAIのような、雫の台詞。来未は苦笑いし、

「いつも通りさ」華やかな場所に、俺がそぐわないだけだ。

雫がこちらの肘に軽く触れ、祝宴会場へと誘《いざな》った。広い空間の中央に陣取った料理人たちが、彼らを囲む円形の大きなテーブルに夏共和国《シア》、統合南亜細亜《アジア》、欧州連合、小露西亜《ロシア》の料理を次々と並べてゆく。料理人も会場で立ち働くコンパニオンも全員が人間であることに、来未は気付く。とても贅沢な祝宴だった。性別も年齢もばらばらな、正装姿の来場者たち。皆、上流階級に属していることだけは分かる。

会場は螺旋《らせん》階段と繋がるテラスに取り巻かれていた。そこに座る者は疎《まば》らで賓客用の席らしい。会場の奥にはeスポーツの競技区域まで設置されており、人だかりができていた。空間に浮かぶ投影体が、競技者たちが撃ち合う仮想空間の俯瞰図と、それぞれの一人称映像を表示している。

細身の男性コンパニオンが来未と雫に発泡性葡萄酒の入ったグラスを手渡した。いいのか、と雫へ訊ねる。「俺の相手をしていて。他に、話をするべき相手がいるなら……」

「ここでは、あなたのパートナーです。来未」雫が、硬い笑みを見せる。職務中とは違う、濃い色の口紅。「仕事の上でも、そうあるべきだと思っています。今でも」

来未が黙り込んでいると、

「先ほど、あなたが微細走査の適性試験の際、担当した遺体の死因について、見幸署から連絡を受けました」青い瞳が強く見返し、「来未由の報告通り幼女は被害者であり、母親を改めて聴取したところ犯行を自供した、と。あなたは微細走査官として、間違いなく適任者です」

どんな感想を伝えればよいか分からず、「……見当識が弱まってゆくようだ」口を衝いて出たのは心境の吐露で、「心象空間《エゴスケープ》から戻る度に、な。正気を保つのが難しい職務だよ」

「一度、佐久間の診療所で精密検査を行うべきかもしれません」

「必要ない。いずれにせよ俺は、市境警備隊に戻る」

「警備隊の方が、本務であると？」

「いや……その自信もない」グラスの中味を口に含もうとして、今夜の当直を思い出す。

警察官という役職そのものが適していないのかもしれない。そう考えた途端、両親の存在を感じ、来未は奥歯を噛み締め、二人の霊を打ち消そうとする。

会場の舞台上では、巨大な投影体ウィンドウが広がり、佐久間種苗株式会社の成り立ちを映像解説している。先代の会長により創業された、種や苗の遺伝子改良事業を主力とする生命工学企業。低い法人税と緩和された規制を求めて見幸市に移り、超微細技術やソフトウェア、ハードウエア開発にも手を染め、現在の隆盛を作りあげたのは、二代目の現会長――

突然、背後から肩を叩かれ振り向くが、そこに立っていたのは見知らぬ男だった。名刺が目前に現れる。佐久間種苗株式会社・警備部第一施設警備係長・久我満《クガミツル》。唐突で不作法な提示。久我の後ろにも、強張《こわば》った表情をした男たちがいた。来未は名刺を受け取らなかった。背が高く筋肉質な警備係長は不敵な笑みを浮かべ、「来未警部補。市境警備隊での、あんたの功績は聞いている。何でも……実際に人を撃ったことがあるとか。その腕前を、是非披露してもらいたい」顎先で競技区域を指し、「俺と対決して欲しい」

来未が、なぜ、と訊ねると、警備係長は短髪の頭をゆっくり左右に傾けて首を鳴らし、「俺たちが世間で、どんな風に揶揄《やゆ》されているか、知っているか。警察と比べられるんだ。一々、市境警備隊とな。警察には厳しい訓練と実戦の経験があり、佐久間の警備隊にはそれがない、と……結局あんただって、無防備で痩せ細った不法入市者を的にした、ってだけだろうに」

「『襲撃』の話か。不法入市者の中で、佐久間の施設に達した者はいなかったのか」

「いない。残念ながら、な」笑みが強張り、「そのせいで、俺たちは佐久間施設内を徘徊しているだけの、装備ばかりが豪華な軟弱者と思われている」剝《む》き出しの敵意。「だが……実際に警察官と撃ち合ったらどうなると思う？」

「気にするな」来未も微笑みかけ、「見幸署からすればお前らは多少目障りだが、一人一人撃って回るほど暇じゃない」来未の皮肉に、久我の顔色が変わった。雫が、こちらの上腕をつかんだのが分かる。「そんなに人を撃ちたいなら、K県へ移って軍隊に入ればいい。亜細亜の独立運動を一兵士として支援したらどうだ？」

「勘違いするな」久我が平静を装おうとする。「これは、娯楽だよ。あくまでスポーツだ。誰も傷付けるつもりはない。もちろん、勝敗は気にしなくていい」競技区域を指差し、「俺が勝つのは決まっているからな。あの一人称射撃競技にあんたが普段から触れているなら、少しはいい勝負になるかもしれんがね」

久我はこちらの、仮想訓練の経歴を知らない。来未は思わず両目を細め、

「……お前は、慣れているんだな？」

「正直にいおう。俺は市内の上位選手だ。が、あの競技は現実的に作られている。銃を撃ったことのある者なら、最初から相当対応できるはずだ」

「ルールは」腕をつかむ指に力が入る。久我の顔に本物の笑みが浮かび、

「一対一だ。同じ性能のボルトアクション狙撃銃を渡す。レミントン・アームズM24SWS。固定式弾倉《マガジン》に七・六二ミリが五発。古典的な銃だが、警察でも訓練に使われているだろう？　銃も照準器《スコープ》も調整する必要はない。弾倉は無限に交換可能。引き抜くだけでいい」

来未は頷き、「場所は？」

「無風の市街地。範囲は七〇〇×七〇〇メートル。時間帯は夜。地形の詳細は乱数を元に作られる。戦友AIはいない。建物や舞台装置に、崩壊や爆発のギミック《ガジェット》はない。俺とあんたの距離は、最低でも二〇〇メートル空けられた状態でスタートする。どちらの分身《アバター》にも超能力は付与せず、標準体形で性能差のないものを使う。服装《コスチューム》は自由に選択できる……他に質問は？」

「ない」

「では」頰を紅潮させた久我が競技区域へ向かって片腕を広げ、仲間とともに歩き出す。全員、

佐久間の私設警備員だろう。彼らの興奮が、後ろ姿からでもありありと伝わってくる。

手近な立食用の円卓にグラスを置き、久我たちを追って歩き出した来未に雫が身を寄せ、やめておくべきです、と小声でいった。「この対戦は、あなたにとって不利でしかない」

「そうかな」

「eスポーツの射撃は、あなたの経験した仮想訓練とは全くの別物です。それに、彼らの目的は勝敗をつけることではありません――」

久我が振り向き、こちらを一瞥する。

「――目的は、あなたに恥をかかせることです」

「だとしても」来未は可笑《おか》しくなり、「彼らは君と同じ佐久間社員だ。俺が恥をかいても、君の損にはならないだろう」

「私は……あなたが辱《はずかし》められる姿を見たくありません」

競技区域に足を踏み入れる。久我は確かに競技者の中で知られた存在らしい。競技を始めようとしていた者たちが中断し、警備係長へ場所を譲った。

「俺はこの機会に、彼らの技量が見たい」雫へ伝える。「だからこれは、俺にとっても悪くない申し出なんだ」

警備員の一人が緊張した顔で、八角形に区切られた床を指差す。その対面の八角形の上には、すでに久我が立っている。来未は指示された通り、競技位置に入った。

「その、色の違う床が感圧センサになっている」二メートル先で、久我がいう。「体重を掛けた方向へ分身も進む。後ろを振り向くにはあんたも振り向き、姿勢を低くするには実際にしゃがむ必要がある……そのくらいは知っているか？」

来未は頷き、警備員に渡されたインターフェイス・グラブをはめた。競技区域を取り巻く観客に交じり、オルロープ雫が両手を前で組み合わせ、立っている。険しい瞳で、じっとこちらを見詰める。綺麗なフォルムだ、と久我がいった。

「あんたのパートナーの話だよ。賭けないか？　競技ののち、二人きりになる権利を」

「本人に聞くといい。彼女は、俺の所有物じゃない」

「そうか？　あんたのいうことなら、何でも聞きそうな顔をしているがね」

久我の狙いは、こちらを動揺させること。そう理解はしていたが、不快感が込み上げるのを止めることができない。無言でいる来未へ、近くの警備員がヘッドセットと一体になった無線ゴーグルを渡した。装着すると完全に視界を覆い、暗闇に包まれる。

「始めるぞ」久我が笑みを含んだ声でいい、「観客のことも考えようじゃないか。時間は短く、二十分に設定した。最初に自由に動く時間をやる。その間に、操作に慣れるんだな。二分後に俺が競技に参加する。そこからは……仮想の殺し合いだ」

ゴーグルの内側、その中央が光り始める。

＋

来未の視界の先に、狙撃銃を抱えた裸同然の男が浮かび上がり、音もなく近付き、服装を選ぶよう求めてきた。己の分身となるキャラクタ。分身の服装には甲冑《かっちゅう》から背広まで様々な種類があり、『夜の市街戦』との設定から、来未はデジタル模様《パターン》の迷彩、暗い灰色の戦闘ボディスーツを選ぶ。視界が分身と同期し街並みが広がった瞬間、来未は選択を誤ったのを知る。

戦場となる市街は、予想とはまるで違っていた。大木と絡み合う時計台を中心にした、繁華街の広場。いかにもコンクリート作り、という直方体の高層建築が周囲に密集して並ぶが、発電用の回転翼や太陽光パネルは見当たらず、広告は全てビルの表面に張りつき、投影体の光はどこにも存在しない。前世紀の風景に見え、恐らくはまだ都市がそれぞれの政治的思惑で分裂することなく、一つの国体を保っていた頃の光景を模している。そして、空間は人で満ちていた。

老若男女が冬服を身にまとい、白い息を吐きつつ軽快に広場を行き交っている。人の流れが時計台を取り巻き、繁華街に何重もの渦を作っていた。地面から突き出た地下駐車場の換気口や自動販売機や露店、ところどころに設置された銀色のボックス——紙巻煙草を捨てる容器らしい——が市民の動きを乱し、滞《とどこお》らせている。色取り取りの、丸みを帯びたガソリン車が走る道路は半透明に霞み、そこに移動可能範囲の境界線があるのを示していた。

身を隠す場所はない。繁華街は街灯と広告の光で明るく照らされ、舞台装置として用意された物体《オブジェクト》のほとんどは通行人だ。つまりここは、動く人が壁となり迷路を形作る空間であり、TR999Pにもない状況となる。この〝戦場〟は兵士の活動する場ではなく、むしろ——

頭を冷やせ、と来未は自分に命じる。勝ちに徹しなければ。これはあくまでeスポーツであり……そして、久我の庭なのだ。ボディスーツで繁華街に立ったのは、初手で相手の罠に嵌まったことを意味する。目的は、あなたに恥をかかせること——雫の言葉が蘇る。私設警備隊の奴らは警察官から、誰の目にも明らかな完全勝利を得ようとしている。

視界には方角や時刻等、幾つかの情報が表示されていた。来末はメニューを呼び出し、服装変更の可否を調べる。着替えることはできない。急ぎヘルメットだけを消し、体裁を繕った。久我が現れるまで、後一分もない。辺りを見回す。こちらは今、七〇〇×七〇〇メートルの仮想空間の、ほぼ真ん中に位置している。狙撃銃を構え、照準器を覗き込む。可変倍率だが完全に手動で、視覚とリンクして調整することはできない。来末は周囲の群衆《モブ》が脅えの反応をみせたのに気付き、銃を下ろした。群衆のリアクションも、相手に位置を知らせる手掛かりとなってしまう。

現実世界《リアルワールド》であれば、範囲内のどこに標的がいようと一撃で仕留めることができる。だがそれは銃を固定した伏射の姿勢で、照準の揺れを最小限に抑えた上での話だ。隠れ場所のないこの戦域では、狙撃の能力は封じられたも同然だった。来末は爪先に体重を掛け、分身を前進させる。力を加えるほど速く進んだ。確かに、仮想訓練とは全く違う。時計台の足元で立ち話をする背広姿の男たちに目をつけ、そこに加わり市民に偽装しようと考え、しかし思い止まった。

居場所を固定して敵の出現を待つのは狙撃手らしい戦術だが、この場合、どの方向からの視線にも触れる恐れがある。これもきっと、久我の罠だ。来末は広場の外側へと移動する。灰色のボディスーツも人の流れに乗っていれば、身を潜めることができるだろう。狙撃銃は体の側面に垂らして持ち、隠した。後は……市民に紛れつつ外縁を動き続け、先に相手を見付け出す他ない。

視界に〝一名参加アリ〟の文字が浮かぶ。久我が空間に現れたのだ。

来末は若者の群れに交ざり、広場を歩く。外側から中央付近へ注目していれば、多くの群衆の動きを視界に収めることができる。その中から久我の分身を見付け出すつもりだったが、通行人の数はあまりに多い。来末は移動を続け、思考を巡らせる。

相手はこちらと違い、一般的な服装で群衆に溶け込んでいるはず。それでも恐らく時計台の傍にはおらず、動きながら敵の位置を探っているだろう……俺と同じように。

歩調を合わせていた若者たちが急に方角を変え、横断歩道を渡り始めた。戦域の外に出ようとしている。来未は急ぎ、別の団体に合流した。不自然な振る舞い。気をつけなくてはならない。

――どこにいる。

久我は互いの分身について『標準体形』と明言した。とはいえ、その言葉が『成人男性』を意味するとは限らない。そこまで奴らが策を弄するとも思えなかったが、警戒は必要だ。敵の目印となるのは、むしろ狙撃銃の存在だろう。背負っても抱えても、完全に隠すことはできない。

恐らく相手も、戦域の外周近くを動き回っている。この辺りが最も人の壁が厚く、索敵も自然に行うことができる……とすれば、いずれかの時点で久我に接近する可能性は高い――来未は、多くの群衆を探るより近くの市民に注目すると決め、それぞれの手元に目をやり、通行人の中の、不自然な動きを油断なく感じ取ろうとする。

緊張の中、時間は刻々と過ぎてゆく。残り時間が半分を切り、来未は現在の自分が、さほど不利な状況にいないことに気付いた。ボディスーツ姿でも、これまでこちらは繁華街の中、重なり合う群衆にうまく溶け込んでいる。後は互いに集中力の問題となり、狙撃手である己には一日以上の長があるように思えた。そしてこのまま引き分けとなれば、恥をかくのは久我の側だ。間違いなく奴は今、焦り始めている。残りの時間は五分――

突然の銃声が、夜空に鳴り響いた。群衆の流れが、反対の外縁で乱れたのが分かる。

襟巻きをつけた白髪の男性が俯《うつぶ》せに倒れている。広場のタイルに血が流れていた。久我の仕業だ。空間の中に混乱を作ることで、こちらの反応を無理やり引き出そうとしている。

——どこから撃った。

今度はまた別の場所で、女性が銃弾に倒れた。悲鳴が上がり、その場から多くの市民が逃げ出そうとする。発射位置がうまく特定できない。音は辺りの建物に反響し、発火炎《マズルフラッシュ》も人の群れに遮《さえぎ》られ、目に入らなかった。そして……奴は射撃後、すぐに場所を移しているはずだ。

次々と市民が殺されてゆく。方々で血煙が舞い、人が倒れ、叫び声と怒号が起こり、空間の混乱が増幅し続ける。群衆の殺害が規則違反でないことは、来未にも分かっていた。それでも、久我のやり方に嫌悪を覚えずにいられなかった。奴の発想は、まるで暴力主義者《テロリスト》そのもの——

もはや群衆のほとんどが逃げ惑い、人の流れは規則性を失っている。来未はその場でなす術《すべ》もなくしゃがみ込み、泣き声を上げる一群の陰に入った。身を屈めて辺りを窺うが、久我の分身を見付けることができない。市民の多くが戦域外へ逃れ、空間内の群衆の絶対数が減ってゆく。これも、奴の狙いに違いない。発火炎と硝煙を見極めようと焦る来未の傍で、血飛沫が浮かんだ。

目の前で撃たれたのは、白い外套を着た一人の少女。

躍り上がるように体を強張らせ、跪《ひざまず》き、静かに地面に横たわる。外套と横顔が血に染まり、何かいいたげに、瞼と唇をわずかに開いている。蒼白の、幼い娘の横顔——

怒りが込み上げるのは、抑えようがなかった。狙撃銃を握り締め、少女の亡骸《なきがら》の先を見据える。そこに、大きな鞄を抱えた男子学生の集団が立ち竦んでいる。

学生の一人が彷徨《さまよ》わせていた視線を、来未の上で留めた。

来未が狙撃銃を構えるのと、学生に交じる久我の分身が銃口を向けるのは同時だった。

引き金を絞った瞬間、視界が真っ赤に染まる。暗転。

＋

両手から狙撃銃の感触が消えた。来未はゴーグルを外す。額に汗をかいていた。壁際に表示された中継映像を見上げる。ボディスーツを着た来未の分身が両腕を広げ、仰向けに広場に倒れた。周囲から歓声が上がった。来未はリプレイを見詰める。こちらの放った銃弾は、相手のおよそ二メートル手前で止まっていた。

一瞬の差。遅かったのだ。弾道は間違いなく、久我の分身の頭部を捉えている。実戦なら、相打ちになっていただろう。仮想の繁華街には群衆の死体が散らばり、過剰な演出《エフェクト》もあって広場全体が真っ赤な血で染まっている。惜しかったな、と久我が声をかけてきた。

「競技は競技。勝敗は勝敗だ。何か異存は？」

「ない」来未は立ち上がってグラブを外し、喜色を隠せずにいる他の私設警備員へゴーグルとともに手渡した。競技区域の周りに、大勢の人間が集まっていたのを知る。全員が久我の勝利を喜んでいることも。当然だ、と思う。彼らは皆、佐久間種苗の関係者なのだから。

微笑んでさえいないのは、オルロープ雫だけかもしれない。来未が意外に思うほど張り詰めた表情でいる。その厳しい視線はこちらではなく、他へ向けられていた。

「座興さ」久我が嬉しそうにいう。「実戦とは違う。だろ？」

「……かもな」

来未は、雫が鋭い目付きで睨んでいる先が一人の警備員の手元であるのに気付く。久我の傍で投影体を展開し、忙《せわ》しく何か操作していた。久我と取り巻きたちの意味ありげな目線を認め、その時になって来未は彼らの目論見《もくろみ》を理解した。佐久間の私設警備員たちは今の競技映像をSNSに載せ、広く世間へ拡散しようとしている。警備員が警察官に勝った証《あかし》として。

杖を突いた小柄な老人が、久我たちに近付くのが見えた。老人が、やめなさい、といった。

「競争相手を貶《おとし》めてはいけない」

灰色の短い髪をした背広姿の老翁。投影体を操作する警備員は興を削がれた様子で老人を見やり、奇妙な時間が流れ、飛び跳ねるように姿勢を正し、投影体を急ぎ空間から消去した。驚いているのは、他の私設警備員も同様だ。久我も失礼しました、と口にし、その場を動けずにいる。

来未が雫を見ると、小さく頷き返した。

――祝宴で、会って欲しい人物がいるのです。

老人の方から歩み寄って来た。高齢であっても声には張りがあり、

「もう少し、静かな場所に移ろう」

そう話しかけられた来未は、記憶の中から一人の人物を想起する。まさか。

こちらの動揺に老人は気付いたらしい。微笑んで頬の皺を増やし、

「初めてお目にかかる。佐久間旭《アサヒ》だ」

佐久間種苗株式会社会長――

大企業の総帥は一人の付添もなしに控えめに杖を突き、祝宴の会場を横切ってゆく。雫に促され、来未も後に続いた。来場者からの視線を感じる。老人の正体に気がついた者たちは、例外な

く周囲へその事実を伝えている。会長の影響力が目に見える形で、静かに空間を伝播してゆく。

会場の中ほどで来未は突然、誰かに手首をつかまれた。朝里《アサリ》だ。お前、という緊張した声が磁器のような顔面から流れ、「こんなところで何をしている。部外者だろう」

「……正式に招待された」

朝里の背後にサカエ補佐官が立っている。黒髪と同色の艶やかなドレスで着飾っていた。サカエはこちらを案内する小柄な老人が誰であるのか察し、目を見張る。朝里は来未の腕を放そうとせず、「出ていくんだ、すぐに」磁器のような顔を寄せ、「深入りするな、馬鹿野郎」

「……話をするだけだ」

サカエが朝里の袖を引き、耳元で囁いた。杖に寄り掛かって待つ佐久間会長を目線で示すと、朝里は唸り声を上げ、来未の手首から機械化された指を離した。


来未は螺旋階段を上りながら、佐久間会長は百歳を越えているはず、と考える。手摺りを握って段を踏む会長は誰かに助けを求めることもなく、自然な動作でテラスまで登り切った。ソファから、背広姿の男が立ち上がる。白尹《シライ》だった。光学通信技術部課長。ＡＢＩＤ《アブィド》の技術開発責任者。

飲み直そう、と会長がいう。来未の背後にいた雫が備えつけられた硝子棚へ向かい、四つのグラスに発泡性葡萄酒を注ぐ。男性三人にグラスを渡し、自分も一つ手に持った。会長だけがソファに座り、来未由、と呼びかける。「君は当然、我が社への忠誠心を持ち合わせていないだろうが、一瞬だけでいい、創立七十五周年を祝ってくれないか」

頷くと、会長はわずかにグラスを掲げ、乾杯、といった。来未はグラスに口をつける振りをした。会長の顔色はよく、肌に張りもあったが、少し表情を動かす度に目元や唇の周りに不自然な強張りが現れ、そこに老化逆行治療と生への執着を垣間見て、落ち着かない気分になる。これから会長がどんな話を持ち出すか、全く予想できなかった。

ローテーブルにグラスを置いた会長の、両手それぞれの薬指に指輪が嵌められていることに気付いた。会長は舞台上で繰り返し流れる投影体映像、自らが成した業績を見下ろし、

「自画自賛の安直な映像だが、その分、誰にでも理解できる。もっと細部の話をしよう。佐久間種苗を創業した、私の父について」来未へ視線を移し、「父は六度離婚し、七人の妻を持った。二人目の妻の一人息子が、私だ。私の兄弟は男女合わせ、十四人いる。皆、佐久間種苗社員となったが、父が亡くなったのち私が全員放逐《ほうちく》した。知っているか」

「……噂程度は」

「私はその時、最高経営責任者の役職を継いでいたが、地位を守るために追い払ったのではない。単に彼らが無能だったからだ。現状を維持することしか考えない、馬鹿者ども。変化を恐れるのは、無能の証だ」微笑みを浮かべ、「世間で私はどう評価されている？」

「……見幸市の財政を復活させた人物、でしょう」

「悪評は？」

「独裁的、と」

満足げに会長は頷き、「そう評価され、確かに敵も多い。だが、君は本当のことを知ったわけだ。私は公平であり誠実である、と。見なさい」両手を広げ、二つの指輪を来未へ示す。「右手の結婚指輪は、死んだ妻とのもの。左は現在の妻とのものだ。私の妻は、その二人だけだ。誠実

さの証明に、二つの指輪を今も嵌めている」脇に立てかけていた杖を手に取った。杖の先で軽く床を鳴らし、「ただし……強欲ではある、かもしれない。人材を欲し、有能を重んじる。最初に情報を集め、そしてできる限り、実際に当人と会うことにしている」

来未は目を伏せ、「何か俺に用事が？」

「単純な提案がしたい。祝宴は、いい機会に思えたものでね」

「……あなたには数千人の部下がいるはずです」未だに、なぜ目の前に佐久間の総帥がいるのか理解することができない。率直に、「わざわざ部外者を呼び出した理由は？　それも警察官を」

「君は微細走査官試験で、最高の成績を挙げたのだ」会長が真っ白な前歯をみせて、「警察の中にも社員の中にも、同じ成績だったものはいない。他人の脳と接続し、意味を読み取る感度。君は最高評価だった」

来未は返答をしなかった。それが喜ぶべき能力であるのか、今では疑問に思う。

「微細走査の主要技術の話は白尹から聞いているな？」滲むように笑みが消え、「君はＡＢＩＤの技術者として、一流の腕を持っている。それは過去の特殊な訓練の恩恵、のはずだ。聞かせてくれないか。トゥルー《T》・リアリティ《R》・スリー《9》ナイン《9》・パターン《P》について。実際に、九九九種類もの戦闘訓練が用意されているのかね」

「……情報検索は得意では？　わざわざ俺から聞き出す必要もない」

「ＴＲ９９９Ｐは当時から違法だった。そのため今では情報が断片化され、細部を知ろうとするほどぼやけてしまう」

専用の幻覚剤を摂取し没入感を高める、という要素まで含めた仮想空間訓練がＴＲ９９９Ｐであり、ヘルメット型ヘッド・マウント・ディスプレイを被り、電気刺激で全身の筋肉や神経まで制御されるそのシステムは、まだ十代の半ばにも届かなかった当時の来未にとって悪夢そのものだった。確かに違法だったが、それを知ったのは後のことだ。会長へ、

「999の数字に深い意味はない。それ以上の訓練環境を設定できたはずだ」

天候、時間帯、気温、地形、建造物の種類と密度。植物の有無。体調。敵味方AIの質と人数。それぞれの変数《パラメータ》をランダムに定義すれば、新たな仮想戦場が出力されることになる。一つとして同じステージはなく、唯一決まっていたのはどの条件も過酷だったこと――数えきれない地獄。

「君の両親は」会長がいう。「一人息子を警察官に……特に、射撃技能の求められる市境警備隊にさせるために訓練を課していた。そうだな？」来未は頷く。個人的な過去を掘り返されるのは不快だったが、会長の言葉に間違いはない。「なぜ、その訓練を受けていることが外部に漏れたのかね？」

「……俺の授業態度を教師が不審に思い、警察へ通報したからだ」

通信授業中、来未の情緒が不安定だったのは、体内の薬物を打ち消すために覚醒剤を与えられていたせいだ。警察が自宅にやって来た時のことを、来未はあまり覚えていない。二年以上続いたTR999Pによる訓練と薬物の影響で朦朧としていたのだ。警察の来訪の直前、両親は交通事故で死亡した。孤児となった来未はやがて、事故で支払われた多額の保険金で進学し、仮想訓練で身につけた技術により見幸署の警察官、市境警備隊員となった。全ては父と母による、誕生した男子を競争率の高い安定職に就かせるための企てだった、と今では理解している。交通事故さえ実際は、息子に保険金を渡すための自死であり、計画の結びだったのだ。来未の記憶に刻ま

れているのは……市営のワンルーム住宅で暮らす中、いつも沈痛な面持ちで話し合っていた二人の表情がある日を境に変化したこと。二人の、土気色の顔に貼りついた笑み。両親はついに、息子の進学費用の捻出方法を見付け出したのだった。

だから二人の霊も、常に来未へ微笑みかけている――来未の胸の中で愛情と憎悪が渦巻き、酸のように心を焼く。

「ＴＲ９９９Ｐは共和国からの独立を目論んだ、どこかの小国が作った技術らしい」老人が話を変える。「無論、戦争のためだ。大変興味深い技術だが、現在はその輪郭程度が残されているにすぎない。ＴＲ９９９ＰとＡＢＩＤとの親和性は、我が社の光学通信技術部でも予測された話だ。二つはいずれも非日常、非現実《アンリアル》の領域に属する。そして、これは相互作用なのだよ。ＡＢＩＤによりＴＲ９９９Ｐへの最適化も引き上げられた可能性がある。それは、先ほどのｅスポーツでもある程度、証明されたのではないかね」

「……あの対戦は遊技にすぎません。仮想訓練とは違う」

「実際の戦闘では？　実戦もやはり、非日常に属するもの……いや、失礼。話が逸れたな。主眼はあくまで、君とＡＢＩＤとの適合性だ。来未由、君ならＡＢＩＤの性能を、いかなる場面であれ完全に引き出せるだろう」

「……ＡＢＩＤには遺体の記憶走査以外の用途がある、と？」

　わずかに、会長が頷いたように見える。「いずれ、私のために働いてもらいたい」

「見幸署の警察官です、俺は」

「そんなことは問題ではない」また杖で床を打ち、「私が欲深い、という話は聞かせたろう」

「……とてもリスクの高い依頼のように聞こえます」

「恐らく、な。口約束だけでもしてくれたら、こちらも報酬を保証しよう。当然、危険に見合うだけの価値がある」杖の先で微細走査補佐官を指し、「オルロープ雫を君にやろう」

息を呑み、隣に立つ雫を見た。俯《うつむ》いたその顔には、何の感情も浮かんでいない。会長は続けて、

「彼女は私生活でも、優れたパートナーとなるはずだ。ああ、もちろんこれは単なる提案にすぎん。受け取るかどうかは、私が決めることではない」

怒りが沸き上がり、来未は佐久間の総帥を睨みつける。自身の影響力を躊躇せず行使する男。会長はこちらの憤《いきどお》りを受け流すように、

「オルロープは君が考えている以上に、君のことを知っている」杖が指し示す、美しい顔立ち。

「ＡＢＩＤのヘッドギアは、君の脳内神経細胞の全てをマッピングしている。彼女以上に、君に尽くすことのできる存在はない、といっておく」

「オルロープ雫を、あんたの所有物のように扱うべきじゃない」

「無論、私の所有物ではない。彼女は佐久間の会社員だからな」小さな目の奥が光ったように思え、「そこにどの程度の違いがあるのか……人により、多少は見解も変わるかもしれんな」

怒りは収まらなかった。そして、接近するべき相手ではないことを来未ははっきり理解する。

「君は、私のことをまだ誤解しているようだ」会長は肩の力を抜き、「私は単に、大変な合理主義者だ、というにすぎない。それ以外の誤解はむしろ……過大評価というものだ」

佐久間本社から、今すぐに去る気持ちが固まる。別れの言葉を走査補佐官へ告げかけた時、雫との間に、溶け出すように一人の女性が現れた。薄いワンピースを着た、若い女性の投影体。悲

壮な表情で、何かを求めるように両手を佐久間会長へ広げる。

「来未由、テラスから降りてくれ」会長がいった。女性から目を離さず、「彼女は、私の以前の妻だ。会話を聞かれたくない。白尹、お前も降りろ」

前妻は亡くなっている、という話を会長はしたはずだ。何が起こったのか分からない。把握できたのは、現れた前妻の姿に会長が動揺し、怒りを感じている、ということだけだ。

だが、誰がここに故人を投影させた？ 何者かが佐久間のネットワークに侵入し、奇妙な悪戯を仕掛けた……悪戯にしては高度すぎ、危険すぎるように思える。来未はテラスの光景に背を向け、螺旋階段へ歩き出す。下方から、早々と駆け降りる白尹の足音。

階段を降り始めた時、オルロープ雫と一瞬だけ目が合った。

「私には、時間がない」会長の声が来未の背に届く。「君はいずれ、私のために働いてもらう」

階段を降りる足は、止めなかった。

《 Or- 》

来客者の去ったフロアで、コンパニオンたちが祝宴の後片付けをしている。

投影体の故人が消えてからも佐久間旭会長はテラスから降りようとせず、全ての料理皿が運び出され、机が畳まれてゆく様を黙って見下ろし続けた。螺旋階段を白尹課長が足音を殺し、上って来る。上り切る前に立ち止まり、会長を顎で指したのは、様子を知りたい、という合図らしい。

オルロープ雫は無言で小さくかぶりを振った。今、会長が何を考えているのか、簡単に想像することはできない。白尹が名残惜しそうに下がってゆく。社内で起こるきな臭い事態を嗅ぎつけては、その近くに居座ろうとする男性。彼の関心事は全て出世と結びついている。会長のみならず、様々な役員へ接近し保険をかけていることも雫は知っていた。

テラスの明かりが落とされた。会長の横顔が黒く塗り潰される。乾いた古木を、雫は連想する。会長はその場を動かなかった。来未由のことを考える。自分自身が彼のことをどう捉えているのかを。オルロープ雫をやろう、と会長が告げた時の、来未の表情。私を見る二つの瞳には、複雑な感情が宿っていた。あれは——怒り。憐れみ。それにもしかすると……ほんの少しの好意。彼は、私のために怒ってくれた。

来未由の存在は仕事上の関係もあり、雫の中で最初から小さなものではなかったが、また少しその領域を広げたように感じる。オルロープ、と会長に呼ばれ視線を上げる。

「奴は確かに、一筋縄ではいかないようだ。頑《かたく》なな正義感と倫理観。情緒は常に冷徹でありながら未発達。来未由……奴を、こちら側に」静かだが断固とした口調。「お前の役割だ」

雫は、はい、と返答する。

六

《Co-》

コチはレインコートのフードを頭に被った。工場の散水が、こんなところにまで吹き込んでくる。工場内のどこか遠いところから降り注いでいた。霧雨と勘違いするくらいの細かな水の粒。けれど見上げれば、幾つかの流れが灰色の空の手前で弧を描いているのが分かる。

何か変だ、と隣でうずくまる百《ヒャク》がまた声に出していう。

同じ台詞を何度もつぶやいている。工場内は鉄鋼加工の音があちこちで鳴り響いているから、巡回する機械を警戒して囁き声になる必要はなかったが、それでも探知されないか心配だった。百は決まった言葉を思考の中に時々差し込んで、後で再構成するための目印にしているのかもしれない。

コチと百が隠れる建物の入口、パイプと配線が複雑に絡み合う柱の前を大きな重機が轟音を立て、横切ってゆく。胴体から伸びる二本の機械腕《マニピュレータ》をかざし、四本脚についた車輪《ローラー》で器用に方向転換して建物内に消えた。コチは膝を抱えて座ったまま、止めていた息を吐き出す。

百の後に続いて昨夜からずっと、赤錆と油の臭いのする工場地区の中を彷徨《さまよ》っている。二本脚の大型運搬機械や、太陽電池パネルの円盤を背負った蟹のような可動式発電機が、こちらを探して動き回る姿に怯えながら、わずかな照明と百の案内を頼りに何度も隠れ場所を変え、一晩中身を潜めていたのだ。重機たちがむきになってこちらを追っているのは、気配だけでも感じられる。百にいわせれば工場地区内の機械は皆、音には鈍感で、それぞれに視覚はあるものの判断基準はむしろ〝熱〟らしい。人の体温程度の熱源は敷地内のあちこちに存在するから、レインコートを着てじっとしていれば目立つことはない……一つの例外を除けば。

変だ、と小猿型の自動機械《オートマトン》がいう。百は立ち止まる度、まるで考えごと以外の処理を忘れたように、しばらく動かなくなってしまう。コチは顔を寄せ、

「何か来る……また重機が通るみたい」

百がようやく顔を上げ、『あれは場内の鉄道。大丈夫、通り過ぎるだけ』

エンジン音がどんどん大きくなり、コチは身を竦《すく》める。大きな金属製の容器を載せた機関車が、建物の入口で停まった。容器内の熱気が空気を揺らしている。離れていてもその高温が伝わってくる。

『あの中にはきっと、溶けた鉄が入ってる』首を伸ばし、『こっちで別の炉に移し替えて、炭素を減らす工程に入る。鋼鉄にするんだ』

クレーンが暗がりから現れ、先端の鉤《かぎ》を容器に引っ掛け、持ち上げる。急に建物内が騒がしくなる。

『工場が生きているんだよ。夜に僕らが通り過ぎたところも。あれはできた鋼鉄を調《ととの》えるための場所。全部、動いてた』

「保守点検のため……」

『違うよ。製品化しているんだ。今も、この工場は製品を作り続けてる。僕、鉄鋼の知識を予《あらかじ》めダウンロードしておいたんだよ。だから、分かるんだ』

「製品化って、誰が何のために？」

『誰かが誰かに売るため。ずっと考えているんだけど、思いつかない』立ち上がり、『市役所の行政記録には、三基の溶鉱炉は全部止めたって。一部の発電機とネットワークだけが保守されてる、っていう話だったのに』

建物の中で金色の火花が散るのが見える。容器が傾けられ、別の炉に白く光る液体が注ぎ込まれている。眩しさにコチは目を逸らす。百がいう。

『ここから出よう。大切な工程が始まって、機械たちは作業に集中してるから。移動しよう』

「どこへ……」

『この建物の管理室。端末くらいはあると思う。直接接続して、立方体《キューブ》を探す』

「……工場のローカル・ネットに？　無線で接続できないの？」

『どうしても、無線の暗号が破れなくて。この機体の計算能力と記憶容量じゃ、無理』

百が動き出し、コチも腰を上げた。周囲を警戒して姿勢を低くしたまま動くと、体の節々が痛んだ。手摺りのついた狭い階段を登り、建物上部の作業用通路《キャットウォーク》を進む。建物の奥に入るにつれ、室温も高くなってゆく。レインコートを脱ごうか迷っていると、百が止まるよう警告を送ってきた。下で何か、動きがある……コチはひやりとし、身を縮める。真っ黒な、猟犬のような自動機械が二体、静かに建物内を通り過ぎてゆくところだった。

あれは他の工業機械とは全然別の、警備用の機械だ。小回りの利かない重機とは違い、本物の獣のように素早く動く。時折、口にあたる部分から電撃銃の火花が放たれる様子は敵意に満ち、飛び掛かる用意は常にできている、という風だった。コチたちがどこかで重機に目撃される度に奴らが現れ、気の済むまで辺りを嗅ぎ回り（百にいわせると嗅覚センサを備えているのではなくて、高性能の赤外線測定器でこちらの痕跡を探っているらしい）去ってゆく。たぶん〝猟犬〟なら、作業用通路の階段も簡単に駆け上がることができるだろう。警備機械たちは見るからに、侵入者を手荒く排除しようとしている……コチは身震いする。ここで命を奪われたら炉に捨てられ、誰にも気付かれないまま、骨もろともあたしの生きた痕跡まで溶かされてしまう。

猟犬の姿が見えなくなった。コチは百の動きに合わせて静かに歩き出し、さらに階段を登る。その先に窓硝子のはめ込まれた小部屋があり、コチがノブを回すと扉は簡単に開いた。窓から、炉を見下ろすことができる。四つのモニタと制御盤が窓の前に並んでいたが、画面のところどころは劣化し、それぞれの三分の一は何も映していなかった。モニタに表示された簡素な原色の線画は、たぶん炉の状態を示している。工場地区が閉鎖されたのはあたしが生まれる前のはず。それ以降もずっと鋼鉄を作り続けていたのだろうか。

足元の百がコチへ大きく手を広げて、抱っこして、といった。

『椅子に登っても端末に届かないよ』

コチは小猿型の自動機械を抱え上げる。椅子に座り、膝の上に百を乗せた。百は尻尾をモニタ下の充電口に差し込み、耳の後ろから引き出したコードを別の端子に接続する。やった、といった。『端末にはパスが設定されてない。ローカル・ネットに繋がった』

モニタ画面が描き変わる。文字列が流れ続け、そのどこかに〝侵入者に対する警告〟が記されていないかコチは警戒するが、そんな様子はなさそうだ。管理室の蒸し暑さに、フードを外して襟を引っ張り、首元へ風を送っていると、

『ここからだと警備システムを押さえられない』百がいい、『炉の制御と報告書の階層にアクセスできるだけ……でも、記憶装置《メモリ》の保管場所は分かったよ。報告を見付けた。青色の小さな立方体《キューブ》が地区内に落ちているのを清掃機械《スイーパ》が発見、巡回経路の第一溶鉱炉操業管理室に運んだって』

「操業管理室……」

『溶鉱炉は敷地内の奥にある。この地区の、一番大切な装置。だから僕たちは、鉄鋼製品を作る工程を逆向きに移動してることになるね。あっ』一瞬で、尻尾とコードを端末から抜き、『なんか、ネット内で変な動きがあった。ばれたのかも』

「ネット接続が？」

『そっちより、急速充電してたのが問題だったみたい。漏電に敏感なんだ、きっと』

コチが扉を開けてやると、百は手足を使って作業用通路を駆け出した。階段を走り降り、再び出口に近い柱の陰に二人で身を潜める。呼吸を整えている間に、三体の猟犬が建物内に集まって来た。それぞれが鼻先を上向け、管理室を見定めると、一列になって身軽に階段を走り上がる。

いこう、と百がいった。

《Ku-》

着信音が聞こえる。誰かが音声通話の接続を求めている。視界の中に番号だけが浮かんでいた。

来未《クルミ》は重い体を、ベッドから起き上がらせた。市境警備の夜勤明けなのを思い出す。監視所から橋上の市境を見張る、これまでと同様の警備任務。昨夜は、K県の若者らが列柱に接近する事案はあったが、単に酒か薬物で酔っていたらしく、監視所の拡声器《スピーカ》から警告を送ると反抗的な笑みを浮かべながらK県側へと去っていった。その他の時間は澤《サワ》の詰まらないお喋りを聞いていた。「佐久間《サクマ》社内で働く、人と区別のつかない機械」や「街なかに現れる投影体の亡霊」の噂話……

来未はこめかみに触れ、埋込装置《インプラント》を操作する。

コチからでは、と思いつくが、聴覚に入ったのは聞き覚えのない音声だった。

『今、いいかな』女性の声。コチでも雫《シズク》でもない。『商品宣伝じゃないから、切らないでよ。用事はあなたの……配偶者についてのことだから』言葉をなくす来未へ、『聞こえてる？　来未由《ヨシ》。でしょ？』

「……聞こえている。誰についての話か、もう一度いってくれ」

『あなたの配偶者。東玲《コチアキ》』

悪戯《いたずら》ではない、ということは分かったが、通話の相手が何者なのか見当もつかない。

「……用件は」

『誘拐したから、身代金の要求……嘘。そうできたら、色々と物事も単純になったのだけど』嬉しげに、少し擦《かす》れた声色でいう。『外で話そう。あなたの予定に合わせるよ』

「今、話せばいい。時間はある」

『駄目。念のためだけどさ、絶対に盗聴のない環境がいい』

来未は揺さぶりをかけるつもりで、「それ以上、曖昧な話を続ける気なら……」

『通報する？　ご自由に。あなたのためにならないと思うけど』来未が黙り込むと、『要点だけいうとね、あなたの配偶者は今、この街の重要人物に昇格しつつある。佐久間内部の評価で。もちろん悪い意味。どう、興味ある？　あるなら、これから指定する場所で会いましょう』

「お前は誰だ」来未は焦り、「まだ、名乗ってもいない」

『知ってもあまり意味はないんだけど。会うの、一度だけだから』吐息の笑みが届き、『でも、いいよ。私はトモ。来未、すぐに動ける？』

〝トモ〟と名乗った女は、一時間後の市内の単軌鉄道《モノレール》駅を接触場所に指定し、通話を切った。

《Co-》

コチは百に続き、赤錆に覆われた外階段を登る。つかんだ柵がぐらつき、慌てて手を放す。工場地区は全てが古びていた。機械たちの住み処で、鉄骨とパイプのうねりが作りあげた赤褐色の立体迷路。この中にいるとスケールの感覚が狂い、コチはまるで自分が木々に隠れ棲む栗鼠《リス》にでもなった気がしてくる。それでも、重機たちを避けてできるだけ高所を移動する、という百の判断には賛成だった。コチ自身、生活圏は高所だったし、小猿に似た機体も公共建築の上部点検用に設計されたものだ。

百とともに、別の建造物へと延びる橋状の作業用通路を渡り始める。頭上では様々な太さの配管と配線が絡まり合っている。数十メートル下では、駝鳥《ダチヨウ》に似た二足歩行の自動機械が列を作ってコンテナを運んでいた。

『ローカル・ネットに接続して分かったんだけど』百が先を歩きながら、『三基ある溶鉱炉のうち、一つはまだ動いてるんだ。〝技術部長〟からの指示で。工場地区が閉鎖してから二十年間も、稼働し続けてる』

「部長って人間でしょ……外から誰かが命令している、ってこと？」

『ここのネットは外部と繋がっていないはずなんだけど。でも、工場内に人が住んでいる形跡は見当たらないし』

嫌な話、とコチは思う。この場を仕切る者の正体が不明、というのは気に入らないし、気味が悪い。百が空を仰ぎ、

『この霧雨も、技術部長の指示で放出してる』

「どうして？」

『排出する煙が衛星写真に写らないように、工夫しているみたい。それに、市が計測する二酸化炭素排出地図や気温分布地図に載らないよう、検出器もごまかしてる。だからこの工場は、見幸《ミユキ》市から隠されているんだよ』もしかすると、百は興奮しているのかも。

「秘密で鋼鉄を作って、どうするんだろう」

『統合南亜細亜《アジア》へ輸出してる』

「嘘でしょ……」商売が成り立つなら、工場地区が閉鎖されたりしないはず。

百が立ち止まり、どこかを指差した。一〇〇メートルを超えるくらいの高い塔が、煙突の並びの奥に聳《そび》えている。あれが目指す溶鉱炉らしい。塔に幾つもの建物が張りつき、蔦のように導管

が絡み、複雑な建造物を形作っている。攻撃的にさえ見えた。

歩き出そうとした百が動きを止め、後退《あとずさ》り始める。通路の先に繋がった階段を駆け上がって来る黒い姿に、コチは気がついた。一体の猟犬。引き返そうとして、反対側の階段の踊り場を嗅ぎ回る二体の警備機械が目に入った。百が作業用通路の柵に上がり、頭上のパイプの束に乗った。コチも急ぎ、百に続く。手摺りとパイプが大きな音を立てて軋《きし》むが、気に掛けている余裕はない。もう一段上のダクトに登り、配線の裏に隠れ、レインコートのフードを深く引き下ろす。パイプの隙間に、猟犬たちが通路の両側から近付いて来るのが見えた。

不意に一体が身軽にパイプへ飛び乗った。辺りを見回しながら、音もなく近寄って来る。追い詰められた、とコチは知る。奴らは音には鈍感で、温度差で景色を見ている。それでも、このまま接近すれば配線の裏の異物に気付いてしまう。百が傍らで、電力を失ったように身動きを止めていた。たぶんその姿勢のまま、今の状況からどう脱出するかを計算し続けている。

三体が、電動機《モーター》音が聞こえそうなほど近付いていても、百の答えは出なかった。パイプ上の一体が鉄骨の陰に隠れ、見えなくなる。心臓の音が、意識の中にまで響いている。コチはその時になって、目の前の配線に印刷されたV《ボルト》とA《アンペア》の表記に気がついた。

屋上整備の仕事で、この規格のケーブルは何度も扱ったことがある。コチは電源ケーブルを両手で握り、引っ張った。百も配線の先を見上げると、こちらの意図に気付いたらしくケーブルに取りつき、ぶら下がる。コチは息を殺したまま、体重を掛けてケーブルを引いた。手応えが重い。でも、ケーブル先端のプラグは、必ずどこかに繋がっているはずだから――

歯を食い縛っていると急に重みが消え、ずっと上の方でプラグの外れた手応えがあった。猟犬たちが一斉に顔を上げる。ローカル・ネットから瞬時に電源不具合の報告が届いたのだ。それぞれのセンサで電力の断線箇所を把握しようと、躍起になっている。三体ともパイプに乗り、梁《はり》や配管を足場にして、どんどん構造物を昇ってゆく。

百は配線の外に出た。コチは緊張で強張《こわば》った体を意識して動かし、静かに隠れ場所を離れ、作業用通路に戻った。機関車が通る、と真下を覗き込む百がいった。

『あれに乗ろう。そのまま溶鉱炉まで連れていってくれる』

階段を降り、場内のレール上を緩やかな速度で走る列車を追いかける。空になっても熱を放つ容器を避け、百を真似て先頭の機関車の手摺りをつかみ、体を引き上げた。小さな扉を開けて車内に乗り込むと埃が舞い、コチは計器の並ぶ操縦席の隙間に百とともに身を潜め、咳き込んだ。

『僕も、もう少し性能のいい機体に入っていたら』しばらくすると百が喋り出し、『同じやり方を思いついたはずなんだけど』

コチは暗がりの中で小さな自動機械を見やり、微笑んだ。

《Bi-》

厚い雲と電線と霧が混ざり合い、高層建築の上部を霞《かす》ませている。周囲では性風俗の広告が飛び交っていた。雑然とする街なかに聳える真っ白な建物はそれ自体、尾藤《ビトー》に墓石を連想させた。

納骨堂のエントランスに足を踏み入れると、長椅子に二人の老婆が並んで腰掛けていた。双子らしく同じ安物の強化外骨格《パワーアシストスーツ》を身につけ、寄り添ってうたた寝をしている。エントランスに、他に墓参者の姿はなかった。尾藤の靴が冷気を溜めた床を踏み、湿った音を立てる。無人の受付で虹彩検査を受け、警察官の身元を示す。カウンタのモニタへ用件を伝えると、数秒置いたのち、捜査に協力いたします、と女性の声で返答があり、花城弘巳《ハナグスクヒロミ》の遺骨が納められたロッカー番号を表示した。紫色の蝶が現れ、はばたきながら、どうぞこちらへ、といった。

エレベータで二十階に上がり、投影体の蝶の案内に従ってフロアの奥へ足を向ける。正方形の小さな黒色の扉が積み重なり、フロアの奥まで列を作っていた。そのロッカーの一つ一つに死者が眠っていると改めて考え、尾藤は落ち着かない心地になる。

紫色の蝶が通路を折れ、ロッカーの列の間に入った。低い位置の扉の前で止まると解錠音が聞こえ、投影体が消える。尾藤は片膝を突き、〝６０６〟と表記されたロッカーと向き合った。

艶やかな黒い両開きの扉は、金色の幾何学的な意匠で飾られている。

俺は何を確かめに来たのか、と今になって後悔の念が起こった。花城高《タカシ》の息子、弘巳の墓所を知ることができたのは、Y愛神経病院に記録が残されていたためだ。

この納骨堂の中に弘巳の遺骨が置かれていると承知する者は、たぶんそう多くない。当人が亡くなって以降のことは市民情報にも記載されないからだ。佐久間の情報収集能力をもってすれば辿り着くのは容易なはずだが、興味を示しているとは限らない。奇妙なことに花城高自身は郊外の、別の霊園の墓に入っていた。環《タマキ》によれば、準市民として入市した父からのゆかり、という話だった。花城は、息子の遺骨だけを別の場所に納めたことになる。

ようやく意を決しロッカーの扉を開くと、中には藍色の陶器の壺があり、ぬいぐるみと、小瓶に挿したアイリスが供えられていた。ぬいぐるみは麒麟《キリン》をデフォルメしたもので、白いアイリスの花は瑞々しかった。尾藤は花城弘巳の遺骨へ両手を合わせるが、何の言葉も思い浮かばない。己に証明しているのだ、と気付く。まだ俺は、自分と娘以外の人間を哀れむことができる、と。無感情に、他人の墓を掘り返しているのではないと――尾藤は手を伸ばし、ぬいぐるみに触れる。茶色の斑点をまぶした黄色い物体《オブジェクト》の、何かが気になった。ぬいぐるみと関連する何か。今まで覚えていたことがどうしても思い出せない、という感覚。

布製の玩具のあちこちを握ってみるが、何かが隠されているような手触りはなかった。麒麟を戻し、アイリスの瓶を持ち上げる。水は半分以上残っている。つまりつい最近、この扉を開けた者がいる、ということだ。父親の花城高だろうか。普段から頻繁に墓参していたか、それとも自らの死を予感し、その直前に訪れた……すまないな、と小さく声に出し、尾藤は弘巳の骨壺に触れる。躊躇するが、その小振りな陶器を両手で持った。

何かが隠されているとしたら――これ以上、安全な場所はないように思える。

ふと、違和感を覚えた。一度深呼吸し、陶器の蓋を開け、中を覗き込む。底に残る細かな欠片《かけら》以外、何もない。尾藤は眉をひそめる。遺骨のほとんどが消え失せている。骨壺を戻し、考え込む。遺骨を持ち去った者がいる……何のために？　アイリスを見詰め、その花言葉を探そうと携帯端末を取り出した。優しさ・純粋・あなたを大切にします――尾藤は立ち上がる。エレベータに乗り込んで一階に戻り、エントランスのモニタに歩み寄る。メニュー画面へ向かい、

「捜査に協力してもらう。この建物内に防犯カメラは？」

管理人工知能が、ありません、と柔らかな女性の声で即座に返答する。

『当宗教法人では、墓参を完全なプライベート行為と認識しています』

「納骨堂から、何かが盗まれたら？」

『問題が発生した場合、こちらから警察に通報します。当施設内で窃盗被害にあったのですか』

「……いや」通報されるのも、まずい。「仮定の話だ。だが……たとえば、遺骨が盗まれた場合の管理責任はどうなる」

『墓参者は記録しています。当施設の利用には、虹彩検査か市民カードの提示が必要です。また、遺骨の所有権は祭祀継承者に帰属すると当宗教法人では理解しています。ですが当然、祭祀継承者の指定に当宗教法人は関与しません。その指定には複雑な事情が絡む場合もあり、争いがあった際には裁判所の判決に従うよう……』

もういい、と尾藤は遮《さえぎ》り、「なら、この一週間で606のロッカーを開けた者を教えてくれ」

電子的な痕跡は、ここにも極力残したくない。「印刷できるか」

少しの間があり、了解しました、と管理人工知能が答えた。カウンタに肘を掛けて待っていると、菊の花を盛った大皿の陰に置かれた古びた印刷機《プリンタ》が音を立て始めた。

尾藤は近付き、擦《かす》れた文字で印刷されたロール紙を破り取る。

《Co-》

コチは速度を落とした機関車から飛び降り、百の指し示す、溶鉱炉の下部に張りついたコンクリート建築へ走った。辺りを窺いながら建物の外階段を昇る。黒い影が時折、視界の隅を横切るが、幻かもしれない。体内で緊張が際限なく膨らむ。二階の扉の把手にぶら下がった百が、鍵が掛かってる、といった。『全部の階が閉まっていたら……』

「待ってね」コチはレインコートのポケットからカーボンナイフを出し、鞘から抜いた。アルミニウムの扉は古びていて、物理鍵以外の防犯機能を備えているようには見えない。ナイフを逆手で持ち、先端を扉にはめ込まれた硝子窓に近付ける。

『強化硝子だよ、それ』

「こつがあるんだ」

カーボンナイフの角度を調整し、手の震えを止め、瞬間的な力で刃先を窓に叩きつけると、硝子は氷砂糖のように階段に散らばった。硝子の消えた窓に腕を通し、内鍵を解錠する。ナイフを仕舞っていると、

『それ、何回もやったことあるの？』

百に訊ねられたコチは耳を澄まして建物の反応を確かめ、

「……何回かは。入市したばかりの時、警察官から逃げ回っていたから。その間、生き残るために。車の運転席にはなぜか皆、物理円を置くんだ。だから、車を狙った」

『どうして警察から逃げてたの』

「外から来た人間は、見幸市の地面に着いた瞬間から仮市民の身分を保証されるのだけど、拘束されるまでに二十四時間以上経っていれば、それでもう準市民として扱われるんだよ。自分から名乗り出るのも怖くて、あたしは見付かるまで四日間、身を潜めてた」

『ナイフはどこで手に入れたの』

「父さんがくれた。入市する前に。父さんは嘘つきだけど、時々、凄く役に立つことも教えてく

れるんだ」
絶対に解けない靴紐の結び方。次に絶滅する果物の品種。そして『襲撃』――それらの知識を父さんがどこから得たのか、コチは知らない。特別な力のように感じていたし、何となく今もそう信じている。

扉を開け、百とともに慎重に建物内へ足を踏み入れる。硝子片を爪先で払いつつ、暗い通路を進んだ。先の方で、明かりが漏れている。奥に硝子張りの部屋が見えた。息を潜めて近付くと、内部のモニタが発光し機能しているのが分かる。〝第一溶鉱炉操業管理室〟と書かれた扉があり、鍵は掛かっていなかったが重く、開く時には甲高い音を立てた。

硝子の前に制御盤が並んでいる。広い部屋の中央には長机が置かれ、全部が埃っぽく、奇妙に整頓されていた。室内は涼しく、空調が動いているらしい。瑠璃色の立方体を見付け、百が長机の上に飛び乗った。手に取って、『借りていい？』とこちらを見ていった。

ようやく少し、コチは肩の力を抜く。この無機質な迷路の中で百だけはあたしの味方、と信じることができた。百はツバキの住み処で起動して以来、ずっとあたしのことを探していたのだろう。今思うと、埋立地の廃線上でも単軌鉄道の高架駅でも、色んな自動機械があたしの周りをうろちょろしていた。小猿の機械の形をした味方へ、

「まだ百のものだよ。でも、先に警備システムをどうにかしないと」

もちろん、といって百は記憶装置《メモリ》を小脇に抱え、制御盤に飛び乗り、ネットワーク端子を探し始める。膝の上に乗せてやる必要はなさそうで、手近な椅子で休もうと長机に歩み寄ったコチは、思わず悲鳴を上げた。百がこちらの肩に素早く登り、指先から電気を放って威嚇《いかく》する。コチは胸

元に手のひらを置き、どきどきする心臓を静めながら、大丈夫、と伝えた。

「大丈夫。もう……死んでる」

操業管理室の隅の暗がりの中、回転椅子に腰掛けていたのは作業服を着た死体だった。乾燥しきっていて、髑髏《どくろ》に皮膚が張りついただけの頭が少し首を傾げ、灰色の髪をみせて俯《うつむ》いている。

百がコチから下りて近付き、遺体を見上げ、『セイセン技術部長だって』

コチも恐る恐る少しだけ接近し、遺体の着る作業服に貼られた名札を確かめた。〝製銑技術部長・富《トミ》〟。肘掛けに置かれた片手の辺りからコードが延びて床に垂れ、制御盤のどこかへ繋がっている。この死体が工場の機械たちへ指示を出していた？　まさか。

コチは後退り、「早く出よう。用事を終わらせよう」

促すと百は制御盤に戻り、見付けた端子にコードを差し込んだ。コチは製銑技術部長から離れた椅子に座る。椅子の発条《ばね》がぞっとするような音を立て、軋んだ。天井近くに設置されたモニタの一つに、放射状の線画が表示される。画面上のラインのあちこちが瞬いている。ネットワーク構成地図。次々と新たなリンクが生まれ、その図柄がどんどん複雑になるのを見守るコチは嫌な予感がした。さっきから何か、工場内の雰囲気が変わったように感じる。

百の方から、『念のため、コチのバックアップを保管してるサーバを教えて』

「バックアップ？」

『うん。最初に、外部とのネットワークを回復させようと思って』

「なぜ？　真っ先に工場の警備システムを押さえないと」

『セキュリティが硬いんだ。だから先に外部の、僕の本体と接続したい。そうしたら計算力が上がって、あっという間に終わるよ。それにもし、こっちの機体に何かあってもバックアップがあれば……』

「百、あたしにバックアップなんてない」

『それって冗談?』

「人間はバックアップを作らないんだ」

『そんなことないでしょ、だって……』

突然、操業管理室を囲む硝子の一面が、大きな音を立てて揺れた。いつの間にか猟犬が、建物内の通路に入り込んでいる。三体が代わる代わる、強化硝子に体当たりをし始めた。

振動がコチにまで伝わる。恐怖を覚え、椅子から立ち上がって、早く、と百へ指示するが、次の瞬間には猟犬の一体が硝子を破り、沢山の破片とともに操業管理室に飛び込んで来た。

猟犬が、動くな、と低い男性の声でいう。

《Ku-》

エスカレータで高架駅に上がり、エントランスを見回すが、声を知るだけの〝トモ〟を見分けられるはずもない。来未は暖房の効いた待合室に入り、相手の接触を待った。

恐らく相手はこちらが一人で来たかどうかを、どこかから観察しているのだろう。好きなだけ確かめるといい。来未は硝子のパーティションと接したカウンタ席に座った。目の前に、最新型のヘッドフォン・デバイスの広告が流れ出す。次には、数千のオイル・ダンパーを靴裏《ソール》に仕込んだ新設計のメカニカル・スニーカ。外からは、俺は何者に見えるだろう？　駅構内の人工知能は、つかみ切れなかったらしい。だからこうして、無難な広告ばかりを提供している。

コチにはどう見えたのだろう。不法入市者を撃つ冷酷な狙撃手。顔色の悪い、コミュニケーシ
ョン不全の人間……〝コチ・アキ〟の名を持ち出されただけで簡単に会う約束をしたことが、軽率に思えてくる。相手は、興信所か計算屋とでも組んで対象と関連するキーワードを探し出し、それらしい話をでっち上げただけかもしれない。新手の外交販売員として。もしそうだとしても

……俺は結局、会うことを選んだだろう。

来未の背後に、誰かが立った。硝子の反射で、薄《うっす》らとその姿が確認できる。黒いコートを着た、背の高い女性。ネックウォーマーで口元を隠している。来未の方から、

「……安全を確認したか？」

「どうかな」トモは頭を少しだけ傾ける。「だいぶ、きな臭いよね……だから、早く用件を終わらせたいな」

来未はスツールから降り、歩き出したトモを追う。無言で歩く女と自分が、ちょうど同じくらいの背丈であるのに気付く。待合室を出ると、トモは真っ直ぐ改札口を目指す。

プラットホームに立つと、すぐに単軌鉄道の列車がやって来た。迷うことなくトモが乗り込み、来未も無言で続いた。乗客は少なく、来未はトモに倣《なら》い、隣り合って座席に座る。

埋立地へ向かう列車で、さらに先には工場地区があるが、そこを終点とする路線は一日に数本しかない。移動が目的とは限らない、と気がついた。車内の天井にはレンズが等間隔で並ぶが、

防犯とプライバシーの板挟みになった結果、解像度は抑えられ、会話が録音されることもない。埋立地方向の路線なら乗客は少なく、尾行も簡単に発見できるだろう。そして。

――やはりこの女は、普通じゃない。

トモの立ち居振る舞いには、ぎこちなさが見え隠れしている。恐らく長いコートのどこかに、武器が隠されているはずだ。刃物か銃器か、あるいは両方。さらに、来未はあることを思い出していた。穴井《アナイ》直《ナオ》を走査した際に浮かび上がった、マスク姿の女……その鋭い目付き。トモの眼差しはアナイの記憶にあるものと全く同じではなかったが、印象は限りなく近い。

なかなか用件を切り出そうとしない相手に来未は苛立ち、「急がないのか」

「……迷ってるんだよね」トモはロングコートの中で脚を組み、「脅すか、泣き落とすか、取引するか……でも、どれもうまくいかない。実際に会ってみるとね、印象も変わるよ」

「お前は、コチについて話がある、といった」

「それだね」女が、ネックウォーマーの中で笑みを浮かべたのが分かる。「愛情に訴える。それが一番、効果的」

こちらを挑発しているということは理解していたが、焦りは隠せず、「佐久間内部でコチが重要人物に昇格しつつある……どういう意味だ」

「悪い意味で、っていったでしょ」

「曖昧ないい方はやめてもらおう。俺は、お前の話を全て信用したわけじゃない」

「約束した通り、ここにいるのに……」

「次の駅で降りるさ」

「切羽詰まってるのね。愛情深いこと」鼻で笑い、「話が曖昧になるのは私が、私自身の情報開示を拒んでいるから。それを踏まえてもらって話を進めるけど、いい？　私はこれからあなたに、ある言伝《ことづて》を頼む。難しい用事じゃない。でもきっと、あなたにしか頼めない」

「引き受けるとは限らない」

「で、あなたの配偶者についてだけど」トモはこちらの言葉を無視して、「佐久間種苗は、コチ・アキの身柄を確保したい、と考えてる」

「……捕まったのか」

「確保したい、だけ。けど、できずに苛々《いらいら》してる」

「居場所を把握していないのか」

「それもある。でも把握したからといって確保できる保証もない。それが佐久間の苛々の原因」

「なぜだ。佐久間の私設警備隊が動いても、見幸署は黙認するしかない。奴らは何度も……」

「コチ・アキはこの街の、一種の権力者になった。でしょ？」

「何……」

「知らないのね、なんにも」失望を目元に浮かべ、「結婚して以来、夫婦間のコミュニケーションはなし？」言葉に詰まる来未へ、「彼女は今、ネット上で強い力を持っている。というより、強い力を持った何者かを味方に引き込んだ。どうやったのか、が謎なのだけど」

「いつの話だ」

「一昨日、コチ・アキが撃たれたでしょ。その後の話。撃たれた時点では、まだ彼女は味方に守られていなかったわけだから」

来未は顎を引き、トモの言葉を真剣に聞く。それだけの価値があるように思える。

「で、今はたとえ佐久間であっても、簡単には彼女に手出しができない。順を追って話してあげようか。コチ・アキは退院後、すぐに高層域へ戻り、ある屋上組合の縄張りに入った。どこへ向かおうと勝手だけど、問題なのは、そこで彼女が口にした言葉。量子記憶装置。それを佐久間から運び出した、って」

花城高が佐久間本社から持ち出そうとしたもの。やはりこの女は、アナイ・ナオの〝遺品〟と関係している。そして、その記憶装置はコチが冷蔵倉庫から外部へ持ち出した……だが。

「俺自身が、所持品検査をしている」来未はかぶりを振り、「服の縫い目まで調べたが、彼女はそれらしいものを持っていなかった。コチが所持品を高架駅の電池回収箱に捨てる姿が、防犯映像に残されている。それが恐らく……」

「彼女が今持っていないのは、確か。でも、記憶装置が電池回収箱の中にないのも確かだし、現在も行方不明。おかしなことは、それだけじゃない。さっきいった通り、コチ・アキは屋上の組合事務所に現れた。でも退院してからそこに至るまで、街のどのカメラにもその姿が映っていないの。三つ四つのカメラであれば、腕利きの情報屋が侵入して彼女の姿を映像から消したり、してもいない動きを足したりできるかもしれない。でも実際は、何百台というカメラのレンズに収められたはずでしょ。その映像の全部に細工できる味方が存在するとしたら？」

来未は唸り、「……人工知能か」

「察しがいいね」目元に笑みが浮かび、「なのに、彼女の気持ちを繋ぎ止められなかったの？」

「なぜ人工知能がコチの味方をして、その痕跡に細工をする？」来未は苛立ちを隠し、「第一…

……人工知能はどこから現れた？　その製作者は」

「どちらの質問も、私には答えられないな」

高性能の人工知能を製作できる企業は、見幸市に一つしかない。ならば……その技術は量子記憶装置とも繋がるのか。佐久間、という共通点。

「人工知能の出自がどうあれ」トモはこちらの黙考を楽しむように、「あなたの配偶者の後ろ盾になっていることは間違いない。たぶん今も」

途方もない話だ。市の防犯システムに、易々と侵入することのできる技術力。その力をコチが得ている、とは。

「ただ、佐久間種苗には警備人工知能もいるでしょ。それが本格的に動き出せば、あっという間に食べられちゃうよね……」

来未は相手の様子を盗み見る。女の正体について、わずかながら見当がついたように思う。トモの情報元が佐久間とは別系統の防犯関連だとすれば、彼女は見幸市の行政と関係することになる。トモ自身が、市役所職員か見幸署の警察官である可能性も——いや、今の問題は彼女の身元ではなく……

「どうして、あなたへ情報提供するか？」トモは先回りして、「もちろん信頼関係を築くため」

「なら、本題は」

「私の話、信じてくれたの……本当に？」細められた両目。皮肉な笑みが瞳に浮かんでいる。

「じゃあ、先に進んでもいいかな……コチ・アキは現在どこで、何をしているか。彼女は今、工場地区にいるはず」

「なぜ……」

「記憶装置を探しに。確かに、コチ・アキが単軌鉄道に乗った記録はない。搭乗記録も、映像記録も。でも、市の工場保守点検員が記憶装置らしきものを終点駅の外へ投げ捨てるのが防犯映像に残されていた。コチ・アキは組合事務所で、きっと探し出せる、といった。今、多くの人間がコチを探しているのに、上層にも下層にも彼女の姿は見当たらない。それなら……でしょ？」

「コチがなぜ、記憶装置を手に入れようとする？」

「みんながそれを欲しがっているから、かな。彼女は今、どこにも所属していないからね……記憶装置があれば、誰が相手でも充分な取引材料になる。いくら人工知能の後ろ盾があっても、それがいつまで続くか分からないし」

俺を頼ればいい、と来未は考え、あり得ないこと、とすぐに思い直す。彼女はすでに、俺の元を離れる、という選択をしたのだ。

「で、ここからが本題」トモの瞳がまともに来未を捉え、「コチ・アキへ、記憶装置を私に渡すよう話してくれる？」

来未は自嘲気味に、「……俺のいうことなど、コチは聞かないだろう」

ふうん、とトモは鼻を鳴らし、「あなたたちがどんな思惑で婚姻したか知らないけどさ……一応、夫婦でしょ？　あのさぁ、少しはそっちからも情報提供があるだろう、って期待してたんだよ。ほんと、なんにも知らないじゃん」

「第一、記憶装置は警察が確保するべき証拠品だ」

「無理やり奪われるよりは、いいと思わない？」

来未は、自分の脇に吊った狙撃自動拳銃を意識する。

「警察が確保したところで結局、佐久間に取り上げられちゃうのに」

「証拠品の行方は、お前には関係……」

来未が背にした窓が震える。振り返ると、単軌鉄道の対向列車が猛速度で追い越してゆくところだった。二つの路線がどちらも工場地区方面へ向かうとは……視界の隅で〝鑑識微細走査係長・笹《ササ》〟の名前が瞬いた。事態の変化を感じ、警戒心が来未の体内で膨れ上がる。

接続した途端、『来未、よく聞け。時間がない。質問は挟むなよ』神経質な声色が一方的に、『お前の乗る車両は、佐久間の私設警備隊によって襲撃対象に指定された。単軌鉄道の死角から多数の警備隊を乗せた回転翼機が二機、接近している。十分後に狙撃が開始される。今から、その車両は強制的に停止させられるはずだ。停まったら……床に伏せて動くな』

《Co-》

『ネットワークコードを端子から抜け』

命じられた百は、大人しく命令に従う。制御盤を越え、室内に次々と猟犬が降り立った。

最初に声を発した一体が、『工場内で何をしている』

「……探しもの」コチが口を開く。声が掠れてしまい、「保守点検員が投げ捨てたものを探しに。もう見付けたから、出ていくよ」

『入場を申請しなかった。なぜだ？』

「工場が今も動いているなんて、知らなかったから」

『その認識は、間違っていない』無機質で低い、男性の声。『これまでもこれからも、工場は正式には稼働していない』

コチはぞっとし、「いわないよ。誰にも」

『社内規程により、中央制御室内の一部屋へ案内する。これは暫定的な措置であり、刑法の逮捕・監禁罪にはあたらない、と我々は解釈している』

「閉じ込めるの……いつまで」

『解放する手続きは規程にない。工場内に塩と蒸留水以外の生命維持物質は存在せず、それら以外を要求しても与えることはできない』

「……今まで、そんな風に扱われた人間はいた?」

『配線や装置を物理的に破壊し、工場の操業を妨害した侵入者は、これまでもいた』感情のこもらない、滑らかな口調。『生存の最長期間は、二十日だ』

「死んだら、鉄と一緒に燃やすわけ……」

『不純物を溶鉱炉に添加することはあり得ない』

室内の冷気がレインコートの隙間に流れ込み、コチの汗ばんだ肌を冷やす。

『暫定的措置の過程で意図せず侵入者が死亡した場合、有機性廃棄物と見做《みな》して海へ捨てる』

急にコチの視界が暗くなる。自分が両瞼を閉じていることに、なかなか気付かなかった。

『でも、もう製銑技術部長は死んでるよ』これまで黙っていた百がそういい出し、『誰がその手続きに許可を出すの』

『部長が死亡した、と我々は確認していない』

『我々って?』

『各部署の人工知能、全員』

『さっきからずっと、こじつけばっかり』百は中央の長机に飛び乗り、三体と目線――というよりセンサの位置――を合わせて、『部長の片手に指紋認証装置《デバイス》を括りつけたの、君たちでしょ』

『製鉄技術部長は、極端に体力が落ちている。他に手段がないため……』

『おかしな解釈を重ねて、無理に工場を延命してる。問題が発生しないはず、ない』

『溶鉱炉を止めるな、と命じたのは製鉄技術部長自身だ』まるで、猟犬が動揺しているように聞こえる。『溶鉱炉を無計画に止めると内部で鉄が固まり、復活させることはできない。そうなったら壊す以外にない。溶鉱炉は工場の心臓部であり、命だ』

『工場を閉鎖する、と市議会から通達されたのも、品質のせいではない』後ろに立つ機体まで喋り出し、『価格競争で他国に敗れたからだ。当時働いていた二万人の従業員が解雇となり工場を去ったが、製鉄技術部長だけは抵抗し……ここに残った』

『ここって』

『正確には、鉱石ヤードにいた。鉄鉱石の集積の上に』

『その時にはもう死んでいたんでしょ。きっと、殺されたんだ。工場を閉めるのに邪魔だから』

『……我々は、死亡判断をしていない』

『工場の活動を霧雨で隠しているのも、その人の命令?』

『我々の発案だが、最終的に認証は製鉄技術部長から与えられる』

『作った鋼鉄を、どうやって統合南亜細亜へ？』

『潜水艦は人工衛星映像に映らない……工場の情報は隠さず開示する規程だが、今はその段階ではない。中央制御室へ移動してもらう』

『移動したら、君たちの困りごとを解決できないよ』

『話を長引かせる気なら……』先頭の猟犬の鼻先から火花が散り、コチは慌てて後ろに下がった。

『君たちは部長の指紋以外、解決手段を持ってないでしょ』百に動揺する様子はなく、『それなら……困ることもあるはずだよ。署名の必要な書類とか』

『そのような書類は、ほとんどない』

『僕らは、君たちの問題を解決できると思う。取引しよう』

『具体的に』

『話し合うより、取引の結果どうなるか、お互いのシミュレーションを参照し合おうよ。直接交信する方が早い。無線を解放して』

『我々側のリスクが、より大きい』

『閉鎖ネットワークを作って、他の人工知能に外から監視させるのは？』

『了解した』

猟犬がそう答えた途端、室内の自動機械が全て沈黙する。操業管理室が静まり返り、コチは一人取り残された気分になる。外に出ても大丈夫だろうか、と考えて一歩扉へ足を踏み出すと、猟犬三体の鼻先が無言のままこちらの動きに追随し、コチは脱出を諦めた。

傍の椅子に座るとまた大きな軋みの音が室内に響き渡ったが、機械たちは反応しなかった。

肩を突かれる感触があり、コチは瞼を開ける。百が間近にいた。人工知能たちの無音の会話を見守るうちに、いつの間にかうたた寝をしていたらしい。助かるかもしれない、という希望と先の見通せない不安とが疲労と混ざり合って、本能は夢も見ない深い眠りを選んだよう。

長机に乗る百が、『話は終わったよ。シミュレーションが出尽くした』

「助かるの……帰ってもいいの？」

『うん。でもその前に、コチにやって欲しいことがある』

コチは少し怯えつつ、「何……」

『工場地区は、今では人工知能が独自に運営してる。彼らの最優先の使命は、溶鉱炉を止めないこと。つまり、工場地区を延命させること』

『第一溶鉱炉に、寿命が訪れようとしています』先頭の猟犬が、今までとは全然違う声音でいう。柔らかい男性の声。『操業管理と補修技術を駆使して、これまで損耗《そんもう》を抑えてきました。しかし、それも限界です』急な口調の変化は気味悪く聞こえ、『前回の改修から、三十年が経過しています。工場地区閉鎖の通達があった以前の話です。今回も再び溶鉱炉の底に溜まった鉄の塊を取り出し、新たな耐火煉瓦を内側に張り、冷却装置を替える必要があります』

「それが、どうしたの……」

『改修に約二〇〇億かかるのです。この金額の予算を通すことは、製銑技術部長にはできません。ですがあなたなら、この問題を解決することが可能でしょう』

「電子円の話をしてるの？　そんな大金、あたしが集められるはず……」

『我々には多くの利益余剰金があり、支払い能力に問題はありません。二万人の従業員が去って以来、人件費の支払いが消え、機械のみで工場を運営することにより、品質を落とさず海外の企業との価格競争にも対抗できるようになりました。六十年前、市内で鉄鋼業を興《おこ》す、と決定した議会の判断は間違っていなかったことになります。統合南亜細亜での需要を見込んでの判断でしたが、それらの国の再開発は予想以下で市場価格は低下し、工場地区に閉鎖の通達が届くことになりました。ですが、今では創業以来の最高利益を上げています』

利益が手段に、溶鉱炉の操業自体が目的になっている、とコチは気付く。けれどそれが工場地区の自動機械にとっては当然で、幸福な状態、ということ。

『我々には人間の署名が必要であり、あなたに取締役になってもらいたいのです。他に人間は製鉄技術部長一人ですから、彼の推薦書を作成すれば即座に就任することができます』

「あたしが取締役になって……改修を許可する、ってこと?」

『はい。この取引に応じてもらえない場合、あなたは就職希望者ではなく、先ほどと同じように不法侵入者として扱われます』

選択肢なんてない……コチは引っ掛かった言葉を思い起こし、

「取引って聞こえたけど……こっちが得るものってあるの」

『規程で定められた役員報酬と、外部ネットワークとの一時的な接続』

『さっきの続き』百がいう。『まず僕が外部の本体と接続して、それから記憶装置の中の拡張構造と基本知識をネットに流すんだ』

それで、あたしたちの計画は達成されたことになる。でも。

「ねえ、百。記憶装置の内容をネットに流せば、それがネット上の君の本体と合流して、百は完全体になる。そうでしょ？」

『うん』

「目的達成。そうなったら、あたしから離れる？」

『離れたくないよ』百は長机の上で背筋を伸ばし、『でもコチが、どこかへいけ、っていうなら離れる』

短い間一緒だっただけの自動機械に、こんなに愛着が湧いているのが不思議だ、とコチは思う。

「――いわないよ。そんなこと」

『じゃあ、コチの傍にいる。正確には、僕の一部分が、ってことだけど』

「なら、特に問題はない、かな」

低音が室内に響き、どこかで電動機が動き出したのが分かる。

『発光微生物のプラントは、今も生きています。長く使用していませんが』猟犬がいう。『それでは微生物が室内に満ち次第、就職希望者用の履歴書と改修計画書を表示します。署名してください』

《Ku-》

『お前たちの姿は、見幸署も佐久間も視認している』笹係長の話が続き、『約二時間前、佐久間の警備人工知能『三つ首《ケルベロス》』が社員のドライブレコーダから、アナイ・ナオの記憶にあった〝鋭い顔立ちをした女性〟らしき者を発見した。口元を隠していても、物腰から外套の内に武器を隠している様子があり、警察も協力してその行方を追っていた。お前の隣にいるのが、その対象だ。佐久間は〝K県の密偵《スパイ》〟と断定しているが、本当のところは分からん。奴らの警備隊は密偵狩りをする気だ。その後、遺体から情報を引き出すために微細走査官も準備をしている』

オルロープ雫もそこに……係長は言葉を挟む間を与えず、

『見幸署の特殊部隊も同行していたが、お前の姿を見付け手を引くことに決めた。が、佐久間の警備隊は狙撃を強行するつもりだし、見幸署もお前が巻き込まれることを容認している。警備隊は徹底的にやる気だ。奴らは重装備でな、後の微細走査のことなど考えちゃいない。悪いが……俺もこれ以上の補佐はできない』

「係長」

『質問はなしだ。そういったろ……』

「お願いがあります」黙り込む相手へ、「市境警備隊には、この件を知らせないでもらえますか。俺は狙撃自動拳銃を所持しています。だが、ネット経由でロックされたら使いものにならない」

『お前……何を考えている』

「俺は、今の話を聞きませんでした。相手が何者かも知らない」首筋が熱を持ち始めている。興奮のために。「これから起こることは全て〝正当防衛の結果〟と認識してください。それと……警察官を絶対に単軌鉄道に近付けないように。相手を識別している余裕はありません」

『……本気か』係長は唸り声を上げ、『この先の俺の話も、全部独り言だからな……いいか、狙撃予定地点は終点から一つ前と二つ前の駅の中間だ。市街上空で単軌鉄道を停止させることになった。無論、『単眼《キュクロプス》』と市議会の同意も得ている。停めた途端、奴らは回転翼機で左右から挟み撃ちにする気だ』吐息らしき音が聞こえ、『……幸運を。来未警部補』

《 Co- 》

操業管理室に発光微生物が満ちるのを、コチは持参した電解質飲料水《スポーツドリンク》を飲みながら待った。ようやく人心地がついた気がする。常に百か警備機械たちのLEDが点滅していて、その様子からすると無言のやり取りは今も続いているらしい。内容までは全然分からなかったけれど、一応物事は平和的に進み始めたようだ。

コチの埋込装置《インプラント》が、メイルの着信を知らせた。外部ネットワークとの接続がようやく許可された、ということ。メイルは十数件もあり、予想通りそのほとんどが電連からで、全部まとめて捨てようとした時、来未からの連絡が交じっているのに気がついた。三件分ある。なぜ彼は私のアドレスを知っているのだろう……配偶者だから、だ。何となく緊張し、メイルを開けた。どれも内容は一緒だった。丁寧な文面で佐久間がこちらの身柄を押さえようとしてること、安全のため警察の保護を受けて欲しいとの要望が記されている。コチは、最後の一通の文末に目を留める。

——それでも、家族としてあなたを心配しています。

〝家族〟という言葉が流星のようにきらめき、コチは戸惑った。火傷《やけど》したように、慌ててメイルを閉じる。どう捉えればいいのか、よく分からない。来未由——琥珀色の瞳。警察病院での、二人だけの時間。たった一日半前の出来事なのに、まるで物語《フィクション》のように遠く感じる。こちらへ虹

彩を向けてください、と猟犬の一体に話しかけられ、コチは顔を上げる。何かほっとし、

「……どうして、ずっと市から隠れているの」思い浮かんだ疑問を口にする。「もう一度市と交渉して、溶鉱炉の建て直しを認めてもらえば？」

『見幸市は、佐久間種苗株式会社以外の大きな産業を望んでいません。これ以上歳入が増えれば、叶県《カナエ》からの再吸収の圧力も増すと考えています』

落ち着いた口調で答える猟犬へ、「隠れたままだと、色々大変？」

『役員による署名の件と同様、常に事態が複雑化します。市内からの融資は得られず、他国からは足元を見られ、資源の輸入も製品の輸出も相当制限されています』

「そもそも、市が工場地区を取り壊さないのは、なぜ？」

『土地の活用計画がないからです。壊すにも資金が必要です。土地の所有権に関して曖昧な部分が存在する、という理由もあります』

「この埋立地って誰のものなの」

『債権としては、見幸市と市営銀行のものとなっていますが、銀行の設立当時の株主として叶県も名を連ねているのです。見幸市は以前から株式を譲渡するよう叶県へ申し入れていますが、県側は拒否し続けています』

「じゃあ……K県の工場になれば？」コチがそういった途端、時間が止まったように操業管理室内の物音が消えた。人工知能たちが考え込んでいる？　恐々《こわごわ》と、「別に、嫌ならいいけど……」

『我々は、見幸市と市営銀行からの資金提供で設立された工場です』

「知ってるよ。でも今は倒産したことになってる」

『見幸市と叶県の関係は現在、最悪といっていい状況です』

「この工場とは関係のない話でしょ？　むしろK県側の方が興味あるんじゃない？　あっちは財政が苦しいんでしょ」再び操業管理室内が静まり返る。

長机に乗った百がコチへ、『役員らしい仕事』両手を膝の間に揃えて、『いい感じ』

『……あなたの提議は、少なくとも不可能な話ではないようです』猟犬が口を開く。気のせいか、慎重な口振りに聞こえ、『これまで我々は、その方針を検討したことはありませんでした。叶県を通して事業を進めた場合、販路を拡張し、最新の機器を輸入することもできるでしょう。これから、我々の間で詳細なシミュレートを重ねる必要がありますが』猟犬の頭部に空いた四つの孔、レンズかセンサがこちらをじっと見詰め、『役員らしい仕事。確かに』

「……それは、どうも」コチは首を竦《すく》める。

室内が明るくなった。周囲の壁を投影体のウィンドウが埋め尽くす。人間がここで働いていた頃の、何十年も前の光景が蘇り、奇妙な心地になる。目の前に二つの書類が広がった。一つは細かな文字で埋まっていて、〝第一溶鉱炉改修計画書〟と小さく上部に書かれている。隣には余白だらけの履歴書。〝東玲〟の漢字や正確な生年月日が記されていた。〝配偶者・来未由〟の記載もある。物理メイルで送った離婚届は、まだ市役所内の担当部署まで届いていない――コチはそれ以上深く考えず、二通の書類に指先で署名する。

『さらに、署名のストックが欲しいのです』猟犬がいう。空白のウィンドウが目の前に現れる。

「……何回書けばいいの」

『二百回分を。念のために』

指先で氏名を書く。何も考えずに続けていると、もっと丁寧に、と猟犬から指示されてしまった。コチは、制御卓に乗った百が立方体の端子を差し込む姿に気付き、

「アップロード、どれくらいかかる？」

『ロード自体はすぐだけど、展開してから安定するまでは数分以上かかるかも』

「完全体になったら、喋り方も変わるの」

『コチはどんな感じがいい？』

「……そのままがいい」

じゃあそうする、と百が答える。街中に散らばって存在する人工知能の、どんな状態が完全体といえるのかコチにはよく分からなかったが、百の言葉を信じるなら佐久間製の人工知能・単眼や『双頭《オルトロス》』とやり合えるくらいの力がある、ということになる。その一端はこれまでも少しずつ見たように思うけど、さらに上の力、となると想像がつかない。今のところは〝小さな機体に収まった可愛らしい友人〟というのが、一番ぴったりの説明のよう。

コチが二百回分の署名を終えると、小猿の機体が足元に寄って来て、瑠璃色の立方体を渡した。

『それ、気をつけた方がいいよ』こちらを見上げ、『扱い方を間違えると、まずいことになると思う。欲しがってる人たち、多いみたいだから』

「例えば……」

『それの中身、知ってる？』

「……百の情報とアブソルート・ブラック・インターフェイスの設計図。ツバキがそういってた」コチは少し考え、「皆が欲しがっているのは、百の情報？　それとも設計図？」

『ＡＢＩＤ《アブイド》――佐久間ではそう略しているんだけど――の設計図の方。中身を知っている人たちは皆、欲しがると思うよ。佐久間種苗の技術だから佐久間自身、取り返そうと必死。噂だけでも聞いていれば、誰でも興味津々だしね。屋上組合とか。たぶん、叶県も。それに見幸署も欲しがってる』

手の中の立方体をコチは見詰める。警察に渡して欲しい――彼がそういっていた。立方体をレインコートのポケットへ落とす。見幸署に持っていくよ、と百に伝える。

「来未由、っていう警察官に。彼なら……」

『コチの配偶者だね。警備課市境警備隊警部補』

「もう違うよ……離婚届がまだ処理されていないだけで」

百は首を傾げて、『結婚してすぐに嫌いになったの？』

「そういうわけじゃないけど」コチは〝配偶者〟という言葉に今でも動揺する自分に驚きつつ、「それは、もういいんだ」

『信用できる人？』

少し迷ってからコチは頷き、「佐久間や屋上組合よりは。相談にも乗ってくれると思う」来未が何もあたしに無理強いしなかったのは、確かだ。警察病院の個室から勝手に出てゆくことも、制限しなかった――出ていったせいで、あたしは来未をがっかりさせただろうか？　それとも彼は、些細な問題として報告書を書いてすぐに忘れただろうか。

「……来未に渡しにいく」自分にいい聞かせているみたいだ、と思う。

席を立ち、コチは軽く伸びをする。こちらの一挙手一投足を、猟犬たちが見詰めている。

《Ku-》

単軌鉄道の先行車両が二台向こうで切り離され、来未たちを置き去りにして速度を上げた。後続車両も一台置いて連結を外されていた。高層住宅街の上空を走る高架レールから下がったその列車内で、驚き立ち上がった数名の乗客の姿。すぐに遠ざかってゆく。来未は微笑みそうになる。佐久間にも、一般市民を戦闘に巻き込まないだけの分別はあるらしい。

来未は外套の前を開け、背広の脇に吊ったホルスターから狙撃自動拳銃を抜き出した。見幸署とのリンクが切れているのをLEDで確かめ、銃身《バレル》を手動で伸ばす。徐々に、来未とトモだけが乗る単軌鉄道車両の速度が落ちてゆく。

「お前を庇《かば》う理由はない」トモへ、「が、巻き込まれて死ぬつもりもない。これから、お前を標的として狙撃が行われる。死にたくなければ俺の指示に従え。無事生き延びたら警察に身柄を預け、全てを証言してもらう。いいか、床に伏せて……」

「相手は佐久間」そういったトモが黒色のロングコートの前を両手で一気に開き、全てのボタンを床へばらまいた。「話は簡単」

トモも外部の誰かからリアルタイムで情報を得ている、と来未は気付く。女は脇に貼りつけていた細身の銃を取り出した。小銃の本体部分。太股から剝がした小型の銃床《ストック》を伸ばして本体に差し込み、反対の脇から長い銃身を出し、手早くねじ入れた。

来未は、弾倉《マガジン》を差し終えて完成した女の狙撃銃にも、コートの中に着込んだボディスーツにも見覚えがあった。立体駐車場の暗がりの中。俺とこの女は確かに——

「あなた、悪い腕じゃなかったよ」ネックウォーマーを外すと、真っ赤な唇が現れ、「でも、もうちょっとしつこさが欲しいかな」

照準器《スコープ》の突き出た眼帯を頭部に装着し、コードを狙撃銃に接続する。

集中しろ、と来未は自らへ命じ、身を低め床に片膝を突く。本物の戦闘が、今すぐにも始まる。

窓に嵌め込まれた強化硝子が外からの風圧で震え始め、次第に激しさを増してゆく。

回転翼機の羽根音《ブレード》が、来未の聴覚に届いた。

《Co-》

警備機械の後に続いて操業管理室から外階段に出たコチは眼下の光景に驚き、足を竦ませる。建物の前に様々な大きさの工業機械が何十台も集まり、それぞれのアームやレンズを上向けていた。猟犬の一体が階段を戻って来て、

『それぞれ、働く部署が違います』コチにそう教え、『皆、自分たちの感覚器官で新しい取締役の生情報《ロウデータ》を見たいのです。工場から人がいなくなって、もう二十四年経ちますから』

アームを一杯まで延ばし、その先のセンサを向ける掘削機。四脚の機械は、背伸びをするように機体を持ち上げている。蜘蛛に似た機械がクレーンの天辺《てっぺん》に登って覗き込み、箱形の小さな運搬機は大型工業機械の間から見上げようと、立ち位置を落ち着きなく探している。臨時雇いでしかない人間を、そんなに一所懸命に？　彼らはただ合理的に計算して、あたしを取締役に据えた

だけだ。少し計算の仕方が変わっていれば、海へ捨てられていたかもしれない。お互いの利益だけを考えた、単なる取引……それでもなぜか、機械たちの純粋さを馬鹿にする気にはなれない。

階段を降り始めると、自動機械たちが一斉に電動機音を立て、後ろに下がった。舞台から客席に降りるような心地で、コチは猟犬や百とともにアスファルトに立った。工場地区が静まり返ったように感じる。霧雨を避けるために（それよりも、困惑のせいかも）レインコートのフードを被る。工業機械たちが道を空けると、そこに牽引機がやって来た。車輪のついた大きな荷台を引いていたが、何も載せていない。猟犬の一体が荷台に飛び乗り、すみません、とコチへいった。

『もう長く誰も利用しないため、従業員移動用のバスは分解して資源化してしまいました。ですから、これで』

荷台に乗れ、ということらしい。百が軽々と登り、コチも蛍光板を足場にして金属製の荷台に上がる。前方へ移動し、ポールにつかまった。振り返るとやはり自動機械たちがこちらを見詰めているが、どう振る舞えばいいのか分からない。振動を感じ、牽引機が動き出す。

コチの視界の中で小さくなっても、機械たちはその場を動かず、見送るのをやめようとしない。


工場地区内を移動する間、猟犬はコチを質問攻めにした。工場内に分散する六十四種類の人工知能から新取締役に対する疑問が寄せられているという。余所者《よそもの》が重役に就いたことへの不満かと身構えたが、質問内容は食べものや端末の色など個人的好みに関するもので、コチは好きな音楽としてエディ・ウィルソンの話まですることになった。本当のところ、英語圏の人間というくらいしかコチも知らない。見幸市がネットワークを外部からほとんど隔離させているせいで、市外の娯楽を手に入れるのは難しく、ネットに誰かが掲載したMVをダウンロードして以来、他の音源を探し続けていても、見付かったのはたった五曲。自室に貼ったポスターもMVから静止画を切り出し、印刷屋でプリントアウトしてもらっただけ――

質問に答える最中もあちこちからの視線を感じ、落ち着かなかった。古びた建物のパイプを火花を散らして切断する解体機が作業を止め、沢山の機械腕《マニピュレータ》をつけた検査機械はわざわざ通路を引き返して腕の先端についたセンサを伸ばし、通り過ぎるコチを確かめようとする。

風景から顔を逸らす。鉄の街の重要人物、という立場を受け入れるのは難しい。稼働中の大型ベルトコンベアが中空にあり、その下の暗がりにランプの消えた自動販売機が見えた。二度と使われることのない――自販機の脇に白っぽい何かが固まっている。

目を凝らしたコチは猟犬からの問いかけを遮り、

「子供がいる」そこに集まって立つ白い人影を指差し、「停めて」

『あなた以外、工場内に人間はいません』猟犬が告げる。牽引機は停まらなかった。

「でも、あそこに。一人じゃない」

『……あの場所には発光微生物のプラントが設置されてるんだよ。飲料水の宣伝用に。休眠状態だったけど、コチが役員になってまた動き出した』コチと同じポールにつかまる百がそういった。

子供たちがどんどん遠ざかってゆく。「あれ、投影体なの？」

『そう。幽霊。妖精。僕が助けたいもの』

「今のが友達……人間じゃない、とか。幽霊？」

『完全体になったら、うまく説明できると思ったんだけど』コチを見上げて、『簡単にはいかないみたい。彼らは佐久間のネットワークのどこかから、滲み出てくるんだよ。とても僕に近い存在……直《じか》に触れて確かめたいんだけど、佐久間のネットにはまだ侵入できていないんだ。遠隔サーバには接続できるのもあるんだけど、中央サーバは防火壁《セキュリティ》が分厚くて』

「幽霊も人工知能、ってこと？」

『そうなんだけど、ちょっと違う。僕もたぶん、例えば単眼や双頭みたいな人工知能とは違うんだ。僕には人間の記憶があるから。断片的に、だけど』

コチは愕然とし、「人格をネット上に転写したってこと？　百は誰かのバックアップなの？」

小猿が首を傾げてみせ、『僕は人工知能でもある。だから、不確定な話をするのは苦手なんだけど……でも誰かのバックアップだったら、もっと記憶もはっきり転写されたはずだよね。だって、僕はからっぽなんだ。雛形みたいなもの。試作品かな……』

「ねえ、〝彼ら〟っていうのも皆、誰かの転写なの？」

『皆がどんな存在なのか、正確なことはいえない。僕と似てるっていうだけ。初めてネット上で見付けた時にそれだけは分かった。本当に転写だとしたら、彼らは転写の転写になるのだけど』

ますます分からなくなる。「どういう意味……」

『ごめん。どうしても情報の精度にこだわっちゃって……だからつまり彼らは、どこかのサーバから漏れ出したイメージなんだよ。助けを求めるための、イメージ。幻。さっきコチも見たでしょ。彼らは存在そのものじゃないんだ。佐久間のネットから、さらに色々な広告に割り込めるだけの技術があって、でも、現れているのはその出力結果なんだよ』

「どうして、彼ら自身が出て来ないの」

『そうできない仕組みがあるみたい。どこかのサーバに閉じ込められて、きっと小さな情報しか外に出せないんだ』

「それで、イメージだけを出している？」

『そう。最小限の三次元映像で。音声を加えているのもある。小さな情報量で』

「誰へ助けを求めてるの」

『市民全員へ。特定の個人向けのイメージもあるよ』

「何をどう助けて欲しいのか、全然伝わらないんだけど」

『イメージ戦略、でしょ。凄く印象的。コチもすぐに指差したくらい。きっと、伝わりすぎても困るんだよ。大ごとになりすぎるのも』

「百はイメージを見ただけで、自分と似てるって分かったの？」

『僕が見ているのはイメージそのものじゃなくて、情報の構造』片腕を広げて、『表現の仕方には癖ってあるでしょ。描かれた絵には上手い下手だけじゃなくて、個性がある。彼らの個性は僕と似てる。だから、無視はできないんだ。今も僕の大部分は、彼らと接触しようと働き続けている。なるべく佐久間を刺激しないように、気をつけながら』

「来未の居場所は？」

『それも同時に調べてる。あっ』百がポールを登ってコチの顔の前まで来ると、『まずいことになった。見幸署特殊事件捜査係は、佐久間種苗株式会社第一施設警備係による産業密偵の私人逮捕を認め、その直接的支援は行わず、事後の捜査を鑑識ビサイソウサ係が担うことで連携し、情報を共有する――』意味が分からず困惑していると、『その逮捕の現場に来未もいるんだ。佐久間の警備隊は狙撃銃を主な装備にしてるって。産業密偵を撃つつもりだけど、一緒にいる警察官にも被害が出るのは仕方ない、って佐久間と警察は考えてる』

レインコートのフードが風で捲《まく》られ、霧雨がコチの顔を濡らす。

「どうして来未が産業密偵なんかと一緒に？」

『分かんない。僕が接触できるのは見幸署側だけ。情報不足。コチ』百はいっそう機械の顔を近付け、『来未も元ビサイソウサカンだよ。特殊な立場にいる。近付くと、きっと危ない』

「ビサイソウサ……って？」

『細かなものを走査《スキャン》する警察官。死んだ人の記憶を読み取る』

コチの脳裏に、来未の言葉が蘇る。彼は最期に……君のことを思い出していた――

それは、アナイ・ナオの話。来未はあの時、実際に自分が読み取った記憶について語っていた、ということ。アナイは死ぬ間際に、あたしを思い浮かべた……なぜ？　アナイがあたしに何度も結婚しようと伝えたのは、準市民の立場が目当てだったのではなく、もしかすると本当に――

胸の中が感情で満ちる。結婚の話を持ち出すようになってからは、ほとんどアナイの話を聞き流していた。知っているのは甘い珈琲をよく飲んでいた、ということくらいで、何度も同じ屋上で電気工事をしたはずなのに、彼の好きな場所も好きな音楽も心に留めていない……でも、それなら来未のことは？　来未へ、いい忘れた言葉は？

『今も来未の傍にいきたい？』

「いきたい」百の質問に即答したことに、コチ自身が驚いた。

長い尻尾で荷台のポールにつかまる小猿はこちらの顔を覗き込み、『でも、きっと危ないよ』

「……危ないかどうか、近くまでいって確かめる」

牽引機と荷台が角を曲がると、道の先に灰色の高架駅が見えてくる。

霧雨が止み、単軌鉄道を呼んだよ、と百がいう。

《Ku-》

来未はさらに身を低め、振動を続ける窓を通して灰色の空を見上げる。

「こっちの装弾数は七ミリ・レミントン弾が十発」反対側の座席の陰で狙撃銃を構えるトモが、来未の背に声をかけてくる。「そっちは五・五六ミリNATO弾十発、だよね」

「……そうだ」

手の内を素性不明の狙撃手に晒《さら》していいものか分からなかったが、この場を生き延びるためには情報の共有も必要となる。大型回転翼機二機の接近は今や粟立《あわだ》つ首筋の皮膚でも感じることができる。車両は完全に停止していた。金属製の自動扉が勝手に開き、強い風が吹き込んできたが、来未は窓から目を離さなかった。幾つかの、仮想訓練の情景がスライドショウのように蘇る。急襲。高高度の戦闘。二名対多数。狙撃戦――

轟音とともに黒い機体が上方から現れる。

機体側面のハッチが開かれ、内部の暗がりで五つの照準器のレンズが光った。反対側を向くトモも、よく似た光景と相対しているはず……係長の情報通り。挟み撃ち。

引き金を絞って窓硝子を撃ち抜き、来未は素早く体を横たえ座席に隠れた。背後でも同じ音がし、反撃の銃弾が頭上を飛び交い、来未の横顔に冷たい硝子片が降り注ぐ。硝子を払いながら床を這い、位置を変える。狙撃自動拳銃の銃身の先を硝子の消えた窓枠に載せ、照準器の接眼レンズを引き出して覗き込み、回転翼機の様子を窺った。約二十メートル先の機内での混乱と怒りを、来未は確かめる。初弾は狙撃手の一人の、胸と肩の間に狙い通り命中した。ボディスーツの関節部分。防弾素材に覆われていない箇所が標的となる。背後のトモへ、

「肩口は装甲が薄い」回転翼機の騒音に掻き消されないよう声を張り、「できるだけ殺すな」

「……約束はできないね」

来未は内心頷いて銃身を細かく動かし、次の標的を探す。そもそも肩に命中したからといって、致命傷にならない、という保証もなかった。集中しなくては。一瞬の油断で、己の命も消える。この相手は、非武装の不法入市者とはまるで違う。

「操縦席は狙えない」そう知らせたのはトモで、「機体の前方まで、防弾装甲で覆われてる」

来未もその様子は照準器を通し確認していた。たぶん俺とトモは今……ほとんど同じことを考え、同じように動いている。来未は床で横になったまま接眼レンズを覗き、狙撃自動拳銃を構えた。佐久間の私設警備員たちは機内で五人も密集し、それが奴らの不利を招いている。

もう一度引き金を絞る。レンズの中、機内で一人の狙撃手が肩を押さえて後ろに倒れ、周りがその動きに巻き込まれる様を来未は見て取った。奴らは、こちらの反撃を予想していなかった。勝機はある――すでに二人は非戦闘状態に陥った。残りは操縦士を除き、三人。続けてもう一度自動拳銃を構えようとした来未は回転翼機の異変に気付き、大声で後ろへ警告を送る。

「下がれ。奴ら、角度を変えた」「下がって。上から狙う気だ」

同時にトモからも同じ忠告が飛んできた。来末は横になったまま座席の金属部分を蹴って床を滑り、反対側のシートの土台に張りつき、次の攻撃を避けようとする。すぐ傍でトモが同じ姿勢を取り、来末の背後に位置する回転翼機からの攻撃に備えている。トモが肘と太股で床を這ってすばやく位置を変え、来末も同じ行動を取り、二人は点対称に向かい合った。

単軌鉄道の両側面上方から、激しい銃撃が襲った。

車両の全ての窓硝子が割れ、銃弾とともに破片が雹《ひょう》のように降り掛かり、跳ね散った。全身が振動し、床に次々と孔が空いてゆく。ラバー製の床を焦がす煙と臭気が車内に漂い、さらなる銃弾がそれを掻き混ぜ続ける。佐久間種苗の警備隊員は狙撃銃を連続射撃《フルオート》にし、闇雲に弾を浴びせる戦法に変えた――トモが床から顔をそらし、手のひらで防いでいる。硬質な弾力を持つ床は、跳弾の可能性があった。来末も臭気から顔を背け、接眼レンズを照準器に戻しつつ、銃撃の乱打音の中で頭を回転させようとする。

奴らは悪手を打った――射撃の方針を変えたのは、焦りの表れだ。無闇に銃弾を費やすのは、逆上した証拠でしかない。着弾音が小さくなった。再装塡《リロード》。

来末は跳ね起き、間近な窓へ自動狙撃拳銃を構える。背中がトモと微かにぶつかった。同じタイミングで動いたせいだ。互いの後ろを守る格好となっている。トモの、無駄のない動作。噛み合う機械の歯車を来末は連想する。

息を止め、今までトモと相対していた警備員二人の肩口へ一気に五・五六ミリ弾を撃ち込んだ。残りの一人が銃を捨てて機内後方へ退こうとする。来末が膝を側面から撃つと、奇妙な角度に関節が曲がり、横様に勢いよく倒れ伏した。

「制圧した」「済んだよ」

トモの報告が、来未の言葉と同時に届く。回転翼機が高度を上げ、視界から消える。

来未は銃を下ろして立ち、「……何人殺した？」

「さあね」トモはコートから硝子片を落としながら背筋を伸ばし、「後で数えてみれば？」

言葉が見付からない。彼女の技術があったからこそ、生き延びることができたのも事実だ。急に体中から冷や汗が噴き出し、肩が震えた。来未は静かに息を吸って吐き、体内で生じた混乱を押さえ込もうとする。己の戦闘能力も、精度が上がったように感じる。仮想訓練とＡＢＩＤの相互作用。それは佐久間会長の台詞だ。俺かトモが撃った警備員の中には、佐久間の創立記念パーティであからさまな敵意を向けてきた、あの警備員たちもいただろうか……来未は耳を澄ます。

これまでとは違う空気の震えを肌で感じる。

この高周波は――車両内を吹き抜ける風に、可聴域ぎりぎりの高い音が混じっている。静穏式の羽根？　新たな機体。別のやり方。だとしたら……来未は車両内の天井を見上げる。礫《つぶて》が当たるような音。連続して小さく鳴った。

「直接、来るぞ」

来未が警告するのと同時に、左右の窓から黒色の姿が数人、勢いよく車両内へ滑り込んで来た。

《Co-》

鉄道車両は、コチたちが高架駅に着くのとほぼ同時に滑り込んで来た。

単軌鉄道に乗ったコチは、いつまでも見送り続ける猟犬から目を逸らし、百と並んで座席に座る。工場地帯に名残惜しさは感じなかったが、プラットホームに自動機械たちを置いてゆくことには、罪悪感に似た気分を覚えてしまう……それよりも今は、来未のことだ。車両内には百と自分だけがいて、他の人影は見当たらない。頭上のレールからの振動を強く感じ、単軌鉄道の速度が来た時よりもずっと速いことに気がつく。

一つ目の駅を通り過ぎる際には、対向軌道に三車両分の単軌鉄道が停車しているのが見えた。あれだけが切り離されている？　どういうことだろう。コチの隣で座席に足を投げ出して座る小猿へ、「この単軌鉄道は百が呼んだんだよね……」

『うん。運行中の列車の命令設定を変更して。逆方向へ向かってた奴を』

「なぜ、あたしたちの他に誰も乗っていないの？」

『事故により時間調整、ってアナウンスして、途中の駅で全員降ろしたから』

「操縦は？　百が動かしてるの」

『ううん。運転AIに目的地を知らせただけ。速度を上げるために緊急事項も加えたんだ』

〝百〟という人工知能の性能を改めて目《ま》の当たりにし、驚いてしまう。工場地区ではオフラインだったため、小猿の機体にあらかじめ詰め込まれた知識以外に役立つものはなかったけれど、今の百はまるで巨人の力を得たよう。体が大きく横に揺れる。急に車両の速度が落ち始める。

百が、『これ以上、近付かない方がいいみたい』

単軌鉄道が停まったのは住宅街の上空。コチは立ち上がって先頭車両へ駆け出した。スライド式の貫通扉を次々と開けて走り、先頭車両の前面を覆うフロント硝子に張り付いた。反対軌道の列車が二〇〇メートルほど先に見える。

四台分の車両だけが空中で揺れ、その周りに黒い回転翼機が三機浮いている。大型の二機が単軌鉄道から離れてゆき、小振りな一機は逆に、ほとんどレールと接する距離まで近付いた。機体から人影が現れ、垂らしたロープを伝って車両へ降りようとする。コチは焦り、

「あそこに来未がいるの？　屋根に乗ってる人がそう？」

『……違うと思う。来未がいるのは、単軌鉄道の中』何となくいい難そうに、百がそう答えた。

「じゃあ、外にいる黒い格好をした人たちは……」

コチは目を凝らす。あのボディスーツには見覚えがある。佐久間の私設警備員。四人がロープを使って滑らかに窓の傍まで降り、一斉に車両内へ姿を消した。奴らは来未を――

閃光が漏れたようにも見え、「佐久間を止めて、百」

『無理。ごめん。佐久間のネットワークには、まだ侵入できてなくて……』

「あの車両、動かせる？」

『反対側の軌道は、佐久間が制御を押さえてるから、それも……』

「じゃあ、こっちがもっと近寄って」

『近寄っても、できることはないよ。それに、コチが巻き込まれたりしたら……』

「来未が撃たれたかもしれない。だったら、病院へ運ばないと」

『警察病院に？　公務員用の病院だから医療機器の性能はそこそこだし、医療費を抑えるためにすぐに死亡診断書が作成されちゃうけど……』

そんな話が聞きたいんじゃない。歯嚙みして窓越しに遠くの車両を見詰める他、できることが

なかった。このくらいの距離、屋上だったら走って簡単に近付けるのに――

苛立つコチの視界の端に、新たな回転翼機が映った。一機の、大型の黒い機体。

重い羽根音とともに、来未の乗る単軌鉄道へ真っ直ぐに向かう。

《Ku-》

侵入した警備員は四人、と来未は素早く数え、体勢を立て直そうとする一人の肩口を撃った。二人目を狙った次の一撃は装甲に阻《はば》まれ、ボディスーツを貫通しなかった。すぐさま距離を詰めようとした警備員が首を押さえ、その場に頽《くずお》れる。警備員の喉を抉《えぐ》ったのは、来未の後方に位置するトモの放った銃弾。通路に倒れた同僚たちの体を踏み越え、二人の警備員が飛び掛かって来た。一人が血飛沫《しぶき》を上げ、急に脱力して座席へ傾き、倒れ込む。フェイスガードの呼吸用メッシュを、トモの銃撃が正確に貫いたのだ。

警備員の死を間近に目撃した来未は動揺し、再び銃弾を外した。残り一人となった大柄な警備員は来未を突き飛ばし、直接トモへ襲い掛かると、握り締めた拳で女狙撃手の顔を殴りつけた。吹き飛ばされたようにトモが昏倒する。振り返った警備員のボディスーツが膨れ上がっている。

強化筋肉――警備員たちが銃を携行していないことに、来未は気付く。奴らは装備を最小限にして機動力を上げ、ボディスーツの力を借り、拳で俺たちを撲殺しようと――

狙撃自動拳銃を構える間もなく、警備員が迫る。攻撃の機微を読み、拳を避けることはできたが、掠めただけで擦過熱が頬を焼いた。

次の拳を自動拳銃で払う。その衝撃に、歯を食い縛る。銃身の長い拳銃がむしろ邪魔になり、相手の振り回す腕を避けて後退るだけで精一杯だ。ゴーグルの奥の両目が笑みを浮かべるのを、来未は見た。踵が通路に倒れた警備員の体を踏み、姿勢を崩してしまう。前方から鋭く伸びてきた拳が肩先を打ち、来未は呻き声を上げるが、半分は意図的な演技だった。

横たわる体を越えて飛び退くと、警備員は拳を振り上げ、迷わず追い討ちを掛けて来た。来未は上半身を脇にずらし、大股で殴り掛かる相手の足を爪先で払う。前のめりに両手を床に突き、急ぎ体を捻って起き上がろうとする警備員の顔を、先端に金属の入った市境警備隊の編上靴で力一杯蹴り上げた。フェイスガードが外れ、唇の裂けた男の顔面が露《あらわ》になる。

知った男の顔だ。警備部第一施設警備係長・久《ク》我満《ガミツル》。

来未はその額に、狙撃自動拳銃の銃口を突きつける。息を切らし憎々しげに顔を歪めた男は自らの死を意識したらしく、その表情から急に力が抜け、瞼を閉じた。自動拳銃を持ち替えた来未は、久我の鼻柱へ思いきり銃把《グリップ》を叩き込む。鼻骨の砕ける感触があり、第一施設警備係長は濁った悲鳴を上げて顔面を押さえ、その場で膝を折った。

気配を感じ、振り向いた来未が見たのは、よろめきつつ立ち上がるトモの姿だった。顎が歪み、見開かれた二つの目の中で憎悪が燃えていた。口元が細かく震え、その異質さからトモの顔面の大半が人工物なのを知る。トモは来未を押し退けて久我に近付き、顔面を覆う両手ごと頭部を蹴り飛ばして床に倒し、狙撃銃を額へ構える。指の間からトモを見上げる久我がか細い声を出したのは、言葉にならない哀願らしい。来未はトモの背へ拳銃の先を持ち上げ、やめろ、と指示する。

「そいつはもう、戦闘員じゃない」

「私に命令しないでくれる……」殺気のこもった声が返ってきた。

来未は自らの体温が冷えてゆくのを感じる。トモが久我を撃った瞬間、来未も引き金を絞るつもりだった。そうしなければこの女は必ず、続けて俺を殺すだろう。無価値な情報提供者、ただの障害物として――女狙撃手の鋭い身動きに、来未は反射的に狙撃自動拳銃の引き金に力を込めそうになる。だが、トモは硝子のない窓へ意識を移しただけだった。空を見詰める……来未も、風音に紛れ接近する回転翼機の存在に気付いた。

一瞬にして黒い機体が上方から出現し、強化樹脂の盾を備えた狙撃手が二名、その隙間からこちらへ銃口を向けているのを来未は目視する。トモと同時に床に伏せるが、それに合わせて回転翼機も機敏に上昇し、瞬時に視野の中に現れた。

まずい――奴らは俺たちの動きを分析し、新たな戦術《タクティクス》を携えている。不利を悟った来未は次の動きに迷い、そして己の体が、死の予感に搦《から》め捕られたのを知った。瞼を閉じようとした時、回転翼機の前面が音を立てて陥没し、来未は目を見張る。操縦席を覆う装甲が深く窪んでいる。トモによる狙撃？　確かめるが、女狙撃手は床に片膝を突き、呆然と空を見上げているだけだ。第一、七ミリ弾であの装甲を破れるはずがない――黒い機体が挙動を乱す。羽根の回転数が急激に落ち、機体が回り始め、尾翼を振って傾き、一人の狙撃手が盾とともに空中へ滑り落ちた。

操縦者は内部で死んでいる、と来未は推測する。あの大口径は、むしろ砲撃に近い。一体何が起こった？　回転翼機の挙動がまた変化した。飛行を立て直そうと操縦ＡＩが死者の肩代わりを始めたのだ。が……間に合いそうにない。機体の不安定さが増し、鉄道車両へ急速に接近する。来未は急ぎ起き上がるが逃げ場はなく、しゃがんだ姿勢のまま、どうすることもできなかった。

羽根の根元、コントロールロッドの辺りで派手な火花が散った。それも狙撃による着弾では、と来未は疑うが、事実は確認しようがない。その衝撃で急接近する回転翼機の方向がわずかに逸れ、列車最後部の車両と激突し、レールごと単軌鉄道を大きく揺らす。

車両にめり込んだ機体の後部から煙が噴き出し、青い炎が見え、燃料電池が発火していると来未が察した瞬間、回転翼機は爆発し、衝撃波が来未とトモの体を床へ薙《な》ぎ倒した。

《Co-》

列車に衝突した回転翼機が爆発する光景を遠くに見たコチは、思わず悲鳴を上げる。

衝撃が窓硝子に当てた両手のひらにまで届いた。息を呑んで見守るうちに、単軌鉄道の手前の車両がレールから剝がれ、斜めに垂れ下がり始める。

回転翼機が黒い煙を空に滲ませ、高層住宅の谷間へ墜ちてゆく。どうしよう、と何度も口にしている自分に、コチはようやく気がついた。手前の一両目が完全にレールから離れ、二両目までも傾き出した。大声で百へ、「ドアを開けて」

『どういう意味？』

いてもたってもいられず、コチはカーボンナイフをレインコートから取り出す。フロント硝子に先端を叩きつけると小さな孔が穿《うが》たれ、その周りに細かなひびが入った。もう一度繰り返し、亀裂を広げようとするが、簡単にはいかない。百が車両内の手すりを登ってコチの顔へ近付き、

『何してるの』

「レールに登って、来未のところへいく」

『無理だよ』

「高い場所は慣れているんだ」

コチは内心、自分の行動に驚いていた。そして体の中の、塊のような覚悟を意識する。窓硝子へもう一撃。ひびが広がる。

「来未を引っ張り上げないと」百へいっているのか独り言なのか自分でも判断はつかず、「このままだと単軌鉄道ごと街へ墜ちる」

『そこまでする必要、ある？』

「家族なんだ」咄嗟《とっさ》に出た言葉。「たった一人の」

皆、突然あたしの前からいなくなる。永遠に。父さんも、アナイもそうだった。来未は今この瞬間に消え去ろうとしている。来未があたしを助けたのは、警察官としての務め、というだけかもしれない。けれど、それでも警察病院で過ごした一夜は、生きてきた中で本物の休息といえる貴重な時間だった。それは確かに、あなたが与えてくれた――

『コチ、外に出ないで』大声で百が訴える。『この車両を動かすから。来未へ近付くからさ』

《Ku-》

恐ろしい軋みが車両内に響き渡る中、来未は手すりを頼りに立ち上がる。

先頭車両がレールから剝がれてゆく様が、貫通扉の窓を通して見えていた。窓から覗き込むと高層住宅の屋上の並びが数十メートルも下にあり、愕然とする。窓から離れた来未の視界に、隣の車両へよろめきながら逃げる久我と、その場に立ち尽くすトモの姿が入った。顎を砕かれ歪んだ青白い横顔からは表情が消え、強風で長い髪をばらばらになびかせ、トモはただ空を見詰めていた。

隣の車両までレールから剝がれ始める。久我が中で転がり倒れ、来未の視野から消えた。軋みの音がどんどん大きくなってゆく。来未は狙撃自動拳銃を床に捨てる。〝死〟が間近まで迫り、打つ手はなく、しかし後悔するべきこともやり残したことも体内に見付からず、ただ世界の印象だけが薄れてゆく。初めから俺の現実は、仮想と非日常の中にしかなかった、と思う。

床の軋み。振動が激しくなり、足元が傾き出す。不意に警察病院の個室の光景が脳裏に浮かぶ。その景色に安らぎを見出そうと――あの部屋、あの会話が最後の休息だったのか。

両瞼を閉じ、崩れゆく周囲に身を委ねようとした時、甲高い擦過音《さつかおん》が来未の鼓膜に突き刺さった。開け放たれた扉の向こう、反対軌道の空間に単軌鉄道が制動音を激しく鳴らし、滑り込んで来た。およそ一メートルの距離を隔て、対向車両の扉がスライドして開き、その向こう側にはコチがいた。啞然とする来未へ、対向車両内に幻のように立つ少女が大声で、早く、と呼びかける。

「早くこっちへ」

風が車両内を吹き抜け、現実感も蘇る。出口へと歩み寄り、傍の手すりを握った時、背後から声が掛かった。「記憶装置、手に入れた？」

そのトモの言葉に異変を覚え、来未は振り返る。歪《いびつ》な笑顔が後ろにあり、狙撃銃を構えるところだった。こちらの肩越しに狙いを定め――来未は咄嗟に爪先立ちになり、その射線を遮った。

激痛が頭部で爆発する。

来未の意識は闇の中で収縮して点となり、そして静かに消失した。

《Co-》

「記憶装置、手に入れた？」来未の背後にいたのは、見覚えのない黒髪の女性。長い髪が風で巻き上がり、どこか歪んだ奇妙な笑みをこちらへ向けている。なぜ記憶装置のことを？　訊ねる間もなく黒鉄《くろがね》色の質感が来未の肩を越えて持ち上がる。銃口、と悟った時には来未が伸び上がってコチの視界を覆い、同時に轟音が響き、その体がこちらへ倒れ掛かってきた。

コチは来未の後頭部と肩を抱き留める。信じられないほど重く、来未の上半身とともにその場に座り込んだ。視界の半分が赤く染まっていた。来未の血が片目に入った、と気付く。来未の下半身が空中に滑り落ちようとする。百が手すりに尻尾を巻きつけ、片方の腕をつかんでくれた。「百、引いて」そう指示して来未を車両内に引き入れようとするが、うまくいかない。外套の裾が風ではためくその先に、地上の高層住宅が見えていた。

「そういうことね」

対向車両からの声に、コチは顔を上げる。

「お前の正体、分かったよ。百」笑いかける、黒衣の女。「でも今大事なのは、記憶装置の方。それは最初から、私が受け取るべきものなんだ」

女は、傾いた単軌鉄道の扉口で身を低めて片腕を手すりに絡め、もう一方の手で来未の足首を握っていた。

「寄越しな。そうしたら、大事な人を放してやる」

来未の片足が力なく空中に垂れた。コチの顎の下に血なまぐさい頭部があり、真っ赤に開いた傷口が視界の端に見えている。コチは片腕で強く抱き締めたまま、もう片方の手でレインコートの外ポケットを急ぎ探る。泣きそうになるのを堪《こら》え、記憶装置を取り出し、反対軌道の車両へ投げつけた。瑠璃色の立方体が弧を描き、黒衣の女を越え、その手が来未の足から離れ、コチは百とともに一気に来未の全身をこちらの車両に引き込んだ。

記憶装置が相手車両の、大きく開かれた反対側の扉を抜け、空へ落ちてゆく。女はそれを受け止めることができなかった。コチの乗る単軌鉄道の電動機が唸りを上げ、動き出す。

黒衣の女が床の狙撃銃を手にし、怒りに燃える目でその銃口を向けるのと、車両の扉が閉まるのは同時だった。次の瞬間には金属製の扉が大きな音を立ててコチの前で盛り上がり、歪んだ。硝子窓が衝撃で砕け、破片が来未の両脚に降り掛かる。

強い加速を感じ、コチは力を込め、来未の体を膝の上で支えた。傷口から白い骨が覗いている。百が来未の体から離れ、座席に登って外を覗く。『……単軌鉄道が、墜ちる』

コチは来未を抱きかかえたまま恐る恐る首を伸ばし、窓の外を見た。弓なりに曲がった線路が空に流れ、そこから一両を残して単軌鉄道の列車が垂れ下がり、その最後の車両も重みに耐えきれず、接続部分がレールから剝がれようとしている。レールに隠されていた配線が現れて伸びきり、内部機構の小さなタイヤを幾つも引き出して完全に外れ、鉄道車両は数十メートル下の高層住宅の屋根に落ち掛かると、建物の縁を崩しながら街の陰に消えていった。

その光景がどんどん離れ、遠ざかってゆく。

膝の上の、来未の蒼白な顔。瞼も唇も半分開き、頬に手を当てるとすでに冷たくなり始めている。来未の上半身も、コチのレインコートも血で赤く染まり、床にも血溜まりができていた。

傷口の中に見える組織が零《こぼ》れないように来未の頭を傾けるが、すでに多くの部分が吹き飛んでしまっている。声を上げてコチは泣いた。来未の首筋に顔をうずめる。体温が感じられない。工場の赤錆に似た臭いしかしなかった。もっとあなたのことが知りたかった、と思う。

背広以外、どんな服を着ているのか。好きなサウンドや警察官になるまでの話。来未はもしかしたら、あたしがTVでしか見たことのない菓子を食べたことがあるかもしれないし、遺伝子操作で小型化された珍しい動物を飼っているかもしれない。二人で屋上の縁に腰掛けて温かい飲みものを手に、街明かりを見下ろすことができたかもしれない。その可能性を潰したのは来未の親切を無視して、勝手に病院を出た自分――しゃくり上げながら、コチは顔を上げた。百が話しかけている。小さな声で、どこに停めようか、と訊ねていた。

レインコートの袖の、血のついていないところで目元をぬぐう。警察病院の近く、と答えようとして口を閉じる――医療は、今の来未の役に立たないだろう。もう死んでいるから。

後は公務員としての、死後の手続きが進むだけだ。死亡診断書の作成。次には火葬……何かがコチの脳裏で瞬き、心臓が胸の中で一度、大きく鳴った。

「……あたしは工場地区の取締役になった、でしょ」百へ、「それはいつまで？」

『分からないよ。工場の都合で決まる。解任される時は事前に通知があると……』

「役員報酬を渡す、って機械たちはいってた。もうあたしの口座に入ってる？」

『もちろん。だってそれは、正当な対価だし。二百回分の署名も含めて……』

「いくら電子円が動いたか、教えて」

『四億二千五百万』

「……なら、このまま終点まであたしたちを運んで。最高速で」

『終点？　中心街の近くまで？　それで……』

「レンタルの回転翼機をその駅に呼んで。来未を〝電連〟へ運んでもらう。それと、ＡＩ制御の脳外科手術機械を一台。一番最新で一番高価な奴をあたしの口座から支払って、電連事務所の前に直送して。他にも、外科手術に必要な自動機械や器具があるなら、全部購入して欲しい」深く息を吸い、「もう一つ……百に、お願いしたいことがあるんだ」

『何……』

「来未の友達の中で一番信用できる警察官を探して」

『信頼？　来未の人間関係の中から？　僕が判断するの？』

「そう」コチは頷き、「その人にも、屋上に来てもらいたいから」

「来未の情報ができるだけ欲しいから。それと、電連へ睨みを利かせたい」

『なぜ？』

『……やってみる』

ありがとう、と伝え、コチはまた強く来未の上半身を抱き締める。

できるだけのことはする、と来未の、もうそこにあるかも分からない魂へ囁きかける。

後悔したくないから――まだ、諦めたくないよ。来未。

七

《Or-》

佐久間《サクマ》種苗株式会社警備部の大型貨物自動車のコンテナの中、オルロープ雫《シズク》は、激しい動きに耐えきれずスリットの裂けたスカートを折り畳んで廃棄処分の袋に入れ、借りものの警備員用スラックスとブーツを履いた。スラックスはやや細身だったが伸縮性はよく、動きやすかった。黒に近い紺色もスーツの上着に近く、それほど不自然には見えないだろう。

多くの武器が積まれたコンテナから降りた雫は警備隊長へ、改めて援護の失敗を謝罪した。隊長は返答しなかった。背けた顔の口元が嫌悪で歪んでいる。しかし、彼らが雫の意向に逆らうことは許されない。緊急の用件を通すため、雫は佐久間旭《アサヒ》会長から直接許可を得て——一時的にではあったが——会長代行の権限を所持しているからだ。貨物自動車が埋立地の路地から走り去るのを見送り、屋上と壁面を崩落させた高層住宅へ向かう。霧は晴れていたが、粉塵でアスファルトが埃っぽい。降り始めた細かな雪が空気を慰撫《いぶ》してくれるかもしれない。目的の場所に近付くにつれ、警察や消防署の特殊車両が目立つようになる。佐久間警備部の車も交じっていた。瓦礫《がれき》の散乱する通りが視界に入る。その手前には〝KEEP OUT〟の黄色いフォントの流れる光線が張り渡されていたが、野次馬の姿は見当たらなかった。光線の内側で背広姿の男性たちと警察官らが固まり、話し合っている。背広姿の中年男性たちは、佐久間種苗の社員だ。和《なご》やかな雰囲気でないのは近付く前に分かった。事故現場の証拠品の大部分を警察の鑑識が持ち帰ったことを佐久間社員が声高に非難し、見幸《ミユキ》署員は死傷者全員を佐久間が運び去ったことに強く抗議している。先着したのは見幸署らしいが、この高層住宅街は元々、工場勤務者のために佐久間グループの企業が建てたものだ。

雫は規制線の光を通り抜ける。光線が赤く変化したが、何も起こらなかった。眉間に皺を寄せる幹部らしき制服警察官も、スーツの襟につけた社章に目を留めると視線を逸らした。

瓦礫が道路にまで積もっている。雪が雫の髪の毛を湿らせ始める。見上げると、灰色の雲を背景に単軌鉄道《モノレール》のレールが走っていた。そして目の前には握り潰された巨大なアルミ箔のように、四台分の車両が変形した姿で横たわっている。車両の側面に、乱暴に切り開かれた箇所がある。

今も時折、建物の高い場所から雪の粒とともにコンクリートの欠片《かけら》が降ってくる。雫は内心、自分の行いの結果におののいていた。作業服姿の男性たちが数名、鉄道車両の傍で作業をしており、その格好から全員が佐久間社員であることが分かる。安全推進部の原因究明班。防雨無人航《ドロ》空機《ーン》を頭上に展開し、瓦礫に登って測定器らしき装置を車両へ向けている。

班長らしき中年の男性へ、雫は歩み寄った。

《Bi-》

尾藤《ビトー》は埃っぽい絨毯から身を起こす。床の、半分に減った蒸留酒《スピリッツ》の二〇〇ミリリットル瓶を見付け、自分が寝入っていたことを認める。たかが小瓶半分のストレートで、と唸った。思索を巡らせながら瓶の中味を少しずつ飲んでいるうちに意識を失ったらしい。空っぽの部屋を見回した。

ロール紙の情報を元に訪れた、市営共同住宅の一室。納骨堂の記録によればこの一週間の内、納骨堂の606番ロッカーを開けた者は一人の中年女性以外、誰もいなかった。

色谷奈央《イロタニナオ》。見幸市内の辺縁に在住。五十一歳。目の下に隈の目立つ、丸顔の女性。

共同住宅の鳥籠のようなエレベータはひどく振動し、防犯カメラのコードは天井から抜けており、通路では仕事に溢《あぶ》れたらしき中年男二人が無言で紙巻き煙草を吹かしていた。色谷の部屋のベルを鳴らしても当然のように反応はなく、携帯端末で管理人室を呼び出し、端末の承認機能で警察官の身元を伝え、扉を遠隔操作で解錠させた。色谷の部屋は、埃が淡く積もっただけの小さなワンルームだった。生活感がない、どころかコップ一つ見当たらず、色谷という人物の存在の不確かさを証明しているように思えた。市民カード以上の情報は、ここにはない。管理人の話では、半年分の家賃が先払いされているという。端末で見幸署の環《タマキ》と連絡を取ろうとしたがうまくいかず、メイルで用件を送って返答を待つ間、尾藤はエントランスの売店で煙草の箱と目に留まった蒸留酒を買い、途中、男たちに煙草を配って部屋の様子を訊ねてみたが、彼らの表情が和らいだだけで、色谷の姿を見掛けたこともその生活を感じたこともない、という返答だった。そして色谷の部屋に戻り、蒸留酒の蓋を開け――

外套の中で携帯端末が振動している。曖昧な感覚に浸ったまま両目を開け、通話を接続する。

『……ビトー、聞いているか』

「――環」

『悪いが、こっちは新しく発生した事案で忙しい。しばらくは連絡もできないだろう。質問の答えだが……令状を取る暇はない。市役所のデータベースに問い合わせた結果が、今は全てだ』

「なあ、覚えてるか――」

『酔っているのか？　なら、録音しておけ。後で消すのを忘れるな。聞け、色谷奈央は昨日、見幸市から叶県《カナエ》へ出た。申請書には短期滞在、とだけ記されているそうだ。この街は、出てゆく者には寛容だからな……色谷は五年前に仮市民として入市し、以後転職を繰り返していた。情報技術の教育を受けており、自動機械《オートマトン》の現場制御や小中学校の機器メンテナンスを担当していたらしい。現住所は市民カードに記されている通りだが、他にもう一ヶ所、以前に住んでいた場所が住民票に残されていた』

「環――」

『録音しているか？　いや、匿名メイルで送ろう。確認してくれ』

「俺の話を聞けよ。俺は、お前に――」

『忙しい、といったろう……君は君の判断で、引き続き進めてくれ』

通話が切断される。何か、環へ謝るべきことがあったように思えた。過去について。環から逃げ出した十年前。その話を環へ伝える機会が失われたのを知り、尾藤は身震いする。

たぶん、永遠に失われたのだ。

《Co-》

単軌鉄道にブレーキが掛かったのを感じ、コチは顔を上げる。

無人のプラットホームに二体の自動機械が待っているのが、窓越しに見えた。細身の人型と、担架《ストレッチャー》に四本の脚を生やした医療機械。単軌鉄道が停まり扉が開いた途端、自動機械たちが乗り込んで来た。座り込んだコチが抱いていた来未《クルミ》の体を、強化外骨格《パワーアシストスーツ》だけが歩いているような人型の機械が丁寧に持ち上げ、引き離す。機械は外套を脱がせ、弛《し》緩《かん》した体をそっと担架に載せた。シートに来未が軽く沈み、四本脚が関節を伸ばして軽快に歩き出す。構内は利用客どころか駅員さえおらず、完全に封鎖されていた。担架型機械がうまくバランスを保ちつつ改札を抜け、階段を小走りに降りてゆく。コチは来未の外套を抱えて百《ヒャク》とともに後を追った。

階段を降りた先に煉瓦タイルが円形に敷かれた広場があり、そこに羽根をつけた莢《さや》のような回転翼機が停まっている。通行人が遠巻きに眺めていた。スライドドアを開けて待つ機体へ、担架機械が真っ直ぐに向かう。機内から二本の機械腕《マニピュレータ》が現れ、シート部分だけを来未ごと持ち上げ、収容する。飛び上がって乗り込んだ百に続き、コチも手すりをつかんで体を引き上げた。

来未は、奥に設置された医療タンクの中に収められていた。壁際に小さな椅子が並び、その一つに百がよじ登る。コチも隣に座った。圧縮機《コンプレッサ》か何かの動き出す音が響き、不安になったコチが百を見やると、小猿型の機械は興味深そうにタンクの中を覗き込みながら、

『冷やしているんだ。腐敗が進まないように』

機内の天井から細い機械腕が伸び、来未の虹彩を確かめたり、絞り出したジェルで頭部の傷口を包んで保護したりしている。チューブがひとりでに唇をこじ開け、喉へ入ってゆく。注射針が

来未の手首の静脈に差し込まれる。血液が固まらないようにしてる、と百が教えてくれた。『抗凝固薬。輸血。それに、昇圧剤』来未の胸がゆっくりと、上下を始めた。コチが呼びかけようと身を乗り出した時、『自発的な呼吸じゃないよ。人工呼吸器が酸素を送り込んでいるから、肺が動いてるだけ』百がいう。『これから、脳死状態まで戻すんだ』

電動機《モーター》が動き出し、機体上部の羽根《ブレード》が回転し始める。扉が閉まっていない、とコチが気付いた時、もう一体の自動機械が乗り込んで来た。医療タンクの前に立ち、こんなところにいたのか、と男性の声でいう。

『墜落した単軌鉄道の中で圧殺されたかと思ったが……見付からねえわけだ。生きてるのかい？』この人型自動機械《アンドロイド》はなぜか、背広を着ている。磁器のような顔。『この見世物を主催してるのは、あんたか？』隣に座られると、急に機内が狭く感じる。『野次馬がどんどん広場の周りに集まってるぜ。この機体は、救急対応の研修で見た覚えがある。最新型の医療回転翼機で、佐久間製……なんだって、この騒動に俺を巻き込む？』

扉が閉まった。電動機の出力が上がり、振動で機体が鳴る。コチはようやく、最後に乗って来た者が自動機械ではなく改造人間《サイボーグ》だと理解する。

「あたしは準市民のコチ・アキ」少し迷ってから、「来未の元配偶者」

凹凸のない顔面、そのところどころに開いた小さな孔のどこかにあるはずの視覚器官を無意識に探し、「あなたを呼んだのは……来未の友達だから」

『俺はこいつの友人じゃない』

来未の鼻腔に、細い金属製の器具が差し込まれる。

『たったの二日間、同僚だったってだけだ』

一瞬、来未の表情が変わったように感じ、百を見ると、

『脳幹を電気と薬剤で刺激したんだ。心臓が動き始めた。けどやっぱり、意識はないよ』

おい、と改造人間が口を出し、

『つまり今こいつは死んでいるってことか？　あんた、来未を使って何を企んでいる……』

機械腕が半透明のビニルで医療タンクを丁寧に覆う。

『低温状態で保護するんだ』そう話す百を、改造人間は顎で示し、

『いつから、建設局の自動機械はこんなにお喋りになったんだ？　それに、随分と医療に詳しいじゃないか……色々と、納得できねえな。どうもあんたは、ちょっと普通じゃなさそうだ』

今頃になってコチは、レインコートの表面で斑《まだら》模様になった血痕を意識する。どう答えるべきか迷いながら、

「……あなたは正規の指令でここに派遣された。任務として。でしょ？」

『奇妙な指令だとは思ったさ』声色が低くなり、『微細走査係の俺一人が、なんだって救急搬送される人間の身元確認のために派遣されるのか、ってな。要するに、あんたの差し金だろ。あんた自身が計算屋なのか、それとも計算屋を雇ったのか。見幸署の指令系統に割り込んで、ありもしない案件を俺に送りつけた』鼻で笑うような音を出し、『なぜ俺はここにいる？　俺は、捕らわれの身か？　来未の元配偶者、といったな。それだけじゃ、何の証明にもならないぜ。俺にはあんたが、高層人か辺縁区域の住人に見える。従兄弟が計算屋で又従兄弟は路上強盗団《ロードランナー》って風に。改造人間を分解して部品を売り捌《さば》く、ってのはそれっぽいやり口に思えるが、どうかね……』

コチは相手を睨みつける。よりによって、路上強盗団と一緒にされるなんて。

「売り捌いたりなんて、しない。ただ協力して欲しいだけ。彼のために」

『来未のためというなら、なぜ警察に任せない？』

「警察病院では、治療しきれないから」

『私立病院に運んだらどうだ？』

「そうしたら、佐久間に渡すことになる。でしょ？」

『あんたには治療できるのか？　その有り様の来未を？　それに、俺にどんな協力ができる？』

「……来未の記憶を復元したい。できるだけ」

目を逸らすと、窓外の景色が視界に入る。高層建築の、規則正しく並ぶ屋上が見えた。上空から電連の縄張りを眺めるのは初めてで、どこに自分が位置しているのか理解するのに時間がかかった。屋上を占拠する住居の群れは、見下ろすと灰色のがらくたのよう。

「来未さえ無事ならいいんだ」ようやく見覚えのある建築物を認め、「電子円なら用意できると思う」

『……ということは、あんたは一種の権力者なんだな』

「そう。たぶん」

『佐久間に匹敵するような？』

「佐久間が警戒するくらいの」

『本当かね……』

『あなたは朝里絆《アサリキズナ》。二十六歳。正市民。見幸署警部補。元交通鑑識係』百がそう口を挟み、『両親は窃盗罪で市外へ追放されて、あなただけは市内の児童養護施設で育った。交通鑑識係にいた時「襲撃」の暴動に巻き込まれて、体の外側の大部分を失った。今でもよく首の回りに疼痛を感じていて、あなた自身はそれを生まれた時にへその緒が巻き付いていたせいと信じている』
『それは、署内の心理相談員にしか喋ったことのない話だ……いいだろう』朝里という名の改造人間は機体にもたれかかり、『つき合うさ。どちらにせよ、俺は捕らわれの身だからな』

《Or-》

雫は、ひどく緊張している自分を認めた。

単軌鉄道の潰れた車両の中に、まだ存在するかもしれない来未を意識する。注意して瓦礫を踏みつつ、会長代行です、と告げる。原因究明班員は分厚い樹脂製のゴーグルをつけたまま雫を見詰める。しばらく無言だったのはこちらの身元を確かめていたらしく、

「車両内の遺体は三名」事務的な口調で、「全て佐久間の施設警備員です。生存者は男性が一名。女性が一名。二人とも、本社の診療所へ運ばれました」

死者に来未は含まれていない、ということになる。「……生存者二名の素性は」

「男性は、やはり我が社の警備員です。第一施設警備係長……女性は標的の産業密偵《スパイ》でしょう」

「この状況で」雫は改めて、約三〇〇メートル上空に設置されたレールから外れ、建築物の屋上と壁面を崩しながら落下した単軌鉄道車両を眺め、「二人は無事だったのですか」

「警備係長はビルの屋上に落ちました」原因究明班員の口元に笑みらしきものが浮かび、「専用

のボディスーツで全身を固めていたために、辛うじて助かったようです」

「もう一人は……」

「女性の方は単軌鉄道とともに地面まで落下しましたが、彼女は改造人間ですから。それも、戦闘用らしい。だけでなく……」報告するのを楽しんでいるように見え、「見幸署の鑑識員の話では、女性は車両内で警備員の遺体を使って衝撃を和《やわ》らげていた、と。四両の車両が真っ直ぐ落下せず、建物に引っかかりながら地面に達したことも、恐らく幸運だったのでしょう。とはいえ……二人とも〝息がある〟というだけの状態ですが」

戦闘用。その言葉の意味を雫は考える。密偵は、最初から戦いを予想していたのだろうか。そして――来未の行方は。混乱しつつ、「単軌鉄道だけでなく回転翼機に乗った警備員にも被害が出たはずですが……墜落した機体は」

「ここから一〇〇メートルほど海側へ向かった場所です。低層の商業建築を潰して落下しています。警備員の被害は、まあ全滅でしょう。詳細は現場で聞いてください」ああ、と班員は思い出し、

「どちらの現場も、住民の被害はないようですね。工場が閉鎖されて以来、この辺りもほとんど人はいない」興味のなさそうな口調でいう。

雫は自分の肩に散らばった雪を手で払う。本当に、訊ねるべき質問。もっと直接的に。

「……他に、車両内に遺体は？」ようやく質問すると、

「ありませんね。電波検出器が反応しない、というだけの話ですが」班員は、長いアンテナの突き出た検出器を大きく振って、「個人が発する微弱な電波を捉えるのです。が、埋込装置《インプラント》や携帯

端末、腕時計など全部が壊れているという可能性も零《ゼロ》ではない。さらにいえば、空中で遺体が投げ出された、ということだってあり得る」ゴーグル越しにこちらを一瞥し、「実際のところ、瓦礫を全て片付けないと何も断言はできません」

雫は瞼を閉じる。どう質問を重ねればいいのか、言葉が見付からない。

希望を持ってもいいのだろうか。来未は生きている可能性がある、と。それは、希望というよりも祈りに近い。両肩に深い疲労を感じる。雫は割れた壁材の重なる足場を降り、規制線の外に出た。次にするべきことへ思考を向けようと努める。そう……佐久間本社の診療所。そこに運ばれた警備員は、警備部第一施設警備係長・久我満《クガミツル》。来未について、訊ねること。もしかすると——来未の最期を。会長へ、状況の詳細を報告しなければ。

来未由《ヨシ》。奴を、こちら側に——そう会長が名指しするほど、来未の能力は傑出している。そもそも微細走査官を佐久間側へ引き入れるのは、走査補佐官全員の役割だ。来未由は生育歴が特殊なため、引き入れが可能かどうか観察するうちに当人が解任され、その時点から緩やかに絆を深めるよう臨んだのだったが、『計画』のことを考えれば会長のいう通り、もう時間がない。

雫は通りを渡り、雪を避けるため集合住宅の無人のエントランスに入った。携帯端末を取り出し、自動運転車の迎えを依頼する。模造大理石の床は埃に薄く覆われ、曇り空と同じ濃淡を作っていた。そこに前髪から水滴が落ち、灰色の模様と溶け合ってゆく。

《Co-》

屋上にたむろしていた鴉《カラス》が、一斉に舞い上がる。回転翼機が食堂の天幕を吹き飛ばし、電気連合組合の縄張りに着地した。事務所の扉を開け副組合長が顔を出し、すぐに消えた。機体から降りたコチが、羽根の吹き下ろす風で粉雪が舞う中レインコートのフードを被って待っていると、事務所の小さな扉を押し広げるように、組合長の肥満体が姿を現した。胸を反《そ》らせて余裕のある態度を取り繕おうとしていたが、両目は落ち着きなく動いている。コチの方から組合長に近付き、

「イーノとスミは、どこ?」

「仕事さ。普段通り」組合長は口の端を歪め、「なんだって、そんなことを聞くんだい」

「二人を使って、あたしを殺そうとしたでしょ」

「誤解だよ、コチ。お前は沢山、誤解している」分厚い手のひらをコチの肩に置き、「奴らはお前の護衛だ。で……肝心の立方体《キューブ》はどうした?」

「持ってない。捨てたから」組合長の手を払いのけ、「お詫びに事務所を貸して。電気設備を」

「何をいっている……」

「この一帯で大電力が使えるのは、ここだけでしょ? 手術がしたいんだ。だから事務所を貸してくれたら、全部ちゃらにしてあげる」

回転翼機からの風が収まり、そのせいか、組合長は少し落ち着きを取り戻したように見える。機体から降りる百と改造人間に目をやり、「ロボット軍団か? そいつらを手に入れて、気が大きくなったのか? 屋上には屋上の世界があるんだよ、コチ。警察も屋上組合には手が出せない。それが秩序というものさ。秩序を中心に、組合員は平和的に組織を運営している」こちらを見下し、「なのに第二両替所では職員が二人、撃たれたんだ。一人は重傷でもう一人は即死だ。話に

よれば、侵入者は女だったらしい。まさか、お前じゃないよな？　血だらけだが」

「あたしもそいつに撃たれて……」

「全部ちゃら、といったな。コチ、それは大きな間違いだ」組合長は言葉を被せ、「こちらからの貸しは、幾つもある。一番簡単な返済方法は、お前が俺の妻になることだが……それは少し先の話だろう。まずお前は、立方体について多くの質問に答えなければならん」携帯端末を手にし、

「捨てた、で済む代物じゃないんだ」

「立方体については、あたしも色々と疑問があるよ」

「知る必要はない。なぜならお前は、組合の中で指導的立場にないからな。これから、多くの組合員が戻って来る。俺の命令によって」そういい切る組合長の顔が曇る。コチはその理由を知っている。「……お前が組合に戻ったのはいい選択だった。が、ここから先、さほど選択肢はないものと思った方がいい。今のように生意気な口をきいていると、永久歯が欠ける破目に……」

「ツバキを呼んで、組合長。呼び寄せるのは、ツバキだけでいい」

相手は不快そうに顔を歪めて、「お前の選択する話じゃないと……」

「他の人間とは、連絡がつかないはずだよ」百がすでに、組合長のネット・アカウントを押さえているから。「事務所にこもって合成肉のことばかり考えているんでしょ？　もっと太陽に当たった方がいいよ。雲が厚いから光の集まり方も弱いけど」

自分の周りが急に明るくなったことに、組合長は気付いたらしい。このやり方も、事前に百と相談して決めていたもの。

「放っておくと温度が上がって、せっかく三次元印刷した合成肉も大豆肉も全部腐るかも。その

前に……樹脂の建材が溶けてしまうんじゃないかな」

熱を感じたコチは一歩下がり、光の円から抜けた。上空から、新たな羽根音が聞こえてくる。

組合長は混乱しながらも辺りを見回し、何が起こっているのか悟ったらしく、

「反射鏡が全部こっちに向いている……のか？」

周囲の屋上や壁面に設《しつら》えられた、日照権の問題を解消するための太陽反射鏡が全て電連の組合事務所を指し、建物の表面が鈍く光って見える。雲のない日であれば、あっという間に火が着いたはず。組合長は額から流れ出した大粒の汗を手の甲で拭き、「お前の仕業か？　コチ」

羽根音がどんどん大きくなる。振り返ると輸送用の大型無人航空機が露店を潰し、接地するところだった。回転翼機に天幕を飛ばされ、店先の食品模型を守ろうと喚《わめ》いていた食堂の老爺《ろうや》が、悲鳴を上げて逃げ出した。コンテナ型の機体から数台の人型自動機械が現れ、医療機器を運び始める。組合事務所の周囲の気温が高まり続けている。汗だくで突っ立ったままの組合長へ、

「これは取引」内心、これから医療を行うための建物が熱くなってゆくのに焦ってもいた。「持ち込んだ医療機器の中には、最先端のスキャナもある。最高に繊細な動きをする機械腕も。手術が終わったら、全部あげる。最高の肉を再現するのに、どれも役立つよ」

来未がタンクごと、機体から運び出される。

「だから、今すぐ事務所を貸して」呆然とする組合長の顔が、それでも微かに縦に動いたように見えた。コチはすかさず、「百、反射鏡を逸らして。来未と機器を組合長室の中へ」

急に光が陰《かげ》る。自動機械たちの動きが速くなる。

「邪魔なものは全部、建物から出して。事務所の入口を壊してもいいから、早く」

「一体お前、どうなってんだ……」組合長が独り言のようにいう。

コチは返事をしなかった。

《Or-》

佐久間本社ビルの下層に位置する診療所へ、雫はエスカレータで向かった。

診療所の前に、普段はいない施設警備員が立っている。通路の案内板を頼りに、真っ直ぐ高度治療室へ進み、軽く扉をノックして室内に入る。警備係長・久我満は、半透明の密封タンクの中で全身をジェルに包まれ、浮かんでいた。口元と下腹部がチューブで外部の機械と結ばれている。磨《す》り硝子でできた棺《ひつぎ》を眺めるようだ。久我の全身がひどい火傷で覆われていることは視認できた。人工皮膚移植の前段階。炭化した表皮を侵食性ジェルが緩やかに剝がしている。雫が近寄ると、わずかに身じろぎした。

高度治療室の奥にもまだ空間があり、一枚の厚いカーテンで隔てられている。

医療機器に備えられたハンドマイクを、雫は手に取った。無声会話装置。実際に使用するのは初めてのことだ。雫は声を落としてマイクのボタンを親指で押し込み、

「……会話できますか」訊ねると、久我の眉が痙攣するように動いた。もう一度マイクへ、「微細走査補佐官のオルロープ雫です。もし会話が可能なら……」

《できる／できるかもしれない》モニタに小さな文字で表示される。すぐに書き換えられ、《頭の中が濁っている／ぼんやりと》

久我の思考にまとまりがないのは強い薬剤の影響で、半覚醒状態にあるせい……ならば、きっと嘘をつくこともできないだろう。雫はマイクロフォンに唇を寄せ、

「会長代行として、事情を聞きに来ました」密封タンクの中で、身を丸めて浮かぶ相手の様子を観察しながら、「元微細走査官、来未由についてです」久我の眉間に一瞬、反応が現れる。「知っていることを、全部教えてください」

雫は辛抱強く、久我の返答を待った。やがて、

《奴はスーツ姿／緩衝材入り／着ていない／見た覚えがない》タンクの中で身じろぎし、《単軌鉄道と落ちたのなら、生存できるはずがない／あり得るか？／あり得ない》

「ですが、単軌鉄道の落下現場から来未の遺体は発見されていません」

《潰れたんだろう／ばらばらに？／弾《はじ》け飛んだ？》

そう考えるのが自然だ、と思う。私は何を期待していたのだろう。急に、質問をすることが苦痛になる。けれど、聴取を放棄するわけにもいかない。「……最後に見た来未の様子は」

《唖然としていた／突っ立っていた》

「その前は」

《産業密偵が傍に／共闘していた》

「共闘？」

《二人は連携して、第一施設警備隊を全滅させた》

連携。来未と産業密偵には、深い繋がりがあるのだろうか。

「来未は……」訊ねるのを躊躇《ためら》うが、「産業密偵の仲間に見えましたか」

《奴らは仲間じゃない／ないはず》

「……なぜ断言できるのです」

《俺を殺す／殺さない／奴らは争っていた》久我が全身を震わせる。半覚醒状態が、不安定になってきた。《奴ら／連携は、狙撃手として／本能だ》

医療機器が動き出す。久我の腕へと伸びるチューブに、何かの薬剤が注入されたのが分かる。さらなる鎮痛剤か、睡眠薬。久我の呼吸が、緩やかになってゆく。

《来未は今も警察官だ／職務に忠実／俺は？》

そうモニタに表示した久我の首筋と肩の筋肉から、硬さが取れてゆく。眠りに落ちたのだ。

来未について答える久我の動揺には、様々な感情が含まれているように思える。それはたぶん、怒りや敵意だけではない。ご協力感謝します、という言葉はマイクを通さなかった。もう久我の安眠を乱すつもりはない。雫は密封タンクを回り込み、治療室の奥へ足を向ける。この向こう側では、もう一人の聴取対象、産業密偵の女性が治療を受けている。そっとカーテンを開けた雫は、眉をひそめた。

医療機器が幾つも置かれ、中央には大型の医療ベッドが存在したが、その上には誰もいない。患者と繋がるはずのコードやチューブの先がベッドに落ちている。密偵が逃げ出した……のではなく、電源の落とされた機器や畳まれた上掛けの様子は、場所を移した事実を物語っている。雫は高度治療室を出て、通りかかった男性看護師に産業密偵の居場所を訊ねた。

「……先ほど、上の階へ運ばれていきました」用心深い目付きでそう答える中年の看護師へ、

「彼女の怪我は、どのような状態ですか」

「致命傷は免れたようでした。けれど、とても衰弱しています。意識も途切れ途切れで」

「話すことのできる状態ですか」

「分かりません」看護師は脅えているようにも見え、「ですが……会長が彼女に用がある、と」

《 Co- 》

コチは、事務所から組合員全員を追い出した。医療機械を持ち込むのに邪魔な、合成肉の冷蔵庫や加工機械や家具も自動機械に指示して外に出し、組合長室は発光微生物プラントさえ取り除いて場所を空けさせると、室内に残されたのは三次元蛋白質印刷機《プリンタ》と籐製の丸椅子だけになった。組合長室の真ん中に設置した医療タンクを、外科手術用の機械や人工心肺機や冷却器が取り巻いた。さらに透明なパーティションで囲み、来未を隔離する。タンクの中で、機械腕が来未の髪の毛を剃り始める。丁寧に吸引しながら、ジェルに覆われた傷口の周囲をカッターが動き、部分的に無毛にするのが見て取れた。他の刃が来未の身に着ける衣服を切り裂き、体から剝いでゆく。

その間も医療機器から色々な太さのチューブが全身に接続される。呼吸器系、循環器系、神経系、栄養、排泄……コチは視線を落とす。背後の扉が開き、ツバキが室内に入って来た。両手で自分の腕を抱え、白い息を吐き出し、不審を隠そうともしない顔付きで、コチを見て軽く頷いた。

彼女を呼んだのは来未の手術について、高層人の中で唯一まともな意見がいえそうに思えたからだ。けれど、医療処置は勝手にどんどん進んでいる。全体を指揮する百が床に背筋を伸ばして座り、パーティションと向き合っていた。朝里は腕組みして壁にもたれ、治療の様子を眺めている。来未の元同僚は屋上に着いてからひと言も喋らず、警察官の立場を主張することも電連との交渉に力を貸すこともなかった。これでは、玩具の人型自動機械を連れて来たのと変わらない。

来未の頭部で別の機械腕が動き出す。小さな回転鋸《のこぎり》が高い音を立て頭蓋骨の孔を広げている。

『大脳皮質内の、動脈と静脈の損傷を完全に修復する』百がいう。『その上で、自律的な呼吸を回復させる。でも』

機械腕が繊維を編み込むような細かな動きを始める。

『このままだと、きっと意識は戻らない』

コチは自分が、レインコートの縫い目を握り締めていることに気付く。百へ、

「遺伝子をスキャンして、その情報を元に脳細胞を三次元印刷すれば……そこの印刷機は分子単位で細胞を組み上げる、って」

『それだと、空っぽの大脳皮質をくっつけるだけ。目覚めても、認知機能も記憶も回復しない』

「だから、来未の友達を呼んだんだ。来未の記憶に近い情報《データ》をどこかの医療データベースから探して、その神経細胞グループを繋ぎ合わせれば……」

『そんなことしたら、どんな人になるか分からないよ、コチ』百は背を向けたまま、『その方法じゃ、人格として統合できるかどうかも分からない』

縫い目の硬い部分が、コチの指先に食い込んでいる。

『……お前、本気で来未を蘇らせようとしてるのか』そう口を挟んだのは朝里で、『物理的に脳細胞を構築するって？　先端医療を、このあばら屋で再現するつもりか？』両腕を軽く広げ、『正気の沙汰じゃないぜ。俺に、来未の思い出探しを手伝え、と？』

壁から離れてコチの隣に並び、『考えたことがあるか？　こいつはやっと正式に、向こう側の住人として認められたんだ。安住の地さ……』

態度とは裏腹にその声には何か、とても深刻な響きがあり、

『微細走査官として死体の頭の中を覗いているのも、市境警備隊としてK県の人間へ銃口を向けているのも、いってみれば現《うつ》し世《よ》と冥界の狭間で門番をさせられるようなものだ。低温の炎で炙《あぶ》られ続けた魂が、今やっと安らぎを得たんだぜ。お前らはそれを無理やり引き戻そうとしているんだ。十九世紀に十九歳の小娘が書き上げたゴシック小説を知っているか？　死体を繋ぎ合わせて、そんな風に電気で蘇生させる』コチを見下ろし、『なあ、まともな理由を教えてくれよ。来未をこの世に戻さなきゃいけない、説得力のある理由を』

「……来未が頭を撃ち抜かれたのは、来未自身が選んだことじゃないから」不思議なほど迷いはなく、「あたしを庇《かば》ってこうなったんだ。だから、元に戻す」凹凸のない顔面を見返し、

「それから、お礼をいう」あたしは来未に、二度も命を助けてもらった。

『どうかね……俺には、その理由は利己的に聞こえるがな』

「来未にもう、いいたいことはないの？」

『ないね。俺たちは、ただの元同僚だ』

『でも、来未が鑑識微細走査係を辞めさせられたのは、あなたのせいだよね。朝里走査官』百が振り向いて、いう。『悪気はないみたいだけど』

『こいつはいったい、どんな仕組みだ？』朝里は唸り声を発し、『あんたが操作しているんじゃないのか？　なんだってそんな話をするんだい……』

『朝里と朝里の補佐官が、来未について何度もメィルで話し合ってたから。来未由はいい奴だ、って。微細走査係にいるべきじゃない、辞めさせるために協力してくれって』

『この機械、自律的に動いているように見えるぜ』

「……かもね」曖昧に答えてから、「どうして、来未を辞めさせたの？」

『奴には一つ借りがあった。それだけさ』

「どんな……」

『来未はな、本来は俺が担当する遺体を、代わりに走査してくれたんだ』軽く首を竦め、『俺を気遣って、な。微細走査は魂を炙られるような仕事だ、っていったろ……奴はな、簡単にいえば世間知らずで純朴な坊やなんだよ。放っておけば組織の深みにはまっちまう、と思ってな。まさか市境警備隊に戻った途端、頭を弾かれるとは思ってなかったがね。俺も、そこまで責任を持つつもりもねえよ』少しの間、口を噤《つぐ》み、『……いい奴だがな』

「微細走査。そういったよね」割り込んできたのはツバキだ。「神経細胞の微細な情報を読み取る。ABID《アブィド》。その技術が使われてる」

『……ここにも、特殊能力者がいるのかい。高層人ってのも侮《あなど》れねえな』

ツバキは軽く首を竦め、「あんたより物知りかも」

『例えば？』

「佐久間種苗が微細走査官を養成したのは、遺体の頭脳を覗くのとは別の目的がある、とか」

『そうかい』なぜか、磁器の質感を持つ顔が歪んだように見え、『佐久間のマーケティング部門にでも、就職願書を提出したらどうだ？』

「職務中の走査官の脳内神経細胞は、補佐官によって細部までモニタされてる」ツバキは改造人間の皮肉を無視して、「それって間違いなく、記録を残してるでしょ。この人の神経細胞地図も保存されているはず」

『……かもな』

二人の会話にコチははっとして、「手に入れられる？　同僚のあなたなら」

『無理だね。走査補佐官は全員、佐久間の社員だ。手に入れた情報も奴らのものさ』

「来未の補佐官は？」

『オルロープ雫、といったな』

「女の人？　来未を助けるのに協力してくれると思う？」

『無理だね。補佐官たちは……皆、会社に忠実だ。情報を渡すはずがない』

佐久間のネットワークから直接引き出すしかない、ということ。でも……どうやって。百でさえ簡単には手が出せない。小猿型の自動機械が、レインコートの裾を引っ張っている。引かれるままに組合長室の外、精肉店のキッチンに出た時、百の考えていることが分かった気がし、

「……内側から。そう？」訊ねると百は頷いて、

『コチは、来未の神経細胞情報が欲しい。僕は幽霊たちの、本体の居場所が知りたい。結局どうしても、ネットワークに侵入する必要があるよ』

コチは扉の方を見て、「今の来未の状態は、安定してる？」

『一応。でも……いつ容体が変わるかは、分からない』

「じゃあ、急がないと」キッチンのカーテンの隙間に、窓の外の景色が見える。

数体の自動機械が事務所の守衛として、四脚でうろついている。露店の店先から、追い出された若い妻と一緒に事務所を覗き込もうとする不安げな組合長の姿。コチが室内に戻ろうとすると内側から扉が開き、ツバキが顔を覗かせた。顎で百を示し、それ凄いね、と小声でいう。

「人工知能でしょ。私の部屋から逃げ出した奴。どうやって手懐《てなつ》けたの……」

《Bi-》

運河を隔てた先に、埋立地と海が見えていた。尾藤は蜉蝣《カゲロウ》の死骸を踏みながら、景色と携帯端末を何度も見比べたのち、長く狭い橋を渡った。

目的の場所が浄水地区の中にある、と気付いたのは自家用車を降りてからのことだ。絶えず雑音《ノイズ》で電源系統の不具合を訴える使い古した電気軽自動車の運転席で、移動をＡＩに任せたまま尾藤はずっと気分の悪さに耐えていた。歩道に立ってからも足元がふらついた。市営共同住宅の一室で長い時間休んだはずだが、アルコールが体から抜けきっていない。

色谷奈央が以前に住んでいた部屋は海に近い住宅街、川と運河に挟まれたこの小さな地区内に存在する。しかし端末が過疎地域として地図を簡略表示するせいで読み取りにくく、なかなか目的地に辿り着くことができなかった。川面から、オイル混じりの嫌な臭いが届いてくる。歩道に敷き詰められた蜉蝣が雪で濡れ、靴の裏でやたらと滑った。

市から浄水地区に指定され、工業汚水が遠慮なく川に流されるようになると、この区域から人の姿は消えた。汚染は蜉蝣の幼虫が飲み込んで分解し、飛び立った成虫が街灯の青い光で焼き殺されることになっている——実際に頭上からは、始終小さな破裂音が聞こえてくる——が、その浄化システムが本当にうまく機能しているものか尾藤は知らなかったし、今ではほとんどの人間が普段、この区域のことなど気にも留めていない。防犯カメラの多くは、通電してさえない。

橋の終わりに差しかかり、目指す集合住宅の管理人と連絡を取ろうとするが、相手は通話を接続しなかった。すでに三度試みている。無駄足になる可能性を考え、尾藤は憂鬱になった。欄干《らんかん》にも羽虫の白い死骸が積もっている。尾藤は橋の下を覗き込んだ。何か、そこで動きがある。

道路から脇に逸れ、階段を降りかけた瞬間、背後から何者かが組み付いてきた。電撃棒らしきものが視野の隅に映り、こちらの首に巻き付こうとする片手に、尾藤は嚙みついた。男の悲鳴が上がり、尾藤は相手を押し退けて身を離し、外套から回転式拳銃《リボルバー》を抜き出し突きつける。

「見幸署だ。やめておけ」

二人の男がコードを何重にも巻いた金属製の電撃棒を手に立っている。スケートこそ履いていなかったが、防護用具《プロテクタ》で全身を守る姿は路上強盗団そのものだ。

尾藤は素早く橋の下へ続く階段を見やり、「全員出て来い。拳銃が見えるか？　こいつは骨董品でな、引き金がやたらと軽い。とりあえず一人撃って、羽虫の幼虫に食わせてやってもいいんだぜ」

のろのろと橋の陰から路上強盗団の一人が現れた。上がれ、と命じると軽く両手を挙げたまま、階段を登って来た。三人を道路に並べて電撃棒を捨てさせると、全員震えていることが分かり、尾藤の体内に落ち着きが戻ってきた。路上強盗団は揃ってゴーグル付きのフェイスガードで顔を隠していたが、その素顔に興味は湧かない。三人へ、

「物取りか。観光客が珍しいか？　逮捕の手続きが面倒だ。さっさと立ち去るんだな」

すぐに逃げていくものと思ったが、三人は互いに顔を見合わせ、その場を動こうとしない。

「何してる……市外へ追放されたいか」

「……一人乗り、だろ？」真ん中の男が、そう話し掛けてきた。若い声色。身振りも交えて、

「でも、荷物もたっぷり積めるぜ……積載可能重量は伝えたよな」

三人が口々に、「解体すれば、電動機も電池も売れる」「スクリュー音も凄く静かだ」「機雷は全部、視覚化ソナーで簡単に避けられる」

潜水艇のことか、と尾藤は見当をつける。その取引をなぜこちらに持ち出してきたのかは分からなかったが、話を合わせ、「使い回しの骨董品じゃないだろうな。そこに用意してるのか？」

「橋の真下だ。前の利用者は一人だけだって。新品同様」中央の男が馴れ馴れしい口調でいう。

「……なぜ襲い掛かって来た？」尾藤の質問に、

「聞いていた客と違っていたからさ。客は女だ、と」

どこかの女が、見幸市から密かに脱出しようとしている。色谷奈央の以前の住み処の近くから。奇妙な状況。偶然だろうか。だが、色谷自身は昨日K県へ去っている……今この場で考え込む時間はない。尾藤は自動拳銃を外套に仕舞い、

「取引に警戒心は必要だ。お互いにな」優先するべき目的地は別にある。「こっちには、まだ先に済ませておく用件があってな。出直そう」

路上強盗団らは困惑した様子で突っ立っている。三人から離れた途端、急に体内のアルコールが膨れ上がって存在感を示し、尾藤は急ぎ鉄柵に寄って――ほとんど液体の胃の中身を――嘔吐

した。振り返ると、三人は同じ場所で棒立ちのままこちらを見詰めている。

捨て台詞も思い浮かばず、口に残る胃液を何度も吐き出しながら尾藤はその場から立ち去った。

《Or-》

産業密偵が運ばれたのは、第一会議室だという。

役員専用エレベータで最上階の二百階まで昇ると、通路は人で溢れ返っていた。

光学通信技術部の白尹回《シライメグル》も、その中に紛れ込んでいる。第二秘書に親しげに絡み、情報を得ようとしていた。秘書たちに警告するべきだろうか？　決して白尹に隙を見せないように、と。もし弱みを握られるようなことでもあれば、出世の駒として利用し尽されるだろう。会長室へ向かう途中、警備員と話をする第一秘書が雫に目を留め、近寄って来た。

「オルロープ雫。丁度よかった」こちらのスラックス姿に違和感を覚えたらしく、自身のスカートと見比べ、「……その格好は？」

「警備部から借りました。動き回って、衣服を傷めたもので。それで……何か」

「会長室に入って欲しいのです」小さな咳払いをして、「少々……機嫌が悪いようですから」

「産業密偵とはもう会ったのですか」

「いえ、これからです。そのこともあって、少し……落ち着きをなくしているのかもしれません。出ていけ、と怒鳴られました」

「……了解しました。私が入室します」

そう告げると第一秘書はほっとした様子で雫を先導し、社員と警備員を左右に退かせつつ、会長室の前まで進んだ。背後に社員たちの視線を感じながら、雫は扉を拳で叩く。もう一度ノックしても、室内からの返答はない。無断でノブを回し、薄く隙間を開けて会長室に入った。

佐久間旭会長は大きなソファに一人で座り、杖を支えに前屈みの姿勢で空中を凝視していた。雫は会長が人払いをした、その訳を知る。室内には招かれざる客がいた。旭会長の、すでに亡くなったはずの前妻。響子《キョウコ》、という名前だった。

投影体として室内の中央に蘇った響子は薄いワンピースのお腹の辺りで両手を組み、ローテーブルを挟んで会長を見下ろしている。哀願するような、悲しげな目付き。前回、祝宴会場のテラスで見た時と同様の表情。会長と以前の妻はひと言も喋らず、見詰め合っている。会長の、細められた両目の中に憤《いきどお》りが燻《くすぶ》っていた。このところ見幸市の至る場所で〝幽霊〟が目撃されていることは、会社内の報告から雫も知っている。恐らくそれらが『計画』と関係があることも。

「響子が私の前に現れるようになって、四日になる」投影体から目を離さず、会長がいう。「光学通信技術部の連中によれば……この立体映像は小さな情報量で構成されている、という。高度な知性は内包されていない、と。だが、響子が何を訴えているのかは分かる」

「はい」

「もちろん、私は前妻を愛している」

投影体が薄れ始めたことに、雫は気付く。

「だがあの情報施設《データセンター》の凍りついた時間の中で暮らす女は、響子ではない」

投影体が会長へ両腕を広げながら、空間に溶けてゆく。

「役員どもが『計画』に反対であるのは知っている。特に雷《レイ》……共和国から新たに監査役に加わったあの男は、『計画』を早急に終了させることで存在感を示そうとしているのだ。社員たちに今後の立身を約束し、味方につけようと動いている」前方を見詰める両目に鋭さが加わり、「確かに、K県と対抗するには共和国の後ろ盾が必要となる。奴らの政権はより利己的で冷酷、政界も不安定で複雑だが、その経済思想は単純だ。共和国の理解を得るには、電子通貨を競合相手より積み上げるだけでいい。その一種の純粋さは、佐久間の方向性と間違いなく合致している。そして奴らの純粋性は……こちらを侵食しようとするその態度にもはっきりと表れている。だが、目に見えるだけまし、というものだ。雫」瞼を閉じ、「警備部は産業密偵とともに来未由も葬ろうとしている、といったな。なぜ二人が会っていたのか、その理由は分かったか」

「いえ」主観が混じらないよう気をつけながら、「今のところ来未自身に、K県との関連を示す証拠は見付かっていません。恐らく、密偵側が情報を得るために接触したのではないか、と」

「役員は皆、私が来未由に目をつけたことを把握している。誰かが先手を打つ好機と捉えたのだろう。警備部は、事態が私の耳に入る前に産業密偵と来未由を殺そうとした。『計画』との関連が見えた事案は、私が把握する前に全て刈り取るつもりらしい」

「私も知らされていません」思いきって、雫は訊ねる。「会長がなぜ来未由を気に掛けているか、その理由を」

「交渉人《ネゴシエータ》を用意したい、と考えたのだ」ソファに深くもたれ、「遺体の微細走査など、実証実験にすぎない。本来私が欲しかったのは、亡霊たちの領域で彼らと接触するための最高の交渉人…

…あるいは、彼らを慰める最良の教誨師《きょうかいし》だ」瞼を開き、その視線が雫を捉え、「来未由を助けるために、銃を撃ったのか」

「はい。対重装甲狙撃銃を用いました」

「強化外骨格が必要な代物だが……素手で？」

「時間がありませんでしたので、警備部の貨物車両から降ろして、その場で」

「来未由は今、どうしている？」

「……単軌鉄道の落下に巻き込まれ、行方不明です」

「見付からなければ、代わりを用意せねばならん。相当、能力は落ちることになるな」しばらく黙考したのち、「今から産業密偵に会う」

「直接、ですか」

「何を探っていたのか、他の者を介さずに聞き出したい。市内をうろついていただけの下っ端にすぎないが、内部情報を得ていないとも限らん」

「彼女が密偵である証拠は？」

「改めてあの女を調べて、興味深いことが分かった。彼女は確かに、K県からやって来た」

「息があるだけの状態、と聞いていますが……」

「あの女の体はな、戦闘用で、しかも特殊部隊のものだそうだ。特に、降下作戦と突入作戦に特化されているという。高性能の防弾素材が表面を守り、緩衝材が脳と内臓を保護している。外科医の計算では、あの高さから落下しても無事でいる可能性がある、と」上半身を起こし、「昏睡状態を演じているだけかもしれんし、あるいは本当に死にかけているのかもしれん。直接会えば、分かるだろう。その判断ができるくらい、大勢の人間と会ってきたつもりだ。もし口がきけんのなら安楽死させ、微細走査官と接続させるだけのこと」

杖を頼りに、ゆっくりと立ち上がる。雫はすばやく近付き、体を支えた。

「第一秘書を呼び戻してくれ。お前も聴取に付き合いなさい」

はい、と返答すると、

「……嘘の下手なお前が一番、優美だ」静脈の浮き出た手が雫の頬を撫で、『双頭《オルトロス》』の子の中で、最も純粋に物事を捉えている。社内政治に関与せず、嫉妬も憎悪も感じない。だろう?」

会長の手から離れた雫は、第一秘書を入室させるために扉へと向かいながら、本当にそうだろうか、と考える。

《Co-》

コチが佐久間種苗本社ビルのエントランスで工事に来たことを告げると、受付は百が偽造した健康福祉局からの書類を端末で確かめ、

「六十階から六十九階のハンド乾燥機《ドライヤー》は先月、衛生検査に合格したはずですが……再検査?」

「あたしは修理を請け負っただけなので」本物の書類と区別がつくはずない、とコチは願いつつ、「乾燥機内の細菌数は基準以下でも、前々回の検査と比べると急上昇しているらしくて。早くノズルを交換した方がいい、って」

女性の受付は、お待ちください、といって優雅な仕草で端末を操作する。桃色の、きれいな制

服を着ている。足元で背筋を伸ばして大人しく座る百と、自分のレインコート姿を見下ろした。組合事務所から必要そうな工具を手当たり次第借りて詰め込んだせいで、凸凹に膨らんでいる。コートについた血は事務所で丁寧に拭い取ったけれど、みすぼらしい格好には変わりない。女らしさの欠片もなかった。これで警察官の妻だなんて、悪い冗談でしかない。来未の同僚・朝里はあたしのことを、〝路上強盗団の又従兄弟〟と表現した。

朝里は、コチと百が乗り込んだ医療用回転翼機に同乗しなかった。同僚の容体が安定したとみるや、自分の足で見幸署へ戻る、といい出したのだ。コチにすれば、本当は自分が帰って来るまでの間、朝里に来未を見守って欲しかった(組合長たちの脅えようからすると、その必要はないのかもしれない)のだけど。それでも別れ際には、できることがなくて悪かったな、といってくれた。あんたと奴に幸運を、と。

お待たせしました、という声にコチは顔を上げる。奥からボディスーツを着た私設警備員が現れ、こちらへと歩いて来る。自動小銃を肩に提げていた。

「警備員についていってください」受付嬢がいう。「修理中も、彼が傍にいます」

コチは頷く。受付嬢に同意したのではなく、先へ進むための覚悟を、自分の中に確かめたのだ。

《Or-》

第一会議室の真ん中に置かれたものが人間だとは、雫はすぐに認識できなかった。

機械的な前衛美術のように見えた。近付くにつれ、介助用車椅子に座った女性を医療機器が取り巻いた姿だと分かった。会議室が演奏会仕様――中央の舞台を擂鉢《すりばち》状に座席が囲む――に変形しており、産業密偵はまるで見世物のように医師と看護師と警備員に付き添われ、そこにいた。

女性は患者衣さえ着ておらず、確保した当時そのままの格好だろう、体の線にぴったり合ったボディスーツを身に着けている。スーツは擦り傷だらけで、切り開いたところどころから緩衝材が飛び出ている。機械から沢山のチューブが女性へ伸びていたが、佐久間種苗がこの女性を生かすつもりがあるのか、疑問に思う。女性は瞼を閉じていた。完全に弛緩した、少し傾いだ体を大型の車椅子に預けている。片腕の肘は折れているようだ。長い髪と呼吸器に半ば隠れた顔立ちは整って見えたが、顎の辺りが歪んでいた。その様子から、改造人間であるのを実感する。

雫は会長の後に続いて座席の並びの間を下り、産業密偵に歩み寄る。

《Co-》

「その自動機械は?」エレベータの中で、私設警備員が話しかけてきた。少し苛立った口調。

「作業補助」コチは相手を刺激しないよう目を伏せて、「予備の電池として使ってる」

「建設局の検査用機械とそっくりだが」

「払い下げ品だから」胃の底に溜まる緊張を意識しつつ、「中身は消去されてたから、一番安いAIをインストールし直したんだ。ただ、後をついて来るだけ」

私設警備員は何もいわなかった。納得したかどうかも分からない。コチは操作盤の階数表示を見詰め、これからの手順を思い出そうとする。回転翼機の中で、百と話し合ったこと。

——初めにまず、外部からの電力を切断する。

——佐久間本社を停電させる、ってこと？　百にできるの……

——火力発電所は公営ネットワークだから防火壁《セキュリティ》も貧弱で、送電を電子的に切るのは簡単。

——停電になったら、ビルの壁面に備えつけられた風力発電機が予備電源になる……

——そう。コチは風力発電機、操作できるんでしょ。

——うん……挙動をプログラムし直せっていわれたら無理だけど。制御部分の調整くらいなら。

——じゃあ、いけるよ。今回は、佐久間内部の電力ネットワークがうまく働くはず。前の停電でビルの予備電源として動作しなかったのは、外部の電力ネットワークとの連携が強すぎて、まともにウイルスの影響を受けたせい。今は逆に、佐久間内ネットワークとの接続を強化してる。

——佐久間の電源が風力発電に切り替わるのと同時に、社内ネットワークに侵入する？

——そう。内部の電力ネットワークからの侵入は想定されていない……それは社外で見付けた計画書や仕様書を読んでの、状況証拠みたいなものだけど。停電中の社内は省電力を保つし、基幹システムの損害を調べるために総点検が優先されるから、警備人工知能の『三つ首《ケルベロス》』の動きも鈍いよ。コチが本社ビルに入った記録は、僕が動画も伝票もすぐに消す。これなら……

エレベータ内でチャイムが鳴り、扉が開く。先に出るよう、私設警備員がコチを促す。これまでは完璧にうまくいっている……息苦しさは緊張のせいだけではなかった。建物に窓がほとんどないのは知っていたが、内部の通路は狭く、複雑に枝分かれして視界を遮《さえぎ》られ、迷路にいるような心地になってしまう。

ここです、と警備員に断っていったん女性用化粧室の中に入り、どの個室にも人がいないのを確かめ、通路に戻ってレインコートのポケットから〝工事中〟のテープを取り出し、扉に張った。何となく気まずそうな私設警備員を通路に残し、コチは小猿型の自動機械を連れてタイル張りの床に足を踏み入れる。扉が閉まった途端、百へ目配せしてすぐに動き出す。

《 Or- 》

会議室中央の車椅子を、新たに入室した大勢の人間が取り囲んでゆく。まるで、宗教的な儀式が執り行われるように。生《い》け贄《にえ》は……車椅子に力なく座る産業密偵。

会長自らが何かを実施する際は、必ず多くの社員が――忠誠を競うように――自発的に集まって来る。その中に交じっていたはずの白尹がそっと会議室を出ていったことに、雫は気付く。会長への忠義を主張しすぎるのもまずい、と判断したのだろうか。この室内にも社内政治は渦巻いている。会長は集まって来る社員たちを利用し、映像を通して会議室の状況を凝視するはずの役員らに己の影響力を誇示し、牽制《けんせい》している――

白衣を着た医師が密偵の耳元で話しかけるが、反応は起こらなかった。モニタの一つが二列の心電図波形を表示している。脈の数が少なく、失神状態を表しているようにも思えるが、彼女が改造人間である以上、別の見方が必要なのかもしれない。壊れた人形のよう、と雫はそんなことを考え、嫌な気持ちになる。そして、不安を覚える理由はもう一つ存在した。彼女は来未の現状――あるいは最期――を知っているかもしれないのだ。

呼吸器を外せ、と会長がいう。「起きないなら、刺激薬を与えろ。電気を流してもいい。生命《バイタル》兆候《サイン》はどれも、活動可能な範囲にある」

産業密偵が薄《うっす》らと瞼を開いた。露《あらわ》になった口元が、わずかに笑ったように見える。

会長に驚いた様子はなく、「診療所からお前を運び出したのは、これから先に起こることが、医療行為とは無縁だからだ」炭素繊維《カーボンファイバ》製の杖で密偵の膝の辺りを乱暴に叩き、「お前の振る舞いを鑑賞するため、ともいえる」

産業密偵を囲む四人の警備員が自動小銃の先を、女性の心臓付近へ向ける。

「お前の風貌は、我が社が独自に作成した市民データベースの誰とも一致しない。お前はまるで、突然街なかに現れたかのようだ……が、お前の血液を調べて、興味深い事実が判明した」

密偵の瞳が初めて会長へ向く。

「XY染色体。つまりお前は遺伝的には男ということだ。男として入市し、骨格を変形させて女に成り済ました。たったこれだけの事実を調べるのに、相当な時間を費やしたよ……見幸市は、市民情報の提供に非協力的なものでな。お前とお前の背後にいる――K県の目論見《もくろみ》は、ある程度成功したといえる」杖の先で女性の顎を押し上げ、「お前は花城高《ハナグスクタカシ》から、運び屋を介して何かを受け取る算段だった。量子記憶装置《メモリ》だな？　単軌鉄道落下現場から、見幸署が証拠物として持ち帰ったのは分かっている。問題は、その内容だ」胸元を杖の先で突き、「見当はついている。が、お前の口から聞きたい」

「……ご想像通り」産業密偵が、歪んだ笑みを作る。「あんたの、大事な大事な構想――『テュポン計画』一式さ」

「埃が凄く溜まってる。綺麗にしないと」コチは軽量金属の踏み台を広げながら、化粧室の外へ、「ノズル掃除だけじゃなくて……サーモスイッチも取り換えるから」

警備員の返事は聞こえなかった。踏み台に上がり、天井の排気換気扇《ファン》を電動ドライバで取り外す。細いコードについたプラグを丁寧に外して床に下り、重い換気扇を個室内の、蓋をした便器の上に置いた。両手に作業手袋を嵌《は》め、レインコートの両袖と腰のベルトを締め直す。踏み台に戻り百を見下ろすと、小さく頷いてくれた。

コチは換気扇を抜いた天井の孔に両手を掛け、力を込めて全身を引き上げる。

排気設備を避けてダクトスペースに上り、配線コードを掻き分けて居場所を作った。座り込んでも天井に頭がついてしまう。こめかみに触れ、埋込装置《インプラント》を操作し、目的の風力発電機の位置を確かめる。コチは天井裏を這って自動散水装置《スプリンクラー》の配管を越え、手のひらに食い込んだ、何十年も前に誰かが残した螺子《ネジ》を払い除ける。化粧室の方から、発光ダイオードも一つ切れてる、というコチの声（を真似た合成音声）が聞こえた。百はそこで、時間稼ぎをすることになっている。小猿型の自動機械はとても器用だけど、風力発電ユニットの点検には対応していない。行き着いても操作パネルまで手が届かないだろうし、軽すぎて下手をすれば風で吹き飛ばされてしまう。

ダクトスペース内に、埃はほとんど積もっていなかった。あちこちに設置された照明や換気口の隙間から階下の光が漏れ、どこかの作業員が内側に描いた卑猥な落書きも仄《ほの》見えた。

四つん這いで壁面に到着したコチは電動ドライバで排煙窓の固定を緩め、押し開ける。外に首を出すと、横風とともに細かな雪の粒がコチの頬に当たる。すぐ真下で、風力発電ユニットが壁面から真横に突き出ている。その先に約二〇〇メートルの距離を隔て、常緑樹に囲まれた地上の駐車場が薄暗く見えていた。陽が落ち始めている。ダクトスペースに引っ込み、フードを被って紐を絞り、顎の辺りで固定する。一度、大きく深呼吸をした。

コチは後ろ向きに、排煙窓から乗り出した。両肘で体の重みを支え、爪先でユニットの根元を探す。羽根車《タービン》を支える軸は半メートルの幅もなかったから、その範囲に両足が正確に着かなければ、地上まで簡単に墜ちてしまう。いつもの仕事と変わらない、とコチは自分にいい聞かせる。違いは、腰の金具に取り付けるための命綱がどこにもない、というだけ。

胸が排煙窓の縁で圧迫されて息が苦しい。ようやく両足にユニットの感触があり、コチはゆっくりと全身を外に出した。壁面に手掛かりはなく、手のひらをつけて何とか支えにする。想像以上に発電機の振動が大きく、風も雪も怖かった。その場でしゃがみ、方向転換するのも難しく、自分の動作に全神経を集中させる。

片足が滑った。ユニットの根元にしがみつく。頭の中が痺れたように霞《かす》み、打ちつけた内股も痛かったが、他に問題は起こらなかった。大きく息を吐き出し、気持ちを落ち着かせようとする。

ユニットに跨《また》がる格好で、先端へ向かう。数メートル先には、低い震動音を発して回り続ける大きな羽根車。深く考えるな、とつぶやいた。高層建築の風力発電ユニットの上にいる、という無茶な行いも数十分後には素敵な武勇伝になるはず……生きて戻った時には。ユニットの繋ぎ目に辿り着いたコチは左右の側面へ両手を伸ばし、操作パネルの位置を探す。それらしき感触が右手にあり、そちら側へ上半身を垂らし、逆さまに作業を始める。パネルの端を押し込むと簡単に開き、端子の並びが見えた。ポケットの面ファスナーを剝がして取り出した携帯端末からコードを引っ張り、端子に差し込む。

ユニット上で端末を握り締めて顔を伏せる。防犯無人航空機が下方を通過するところだった。佐久間は、自社に近付く不審物にはとても敏感だ。

コチは溶けた雪の冷たさを頰に感じながら、準備完了、と音声通信で百へ知らせる。

《Or-》

「第一秘書と雫と警備員、部長職以上を残し、他は全員、すぐにここから出てゆけ」会長が周囲へ大声を張り上げる。「警備員は守秘義務の徹底を。この場の情報を漏洩した場合、解雇処分だけでなく刑事裁判の対象となることも覚悟しろ」

社員たちが浮き足立ち、慌てて第一会議室の扉へ殺到する。乱雑な足音が静まると、会議室には産業密偵と会長と秘書、知的財産部長と法務部長と雫、四人の警備員だけが残った。医師も看護師も消え、会議室に留まることを命じられた者たちは皆青ざめ、むしろ立ち去りたそうな様子でいる。警備員たちの銃口も揺らぎ、互いに顔を見合わせ、不安そうだった。薄笑いを浮かべてその光景を眺める産業密偵へ会長が向き直り、「テュポン計画が何か、知っているのか」

「私がわざわざ、あんたに説明するの……」

「説明できるなら、やってみろ」

「人間の脳内神経細胞を走査して、仮想空間に転写する計画。でしょ？」密偵の笑みが広がり、

「そして、役員たちはその計画を潰そうとしている。馬鹿みたいに資金を食い散らかすから」

「それなりに、理解しているようだ」会長は落ち着いた態度で、「だが、この計画の主導者は私だ。誰が口を挟もうと問題にはならん」

「気が変わった、って聞いてるよ」不意に口を閉ざした相手へ、「嫉妬した、って。あんたの前妻やあんた自身の電子的複製が、その理想的生活の中で永遠に、幸せに暮らすのが許せないってさ。自分はぼろぼろに老いてゆくんだから」

「……少しは、自分の頭で考えたらどうだ」会長は小さく息を吐き、「電子的複製は原型《モデル》に嫉妬するだろうが、その逆はない。精神など、肉体の玩具にすぎん。先に細胞があり、そこに電気仕掛けの精神が宿る。物理世界の高次に位置する私が……玩具に嫉妬など」

「嫉妬が憎悪に変化したんだろ？　だから、折角創った電子空間を握り潰したくなった」

「……話は分かった」会長は密偵への興味を失ったように、「計画の中止を悟った人工知能技術部長の花城が、お前らに計画と技術をまとめて売り払おうとした、ということだな。想像した通りの事態だ。奥行きも何もない」密偵から一歩離れ、「もっと想像力の必要な何かを期待したのだが……もういい。産業密偵は落下の衝撃から意識が戻らず、そのまま息を引き取った。記憶装置も、いずれ見幸署から取り戻す。それで問題はあるまい」

「もう一つ、質問があります」思わず雫が口を挟む。会議室にいる全員の視線がこちらへ向いた。

「来未由は、どうなりましたか。落下した単軌鉄道やその周辺でも、彼は見付かっていません」

「私が、至近距離から銃で頭を撃ち抜いたよ」歪んだ、白い歯の隙間から発せられた言葉。雫は瞼を閉じた。「その後、誰かに連れ去られた。天使か、それとも死神……」

もう充分だ、と会長が話を遮って床を杖で突き、「医師を呼び戻して、この女の始末を……」

「私の話は終わってないよ」その瞳に宿っているのは嘲《あざけ》りと、明確な敵意。「あんたがまた心変わりをした、って話。あんたは自分の経歴を改竄《かいざん》しているだろ？　年齢を偽っている。あんたは経歴より三十歳は年寄りじゃないか」

苛立たしげに、炭素繊維製の杖が床を叩く音。密偵の言葉は止まらず、

「どう脳細胞の劣化を引き延ばそうと環境的、生物的、分子的な損傷を完全に防ぐことはできない。そう理解したのはいつ？　死期が確実に近付いて目の前まで来た時、今度は惜しくなったんじゃないの……あんたの電子的な双子と前妻と上流階級の連中が過ごす、理想的な世界が。何が正解か分からなくなって、今も不安で揺れている。でしょ？」

再び、会長が産業密偵の間近まで寄り、「時間稼ぎか？」杖の先端を相手の額に突きつけ、

「捨てられた自動機械のようなその有り様で、何を期待する？」

「喋ってる間に、あんたに寿命が訪れるかもしれないだろ」密偵が目を剥いた。声音にも狂気が含まれ、「あんたは、確かに特異な人物だよ。それだけに、研究対象でもあるんだ。あんたの新しい映像がどこかにアップロードされる度に、専門家が解析してる。発言内容に矛盾は？　体調は？　痴呆の前兆は？　新しい手術の痕跡は？　あんたはもう、がたがたじゃないか」車椅子のヘッドレストから頭を起こし、「こうして近付くとね、はっきりと見えるよ。整形手術と下手な化粧で御老体を取り繕う、無様な自尊心が。私が人工物に運動機能と表皮を代替させているのはね、あんたみたいにグロテスクな化け物になりたくないからさ」声を出して笑い、「死にかけの御老体、遠慮しなくていい。この場で頽《くずお》れたらどう？　映画の最後みたいに。杖を落として、膝

を突いて、頭を垂れる。私の前でやってみせて」

「哀れな道具が」会長が振り上げ、下ろした杖が密偵のこめかみに当たり、硬く鈍い音を立てる。「テュポン計画をお前なんぞが手に入れて、何の恩恵がある？　今お前が捕らわれているのは、属する側を間違えたからだ。XY染色体として生まれたことがすでに誤りだ。そしてK県と組み、佐久間と敵対した。〝私の前で〟だと？　お前にできるのは、常に決定することのない己の自己同一性《アイデンティティ》に混乱し、呪い続けることだけだ」

力任せに頭や肩を打ち据える。密偵は薄笑いを顔に貼りつけたまま、打たれるに任せていた。

杖を下ろした会長は息を整え、「電子空間でなら、お前は自分を理想的に定められる、と考えたか？　それがお前への報酬か？　浅知恵というものだ。永遠に、凍りついた空間の中で、自己同一性について思い悩み続けるだけのことだ」

急に、会議室の照明が陰った。産業密偵を含めた全員が、天井を見上げる。

《Co-》

百から〝インストール完了〟の文字報告を受け、コチは風力発電ユニットの端子から携帯端末のコードを外す。もう一度ユニットに跨がって壁面まで戻り、立ち上がる時にふらついても、排煙窓の枠をうまくつかむことができた。

ダクトスペースに座り込み、重い緊張の息を体内から吐き出す。排煙窓を固定し直し、這って化粧室へ引き返した。通路から漏れる光が弱まった気がするが、百が停電を起こせたのかどうか、はっきりしない。覚えのある配線とダクトの流れがあり、その奥に開いた孔からコチはタイルの床に、慎重に降り立った。室内の明かりが絞られている。早くしろ、と扉越しに私設警備員が大声を出した。ひどく焦っていて、

「停電が起こった時は、警備員全員、警戒態勢に入らないといけないんだ」

「もうすぐ終わる」コチは排気換気扇を戻しつつ、「こっちも、やり直しは困るよ。会社があたしのせいにするかもしれない。そうしたら……」電動ドライバで急ぎ、螺子を留めてゆく。仮留めのままでカバーを取りつけた。踏み台を折り畳んでポケットに差し込み、扉を開ける。

警備員はコチの二の腕を取って急《せ》き立て、エレベータホールまで連れてゆくと下降ボタンを手のひらで何度も叩いた。到着したエレベータはすでに大勢の人間で混み合っていて、全員が不満そうな表情を向けてくる。警備員から乱暴に背を押され、よろめきつつ足元の百を抱き上げ、佐久間社員に交じった。

エレベータの扉が閉じ、操作盤の表示が一階へ向け動き出したのを確かめると、コチは少し肩の力を抜く。

《 Or-》

雫の視界に〝外部電力低下〟〝自家発電ライン稼働〟の文字が現れる。続けて、〝本社内省電力設定〟の報告。第一秘書が状況を把握しようと、空間に投影体を展開し始めた。部長二人は、音声通信で自分の部署と連絡を取ろうとしている。

しばらく息を整えたのち、雫、と会長が呼びかけてきた。その口調は落ち着きを取り戻しており、「お前がもし部外者で、悪意を以《もっ》てこの停電を利用するなら、何を仕掛ける」

「警備員や防犯機械の物理セキュリティレベルに変化はありませんから……」突然の質問の意図を正確に理解しようと努め、「電子侵入でしょうか。内部の電力ネットワークの優先度が一時的に高まりますから、それに乗れば」

「だが、本社の電力ネットワークは独立している」

「内側からであれば、可能かと」

会長が深く頷き、第一秘書へ、「人事部に命じて、エネルギー部に所属する社員の行動確認をさせろ。対象期間は……一週間から一年間まで徐々に広げてゆくように。遅効性のウィルスが仕掛けられていたのかもしれん。もう一つ」杖の柄で秘書を指し、「総務部へ連絡し、電力関係の工事に携わった外部の人間を、同じ対象期間を元にリストアップさせろ」

さらに多くの投影体ウィンドウが、第一秘書の周りに展開される。会長代行の権限を継続して持つ雫の目には、暗号化されたその内容も読み取ることができた。

「電力工事ではありませんが……」秘書がウィンドウを並べ替えつつ、「今日、六十階の化粧室でハンド乾燥機の修理が行われています」

「いつだ」

「開始時間は二十二分前。終了したのはつい先ほど、一分前です」

「雫」杖の柄がこちらへ動き、「直接向かって確認を。警備部の精鋭たちは全員、殺されたか重傷かで動くことができない」産業密偵を一瞥し、「その犯人もすでに、翅《はね》をもがれているがな」

密偵のこめかみは裂け、黒い人工筋肉が覗いていた。笑みを浮かべたまま雫を見上げ、両目を細める。「いい玩具だね……」

雫は視線を逸らす。密偵はあえて、相対する者の動揺を誘っている。そう理解したつもりでも、言葉は雫の体内の奥深い場所に突き立った。扉へと踵《きびす》を返し、足を速める。

役員専用エレベータも混雑し始めていた。避難指示は出ていなかったが、前回の停電時、ビルの中で暗闇に閉じ込められた役員やその部下たちは、いったん外へ出ることを選んだらしい。

六十階で降りたのは雫一人だけだった。連絡を受け、工事に付き添った警備員がエレベータの前で待っていた。停電時の警戒態勢として、警邏《けいら》を始めたばかりだという。警備員は、修理場所となった化粧室へ向かう最中も警備本部と通信を続け、細かく報告を入れていた。

化粧室に足を踏み入れようとしない警備員を促して入室させ、どの乾燥機ですか、と訊ねる。警備員は前腕からタブレット端末を引き出し、伝票を確かめるが首を傾げ、

「見当たらない……修理担当者に署名させたばかりなのですが」

「伝票がない？」

「今、総務部に連絡して……」

何かがおかしい。雫は天井を見上げる。排気換気扇の辺りから硬い音が小さく聞こえたが、警備員は気付かなかったらしい。雫は会長代行の権利を行使して、施設警備員のベルトに留められた警棒を無言で抜き出した。一振りで伸長させ、換気扇のカバーを叩き落とす。カバーとともに銀色の螺子が床のタイルに落ちてきた。

雫は素早く思考を巡らせる。ダクトスペースから電力関連のシステムに近付くことはできるだろうか？　六十から上の階には臨時電源用の風力発電機が幾つも設置されているが全て壁面にあり、接近するのは難しい。警棒を縮め、何かいいたそうな警備員へ返し、

「修理担当者は、どのような人物でしたか」

「高層人の、ただの小娘ですよ。野良猫みたいな」

高層人。彼らは高所を住み処としている……発想が飛躍しているだろうか。それでも。「一階で、修理担当者を足止めしてください」不穏な要素は全て排除しなければ。「念のためです」

「しかし……」

「今、エレベータは各階で停まって動きが鈍い。すぐに指示すれば、間に合います」

不承不承、警備員はフェイスガード内の通信装置で本部と連絡を取り始める。何度かやり取りをするが、雫の指示が伝わっている様子はなく、

「……やはり修理伝票が確認できない、という話です」警備員はタブレット端末を前腕に戻してしまい、「存在しない者を止めようがない、と」

防犯映像の確認を、といい掛けた雫は時間の猶予がないことを思い起こす。自分で向かうと決め、警備員を押し退け化粧室を出た。通路を駆け、建物の角に位置する避難階段を目指す。自家発電の稼働する状況であれば、外へ出ることができるはず。重い金属製の扉に触れる。

扉を押し開け、踊り場に出た途端、雪の交じる強い風が雫の金髪を巻き上げた。

風に逆らい手摺りから下方を覗くと、外階段が幾度も折り返して遥か遠くの地上まで続く、非

現実的な透視図法の光景。けれど、迷っている時間はない。雫は手摺りを飛び越え、空中へ身を躍らせる。避難階段の外側を落下し、五階分の踊り場を数えて片手を伸ばし、鉄柵をつかんだ。

肩が軋《きし》むが、関節に損傷はない。もう一度同じ動作を繰り返し、今度も五階分落ちようとするが、雪で濡れた手摺りをつかみ損ね、横風が雫の体を操り、自由を奪った。下からの相対風を全身で受けることで体勢を整え、接近した手摺りを両手で握り締めた。金属製のパイプが歪み、両肩の結合部と筋肉に衝撃が走る。十階以上降りたことになり、風の影響が弱まったように感じる。雫は慎重に、同じ落下方法を繰り返した。次第に、地面が近付いて来る。

七階分の残りを飛び降りる。コンクリートの敷石に片膝がぶつかり、顔をしかめる。敷石が割れていたが、立ち上がる動作に問題はなかった。慌てて近寄って来た警備無人航空機へ両目の虹彩を向け、会長代行の権限を持つ佐久間社員であることを示す。

《Co-》

一階に着いたエレベータから吐き出される社員たちが、百を抱え工具でレインコートを膨らませるコチへ、乾いた視線を投げつけ去ってゆく。

それでも、エントランスの冷たい空気を肺に入れることができたコチはようやく身の安全を実感し、ほっとする。社員の流れに乗り、開け放たれた自動扉を目指す。出入口には私設警備員が二人立っていたが、その警戒心は外側へ向けられている。建物に入ろうとする一人の来訪者が、警備員に止められていた。追い返されるかと思ったがすぐに解放され、エントランスへ足を踏み入れた。濃い色の金髪をしたパンツスーツ姿の綺麗な女性で、社員の動きに逆らい真っ直ぐこちらへ向かって来る。驚き、立ち止まるコチの前に女性が立ち塞がった。

二人だけがエントランスに立ち、人の流れを裂いている。相手を避けて前に進もうとするが許されなかった。女性の整った顔には何の表情も浮かんでおらず、「ここで何をしているのです」

「……修理を」心臓の鼓動を、抱き締めた百で抑えようとするコチへ、

「少し、事情が違うようです」冷たい青い瞳が見据え、「いいえ、大きく違う。東玲《コチアキ》」

コチは言葉をなくす。素性を知られているとは、予想していなかった。

「もう一度、聞きます。ここで何をしているのです？」

百がコチの腕から滑り降り、雫の背後へ回ろうとする。

雫は小猿型の自動機械を一瞥して、やめなさい、と命じ、「これ以上何か仕掛ける気なら、今すぐ警備員を呼び、私人逮捕を強行します」

小猿はコチの腰に飛び移ってレインコートのベルトにしがみつく。

「逮捕して、電子侵入の詳細を聞き出すのは簡単です。けれどそれは、とても残酷なことになるでしょう」長い睫毛が両方の瞳を半分に区切り、「そうはしたくない、と思っています」

「そんな権限があるの……」なぜこの女性は、あたしのことを知っている？「あなたは誰」

「会長代行の権限を持つ者です。オルロープ雫」冷徹な態度のまま、「来未由の補佐官です」

コチは両脚の震えを感じながら、「なら、あたしを通して」

「なぜ？　もしあなたが来未の現在について、何か知っていることがあるなら……」

「侵入したのは、来未のため」安易な嘘は通用しそうにない。今にも相手が警備員を呼び寄せる

のでは、という不安を跳ね返し、「あたしだけが、来未の命を助けることができるから」

「彼は今、あなたの元に？　どうして」初めて瞳が揺れたように見え、「事故現場から連れ去られた、という話は……まさか、あなたが本当に？」

「そう。あたしが、来未を保護してる」

「彼は頭部を撃ち抜かれた、と聞いています。それをどうやって助けるの……」

「自発呼吸できるところまでは、回復したんだ。脳幹は無傷だから。後は……撃たれてなくなった記憶部分を三次元蛋白質印刷機で復元すれば、きっと」

「それは、本当の高度医療でしょう。あなたに可能なの？」

「……あたしは今、工場地区の取締役なんだ」伝えていいものか迷いはあったが、「問い合わせてもらえれば、分かると思う」

雫が小さな投影体を指先で呼び出し、素早い動きで操作する。「……閉鎖中のはずです」

「でも、返答はあった」

「ええ。けれど、とても奇妙な応答。人間の応答速度ではないから」

「そこを通して」雫の動揺にわずかな可能性を感じ、「来未を助けたいなら」

「条件があります」急に道が開けたことに驚くコチへ、

「来未との離婚手続きを進めてください。そして二度と、彼の前に姿を現さないように」

「どういう意味……」

「こちらに記録された来未の脳内神経細胞の構造は、あなたと出会う以前のものです」走査補佐官の声は、多くの靴音の中でも耳に入り、「その後に起こったことは全て、彼にとって不必要なノイズとなります」口をつぐむコチへ、「来未が婚姻を結んだのは、あくまで重要参考人の聴取を目的としたものです。来未とあなたの生活圏が全く違っていることは理解していると思いますが、やはり最初から――出会う必要はなかったのでしょう」

「……もし来未が目覚めたら」息苦しい胸をレインコートの上から拳で押さえ、「誰が事情を説明するの」

「私が向かいます。来未由は、佐久間にとって重要人物です。彼には微細走査官としての役割があり、その任務も伝えなければなりません」

「戸籍に結婚と離婚の履歴が残るよ。それを来未が疑問に思った時は……」

「あなたは、自分の戸籍を確認したことがありますか」

もう何も反論する気になれない。胸の苦しさはひどくなるが、大丈夫、とコチは何とかそう口にする。「離婚届はもう郵送した。後は市役所が受け取って、処理するだけ」

「来未は今、どこに？」

「電気連合組合の事務所」

数秒間、青い瞳がこちらを見詰めた後、その肩先が動き、出入口への道を空けた。コチは顔を伏せ、急ぎ来未の補佐官の前を歩き過ぎる。

雫は約束通り、私設警備員たちの間をコチが通り抜けても、彼らへ何も伝えなかった。

コチは人の波から外れて歩道の隅に寄り、街路樹の陰にしゃがみ込んだ。百が耳元に近付き、『来未の神経細胞地図、ツバキへ送ったよ』

「……ありがとう」それで、百と決めた手続きの全部が済んだことになる。

急に疲労が押し寄せてくるように感じ、その場を動けないでいると、

『話したいことがあるんだ』そう百が切り出した。

「何……」

『〝幽霊〟の話なんだけど。友達のこと。彼らが隔離されている場所が分かった』

「どこ？」

『情報施設。市の中心に地下街があるでしょ。そのさらに下。増水時の調圧水槽、ってことになってる。それで――』小さく首を傾げ、『僕は、みんなを助け出さないといけない』

「どうやって……」

『沢山の自動機械を送り込んで、補助記憶装置に彼らを写す』小猿が片腕を上げて脇のパネルを開き、記憶装置を取り出してみせた。市販の記憶カード。元に戻し、『その後、K県へ向かう』

「でも……市外への大容量通信はブロックされるでしょ」

『物理的に逃げ込むんだ。自動機械で。K県に着いてどこかの端子に接続できたら、後は自動的にあっちのネットに展開されるようにする』

「気付かれて、途中で破壊されたら？」

『記憶装置さえ無事ならいいんだ。だから、できるだけ多くの自動機械を使う。三つ首が介入してくる前に』

やっと、百のいいたいことが分かったような気がする。「じゃあ、この小猿の機体も？」

『うん。情報施設へいく。それと……コチとの接続を切らないと。三つ首にコチのこと、知られ

たくないから。もう直接の通信はできない』

どう答えるべきか、言葉が出てこない。

百の小さな手がコチの抱える膝に置かれ、ジョー・ウェスト、といった。戸惑っていると、

『検索してみて。エディ・ウィルソンは、ジョー・ウェスト名義でも歌を出しているんだ』

そう、と何とか答えるコチへ、

『ずっと見てるよ。できるだけ、見守ってる。でも……ごめん』

大丈夫、と答えようとするが声にならない。無機質な顔立ちをした小猿の顔が、悲しげに歪んだように見えた。百が四脚で走り出す。その様子を、人の群れに飲み込まれて見えなくなっても、コチは見送り続けた。手の甲で何度も涙を拭う。景色が歪むのは止められなかった。

この世界に多くを求めたことはない――

《Bi-》

尾藤は身を屈め、目的の場所であるはずの部屋を覗き込む。

枯れた植え込みの奥に隠された窓は鉄格子に守られており、磨り硝子で内部を隠している。背後の物音に振り返る。大型の自動機械が路地を走り去るところだった。防犯機械。あの路上強盗団を……いや、方角が違う。新たな事件が発生したのかもしれないが、こちらとは無関係だ。

前回に見た共同住宅の一室とは違い、ここには人の住んでいた気配がある。尾藤は建物を回り込み、狭い階段を降りる。部屋番号では一階になっていたが、実際は部屋の半分が地下に埋没し

ている。暗い踊り場に立つと、黴《かび》臭さが鼻を突いた。こんなところまで蜉蝣の死骸が入り込んでおり、清掃する者もいないのだろう、コンクリートの上でばらばらに朽ち果て、壁際で白く積もっていた。路地を振り返ると、曇天は夜の気配を含み、黒色を増しつつある。尾藤はもう一度管理人と連絡を取ろうとするが、繋がらなかった。溜め息をついてノブに触れると、軽い手応えが返ってきた。ゆっくりと回す。錆びた感触とともに扉が開く。

ポケットの中で銃把《グリップ》を握り、回転式拳銃を外套から抜き出す。

もう片方の手で照明機能を起動した携帯端末を持ち、光の円を室内へ向けた。狭い玄関の天井近くに電流制限器《ブレーカ》のパネルが設置され、蜘蛛の巣に薄く覆われている。尾藤は手を触れなかった。踵の折れたハイヒールが一足だけ残された玄関。

靴を脱がず、そのまま細い廊下に上がる。湿り気の強い部屋。ユニットバスの扉を素通りし、死角に誰かが潜んでいる可能性を警戒しながら、リビングに入った。

ソファベッドが置かれ、その上で毛布が丸まっている。ビニル・クローゼットを開けると、女性の上着やスカートが吊り下げられ、その下の籠の中で肌着が重なっていた。ミニキッチンがあり、シンクには何もなく、通電のない小型冷蔵庫の内には、加熱機能付きの防災食が置かれていた。箱型の暖房器具が部屋の中央にあり、燃料電池と繋がっている。つまりここで、誰かが隠れ住んでいたということだ。尾藤はもう一度丹念に室内を見て回り、クローゼットのコートのポケットに硬い感触を発見した。入っていたのは、印刷された一枚の写真。

病院内の休憩室。患者衣を着た子供と若い女性が映っている。子供は、花城弘巳《ヒロミ》。女性の方は

――張名奈《ハリナ》。当時は恐らく、花城高の妻だったはず。尾藤は写真を自分の外套の内に仕舞った。

色谷奈央は、張名奈の変名だ。張が失踪した先がK県だとすれば、辻褄が合う。別の身元をこしらえ、再入市したのだ。色谷としての顔貌は、薬液を注射した整形か立体化粧を利用して簡易に別人化したものだろう。だが、不可解な点もある。なぜ失踪の二年後、張は別人となって見幸市に戻った？……違法な何かに係わっている、か。

尾藤は耳を澄ます。壁を通して、微かに物音が聞こえたようだ。足音を殺してユニットバスに歩み寄る。尾藤は静かに息を吸い込み、一気に扉を開いて内部へ照明と銃口を向けた。

《Ku-》

完全な黒色が少しずつ薄れ、灰色へと変化し、意識が浮上する。

来未由は緩やかに目を覚ました。幕のようなもので、視界が覆われている。体のあちこちに繋がったチューブに気付き、そして寒さに身を震わせる。覚えのない状況。覚えのない場所。医療用らしきタンクの中にいる、ということだけは理解した。

起き上がろうとした時、幕をめくり、暗い金髪の女性が現れる。オルロープ雫。

「……佐久間旭会長が、亡くなりました」

口を覆う呼吸器を外した来未へ、雫はそういった。ひどい頭痛が襲い掛かってきた。

八

《Or-》

三次元蛋白質印刷機《プリンタ》の紡ぎ上げた大脳皮質の移植が終わり、硬化樹脂で頭蓋骨の孔を塞がれた来未《クルミ》由《ヨシ》の頭皮を、機械腕《マニピュレータ》が丁寧に接着してゆく。その様子をビニルカーテン越しに、オルロープ雫《シズク》は眺めていた。医療人工知能は手術の成功を〝高確率〟と計算し、術後、来未由と繋がった全ての医療機器が生命兆候《バイタルサイン》を〝正常〟と表示したが、実際に瞼を開くまで安心することはできなかった。術後二時間経って来未が目を覚ますまで、永遠の時が流れたように感じていた。

来未の覚醒を示す小さなアラームが聞こえ、室内の隅に座っていた〝ツバキ〟と名乗る、様々な丈の上着を何枚も重ねて着る小柄な二十代の女性——東玲《コチアキ》の友人で、計算屋らしい——が顔を上げる。けれど、ツバキはそれ以上動かず、雫だけが立ち上がり、カーテンに触れた。様々な太さのチューブに繋がれた来未へ掛ける言葉が咄嗟《とっさ》に見付からず、佐久間《サクマ》旭《アサヒ》会長が死んだ事実を最初に伝えることになった。来未の反応が鈍いのは仕方がない。彼の認識は二日前の、冷蔵倉庫での微細走査の時点で止まっているのだから。来未が覚醒したことで医療機器の動きが活発になる。鎮痛消炎剤が追加投与され、十分ほど経って、頭痛を訴えていた来未も落ち着き始めた。

「寝たままで」雫は、起き上がろうとする来未へ、「外に回転翼機が待機しています。このまま、佐久間社内の診療所へ運びます」

「……状況を説明してもらえるか」少し潰れた声で、来未がいう。「穴井《アナイ》直《ナオ》の遺体を走査したはずだが……ここは？」

「移動中、ゆっくり説明します。焦る必要はありません」

「……佐久間会長が亡くなった、といったのか」

「はい。そのことに関連して、来未にも新たな任務が生じました。でも、今は」睡眠薬の注入を機器のモニタで確かめ、「診療所に到着するまで、もう一度眠った方がいい。神経細胞の八十五パーセントは微細手術により接合されていますが、残りが自然に繋がるまで、思考に細かな雑音《ノイズ》が走るはずです。この移植手術は市内でまだ四例ほどしかない、最先端高度医療です。想定外の問題が起こる可能性もあります。決して、無理はしないように」

「ここは……」そう口にした次の瞬間、来未は眠りに落ちた。

カーテンを閉め、患者の搬出を指示するために扉へ向かう。

「全部、そっちがしたみたいに聞こえるんだけど」急に、籐製の丸椅子に両膝を抱えて携帯端末に触れながら退屈そうに座っていたツバキが喋り出し、「段取も支払いも全部、コチじゃん」

「……その譲渡も含め、私と彼女との取引ですから」

感情を込めず答え、廊下に出た。後ろ手に扉を閉めると、来未が生きていたことの喜びが体に染み渡る。そして次に、ツバキの言葉が蘇った。

私はなぜ、コチ・アキにあんなことを？　二度と、彼の前に姿を現さないように――佐久間本社のエントランスで、それらしい理由をこじつけて伝えたが、実際は彼女の劣等感につけ込んだ、悪意を込めた台詞でしかなかった。傷付けることが目的の口撃。事務所内の精肉店を通り、外へ出た。回転翼機の前で待機状態だった佐久間の警備員と医療班が一斉に振り返る。露店の中から高層人たちが息を潜めてこちらを窺うのが見えた。

彼女に悪意をぶつけた理由は、分かっている——私が、コチ・アキに嫉妬したせいだ。来未の配偶者だった、という経歴に。

彼女と彼女との間の、たぶん本人たちもはっきりとは意識していない、その絆に。

《 Bi-》

ボディスーツ姿の女が、水を張った浴槽の中で、黒い澱《よど》みのようにうずくまっている。尾藤《ビトー》へ力のない視線を向ける、青白い顔。水に浸ったボディスーツはところどころが破け、何かの繊維をはみ出させている。女は、体を小刻みに震わせていた。尾藤は、女が改造人間《サイボーグ》であることに気がついた。顎が不自然に変形し、浴槽の縁に掛けられた片肘からは黒い人工筋肉とチタン製の骨格までが見えている。

尾藤は蓋をした便器に座り、携帯端末の照明を頼りに相手の観察を続けるが、どう眺めても張《ハリ》名奈《ナナ》と同一人物とは思えない。そもそも、張は小柄なはずだ。衰弱した女の瞳に宿る怒りの感情を認め、そしてその鋭い目付きには覚えがあった。黒衣の女。自動拳銃の先を女へ向けたまま、名前は、と訊ねると、「……トモ」

「俺たちは、Y愛病院で行き違いになった」改めて銃口で相手の額を指し、「つまり、ここで会ったのは偶然じゃない、ってことだ」乱れた黒髪の掛かる両目を覗き込み、「同じ相手を追っている。あるいは、それ以上の……同じ案件を共有している、か。ここで何をしていた。隠れてるのか？」

「……報道、見ていないの」

「佐久間本社でまた停電があった、と聞いたな。お前の仕業か？」

「あれは、私じゃない」

端末の向きを変える。光線からトモが目を逸らした。横顔に飛び散った血液を認める。すでに光沢を失い、ほとんど乾いていた。だが、それでも血には違いない。人を殺して来たのかもしれなかったが、尾藤の興味は別にある。携帯端末を操作して見幸《ミユキ》署の地域課へ繋ぎ、

「総務課の尾藤。今、外に出ているんだが……俺の現在位置が分かるか？　ここで薬物取引の気配がある。もう少し張ってみる。三十分後にこちらから連絡がなかった場合、応援の人員を寄越してくれ」通話をトモの目の前で切って端末の光を再び向け、「さて。聞いての通り、俺は見幸署の者だ。花城弘巳《ハナグスクヒロミ》の病室に侵入してからの足取りを、全て話してもらおうか」

「署員だ、っていう証拠は？」

「信じなくても構わない」

「……話せば、どうなるの」

「俺はここで、仕事を終わらせることができるかもしれん」

「私は？」

「何も問題はなかった、と署に報告する」

「優しいね……」初めて、女が笑みらしきものを唇の端に浮かべた。「でもそんなに無知な人間が、よくここに辿り着いたこと。なんにも分かってないのに」

「だからこそ、知りたいんだがね」女が、荒事《あらごと》の専門家《プロフェッショナル》であるのを思い起こす。挑発に乗るな、と自分を戒め、「お前は、花城の病室でフォトフレームから何かを盗み出した。何を盗んだ？」

「盗んだわけじゃない」

「譲り受けたようには見えないな」

「張名奈のせいだよ。本来なら、複写《コピー》された方を穏当に譲り受けるはずだった。張がいきなり消えたから、そんな風になったんだ」

「要するに、お前と張の間で取引があったわけだ」浴槽の水から立ち昇る冷気が、尾藤にまで伝わり始める。「というより、花城夫妻との取引かね……で、何を持ち去った？」

トモの片手が動き出し、反対の上腕、ボディスーツの切れ目に指先を差し込んだ。警戒して拳銃を構え直すが、女は折り畳まれた紙を抜き取り、差し出した。受け取り、広げた尾藤は眉をひそめる。黄色を基調にした、鮮やかな線画。そこに描かれた図柄を知っている。花城高《タカシ》の机に刻まれた傷。花城は自死の直前、そこに手のひらを置いていた――次の瞬間の、真っ赤な光景が脳裏をよぎる。

「……これだけじゃないはずだ」尾藤は紙を折って懐に仕舞い、「お前は何かを花城高から受け取った。あるいは、受け取るはずだった。それをK県へ持ち出そうとしたな」

「どうしてそう思うの……」

「俺は、佐久間本社で発生した細菌テロを調べていたんだ。細菌兵器を仕掛けたのは花城だ。停電も……いや、外部のウイルスにやられた、って話ならお前の仕業かもな。どちらにしたって紙一枚を渡すだけなら、そんな大掛かりな細工は必要ない。花城は佐久間から外部へ何かを運び出そうとした。それは何だ？」

「……量子記憶装置《メモリ》」

「今、所持しているか」小さな仕草で首を横に振るトモへ、「なら、どこにある」

「見幸署の証拠品保管庫。たぶんね……」

嘘をいっているようには見えない。「当初の計画は？　どうことが運べば理想的だったんだ」

「……花城が記憶装置を運び屋に渡し、運び屋が張へ。張が市外へ持ってゆく」

「お前の役割は」

「私は指揮者で、全体のバックアップ」

「その人工筋肉の繊維密度は、民生用じゃないよな……出力制限のない、戦闘用だ。警備課の特殊部隊員が訓練後、冷却に苦労していたのを見たことがある」相手の、瞳の奥を覗き込むつもりで、「戦争にいったことがあるのか？」

「……かもね」

「どこの戦場だ」

「東亜細亜《アジア》の独立戦争を、あちこち」

「独立側か？　共和国側かね……」

「色々だよ……ねえ、私の個人情報が気になるわけ？」

「必要な話を聞くだけじゃ、物足りなくてな」人物そのものを観察しなくては。「で、どこの戦場で怪我をした？」

「この体の話？　別に怪我のせいで機械にしたわけじゃないんだけど」

「では、なぜだ？」

「二元論の迷路から抜け出るために」苛立ちが女の表情に現れ、「〝いまのわたしが踊るとしたら、こう申し出るだろう――女神よりは、サイボーグになりたい、と〟。私の生まれ育ちを長々と聞きたい？　私が盗みを働こうが体を売ろうが、こっちの勝手さ。私は、私を取り巻くあらゆる障壁を破壊し越えるために、機械化することを選んだ。それだけ」

「だが、今回の問題は解決できなかったわけだ」傷だらけの姿を眺め、「何があった？」

「……運び屋が死んだ。佐久間本社のエントランスで」

「なぜだ」

「細菌兵器が撒かれる、って知らなかったからじゃない？　エントランスの内装でも眺めていたのかも。花城高の話だと、受け渡したのち六分後に仕掛けを発動させたらしいし、それまで社内でぐずぐずしていたわけだから。とんだお上《のぼ》りさん、って話」

本来は、運び屋が去った後に停電と細菌テロを偽装し、受け渡しの痕跡を全て消し去るつもりだった――「なら結局、記憶装置は社外に出なかったんじゃないのか」

「運び屋の仲間が、遺品として持ち出したんだよ」

「それをお前が受け取ればいい」

「奴らが強欲なせいで、取引も仕切り直しさ」

「荒事に訴えたわけだ。だが手に入らず……結果、見幸署の中にあることを知った」

「……そんなところ」

尾藤は、もう一度トモのぼろぼろの有り様を眺め、「どうやって、ここに辿り着いた？」

「……自動二輪を奪っただけだよ。無理して身体を動かしたからさ、背中の筋肉が過熱して、臓器が火傷しそう。でも他は、死にそうに寒いんだ」そういって体を震わせる女へ、

「ここに来た理由は？　張と連絡を取ろうとしたのか」

「張は花城が死んですぐ、姿を消したよ。私がここに来たのは、他に隠れる場所がなかったから。運び屋と張がここで落ち合うことになっていたんだ」

張名奈の最後の足取りは、色谷奈央《イロタニナオ》として訪れた納骨堂が最後、ということになる。彼女は息子の遺骨とともに、見幸市を出た……少し、事情が見えてきた気がする。

「……一番重要な質問が残っている」今も怒りを燻《くすぶ》らせる女の両目の間へ銃口を正確に向け、「量子記憶装置、といったな。相当な容量だ。最新技術。何が入っている？」初めて、トモが目を伏せる。黙秘はできない、と理解するだけの時間を与えてやる。尾藤の方から、「佐久間製の、人工知能か？」女の沈黙に、答えが現れている。「難しい問題じゃないさ……花城高の肩書きは、人工知能技術部長だからな。それで」尾藤は外套の上から、線画の描かれた紙を軽く叩いて示し、

「こっちは何だ？　なぜこんなものをお前が持っている？」

「ただの落書きでしょ」警戒を強くした目付きで、「何が描いてあるかなんて、さっぱりだよ」

「俺が聞いているのは、これが何の役に立つのか、って話だ」体が本格的に冷えてきた。手の甲で太股を擦り、「何が描かれているのかは、想像がつく」

トモの表情はほとんど動かなかった。が、驚いているのは分かる。舌で軽く唇を舐め、口を開くのを迷っていたが、「……鍵だよ」

「鍵？」

「パスワードみたいなもの。その線画を表示して、正しい答えが音声で入力されると、人工知能がネット上に展開される」

「何のために？　張なら答えが分かったろうが、市外にＡＩを流出させる気だったのか？」

「それが、花城たちの条件だから」

「展開された人工知能は、無目的に活動を開始するのか？」

「答えを当てた人間を助言者《アドバイザー》として設定するって。ねえ、それより、どうして張なら分かる、って思うわけ……」

「花城弘巳が描いた絵だ。母親なら、理解できるだろ」

弘巳が機械制御系神経衰微症に罹《かか》る以前に描いた、両親にとって大切な絵。父親である花城高は恐らくこの線画を記憶し、思い出しては何度も自分の事務机にペン先で刻み込んでいた。

「……でも、あなたは他人じゃん」トモは訝《いぶか》しげに、「なのにさっきは、何が描いてあるか想像できる、っていったよね」

「俺の娘も小さな頃、よく似た絵を描いていたよ。これは、麒麟《キリン》だ」大きな目をした喋る動物たち。「幼児向けカトゥーンの主人公。十年近く前に、一シーズンだけＴＶ放送された。改めてカラーで見れば、これはこれで特徴を捉えているよ。同じ年代の人間か、その親ならいい当てることができるかもな。パスワード代わりにもなるだろう。なあ……何か、妙だぜ」ノスタルジックな気分が痛みのように肺の中に広がるのを、前屈みになることで抑え、「K県に最新技術を渡すのに何だってそんな、びっくり箱みたいな仕掛けが必要なんだ？　どうもお前の話は、肝心なところで納得できねえな。その人工知能は……花城弘巳と関係があるのか」

「……どうして？」

「パス代わりが、思い出の絵。それに、花城夫妻が法を外れてまで何かを行うとすれば、もう〝息子〟って共通点しかないと思うんだが、どうかね……」

相手はしばらくの間、こちらの目をじっと見返していた。やがて、

「……人工知能の元が、花城弘巳なのさ」

尾藤はその答えに困惑し、「人格を記憶装置に写したのか？　何のために」

いや、その理由は分かる。花城高は死にゆく息子を電子的に生かすために、そうしたのだ。愕然とするこちらを、女がじっと観察していた。

「なぜそんなものを、K県が欲しがる？」尾藤は自分を落ち着かせつつ、「お前自身が、K県に肩入れする理由は？　佐久間に密告して稼ぐこともできたはずだぜ」

トモの両目が細められる。「……全部いうよ」余裕らしき色がその瞳に宿り、「あなたは確かに、馬鹿じゃないみたいだ。でも、情報開示には条件がある」

「条件？　何をいってる……」女の態度に、不穏な機微を感じ、「そんな話ができる立場じゃないだろ」

「できるね。何しろ、これ以上ないくらい素敵な報酬を用意するんだから」

「俺の利益になるとでも？　電子円か」

「違うね。もっとずっと、いいものだよ」人工筋肉が両頰を引っ張り、トモの顔面に大きな笑みを作った。「あなたの娘さんの……命を助けるといったら？」

《Ku-》

次に来未が目覚めた時には、また新たな景色の中にいた。病室らしき、白色の空間。

佐久間本社の診療所へ運ぶ、と雫がいっていたのを思い起こす。徐々に、目の焦点が合ってくる。狭いタンクの中ではなく、医療ベッドで仰向けになっていた。頭が体の操縦を忘れてしまったようにぎこちない動きで、上半身を起こした。今も頭痛が脳の中で不協和音を響かせていたが、我慢のできる範囲に抑えられている。患者衣を着た自分の姿を見下ろす。少しずつ、身体感覚が戻ってきた。ひどく喉が渇いている。サイドボードに用意された栄養補給ジェルを一息に飲み干した。こちらの動きに、天井の半球型カメラが追随していることに気付く。恐る恐る頭部の、違和感のある箇所に触れてみる。

側頭部の髪が広範囲に剃られ、その中央の皮膚が蜘蛛の巣に似た形で盛り上がり、硬くなっている。開頭手術があったとしてもおかしくない傷の大きさだが、そこに至る記憶が一切なかった。思い出そうとすると、頭痛が増幅される。来未は吐き気を堪《こら》えた。

失礼します、と扉の向こうから雫の声がし、静かに部屋に入って来た。ベッドに歩み寄り、片手に携えていた何かの機器をサイドボードに置く。

雫へ、「……俺は、手術を受けたのか」

「ええ。大脳皮質の損傷を、過去の神経細胞記録を再構築し接合することで修復しました。ですから……約二日分の記憶が抜け落ちていることになります。今の気分は？」

「頭の中が何か混線しているような感覚だが……喋っていた方が楽かもしれない。俺はなぜ、脳に損傷を？」

「K県の産業密偵《スパイ》に、銃撃されました」雫が喋りつつ、サイドボードに置いた角張った機器からコードを引き出し、その先端を来未の首筋に貼りつける。冷たい感触。

「産業密偵？」

「はい。この訪問は、そのことについて質問するためのものです」首筋と繋がった機器。精神電流計《サイコガルバノメータ》。雫はその装置で、こちらの証言の真偽を測ろうとしている。「あなたは昨日、運行中の単軌鉄道《モノレール》車両の中で、K県の密偵と会っています。心当たりは？」

　単軌鉄道。そこを密会の場所に選んだのは、防犯映像設備の貧弱さを考慮してのことか。閉じた瞼の裏に、瞬くように何かが浮かび上がる。しかし白濁し、明確な像は結ばなかった。

「いや……」切り裂くような頭痛。急速に引いてゆく。「人と会う約束はしていなかった」

　雫が何かを差し出す。受け取ると、印刷された写真だった。青白い、乱れた黒髪を顔に張りつけた女性。車椅子のヘッドレストにもたれているように見える。顎の辺りが歪んだ、痛々しい姿。雫へ、「……射撃用のボディスーツを着ているように見える」

「背の高い女性です。覚えがありますか。会った時にはロングコートを着ていたはずです」

「知り合いの中にもいない。が……アナイ・ナオの記憶の中にあった人物に、印象は似ている。サージカルマスクをつけた、目付きの鋭い女性だが……断言はできないな」

「〝トモ〟という名で女性の姿をしていますが本来は男性で、入市時には〝フルイ・モトヤ〟と名乗っていました」

「聞いたことはない」来未は、自らの思考が回転し始めたのを意識する。

産業密偵の容姿も彼女との関係も、己の中には全く存在しない。ならば、アナイを走査したの ち知り合ったことになるが、その短期間で市外の人間と信頼関係を構築できたとも思えない。相手から接触して来た、と考えるのが自然だが、そう断言するのもまた不可能だ。電子記録には、何か情報が残されているかもしれない。写真をサイドボードに置き、指先でこめかみに触れる。

「……埋込装置《インプラント》が操作できない。認証エラー？」

「埋込装置が、今のあなたを〝来未由〟と確認できないのでしょう。少し時間が経てば再認証され、ネットとも接続されるはずです」雫はそう伝えると、こちらの首筋からセンサを剝がし、

「あなたの証言と電位変動との間に矛盾はありません」コードを手早く精神電流計の中に仕舞い、

「簡易的な検査となりますが、高い確率で、あなたの言葉は信用できるものと判断します」

「大脳皮質を吹き飛ばされ、俺が実際に死んでいたのなら」根本的な疑問が芽生え、「なぜ蘇生させた。君が最初に現れたということは、佐久間種苗の主導なのか」

「……蘇生させたのはその場に居合わせた一市民です。のちに治療を佐久間が引き継ぎました」

「治療の総額は……」

「費用も含め現在の治療は、佐久間が全て負担します」

つまり、治療は一種の取引ということだ。佐久間には目論見《もくろみ》がある。それも、相当な規模の。雫を見上げ、「新たな任務、といったな。俺に、どんな役割を望んでいる……」

「映写を」カメラへ指示すると、天井からスクリーンが降りてきた。雫がサイドボードの端子へカードを差し込み、「佐久間本社の第一会議室です。映っているのは会長と第一秘書と私、知的財産部長と法務部長、四人の警備員です」

そう説明するが、来未には会議室というより演奏会場のように見えた。室内を斜めから見下ろす構図で、解像度は高いが無音だった。中央の空間に、介護車椅子に力なく座るボディスーツ姿の女性。産業密偵。その周囲を背広姿の男女、それに四人の武装した警備員が取り囲んでいる。カメラに背を向け、密偵の前に立つ小柄な人物が佐久間種苗の会長であり、その後ろに位置するのが雫であるのを認める。いきなり、会長が持っていた杖を掲げ、密偵へ振り下ろす。頭部に当たり、来未は眉をひそめるが女の反応は鈍く、余裕があるように見える。雫へ、

「産業密偵は、改造人間《サイボーグ》か」

「……その通りです。佐久間旭会長が直接、聴取することになったのですが、その途中で密偵が会長を怒らせました」会議室内の照明が弱まり、「停電が起こりました。電子攻撃によるものです。一時的に風力による自家発電に切り替わり、現在は復旧しています」映像の中、雫が会長の傍から離れる。「会長に命じられ、私は社内を調べるために会議室を出ました」

部長二人が会長に近付き、指示を仰いでいる。静かな光景が続く中、突然、発条《バネ》仕掛けの人形のように産業密偵が車椅子から飛び出し、注意を逸らしていた会長に襲い掛かった。部長たちを突き飛ばし、背後から片手で老人の顔面を鷲づかみにする。狼狽《うろた》える警備員の一人へ会長ごと体当たりし、自動拳銃を奪った。

その後は、あっという間の出来事だった。会長を盾にしたまま、素早く一人一人を撃ち殺して

ゆく。フェイスガードとボディスーツに護られた警備員を倒すには、装甲の薄い場所を狙う必要があったが、密偵にとっては造作のないことらしい。ぼろぼろの姿は偽装だったのか。あるいは反撃の機会を図り、残り少ない力を温存していたか。

密偵が、抱え込むようにしていた会長の顔から手を放すと、老人の体が力なく頽《くずお》れる。床でもがく警備員の口元を、離れた位置から正確に撃ち、静かにさせた。その場にしゃがみ込む女性秘書へ傾《かし》いだ体勢で近寄った。産業密偵は秘書の恐怖を楽しむようにその顔を覗き込み、それで満足したらしく銃は撃たず踵《きびす》を廻《めぐ》らし、映像から消えた。来未は最初の疑問を口にする。

「拘束していなかったのか」

「両手首を車椅子に電子錠で固定していたのですが、解錠されました」

「停電の影響で？」

「いえ、停電とは関係ありません。それ以前に解錠された痕跡があるのです。電子錠は警備部の使う専用の電波鍵《スマートキー》と対応するのですが、目的が短時間使用に限られるため暗号鍵が短く、解析されてしまったようです。産業密偵が自ら解錠したと思われますが、遅効性ウィルスが装備に仕掛けられていた可能性もあり、現在調査中です」

「生き残ったのは、第一秘書一人か」映像上の各所で、血溜まりが広がり続けている。

「はい。彼女だけです」

「わずかな時間だが、産業密偵と言葉を交わしたようにも見えた」

「秘書は密偵から、本社ビルの駐車場へ逃れるための経路を聞かれ、教えた、ということです」

「秘書が密偵と繫がっていた可能性は？」

「動機がありません。もちろん唯一の生存者として、聴取は重ねています。いずれにしても、密偵を解放した原因については佐久間自身で見付け出すでしょう」口を出すな、ということらしい。

スクリーンではようやく第一秘書が動き出し、這うように会長に近付き、生死を確かめている。

「……すでに、会長も事切れています」冷静にいう雫へ、

「銃弾が当たったようには見えなかったが」

「産業密偵の指が会長の眼球を潰し、大脳まで達していたそうです。自律神経系統が破壊されたため、蘇生は不可能でした」

「……この後の密偵は」

「駐車場から本社を逃げ去り、行方不明です」

「俺の役割は――」映像が静止する。「――産業密偵を追う猟犬か」

「いいえ」雫が小さくかぶりを振り、「密偵の捜索と逮捕は、すでに警察の手に委ねられています。佐久間にできることは、ほとんどありません」

スクリーンが上昇し、天井に収納される。

「あなたの役割は……微細走査官として、ある人物たちと会い、交渉することです」

「微細走査官として交渉？」

「はい。それが佐久間旭会長の遺志であり、目的に違いはあっても、現在では役員会全体の意向となっています。詳細は、これから向かう警備本部で説明があるでしょう」雫がサイドボードの端子から抜き出した小さなカードを差し出し、「先ほど再生した動画です。原本の切り抜きですが、後から加工できないよう保護してあります」

不揮発性記憶カード。「来未に、持っていて欲しいのです」

「……会長の死の記録を？　どうして」

「信用できる人に預けられたら、と」

手のひらで受け取る。困惑し、「これを……どうすればいい？」

「預かってくれるだけで構いません。もし後日会う機会があれば、その時に返してください」雫が、わずかに微笑んだ。「機会がなければ……あるいは何か重荷になるようなら、破棄していただいても結構です。来未の判断に任せます」

この映像は、佐久間社内の後継者争いと関係するのかもしれない、と想像する。佐久間内の事情に興味はなかったが、雫の頼みを断る理由もない。

分かった、と答え記憶カードを軽く握ると雫が頷き返し、着替えを用意しました、といった。

「通信販売で取り寄せたものですが……サイズは合っているはずです」

彼女の厚意の意味を、深く考えそうになる。オルロープ雫は微細走査補佐官であり、それ以上でも以下でもない。ビニルに包まれた背広一式を、雫がベッドに運んでくれた。来未は小さく唸った。瞬間的な頭痛。何かを忘れているような気がしてならない。ベッドの端に腰掛けると、雫がカーテンを戻した。その内で着替えている最中、来未、と向こう側から話しかけてきた。「死、とはどういうものですか」

ネクタイを締める手を止めて少し考え、

「目覚める前は……ただ深い眠りについていた、という感覚しかない」

「蘇ったのをどう思いますか」

「どう、とは」

「生と死の違いを、どのように感じたか……蘇った、と認めて喜びを覚えましたか」

雫の言葉には何か、切実な響きが含まれている。これほど口数が増えるのは、今までにないことだ。理由を訊ねてみたかったが、そうするべき話題ではないように思える。

死から蘇ったという事実を、来未は改めて考える。それを知った瞬間覚えたのは、喜びではなく諦めにも似た感覚――何も存在しない世界と、苦痛も含め全てが存在する世界。

「……どちらも、同じだ」ネクタイを結ぶ作業を再開させる。「俺にとっては同じだよ」

《Bi-》

懐に入った蒸留酒《スピリッツ》の小瓶を意識する。喉がアルコールを渇望していた。

尾藤は震え出しそうになる声を低め、「娘の命……どういう意味だ」

「石化症でしょ……その顔」浴槽に身を浸す女は尾藤を嘲笑《あざわら》い、「素直な反応。嬉しくなるくらい。なぜあたしがそのことを知っているか。あなたの個人情報を」尾藤が構え直した拳銃には目もくれず、「仮の見幸署員、でしょ？　ビトー、もっと頭を使いなよ」

「……お前は警察とも繋がりがある、ってことだ」

「おかしないい方」女の苦笑が白い水蒸気となって散り、「もともと見幸署は、叶《カナエ》県の出先機関じゃないか。市の行政は独立しているけど、警察は県から完全に分離、とはいえない」

「だからといって」声がどうしても、掠れてしまう。「俺の個人情報を携えている理由にはならない。なぜ、知っている」

「どこかで鉢合わせする可能性があるから、前もって知らされていただけ。で、実際に出会った。それだけ優秀だってことでしょ？　お互いに」

どこまで話を信用するべきか、判断しきれない。尾藤は苛立ちを隠し、

「全部が曖昧に聞こえるがね。俺の気を引きたいなら、もっと具体的に語るべきじゃないか？」

「情報開示には条件がある、とも伝えたはずだけど」

「条件をいってみろ」

「とても簡単」浴槽の中で身じろぎし、「これからあなたは見幸署へいく。鑑識課から、記憶装置を持ち出してあたしに届ける。たったそれだけ」

「……署員の誰かを、ここへ呼びつければいいだろう。記憶装置を持って来させれば」

「埋込装置を壊されちゃってさ。佐久間の会長のせいで。あいつ、凄く乱暴なんだ」

含み笑いをするトモへ、「自分でいこう、とは思わないのか」

「いけるように見える……別に、警察全体が私の味方ってわけじゃないから。防犯設備の位置情報地図をくれた、ってだけ」

「見幸署内の、内通者の名前は」

「〝ケン〟って名乗っていたけど偽名でしょ……直接会ったこともないし」気怠《けだる》げに首を回して、

「あなたは総務課なんでしょ？　署内のどこにでも入り込めるし、証拠品くらい、簡単に手に入れることができる。迷う必要、ある？」

「条件を提示されても、その報酬には納得ができないな」尾藤は喉の渇きを意識する。「今まで

の話と、俺の娘がどう関係する……」

「もう一押しってところかな……」女は笑みを浮かべたまま身震いし、「じゃあ、教えてあげる。記憶装置に入っているのは、花城弘巳の人工知能だけじゃないんだ。本当に肝心なのは、人の脳内神経細胞を電子空間に写すための構成方式《アーキテクチャ》。装置には、『テュポン計画』と呼ばれる構成方式がそっくり記録されている。『テュポン』っていうのは百の首を持つ怪物のこと。様々な人格を電子化するための雛形として設計された」

「……花城弘巳は、テュポン計画にどう関係する」

「彼が『百首《テュポン》』なんだよ。テュポンの原型《モデル》。花城は、プロトタイプの制作に自分の息子を有効活用した、ってこと。電子空間への移住者・第一号にするために」

「そんなことが……実現可能なのか」

「もう実際に富裕層の人格が百人以上、大規模なサーバの中で暮らしてる」

「……なぜ花城はK県へ、テュポン計画を売ろうとした？」

「佐久間がその計画を潰そうとしているから。たぶん、単純に投資と利益のバランスの問題。まだ試験運用だし、サーバは別のプロジェクトへ転用できるし」

　唸り声を上げてしまったかもしれない。思索せずにはいられなかった。花城は金のためではなく、電子化した息子を佐久間の手の届かない場所へ逃がそうと、妻とともに記憶装置を市外へ運び出そうとしたのだ。失踪と離婚も、彼らの企ての一部だったのか？　自らの部署、人工知能技術部の技術者を大勢殺したのは、犯行を悟る可能性のある者を極力消し去り、混乱の中で計画を進めるためだろう。そしてK県でテュポンの提示するイメージを正しくいい当て、親子三人は再会する——結果的に、その計画を潰したのは俺自身だ。

花城高は俺の言葉から算段の失敗を悟り、自分の頭部を吹き飛ばした。実際には俺はまだ……事案の輪郭さえつかめていなかったというのに。花城高が犯行直後に市外へ逃れなかったのは、記憶装置を独自に捜していたためだろう。張がすぐに市外へ出たのは元夫が死んだからだ。張名奈は記憶装置の代わりに息子の遺骨を形見とし、見幸市を去った……それで、辻褄は合う。

そして本当に、この女が全て真実を語っているとすれば——

「娘を助ける、とお前はいった」そう口にした尾藤の背筋が震え出す。寒さのせいだけではなかった。「本気でいっているなら、説明してもらおう」

「私の話、聞いていたでしょ……」トモの言葉を一つも聞き漏らさないよう身構える己に気付くが、どうしようもない。「テュポン計画が叶県に移れば、そこでまた再始動できる」

「見幸市で採算の取れない事業が、K県で成り立つのか」

「人口だけでいえば、K県には見幸市の十倍以上の人間が存在しているから。所得差も大きくて、富裕層の資産は投機先を求めてのたうち回ってるくらい」

「もう一度聞くぞ」背中の震えが止まらない。「里里《リリ》を……娘を助ける、とはどういうことだ」

「あなたこそもういい加減、分からない振りをするのはやめたらどう?」息を呑む尾藤へ、「あなたと娘さんが永遠に電子世界で幸せに暮らす。この報酬に、どんな不満があるわけ……」

《 Co-》

高層人らしき人影を遠くに見掛けた気がし、コチはその姿を追って階段から地下街に降りる。電連の服装っぽく見えたが、地下街に入った途端、飛び交う投影体の広告にぶつかり、人ごみの中で見失ってしまった。

CG美少女の舞いの向こうで、壁際に物乞いのように立つ〝幽霊〟に目を留めた。両手を少し広げて悲しげに佇《たたず》むその投影体の女性に、ほとんどの通行人は気付いてさえいない。通路の排水溝を走る鼠に、注目が集まった。同年代の女の子の集団が高い声で悲鳴を上げ、コチは場違いな自分を意識し、急にこの場から逃げ出したくなる。広場中央の、天井から床まで葡萄の房のように連なる絡繰《からく》り人形たちは実物で、時刻を知らせるために総出で管楽器を吹き始めたところだ。小さな子供たちがその周りで、手を叩いて喜んでいる。綿毛のような襟をつけた、愛らしい外套。

地下街の奥へ足を向けると、辺縁に近付くにつれどんどん薄暗くなっていった。細い通路がさらに分岐し、天井の排気ダクトと配線は剝き出しになり、どこからか染み出した水が壁を伝い落ち、投影体の広告の発光も弱く、聞いたことのない新興宗教の名前ばかりが浮遊する。狭い道の両側には、軽食店や古着屋や占い屋やレトロ玩具店――物理錠を開けるための器具まで売り出し中――が並んでいる。

コチは他よりも少し広い区画を占める酒場の扉に触れ、押し開ける。扉に描かれた黒猫の意匠《デザイン》と、銀色フォントの『量子猫《クアンタムキャット》』の店名がちょっと気を引いたから。

カウンタの隅に座り、ラムコークを注文した。店員は背の低い小太りの中年女性で、原色のワンピースを着ているのはコチの知らない何かのコスプレらしい。油染みのついたその派手な格好でラムコークを注ぎ、運んで来た。口頭でも年齢確認しなかった、と今になって思い出す。

グラスの曇りを指先で拭いてから、ラムコークを飲んだ。アルコールが胃の中を熱くし、空腹なのを思い起こさせる。目の前の小さな投影体ウィンドウには〝投資歓迎、共同オーナー募集〟の広告。投資家が来るような店には見えないけれど。ツバキからのメイルに気付く。来未が無事蘇生したという。安堵が胸の中で膨らむ。これで全て、元に戻ったことになる。元より悪い状況になったかもしれない。

立方体《キューブ》を持ち帰れ、と組合長から命令される前、あたしはどんな生活をしていただろう。電気工事。消費期限ぎりぎりの食材を買う。針と糸と接着剤で衣服を繕《つくろ》う。カップでホットチョコレートを啜《すす》り、屋上からの景色を眺める。埋込装置の骨伝導機能でエディ・ウィルソンの音楽を聞く――全部、一人で。あたしは見幸市に足を踏み入れた時から、ずっと一人だった。

ウィンドウが、市内のニュースを表示する。佐久間本社ビルで停電が発生した、という報道が流れた時には、思わず目を伏せた。そして、佐久間旭会長が殺されたという知らせに、驚いて顔を上げる。

……停電との関係を調べており……犯人は社内の診療所で治療を受けていた短期労働者と……現在、見幸署がその行方を追い……

停電とは関係ない、と心の中で強くいう。けれど、不安で仕方がなかった。まさか百《ヒャク》がそこまで、と考えるが犯人は短期労働者だというし、偶然が重なっただけかもしれない。

頭が重く、眠くなってきた。高層人にとってアルコールや麻薬は墜落死と直結するから、普段口にすることもない。しばらくの間、両手で頬杖をして休んでいると、今度は何もかもが自分とはかけ離れた別世界の出来事のように感じてくる。これからどうしよう？　電連にはまだ、あたしの居場所があるだろうか。高サへの鞍替えは、きっとババが許さない。いっそ工場地区へ戻る？　機械たちがそれなりに歓迎してくれそう……けれどあそこには、塩と蒸留水以外の食べもの飲みものはない、という話だし。

テーブルが所狭しと並ぶ店内を振り返ると、奥の席に知った顔を見付け、コチは顔をしかめる。イーノとスミ。離れた場所から見ると二人とも坊主頭で作業服を着ているから、まるで双子の中年男のようだ。地上で見掛けたと思ったのはこの二人だったのだろう。でも、そんなこと今更どうだっていい。苛々《いらいら》をぶつけるのに、丁度いい相手。コチはグラスを持って席を立った。

「組合長からは、仕事へいった、って聞いたけど」小振りなテーブルを前に並んで座る二人へ、「まだあたしの命を狙ってる？　探し歩いているわけ？」

イーノとスミは本当に驚いたらしく、「まさか」「馬鹿いうな」しどろもどろに、「お前を殺そうとしたことなんて、ないだろ」「電撃銃で撃たれたって死にはしねえよ。撃ってねえけど」

「じゃあ何で、こんなところにいるの……」空いた席に腰掛けようとすると二人が慌てて止め、

「これから、人と会うんだ」「商売の話をする。邪魔しないでくれ」

「……相手は誰？」

「ちょっと厄介な連中だ。俺らも初めて会うんだ」「暴力的なんだ。俺らと違って。そいつらと交渉するんだよ。今度へましたら、電連から追い出されちまう」

「どんな商売をするの」

「色々だよ。電子機器だとか向こうにはない電子ゲームとか、ポルノとか」「だからK県へ売る

んだ。ものによっては十倍の値がつくらしい。お前には関係ないだろ。あっちへいってくれよ」

コチは首を竦《すく》める。別に、彼らのすることに興味があるわけでもない。二人から離れて壁際に置かれたソファに腰を下ろすと、埃が舞った。顔をそむけてグラスに口をつける。

――なあ、コチにいてもらった方がいいんじゃないのか？　ソンの話じゃあ今あいつ、とんでもねえネット能力を持ってる、って。

――俺は、凄い金持ちと結婚したって聞いたぜ。でも、考えてみろよ。そんなにいい身分になったなら、こんなところに居座ってるもんか……

二人の会話が耳に入る。間違いを訂正する気にもなれない。

暖かい眠気がコチの首筋を包み始める。


コチはソファに横になったまま、瞼を開けた。時刻を確かめると、うたた寝していたのは三、四十分程度。寝入ってしまったことより、時間の進みの遅さに嫌気が差す。

イーノとスミのテーブルから、声が聞こえる。

――今すぐなんて、用意が……

――依頼人が、いつ乗り込むか分からないんだよ。もう発進しているかもしれねえ。

商談が始まっているらしい。盗み聞きをするつもりはなかったけれど、嫌でも耳に入ってくる。

――誰が向こう側で売るんだ。

――潜水艇に乗る依頼人が、丸ごと処分する。解体屋に売っても斡旋《あっせん》屋に渡しても、元締めは同じさ。

——いつ、こっちに入金されるんだ。

——今払ってやるよ。ただし、古い紙の物理円だぜ。

少しだけ身を起こし、商談の続くテーブルを覗く。イーノとスミの対面にも男が二人、座っている。電連の二人よりも若く、どちらも普通のブルゾンを着ているが、手前の男の首筋には蜥蜴《トカゲ》の刺青《いれずみ》があり、膝下の防護用具《プロテクタ》と腰から下げられた棒状のホルスターも気になる……奴らはたぶん路上強盗団《ロードランナー》だ。厄介で暴力的な連中。反《そ》り返って喋る二人を前にイーノとスミは恐々としていて、もう相手に主導権を握られているのは明らかだ。

今もぼうっとする頭で、今日はどこを寝床にしよう、と考え始めた時、カウンタの投影体ウィンドウで流れる報道映像が視界に入り、思わず身を起こした。

そこに、四年前の混乱が蘇っている——『襲撃』。

痺れるような緊張が背筋に走ったが、映像が生中継であるのに気付き、また別の騒《ざわ》めきがコチの体内を巡った。警察の多脚式鎮圧車両が大きな十字路の真ん中で立ち上がる光景。大通りの歩道と車道を、自動機械《オートマトン》たちが駆ける姿。歩道に人影はなく、道路上の車は全て停止していた。

百の操る機械たちが市外へ向かっている、とコチが認めた時、鎮圧車両上部の機関砲が火を吹き、路上の車や街路樹や標識もろとも自動機械を薙《な》ぎ倒してゆく。

破片とともに積雪が白い霧となって舞い上がる。

《Ku-》

「警備本部に着いた際には」役員用のエレベータで二人きりになり、雫が話し掛けてきた。「集まった者たちから厳しい言葉を浴びせられるかもしれません。私に話を合わせてもらえますか」

目指す階に到着したことをチャイムが知らせる。来未は、了解した、と返答する。

エレベータを降り、来未は雫とともに佐久間種苗本社の警備本部へ足を踏み入れた。

自動扉を抜けた途端、様々な大きさの投影体ウィンドウが高い天井まで並べられた、まばゆい光景が視野を占領する。見幸署の通信指令室に似ていたが規模はその数倍あり、佐久間の所有する施設内部だけでなく、市内を巡回する自動運転車のドライブレコーダが映し出す風景までもウィンドウの中にあった。通行人のそれぞれの顔にフレームが重なっているのは、社内の市民データベースと照合するための自動認識作業だろう。

雫に促され、本部の中央に設置された大型の楕円テーブルへと向かう。身体感覚は充分に戻っており、歩行にも不安はなかった。来未は、警備本部に満ちる緊張感に気付く。ほとんど全ての警備員が険しい眼差しで、こちらを窺っている。確かに見幸署と佐久間の私設警備との折り合いは悪かったが、ここまで敵意を向けられるのは意外だ。テーブルには背広姿の男と警備部の幹部らしき四、五十代の男二人だけが座っていた。正面に座る背広の男が、

「……直接、連れて来たのか。待った甲斐があったな」手近な席へ座るよう手振りで示し、「この会合のために、役員会議の開催を遅らせている。つまり……君たちの発言は、この後の会議に持ち込まれ、佐久間種苗株式会社の将来を左右する可能性がある、ということだ」

雫とともに着席する。役員が再び口を開こうとした時、その隣に腰掛けていた警備員が青ざめた顔で立ち上がり、

「この者と同席などできません」吐き捨てるようにいう。「殺人罪で逮捕されるべき人間です」

「警備部長、来未由は殺人など犯していません」静かにそう反論したのは雫で、「彼に撃たれた警備員が一人も命を落としていない以上、未遂ですらないのは明らかです。銃撃は、正当防衛と呼ぶべきものでした」

「……君は、見幸署側の人間か」警備部長の青い顔が紫色に変わったのは憤怒のためらしく、

「まさか、本人をここに連れてくるとは。部隊の半分が死んだのだぞ」

「それが産業密偵の仕業であるのは、映像記録からも間違いありません」

「怪我を負った部下の中にも、深刻な後遺症の残る者がいるんだ。この男に、自責の念というものはないのか」

「彼には警備員と戦った当時の記憶が全くありません。生理学的にみて現在の来未由は戦闘時以前の人物と捉えるべきです。その場合、銃撃による責任は一切発生しないことになります」

「実際に戦闘の結果が残る以上……」

「現在の彼に敵意はなく、争いの原因も知らず、その経過にも結果にも覚えはありません。当時とは別人であるのに、責任を追及するのは無意味というものです」

来未は二人のいい争いを冷静に聞いていた。雫から予断を与えられなかったため警備部長の敵《てき》愾心《がいしん》を理解できず、同情も反発も感じない。たぶんフラットでいることが、雫がこちらに期待している心理状態なのだろう。佐久間との間で銃撃まで発生するいざこざがあったようだが、伝える必要がないと走査補佐官が判断したのなら、気に掛ける必要もない。

「……問題は、それだけではない。君自身のこともある」警備部長の怒りは雫へも向けられ、

「警備部は君に、対重装甲狙撃銃を貸与した。強襲部隊の援護、という話だったはずだ」嫌悪で顔を歪ませ、「結果起こったのは、ひどい誤射だった。操縦士は胴体を撃ち抜かれ、即死だった。あれは本当に……間違いだったのか？　羽根《ブレード》のコントロールロッドも破壊された。そこの走査官を助けるために、あえて警備部の回転翼機を墜としたんじゃないのか」

来未は眉をひそめ、雫の横顔を見やった。奇妙な話、としか聞こえない。まるで雫自身が対重装甲狙撃銃を使いこなすことができ、実際に使用した、という風に。雫の表情は変わらず、

「それも、会長の指示で行ったことです」

「直接の命令ではなかったはずだ。君自身の判断だろう」人差指を突きつけ、「そもそも君なんぞが、この事態に会長代行であるのが不自然だ。会長の許可があったとはいえ、当人は亡くなっている。すでに無効になった、と考えるべきだ」

雫が会長の代行？　来未の疑問を余所《よそ》に会話は止まらず、

「会長代行の解除には、会長自身の指示が必要です。あるいは、役員会での決議が」

「役員会で、必ず会長代行の権限は取り消されるだろう」

「恐らくそうなるでしょう。ですが」雫は冷徹な青い瞳で相手を見据え、「今現在は間違いなく、私が会長代行です。もちろん、独断で何かを執行するつもりはありません。佐久間旭会長の意向を元に、他の役員の了解を得て……」

「当然だ」警備部長は声を低めて睨み返し、「君に、高度な判断ができるはずがない」

「対立は、その辺りで充分だ」これまでずっと黙っていた背広姿の男が言葉を挟み、「我々役員と彼女の方向性に大きな齟齬《そご》はない。警備部長、無駄な争いで時間を費やすのはやめてもらおう。

恨むのであれば、君の部下たちの練度の低さを恨むべきだ。彼らを訓練したのは誰かね……」

喉に何かを押し込まれたように、警備部長が口を閉ざす。硬い表情のまま、着席した。

来未の前にウィンドウが広がる。背広の男の名刺。監査役・雷宇航《レイユーハン》。三十代後半に見える。凹凸の少ない、女性的にも見える顔立ち。ウィンドウに触れて受け取り、こちらの名刺を送ろうとして、来未は自らの肩書きが微細走査係ではなく、〝警備課市境警備隊〟に戻っていることに気付く。雷が片手を挙げて制し、

「君のことは知っている。来未由。佐久間と見幸署を併せた中で、最も優秀な微細走査の技術者らしいな。君以上の人材はいないと聞く。今、君の所属する部署は問題ではない。それに……」

両腕を軽く広げ、「私は君に、何の遺恨もない」

警備本部が静まり返っている。彼我《ひが》の緊張関係のせいではなく、そうさせるだけの権力を雷という人物が持っている証《あかし》、とも思える。

「まず、我々が直面する状況を説明しておこう」テーブルの上にウィンドウを展開し、「現在、佐久間の所有する施設で電子思考体たちが籠城している。彼らは、ABID《アビド》の技術を用いて人間の神経細胞を電子空間に写したソフトウェアだ。元々強力な防火壁《セキュリティ》によって地下の情報施設《データセンター》に隔離されていたが、様々な自動機械を呼び寄せ、その記憶装置に自分たちを複写し、物理的に市外へ脱出しようと試みた」

ウィンドウに街なかの映像が表示される。地下街と繋がる階段を駆け上がり、歩道から道路へと溢れる機械群。

「そのために市街は大変な騒ぎとなり、実際に、自動機械の数体は市外へ逃げた。が、その他の

機械は警邏《けいら》警察と『三つ首《ケルベロス》』により阻止され、今ではほとんどが情報施設へ引き返している。情報施設の出入口は一つのメンテナンス用通路を除き、我々の警備隊が物理的に全て塞いだ」

「……三つ首?」来未の質問に雷は頷き、

「佐久間警備部の人工知能だ。協議により見幸署の防犯ネットワークと繋いで市内を索敵し、警察の所有する全ての多脚式鎮圧車両に指示を出している」

「鎮圧車両?」深刻な事態を察し、「市民に被害は」

「一切ない、とはいえないな。あの車両は、相当な攻撃性を備えている。だが、すでに外出禁止令が市議会より発令されている。巻き込まれた市民は、自業自得というものだよ。とはいえ先の『襲撃』に比べれば、死者数はごくわずか、といえる。君は……現場から離れていることを、我々に感謝するべきだな。今頃、市境警備隊は全員、K県との境界で不法入市者に備え、銃を構えていることだろう。K県の奴らは、市内の騒動に敏感だ」

「……見幸署は、防犯の主導権を佐久間に渡したのか」

「十二時間の限定だがね。そう無理のある話でもあるまい。鎮圧車両のソフトウェア開発には最初から佐久間も携わっている。非常時に際し、そもそも警察のネットワークは脆弱《ぜいじゃく》すぎる。我々が協力し合い、三つ首の監督の元で一気にかたをつけるのが、見幸市にとって最善の方法だ」

多脚式鎮圧車両の機銃掃射を受けた際には、人も機械も一瞬で粉砕されることになる。『襲撃』時の市街戦を思い起こし、深く息を吸い込んだ来未へ、

「率直にいって……警備人工知能である三つ首は優秀だよ。市街と同様、ネットワーク上でもその力を発揮する。三つ首に監視された電子思考体は、情報施設に釘付けになる以外ない。先ほど

の停電の復旧時、我々はあえて情報施設へ電力を送らなかった。施設は現在も蓄電池で稼働しているが、もう四時間ほどでそれも尽きる。思考体は身動きが取れないまま情報施設とともにシャットダウンされる運命にある……が、彼らも愚かではない」

映像を指先で消し、

「彼らの欲求を満たすために、佐久間が以前より与えていたものがある。思考体は肉欲も金銭欲も支配欲もなく、知識だけを欲する。書籍や映像や都市情報は簡単に食らい尽くしてしまった。そこで佐久間が与えたのが、医療情報だ。我が社が経営する病院、診療所に蓄積された遺伝子や疾患、臨床試験……それらを彼らの娯楽として提供した。思考体はその対価として、発見した新遺伝子や新薬の情報を我々に寄越している。そして……彼らは自分たちの身を守るために、新たな主張を始めた」

地下街の地図を呼び出し、

「重要な医療情報を大量に蓄積している、と。これまでの公開情報は、蓄積の一部にすぎない、と。思考体はその証拠に幾つかの疾患に関する治療理論の断片を送ってきた。解析した社員によると、実現可能な理論であるらしい。結果、我々は思考体たちへ手を出すことができなくなった。彼らは、大切な医療情報を消されたくなければ再び外部電力と繋げ、と要求している」

地図上の経路を指先でなぞり、

「そこで、君の出番となる。肉体を持たない彼らは、電子的に再現された人格であり記憶だ。彼らの住む電子空間は心象空間《エゴスケープ》そのものであり、そこに立つに相応《ふさわ》しい者は無論、微細走査官の他にない」

広い区画……情報施設らしき場所で手を止め、

「たった六〇〇人分の思考体のために常時、多数のサーバを大電力で稼働させている。我々はこの機会に、情報施設を停止させたい。その際には、彼らの医療情報を破壊することなく思考体だけを消去したいが、もちろん相手はこちらの目論見に気付いている。君の役割は交渉人《ネゴシエイター》として思考体と接触し、注意を逸らすことだ。後は三つ首が……」

「待ってください」雫が口を挟み、「それは会長の意向とは違っています。会長は、計画の中止を決定していません」

「次の役員会で、君の会長代行権限の停止とともに、思考体の消去も決定されるだろう。得るものはあっても、そのコストが高すぎる。仮想通貨の採掘《マイニング》に情報施設の計算力を注ぎ込めば、速やかにどれほどの利益を生むか想像してみたまえ。共和国を真似るべきだ」

「電子思考体との接触は、役員会の前に実行します」

「……その点は、すでに受け入れている。君の粘り勝ちだよ」地図を人差指で叩き、「では会長代行から、亡くなられた佐久間旭前会長の意向というものを改めて、聞かせてもらおう」

「テュポンと呼ばれるプロトタイプを雛形とし、約六〇〇人分の市民の思考を情報施設に写しています。これがテュポン計画です」雫の説明は、むしろ来未へ向けられているらしく、「これから来未由走査官に思考体と接触してもらい、その要求を確かめます」

「彼らの要求は決まっている。第一は電力。次に、亡命だ」雷がいう。「市外への脱出。だがその要求は、あらゆる意味で受け入れることができない。それは我が社の特許技術の流出であり、不手際の拡散であり、K県に借りを作ることでもある」

「要求をそのまま受け入れる、とはいっていません」雫は引かず、「まず、実際に話を聞くべきかと。会長が交渉人を探したのは、現在の思考体たちの意向を正確に知るためです」

「消去が最も我が社にとって利益のある方法だと何度も……いや、やめておこう。これでは、君との議論を蒸し返すだけになる。強硬策の他に、妥協案を用意した」

地図が映像に切り替わる。大型サーバが積み重なって空間一杯に列をなす情報施設の光景。

「彼らの第一要求、電力に関しては取りあえず許諾する。次の要求への答えとして用意するのは、思考体全員の保管だ。大容量の量子記憶装置に移動させ、そこに保存する。アナログ・レコードのように、その中では音を奏でることも会話をすることもできないが、少なくとも半永久的な保管は約束できる。もちろん将来には計画を再起動することもあり得る。電子思考体にとっては瞬き程度の時間経過しか感じないだろう」来未を見やり、「是非、その方向で彼らを説得してもらいたい」

「……問題は、彼らが保管状態というものをどう捉えるかだ」佐久間社内の政争に巻き込まれている、という感触。来未は慎重に、「佐久間が破棄しない、との保証は？」

「誓約書を作ろう」

「俺にはまるで、安楽死に同意しろ、という風に聞こえるが」

雷の表情がわずかに強張《こわば》るが、すぐにその硬さが解け、

「申しわけない。君への報酬について伝えるのを忘れていた。充分な電子円を用意させてもらう。公務員年収の二十倍程度を考えているが、具体的金額については話し合いの余地がある。君たち公務員は副業が禁止されているため資産運用の形で……」

「必要ない」見え透いた懐柔を来未は遮《さえぎ》り、「俺は警察官として、事態の収拾のためにここにいる。もてなしは不要だ」

「君もまるで……機械のようだな」雷は一瞬浮かんだ冷笑を消して、「定義として、これだけは覚えておいて欲しい。情報施設にこもる電子思考体たちは、生命そのものではない。神経細胞をシミュレートした人工知能でしかなく、自己を保護する働きはあっても、その人格は見せかけの、機械仕掛けの絡繰りにすぎない。疑似人格であり、佐久間からみれば盗人だ。我が社の技術をK県へ持ち出そうとしているのだから。我々はそれを阻止する権利を有する。多少手荒な真似も自衛の範囲……と考えている」

「いざこざを拡大するつもりはない」

「警察官として、市民の安全のため事態の収拾に努めるなら、選択肢はそう多くないはずだ」

安楽死に同意させろ、と両目で強く命じる雷へ、

「まず、電子思考体と接触する。今、彼らが何を考えているのか、耳を傾ける」無機質なその視線を見返し、「その後、交渉に入る。佐久間からの提案を含め、全ての方向性を探る」

「……いいだろう」雷は警備部長へ顎を小さく上げ、「こちらの装備を貸与する。着替えたら、すぐに情報施設へ向かって欲しい。すでに思考体へは、微細走査官が交渉人を務めると伝えてある」テーブルに展開した地図を手のひらで消し、「報告では……彼らは歓迎の意を表したとか」

《Co-》

コチは思わず、ソファから立ち上がる。街の景観ごと自動機械たちが砕け散る映像を目《ま》の当たりにして、声を出すこともできない。なす術《すべ》もなく地下通路へ引き返してゆく機械たちの姿。百の予想より警察の動きが速かった？　それとも、佐久間の警備人工知能・三つ首が先手を打ったのだろうか。百は三つ首をとても警戒していたけど……百を助けなければ。何度もあたしを救ってくれた人工知能を。今のあたしにできることは？　百が今望んでいるのは、自動機械たちを市外へ送ること。いや、本当に脱出させるべきなのは、機械そのものではなく――

コチは、イーノたちのテーブルへ駆け寄る。二人の路上強盗団へ、

「その話、あたしが乗るよ。儲け話を上乗せしてあげる」

刺青の男は不機嫌にこちらを睨み据えてからイーノへ、「知り合いか？」

「……同じ組合員だ」

「今回の取引の関係者か？」脅えたように組合員がかぶりを振ると、「なら、どっかいきなよ」

白けた目つきでコチを見上げ、「もう少し背が伸びたら、お前ごと話も買ってやる」

「初顔とは商売しねえ」濃い顎鬚《あごひげ》を生やしたもう一人もいう。コチは懸命に頭を回転させる。

何か路上強盗団たちの気を引く話を――あるいは、挑発する言葉を。

「あなたたちは路上での仕事を生業にしてる」両手をテーブルに突いて、「危険な仕事。それだけでは足りずに、こうして屋上の組合まで商売相手にしている。なぜ？」コチは〝刺青〟のきつい目付きにも怯《ひる》まず、「要するに、本業がうまくいってない、ってこと。しくじった時は……」

廃墟の踊り場に転がる、スケートを履いた足。

「大怪我をして、命からがら逃げ出すことになる。でしょ？」

「だから、何だ」テーブルの雰囲気が変わる。さらに険悪な方向に。

イーノとスミが慌て出し、路上強盗団二人の態度は逆に冷えてゆく――もう少し。

「毎日が危険、って話。だって、あなたたち若すぎるじゃん。大人は皆逮捕されたか、ぼろぼろになって引退したか。で、あなたたちは方向転換した。K県にまで手を広げることで、うまくいかない仕事の穴埋めをしようとしている」

刺青の息が荒くなるのが分かった。腕組みを解き、そのまま飛び掛かって来そう。けれど彼の怒りは、こちらの言葉が正しいのを証明している。

「だったら、屋上で今一番の実力者と組むのが、正解じゃない？」

テーブルが、奇妙な雰囲気に包まれる。憤《いきどお》りに困惑が加わり、刺青の表情は崩れ、

「……一番の実力者、って誰だ」

「目の前にいる」

「お前が？　新しい組合でも作ったのか？」

「そうじゃなくて……」どう自分を大きく見せるか。「ちょっと違うんだ。革新的商売《ベンチャービジネス》って奴」

手を挙げて大声で店員を呼ぶ。ワンピースの裾で両手を拭きながら寄って来た中年女へ、

「投資するよ。今すぐに、この店の共同オーナーになる。幾ら？」

店員は驚いていたが狡《ずる》そうな皺が目尻に浮かび、コチへ投資金額を耳打ちする。すぐに了解して店員がポケットから出した端末に（時代遅れの仕組みに苛々しながら）手動で暗証番号を打ち込んだ。これで……蓄えのほとんどが消えたことになる。

「今日はあたしの奢《おご》り」まばらに座る客を見回して、「好きなだけ飲んでいいよ。新しい共同オ

ーナーのコチ・アキ。覚えておいて」

喜ぶより呆気に取られている客たちは放っておき、路上強盗団へ、「新しい商売相手の、財力は充分」ィーノの肩を拳で小突き、「聞いてるでしょ？　あたしの実力」百のいない状況で、もう存在しない力をあるように見せかけないと。

「……確かに皆、噂してるよ」「……なんか、防犯用自動機械を味方につけた、とか」ィーノとスミが、躊躇《ためら》いながらいう。

コチはカウンタの報道映像を指差し、「あの機械たちを全部、あなたたちへ譲る」路上強盗団の二人が顔を見合わせる。「それを市外で売り捌《さば》いて。潜水艇があるんでしょ」

「……一匹だって、入れねえよ」刺青には、少しも納得した様子がなく、「一人乗りだぜ。ばらばらに砕いても小型の一匹が、人間の乗る隙間に詰め込めるかどうか、だろうさ」

「自動機械そのものは、運ばなくていいんだ」顔を寄せて声を低め、「市外に出すのは、記憶装置だけ。機械から外して持ち出す」

「記憶装置……カードとかミニ・ドライブを？」

「そう。全部、大容量。転送速度も最高。量子記憶装置もあるかも。それ自体が商品になる」

「それをどうやって手に入れるつもりだ？」刺青が報道映像を顎で示し、「あの騒ぎは、ウィルスの仕業だっていうぜ。やばいもんが仕込まれた記憶装置を誰が買う？」

「K県側の誰かが。元々、正規の輸入品を売買してるのじゃないでしょ？　保証が必要？」

「だから、どうやって手に入れるんだよ」〝顎鬚〟が不機嫌に、「ここに持って来るのか？　どのくらいの時間がかかる？」

百は情報施設を始点に行動している。中心街の、さらに下。

「調圧水槽に……いって帰って来るだけの時間」

「地下のでかい放水路の話か？　なぜそこへいくんだ？　どこにあるか知ってんのか？」

コチは考え込む。ここからそう遠くはないはずだが、正確な位置は知らなかった。百に聞けば簡単に分かる話でも、今となっては連絡の取りようもない。路上強盗団二人が目配せした。こちらを侮《あなど》る様子も腹を立てる風もない……完全に興味を失った、というだけ。

悔しさと焦りが込み上げる。何もできない、という現実がコチの心を蝕《むしば》み始める。百が追いつめられているというのに。でも、あたしが心配しているのを知らせる術さえない――

路上強盗団たちがカウンタの方を、口を開けて眺めている。イーノとスミも振り返り、そのまま動かなくなった。彼らの目線を追い、コチの視界に入ったのは……精細なモノクロームの立体地図。店内の全ての投影体ウィンドウが、地図を表示している。地下街から、さらに細い通路がひび割れのように色々な方向へ延びる様子。

奥深くに広い空間が見える。あれが調圧水槽……情報施設。

投影体を乗っ取られたのは、店内だけではなかった。通路を漂う広告にまで、同じ地図が映し出されている。百はたぶん、地下街中の投影体にこの図面を送っているのだろう。あたしとの接触を三つ首に特定されないための、最良の方法。そしてこの立体地図は――百からのＳＯＳ。

コチは、カウンタ内で端末をいじり投影体の不具合を直そうとしかめ面の店員へ、

「この店のアカウントとパスを教えて」椅子を掻き分けて走り寄り、「その図面をダウンロードさせて」

九

《Bi-》

見幸《ミユキ》署へ向かう電気軽自動車の運転席から、尾藤《ビトー》は道路に立つ多脚式鎮圧車両を見た。

薄暗い街の中、暴動鎮圧用兵器は八本の脚を伸ばして車体を持ち上げ、防犯ネットワークからの次の指示を待ち、降り掛かる雪を受けていた。その脚元に立っているのは操縦士を任じられた若い巡査だ。脚の側面に設《しつら》えられた梯に手を掛けたまま鎮圧車両と同様、呆然と風景を見詰めている。〝操縦士〟とは名ばかりで、実際は拡張ジュネーブ諸条約に準拠していると市外へ示すための添えものにすぎない。付近を尾藤の自家用車が通り過ぎても巨大な戦闘車両は何の反応もみせず、その機銃の先は地下と繋がる階段へ向けられたまま動かなかった。すでに大口径の銃弾の使用された痕跡が一帯にあり、並木は倒れ、ガードレールがへこみ、アスファルトのあちこちに孔が開き、機械の破片が散乱し、火薬の臭いが漂っている。建物の割れたショーウィンドウの中に硝子片とともに散らばる黒い塊は人のようにも見えたが、覗き込んで確かめる気にはなれない。

四年前の『襲撃』時とは事情が違うはずだ。音声報道は、公有の自動機械《オートマトン》がウイルス被害に遭っている、と繰り返すばかりで、その原因を伝えようとしない。現在、防犯機械や検査機械は本来の仕事をしていません、自動機械には絶対に近付かず、市より発令された外出禁止令を守ってください……抗酒剤の宣伝が始まったのに苛立ち、尾藤は車内ラジオを切った。

複合商業施設の長い階段の途中で立ち止まり、尾藤は蒸留酒《スピリッツ》の小瓶から一口分だけを飲み込んだ。やたらと熱く感じ、むしろ喉の渇きを強めるようだった。共用エントランスを通り、見幸署に足を踏み入れる。佐久間《サクマ》の警備員が施設から消えていることに気付く。

受付カウンタの上部を流れる投影体テキストが、教育科学館に展示された人型自動機械《アンドロイド》がウィルスに汚染され行方不明になったこと、そして佐久間会長の死を知らせている。犯人はK県の短期労働者とみられ……尾藤の脳裏に、ユニットバスに身を沈めるトモの姿が浮かぶ。俺とは関係のない事案、と思い込もうとする。入口にいてさえ、署内の緊張を感じることができた。改めてカウンタで虹彩検査を受けた後、

「証拠品が届いていると聞いた。ヘリと一緒に、現場に落下した奴だ」検査器を操作する若い男性警察官へ、「保管庫の鍵はあるか？」

「……大きなものは、ガレージで一時的に保管しています。細かなものは、まだ鑑識課にあるはずです」訝《いぶか》しげに答える相手へ頷き、受付を離れる。

見幸署内の配置は以前と変わっていないらしい。尾藤は居心地の悪さと懐かしさを同時に感じ、奇妙な心地でフロア奥の鑑識課へ向かう。慌ただしく行き交う警察官たちは誰もこちらに注意を払わなかった。刑事課の隣に『鑑識課』のプレート。仕切りを拳で軽く叩き、返事を待たずに素早くパーティションの内側に入った。

無人の机だけが並び、課内に残っている者は一人もいなかった。幾つもの投影体がタグとして宙に浮かんでいる。タグが塊となった場所があり、その下の長机に、証拠品の入ったビニル袋が並べられていた。長机に近寄るのと、近くのカーテンが開き給湯室から制服警察官が現れるのは同時だった。同世代の男、とだけ受け止め無視を決め込み、尾藤はタグの確認に戻る。証拠品のほとんどは、佐久間警備員の装備の一部だ。銃器の部品、装甲ブーツ、撮影機器（フェイスガードの一部）、防弾ジェルの一部、記憶カード……尾藤は袋ごと手に取り、内容を確かめる。市販品のカードで、量子記憶装置《メモリ》ではない。袋を戻すと、

「……そいつは佐久間の警備員が、職務中の映像を記録する奴だ」係長の席に座る制服警察官がカップで飲みものを啜り、「暗号が複雑で、鑑識の技術じゃ内容を確かめることもできない。が、佐久間へ返却するのも癪《しゃく》でね」

　珈琲の香り。尾藤は、相手の顔を知っていることに驚く。笹英夫《ササヒデオ》。以前は生活安全課に在籍——その時には、幾らかの報酬を渡すことで警察の映像情報を横流しさせていた。十年振りに直接会う笹は回転椅子の背にもたれ、無気力に前方を見詰めたまま、

「そいつを見付けたのは、鑑識課の自動機械だ。蚯蚓《ミミズ》みたいな形の。今は乗っ取られて、どこかへ消えちまったがね」

「皆、出払っているのはそのせいだろ？」

「緊急配備も発令されたからな」

「……なら、あんたはどうしてそこに座っているんだい」

「事故で脊椎を傷めて以来、ずっと留守番だよ……それに、こうしていれば」珈琲を一口飲み込

み、「火事場泥棒に会えるかもしれん」

「量子記憶装置はどこだ?」尾藤は間髪をいれず、「重要な証拠品だ。総務課でも書類を作りたいんだがな」

笹の視線が、ようやくこちらを捉える。尾藤の記憶にある笹は、もっと髪の量が多く、これほど頬も痩《こ》けていなかった。元同僚は大儀そうに立ち上がり、証拠品保管庫の中だ、といった。

《Ku-》

装甲で覆われた佐久間警備部の警備員輸送車両には窓がなく、暗い隧道《トンネル》の光景を眺めることはできない。来未《クルミ》は、百足《ムカデ》のように連なった警備員輸送車両の二台目にオルロープ雫《シズク》とともに乗り込み、二人きりになった。同乗しようとする者は警備員の中に、一人もいなかった。

車両の前方で向かい合わせに座る二人は、ともに警備部から貸与された戦闘用ボディスーツで身を包んでいる。地下の隧道内の温度は低かったが、スーツの体温調節機能が中和していた。戦闘用スーツを着た雫はその落ち着きのせいか、まるで歴戦の兵士のように見える。自動運転で車両が発進した時、雫のボディスーツのヒーターが働いていないことに気付き、来未は片手を伸ばして肩口のパネルに触れ、ランプを点灯させた。雫は唇の端に浮かべた笑みをすぐに消し、

「彼らは電子思考体の保管など、考慮に入れていません」前屈みに顔を寄せ、小さな声で、「来未の交渉が成功しようとしまいと、思考体を消去するつもりです。恐らく電力供給を再開すると見せかけ、偽情報に乗せて『三つ首《ケルベロス》』を情報施設《データセンター》のサーバ内に侵入させ、一気にシャットダウン

する気でしょう。三つ首なら可能です。そうなれば、思考体には逆らう術がありません」

来未は頷き、「君は、電子思考体の要求を確かめろといったが……実際、会長は思考体についてどう考えていたんだ」

「……判断を迷っていたと思います」雫は慎重な口振りで、「計画自体を存続させるか、思考体ごと抹消するか。雷《レイ》監査役は言及しませんでしたが、電子空間の中には佐久間旭《アサヒ》会長から転写された思考体も存在します」

「俺が交渉する相手は……会長の複製か」

「分かりません。思考体たちが誰を代表に選ぶのか。もしかすると、電子空間では〝個人〟という概念自体がないかもしれません。情報共有がとても容易ですので。いずれにしても現在の役員たちが、思考体を会長そのものと認めることはありません。ですが、物理的存在の会長が消えた以上、電子的な双子である思考体を消去するのは、本人の意向に沿うものとは思えません」

「こういういい方は、雷の意見に同調するように聞こえるかもしれないが……」伝えるのを少し躊躇《ためら》ってから、「故人の指示に、それほど忠実に従う必要があるのか？　今後の君の立場を危うくするばかりでは。俺は、ここでの任務が終われば見幸署に帰るだけだが、雫はどうなる。会長代行の権限が剥奪された時には」

「結局、誰かがこの事態の責任を取ることになります。その内の一人は……恐らく、私でしょう。けれど、他の選択はあり得ません。ただ、正直にいって……会長の指示を守っている、というだけではないのです。私は電子思考体というものに、少々感情移入しています。彼らを消し去りたくない、と」目元が和《やわ》らぎ、「電子思考体を生命と捉えているから。そして……その世界を、一種の理想郷として保存したいと思っています」何か、悪戯《いたずら》っぽい微笑がその顔に浮かび、「個人的な願望です」ひどく脆《もろ》いものが瞳の中に見えたように思える。

「……実際に接触してみなければ、何も分からない」大きな期待を持たせるわけにもいかず、「俺は、微細走査官として判断することになる。君と電子思考体の望みを叶えられるとは限らない。理解して欲しい」

「分かっています。もし、思考体の死が避けられないなら——彼らが安らかに逝けるよう、できるだけのことをしてあげてください」

「……了解した。俺からも頼みがある。俺のサポートと同時に、佐久間の動きを監視して欲しい。急な変化があるようなら、すぐに知らせてくれ」

分かりました、と返答する雫へ、

「もしこの先、雫が会社を辞めることがあるなら」ふと肩の力を抜き、「その時は、仕事以外の話ができるな」

「……そうですね」

静かな時間が車内で流れるのを、来未は意識する。深く考えて出た言葉ではなかったが、特別な意味が含まれているようにも思える。

一瞬の、鋭い頭痛。思い出すべきことがあるはず、という感覚。

「この件が終わったら」雫が真っ直ぐにこちらを見詰め、「来未自身の履歴を振り返ってみるのも、いいかもしれません」

「履歴を？　なぜ」

雫は微笑むだけで、返事をしなかった。

輸送車両が速度を落とし、停車する。後部扉から隧道に出ると冷気が頬を刺し、呼気が白く染まる。警備員輸送車のヘッドライトで辺りが照らされている。地下工事の際の臨時通路として掘削された道の隅には、打ち捨てられた太いケーブルがとぐろを巻いていた。

警備員の一人から、フェイスガードを渡された。装着した途端ゴーグルの暗視機能が起動し、と同時に目的地までの方向と距離が表示される。戦闘用ボディスーツを着た数十名のうち、武器を持たない者が、自分と雫だけであるのを来未は認める。

小さな扉の前で待つ先着隊の警備員が、指先でぞんざいに招いた。扉の先はサーバ・ルームへと繋がるメンテナンス通路だ。歩み寄ると警備員が物理鍵を差し込み、そしてふと動きを止めた。来未も異変に気付く。地響きを感じ、奥の暗闇へ視線を移した。

何かが、隧道の先から現れ出ようとしている。

武器を、と雫が訴えるが、警備部長の耳には入っていない。佐久間の私設警備員たちが照明付きの自動小銃を暗闇へ構え、来未もそこに目を凝らした。低い電動機《モーター》音とともに、巨大な気配が隧道を這い進んで来る。

暗がりから出現したのは——長い胴体を背後で回転させる、大型の建設機械。

行く手を遮るように先頭の輸送車両の前で回転を止めた。唐突な静寂が地下空間を占領する。

静けさの中、幾人かの警備員が慌てて銃の安全装置《セイフティ》を外した。大型機械の頭部が花の咲くように割れ、内部から二本の円筒が伸びる。

「危ないっ」そう雫が叫んだ瞬間、円筒の先が輝き、爆音が起こった。

《Co-》

レインコートの前を襟まで留めても、寒さが伝わってくる。酒場の端末からダウンロードした立体地図を頼りに情報施設まで近付いた感触はあったが、地下空間は次第に工事用道路や水路が入り交じって複雑になり、ネットとの接続も切れ、現在地の把握さえ難しくなってきた。

それよりも気になるのは、さっきからずっと誰かにつけられている気配がすること。心当たりはある。路上強盗団《ロードランナー》。地下の露店で必要な工具を買っている時にも、少し距離を置いてこちらを窺っていた。『量子猫《クアンタムキャット》』で待っていて、といったのに。

金属製の扉のシリンダー錠に、露店で購入した火薬式バンプキーを差し込む。スイッチを入れると小さな爆発がシリンダー内のピンを弾《はじ》き飛ばし、タイミングを合わせてキーを捻れば錠を開けることができる。コツをつかむまでに数回分の火薬を無駄にしたが、予備もまだ幾つかある。

甲高い音を響かせ、コチは重い扉の隙間を広げた。床に散らばった土嚢を避けながら狭い通路を抜けると、巨大な縦穴が目の前に現れる。小型の電灯では、底まで光が届かなかった。背後に人の動きを感じ、電灯を向けるが、その瞬間に足音が消えた。

コチは縦穴を囲む作業用通路《キャットウオーク》を進み、途中の梯で下方へ降り始める。電灯を口で噛み、慎重に降り、垂れ下がったコードを潜ってまた別の通路の入口に立った。壁の亀裂から、血の色の錆が流れ出ている。扉にバンプキーを差し込もうとするが、その錠は電池を内蔵した電子式だ。別の道を探さなければいけない。振り返ると、二つの人影が立ち塞がっていた。

輪郭だけでも、〝刺青《いれずみ》〟と〝顎鬚《あごひげ》〟なのが分かる。コチはレインコートのポケットに片手を差し入れてカーボンナイフに触れる。深く息を吸う。

ゆっくりと二人が近付いて来る。刺青の手に何かが握られていた。コチはポケットの中でナイフを鞘から抜く。その柄を握り締める。二人がさらに近寄って来た瞬間、今は足元を照らしている電灯の光を突きつけ、カーボンナイフの刃先ごとぶつかるつもりだった。

今まで、人を殺したことはない――今までは。自分の息遣いが、頭の中で轟《うごめ》いている。ナイフの柄の滑り止めが手のひらに食い込んだ。奥歯を嚙み締める。覚悟を決めようとしたその時、人影が立ち止まった。光を向けんなよ、と刺青がいう。

「暗視装置の安全回路が壊れてんだ。素子が狂っちまう」二人ともスコープのついたヘッドギアを被っている。退《ど》いてみな、と刺青がいう。「この辺りまでは俺たちも来たことがあるから」

警戒しながら脇へ退くと、二人が傍を過ぎ、扉に張りついた。刺青の持つ小型の機械からコードを伸ばし、顎鬚がそれを受け取って肩掛け鞄から出した携帯端末に繋ぐ。刺青が機械を電子錠の受信部に近付け、顎鬚が端末を操作する。

「……地下工事用に取りつけられた電子錠は種類が少ないんだ。大勢の人間が出入りするのに、楽なようにできてる」

そう説明しながら、ちらちらと振り返る刺青へコチは思いきって、

「量子猫で待ってろ、っていったよね……」

電子錠が鳴った。解錠された合図。

「役に立ったろ」刺青はノブを回して向こう側を覗き込み、「手伝わせてくれよ」

「どうして」

路上強盗団たちが困ったように顔を見合わせる。カーボンナイフを手放せずにいるコチへ、

「あの酒場でさ、何かが起きただろ」刺青が声を落とし、「あんたが起こしたんだ。俺らの目の前で、今まで一度も起きなかったことを。調圧水槽の話をしていたらその地図が突然、だぜ……」遠慮がちにこちらを窺いつつ、「俺さ、生きてきた中で驚くような出来事っていうのは全部悪い話だったんだ。人が死んだ話ばかりだよ。目覚めたら隣で寝てるママが冷たくなって死んでた、とか。前の日に薬を色々混ぜて呑んでたんだけど。つい最近じゃあ、仲間が通行人に殺された、とかさ。銃で撃たれたんだと」

コチは二人が最初の印象より、もっと若いように思えてくる。あたしと変わらないくらいかも。

「あんたは、きっと特別なんだ。だから、ネットの中にいる何かが、大きなものが、あんたに応えてくれた。だから、なあ、手伝わせてくれよ。足手まといにはならないから」そういって黙り込む。息を潜めて、こちらの返答を待っていた。二人とも、ひどく緊張している。

「……名前は」コチが訊ねると、どちらもあからさまにほっとした態度をみせた。

〝ウジ〟と刺青がいい、〝クロ〟と顎鬚が答える。

《Bi-》

笹が、保管庫として隔てられた一画の、金網の扉を物理鍵で解錠する。

内部には金属製の棚が並び、それぞれの段に証拠品を収納した一抱えほどの箱が丁寧に積み重

ねられている。尾藤は奥へ進む笹の後を追った。笹が箱の一つを引き出し、蓋を開ける。中には、小さな立方体《キューブ》だけが入っている。量子記憶装置。

「こいつがまた、手に負えなくてな」尾藤へ箱ごと向け、「ただの記憶装置じゃなくて、ファイルが独自のOSで守られているんだ。妙なインターフェイスが動き出して、解析どころか複製もできなかった」

「画像が表示される奴だろう」

「知っているのか」

「少し、な。下手に触れない方がいい。署内のネットワークが汚染されるぞ」

「佐久間に持っていくつもりか」

「……なぜ」

「奴らが、うるさく所有権を主張している代物だよ」

「お前こそ、佐久間へ渡そうとは考えなかったのか」

「そいつは違法だ。証拠品の横領。だろ？」

尾藤は思わず笹の横顔を確かめる。本気か冗談か、区別がつかない。元同僚の口から〝違法〟という言葉が出てくること自体、不自然に感じる。笹はずっと、灰色の領域よりもさらに深い場所まで片足を突っ込んで生きてきた男だ。

「……幾ら欲しい」

尾藤の質問に、笹は軽くかぶりを振って箱をこちらに渡すと、

「こいつに関しては、巻き込まれたくないんだよ。一切、な」背を向け、引き返す。「お前さん

も、余計なものに手を出さない方がいいんだがな……」

保管庫に一人残された尾藤は、箱の底の立方体を見詰める。

あなたと娘さんが、永遠に電子世界で幸せに暮らす——トモという名の密偵《スパイ》の言葉が脳裏で鳴り響く。里里《リリ》と俺を救う方法。今まで、想像したこともないやり方。

身体は必要ない。純粋な人工生命となった俺と里里は、電子の世界で半永久的に、肉体の痛みも衰えもなく幸福に過ごす……体中から冷や汗が噴き出すのを感じる。何か、大きな間違いを犯しているような気がしてならない。だがその正体は頭の中の靄《もや》に隠れ、判然としなかった。

忘れるな、と尾藤は心の中でいう。他に、俺たち親子を救済する手段はないことを。

立方体を手に取り、外套の内に押し込んだ。

商業複合施設の階段を降りる半ばで足を止め、夜空を見上げる。

厚い雲が街明かりを反射し、紫色に染まっていた。際限なく降る雪が街灯に照らされ、羽毛のように落ちてくる。考えるべき何かを忘れているような感覚があり、空を仰いで思い出そうとするが、閃くものはなかった。焦りばかりが募り、胃を焦がそうとする。

機械式駐車場まで歩き、支払いを済ませ、シャッターの前で地下格納庫から一人乗りの自家用車がせり上がるのを待った。パレットから押し出された、砂埃にまみれた軽自動車の運転席に座るとフロントグラスに無害煙草の広告が表示され、車内の吹き出し口から低い溜め息のような温風が流れ出す。行き先を埋立地に指定し、発進するとすぐに警察の非常線にぶつかったが、自動拳銃を手にした軽装備の地域課警察官は、K県と真逆の方角へ向かうぼろ車に興味はないらしく、家にいろと短く命じ、身元の照会もせずに尾藤を通した。

ふいに、このまま事務所へ戻るべきではという気分が起こった。瞼を閉じ、ようやく心の騒《ざわ》めきが薄れ、目を開けた時には、車はすでに郊外の商店街に入っていた。雪に交じって宙を漂う蜉《カゲ》蝣《ロウ》が視界に入る。街に人気《ひとけ》がないのは外出禁止令のせいだろうが、あるいはずっと以前からこの辺りは寂れていたのかもしれない。商店街特有の派手な投影体広告は一つも見えず、頭上に街灯の青い光が並ぶだけの無人の世界。だが路面には温水が流れ、アスファルトの雪を溶かして――

勢いよく前方へ倒れ掛かった尾藤は、ステアリングから飛び出したエアバッグに跳ね返され、運転席のヘッドレストに後頭部を打ちつけた。自動運転AIが急制動を掛けた、と理解した時には車体が道路を滑って横を向き、ガードパイプが運転席へ迫ってくる。二度目の衝撃とともに、サイドウィンドウを覆って膨れ上がったエアバッグに圧《お》され、尾藤の体が不自然に傾いた。

動きの止まった車内でアラームが鳴り響いている。朦朧としつつ起き上がり、エアバッグを掻き分けて車道に出ると、扉が硝子片を路上へまき散らした。ボンネットに街灯が食い込んでいる。その先に警察車両が停まっていた。丁字路の横道から相手が突っ込んで来たために、AIは運転の挙動を乱すことになった……警察車両は白黒の塗装に傷がつき、片側のヘッドランプが潰れていたが、損傷はそれだけだ。あえて手動《マニュアル》で飛び出したのだ、と尾藤は理解する。その運転席の扉がスライドし、私服警察官が姿を見せた。

《Ku-》

環《タマキ》、と尾藤はそう声に出す。

来末は雫を庇《かば》い、二台目の警備員輸送車両の後方へ滑り込んだ。衝撃が隧道を揺らし、頭上からコンクリートの瓦礫《がれき》が降り注ぐ。建設機械の狙いは、砲撃による天井の崩落か――

「……岩盤を削るための、掘削機です」来末の腕の中で雫がいう。「穴を穿《うが》つために爆薬を装備しています。佐久間のネットワークと繋がっていないため、悪意のソフトウェア《マルウェア》に感染したのでしょう。以前からの仕掛けか、あるいは外部に協力者が存在するのか」

粉塵が舞い、視界を覆う。自動小銃の銃撃音が辺りに反響するが、岩をも穿つ掘削機のカッターヘッドを相手に効果があるとも思えない。

「生き埋めにするつもりか」来末は雫へ声を張り、「電子思考体は、なぜ交渉を拒む」

「攻撃も、彼らの駆け引きの一つかもしれません」冷静な声が返ってきた。「何らかの形で、己の立場を有利にするための手段では」

警備員の悲鳴が聞こえ、倒れる姿が灰色の戦塵に影絵のように映った。来末は雫から離れ、身を屈めて両手を伸ばし、ボディスーツの装甲をつかむと全身に力を込め、車内後方へ引き摺り込んだ。警備員の体のどこからか、血が流れ出ている。スーツの損傷箇所を探す来末へ、

「役員から、交渉中止の通達はありません」雫が手伝いながら、「交渉は継続中と見做《みな》し、私たちは役割を全うしなければ」

来末は背後を顧みる。後方の車両は瓦礫の中に埋もれ、すでに撤退可能な状況ではなかった。

「サーバ・ルームへ進みましょう」装甲の隙間に弾痕を見付けた雫が、そこへ装備品の止血剤を流し込む。首を傾げて相手の胸元の液晶表示を読み、「血圧は低下していますが、生命兆候《バイタルサイン》は正

常範囲を示しています。動かないように……借ります」苦しげに体を丸める警備員の腰から自動拳銃を抜き出し、ボディスーツの太股のポケットに差し入れた。

ゴーグルに表示されたカーソルが、私設警備員それぞれの位置を示している。ほとんどが先頭の輸送車両の裏に集まり、幾人かは掘削機の制御パネルへ近付こうと身を低めて回り込み、残りの数人はその場で完全に静止していた。それらの背後を、駆け抜けなければならない。

補佐官へ頷き、車両の後ろから飛び出した。雫を守って走ろうとするが、急な動作に脚がもつれてしまう。破片と砂塵が振り掛かる中、ゴーグルの暗視機能が、銃撃の発火炎《マズルフラッシュ》を瞬かせる警備員たちと火花を散らし弾を跳ね返す掘削機の姿を、モノクロームの怪獣映画《キネマ》のように見せていた。閉じていたカッターヘッドが再度開き、砲身が現れる。雫とともに、物理鍵が刺さったままの扉に取りついた。二人が通路側へ足を踏み入れた途端、破片か跳弾が金属製の扉に当たり、背後で大きな音を立てた。銃撃戦の続く様子が分厚い扉を透過し、こもった音で伝わってくる。雫が、メンテナンス通路に入ったことを警備部長へ無線で報告しようとするが、電波が遮断されている。カーソルも消えた——警備部長は状況をどう認識しているのか。策もなく、いたずらに銃弾をばらまいているように思える。雫の前を歩く来未は、狭い通路が奥からの光を受け、ほの明るく見え始めたことに気がついた。角を折れた瞬間に出現した情報施設の広がりに、圧倒される。

暗視機能を切ると、巨大な空洞の中、高層建築のように林立するサーバの重層が無数の光を放っていた。自己状態と相互接続状況を表す保守ランプの光。その明滅。作業用通路がサーバ・タワーを縦横に、何重にも樹枝のように繋いでいる。まるで過密都市に迷い込んだようだ。ボディスーツのヒーターが消えた。情報施設の排気熱が空間の温度を上げている。サーバ・タワーの足元で犬のようにうずくまる自動機械を、来未は発見する。あちこちに、様々な機体の黒い影が見える。相手の出方を窺うが、明確な〝敵意〟は見当たらない。

床に薄く水が張られている。ブーツの靴裏で波紋を作りつつ、内部へゆっくり歩を進めた。

実際に都市の中にいる、と思う。このサーバ群は約六〇〇人の電子思考体を記憶し、内部では全員の生活する仮想空間を展開しているのだ。多くの〝存在〟を周囲に感じる。作業用通路のあちこちで忙しく動き回る保守点検機や、サーバを守る多数の自動機械とはまた別の存在感。思い過ごしのはずだが首筋の皮膚が粟立《あわだ》ち、それらの気配を振り払うことができない。保守ランプの光が、全て誰かの視線のように思えてくる。遠くの壁面に、大型換気扇《ファン》の並ぶ光景。換気扇は緩やかに回り、重低音を奏でていた。

特別な緊張が、この場に満ちている。彼らの目がこちらの一挙手一投足に注がれ、息を殺しているのが分かる。俺たちが訪れたのは、電子思考体の住み処、彼らの領域――来未はフェイスガードを外し、床に捨てた。すぐにどこからか清掃機が現れ、素早く持ち去った。入口から二〇〇メートルほど進み、気付けば、視線の先にランプの光を遮る何かが立っていた。

暗がりから、水音とともに現れたもの。

背後の雫が身を寄せ、その肩が上腕に触れる。次に何が起こるのか、来未はその場で待った。

ランプの明かりが、近寄って来たものを不規則に照らし出す。来未は息を呑んだ。

まるで、解剖途中の人間のように見えた。それは祈りを捧げるように水浸しの床に両膝を着き、頭を垂れた。背中からケーブルが延び、サーバ・タワーの陰まで続いている。来未は冷静さを取り戻す中で、そこにいるのが切り開かれた頭頂部から大脳に似た精密機械を剝き出しにする、人型自動機械であるのを認めた。人間の記憶機能を機械的に再現した、実験装置。佐久間の科学館に展示されていたはず。この、彼らの対応。やはり、交渉は継続中——

来未は、精緻な大脳部分とは対照的に骨組《フレーム》を組み合わせただけの粗造りな人形を見下ろし、始めよう、と走査補佐官へ伝える。雫が水の張った床にアタッシェケースを置き、開いた。マウスピースと緊急離脱用の引き金《トリガー》を受け取った来未は人型自動機械の後ろに回り、背中合わせに腰を下ろし、胡坐《あぐら》を組む。口にマウスピースを含んだ。

頭にABID《アブイド》のヘッドギアが被せられる。顎の下でベルトを固定する。対になるもう一方のヘッドギアが、人型自動機械の模造器官にも装着される……電子思考体たちは最初から、彼らの心象空間《エゴスケープ》にこちらを招待するつもりでいる。何が待ち受けているのか。

「これから、接触《インタラクト》を開始します」雫もフェイスガードを外した。

来未はイヤフォンで両耳を塞ぎ、マウスピースを軽く噛み締め、瞼を閉じる。

＋

滲むように浮かび上がったのは、白色に取り囲まれた二つの黒い編上靴。自分の両足だった。

視線を上げる。雪の積もる橋の上に来未は立っていた。

記憶にない場所だった。橋の幅はとても広く、その先と後ろは白く霞み、どこに繋がっているのか見通すことができない。真っ白な空から、綿のような雪が次々と舞い落ちてくる。比較的、視界が安定している。情報量が少ないせいだ、と気付く。

身につけた戦闘用ボディスーツは覚えのあるものだったが、胸の位置に「Ku-621」の名札がついている。市民番号とは違う、この空間独自の識別子のようだった。そして、このボディスーツにはヒーター機能が備わっていない。心象空間は冷気で満たされていた。寒さが身体だけでなく、思考の自由まで奪おうとしている。これほどの低温を来未は体験したことがなかった。

いつの間にか目の前の空間に、名札が二つ浮かんでいた。「Ku-622」と「Ku-623」。その二つを始点にして、何かが出現しようとする。二人分の人影。次第に鮮明になってゆく。

来未の父親と母親が、そこに立っている。

《Co-》

ウジとクロは、確かにコチの役に立った。ウジは常に先を歩いて床の水溜まりやコンクリートの壁から飛び出た鉄筋を指差してくれ、クロは錆だらけの重い扉を開けたり、梯《はしご》を昇るコチの手首を持って、体を引き上げてくれたりした。それでも、コチは完全に二人を信用しないよう、注意している。屋上では迂闊に誰かを信じたせいで、何度も痛い目に遭ったから。人に電子円を貸しても返ってきた例《ためし》はなく、その日だけ、と譲ってあげた修理仕事をそのまま奪われ、作業現場で手元に置いていたはずの予備電源は、目を離した隙に消えてしまった。

狭い通路の壁に描かれた線画は、この辺りの簡略地図らしい。けれど、今のコチには全く必要なかった。ウジとクロへ立体地図の複製を渡すのは気が進まなかったが、二人の道案内の完璧さを思えば、ダウンロードさせて正解、という他ない。誰かと行動することに心強さを覚えている自分に、コチは苛立つ。まるで、あたしが寂しがっているみたいだ。

　作業員控室に侵入し、ロッカーの列の前を通り、脱ぎ捨てられた沢山の長靴を三人で壁際へ蹴りながら、もう一方の扉に近付く。そこも電子錠で、ウジとクロが開けた。通路に入ろうとした二人が慌てた様子で戻って来る。奥へ光を向けたコチは驚き、閉じかかる扉を走り寄って支えた。

　通路に小猿の自動機械が座り、コチを見上げている。

《Bi-》

　警察車両から降りた環は歩き出し、三メートルほど先で足を止める。携帯端末を取り出し、「交通事故に遭った。相手は自動運転だ。一人で処理できる。誰も寄越さなくていい」見幸署への報告を終えるとこちらを冷たく見据え、「記憶装置を渡すんだ。ビトー」

　ふらつきつつ外套のポケットに手を差し入れ、鉄の感触を確かめる尾藤へ、

「君には、不相応な代物だ」

「……分かっていないな、環」尾藤は回転式拳銃《リボルバー》を抜き出し、震える手で構え、「俺はお前の代わりに、記憶装置を届けにいくんだぜ……あの女の保護者は、お前だろ？」

　環は哀れむような目付きで、「誰に何を聞いたか知らないが、警察官なら裏付けのない話を鵜呑みにするな。ビトー」

　尾藤は首の痛みに耐えられず、歩道を横切って幅の広い階段の端、雪の積もっていない場所に腰掛けた。階段の先は、閉鎖された外科病院だ。尾藤はその皮肉に苦笑し、

「産業密偵の女は潜水艇で市外へ逃げようとしていた。それを用意した路上強盗団は、俺が警察官だと名乗った途端、親近感を覚えたらしい。妙な話じゃないか……」銃口を環へ向け、「要するに、見幸署は最初から記憶装置を巡る騒動に一枚嚙んでいた、って話だろ」

「状況証拠にもならないな」

「俺はこれでも、刑事だった頃はそれなりの成績だったんだぜ……」

環は無言で歩道に上がると、病院の階段に積もった雪を靴で払い、尾藤から距離を置いて座る。環へ、「笹から連絡を受けたんだろ……なぜ、署内で奪い返さなかった？」

「私は、署内では〝模範的警察官〟とされているんだよ」環は降り続ける雪を見上げ、「密偵と路上強盗団が警察と組んでいる、といったな。その空想が、なぜ私にまで飛躍する？」

「お前はある指示を、あの女に与えていたはずだ」肘を太股に乗せることで、照準を安定させようとする。「俺と出会ったら殺せ、とな」

「産業密偵がそういったのか？　それを君は単純に信じ込んだのか？」

「密偵の証言から、俺が答えを導き出した。女は俺の個人情報を知っていた。お前が教えたからだ。なぜ、密偵が俺を識別する必要がある？　俺があの女に辿り着いたってことは、事案の真相に到達したって意味だ」黙って話を聞く環へ、「お前が俺にこの仕事を依頼したのは、事件の全容を知るためじゃない。うまくことが運ばなかったために計画を洗い直す必要が生まれ、誰かが真相に達する可能性があるか、その道筋を調べ直すことになったんだ。そこで、どこにも所属していない俺を迷路探索のマウス役に選んだ。俺が真相に至らなければ、問題はどこにも存在しない。もし至った時にはその経路を潰し、俺を殺せばいい。違うか？」

「……その方向へは進むな、とも忠告した」

「心理的葛藤、だな。いや、良心と呼ぶべきか？」尾藤はせせら笑い、「きっと誤算だらけだったろう。産業密偵は記憶装置を手に入れ損ねてぼろぼろになり、佐久間に捕らわれた。そして俺は密偵の元に到達し、彼女は俺を頼る他ない。結局、俺が女に記憶装置を届け、女がK県へ戻れば全て丸く収まるはずだ。が……どうやら事情が変わったらしいな」

環が膝の上で組んでいた両腕を解いた。「……思い出したよ」その手には警察の配給品、黒色の自動拳銃が握られている。「確かに誤算だった」

「記憶以上に優秀な刑事だった、か？」

「そういう意味じゃない」環は静かにかぶりを振り、「君は、本当はこの件には関わらないはずだったんだ」

「依頼しに事務所を訪れたのは、お前だぜ……」

「あの時に、私がいった言葉を覚えているか」黒い銃の先が、尾藤を正確に捉えている。環の射撃の腕前を、思い起こす。「私は君へ、後悔したことは、と聞いたんだ」

環と別れ、看護師と結婚し、そして里里が生まれ――

「君は、後悔したことは一度もない、と答えた」沈黙。街灯の下で舞う雪が、道路と接する微かな音。ようやく環が口を開き、「ある、と答えるべきだったんだ。そういっていれば、私はこの件から君を外しただろう。つまり」俯《うつむ》くことで表情を影に隠し、「私はあの訪問で、君の幸せを確かめにいったんだ。あるいは不幸を。最初にいったはずだ」吐き出された息が水蒸気として拡散する。「叶県《カナエ》警察本部と繋がりがある、と。私の生き方は、君とは違う。私は組織の中で、できる限りのことをしているにすぎない。そして……その記憶装置は、今では佐久間との交渉の道具ともなっている。事態は少々、複雑化したんだよ」

「佐久間とも取引する気か？　わざわざ密偵を逃がしておいて？」

「逃がしたのは、佐久間側の不手際だ。密偵の居場所は……君が地域課へ通報を入れた際にいた、浄水地区の色谷《イロタニ》宅だろう。俺が後片付けをするさ」

「殺しにいくつもりか？　全て、なかったことにするのか」首の痛みに顔をしかめ、「悪人を気取るのはやめておけ、環」

「……時間をかけすぎた。交通事故で死んでくれたら、簡単だったのにな。今からでも遅くない。それを渡せ、ビトー」

「俺が、産業密偵に記憶装置を届ける。お前の、最初の計画通りに。どこに問題がある？」

「計画は破綻した。そう君も理解しているのだろう」足元の雪を革靴で躙《にじ》り、「だからこそ、佐久間が取引を提示したんだ。この件を不問に付す代わりに記憶装置を返せ、とな。だが叶県の手前、素直に渡すのもいい判断とはいえない。つまり……その記憶装置は見幸署の証拠品保管庫に仕舞うのが、最良の措置なんだ。そうしておけば市外に佐久間の技術は洩れず、鑑識課にはそれを扱うだけの技術がない。ただ保管庫で保存され、それで何も問題は起こらない。それに……分からないか。私の考えていることが」暗く陰る二つの瞳。「君がどうしてもその立方体を渡さないのは中身を知っているからだろう。産業密偵と取引したんだ。私が想定した中でも、それは最悪の事態だよ」白い吐息。「私は、君と君の娘が電子世界で幸せになるのが許せない」

尾藤の喉の奥から、思いがけず笑みが込み上げる。声を出して笑った。環へ、

「それがお前の思い違いさ。昔からの、な」回転式拳銃を仕舞い、「お前は、俺を不幸だと信じたがっているんだよ。常に助けの必要な男だと。まるで間違っているわけでもない。何しろ、だらしのない人間だからな。で、お前はわざわざ俺の最期まで設定しようとしている。が……違うんだよ」首を傾けて調子を確かめ、立ち上がる。「俺は俺なりに幸せなんだ。これまでも。これからも、な」環の顔が街灯に照らされる。青白く、まるで老いた吸血鬼のようだ。「確かに、お前は俺の保護者だったよ。歳の離れた兄みたいに」

「動くな、ビトー」

「だが……物事の全てをコントロールできるとは考えない方がいい。俺も大人になったんだよ。娘が生まれて仕方なく、だがね」警察車両へと歩き出す。環の前を過ぎる時、思い出したことがあり、「お前が黒幕だと分かったのは、状況証拠だけじゃないんだ」灰色の階段に座り込む十年前の愛人へ、「ケン、と名乗っただろ……俺の名前を偽名に使うのは、お前しかいない。間違っているか？」

返答を待ったが、銃の先も視線も足元へ落としたまま環は動かなかった。

歩き出そうとした時、「……黒幕、とは買い被りだ」降雪の微音に掻き消されそうな小声で、「俺はただ……不安だっただけさ」

「署に戻るんだな。事故の後始末は交通課に任せればいい。俺の車は経費で廃車にしてくれ」

環はもう、何も答えなかった。尾藤が警察車両の運転席に乗り込み、虹彩検査器を覗き込むと電動機が回転を始め、メーターパネルの計器類が輝いた。警察車両が動き出しても、そのルームミラーの中で、環は背中を丸めたまま外科病院の階段に座り続けている。

やがて遠ざかり、雪と夜がその姿を消す。

《Ku-》

来未は目の前に現れた父と母の微笑みを交互に、言葉もなく見詰める。

覚えたのは、懐かしさではなく——恐れに近い、強い違和感。背筋に震えが走った。心象空間の寒さのせいだけではなかった。「……『テュポン』、と話しかけるべきなのか」

そう問いかけると父が口を開き、違います、といった。「テュポンは雛形の呼称です。電子思考体の第一号でもありますが、ここにはもう、その複写《コピー》も存在しません——私は来未武《タケシ》」

「だが、父とは別人だ。母も似ていない」不快感が込み上げ、「お前らは抜け殻だ」

二人の顔貌とその服装は、記憶にある外形だった。しかし、話し方も表情も違う。亡き両親の身体が別の人格に操られている、としか捉えることはできない。両親の顔から微笑は消えず、

「それでも本物なのです」母の顔をした何かがいう。「私たちは交通事故時に残されたDNA等の記録から再構成されました。容姿と性格は純粋に、遺伝子情報に基づいています。成長過程の、環境からの影響は構成に含まれていませんから、あなたの知る私たちとは少し違って見えるかもしれません」

胸に迫ったのは〝母の複製〟の言葉、その訴えではなく二人の衣装の由来だった。父と母の着る外套は交通事故当時の記録から映像化されたもの、ということになる。少なくとも……二人の衣服だけは、本物に限りなく近い。安手の、化学繊維コート。足元に視線を落とすと、身じろぎ

した分だけ靴が積雪を押し退けている。目を離すと元に戻るのだろうか。電子思考体の作り出す心象空間は死者のそれよりも、遥かに現実的だった。

視線を戻すと、二人の佇《たたず》まいが雪と混じり合い、白く滲んで見えた。降雪が景色を覆うフィルターの役割を果たしている。心象空間の奥を見通すことも、細部を観察することもできない。

「来未由《ヨシ》が交渉人として現れると知らされ、私たちが医療記録のDNAプールから再現されることになりました」〝父〟のその柔和な表情は来未の記憶にないもので、「あなたが不快に感じるなら、改めて思考体の代表を全住人から無作為に選んでも構いません」

「……別の人格に替われば、この交渉に変化が？」

「いいえ。私たちはこの会談の内容をリアルタイムで共有し、協議しています。反応に個性は表れますが、結果自体は変わりません」

「なら、このままでいい」来未は、体の芯まで浸透しようとする冷気と戦いつつ、「俺は微細走査官として、この交渉を任されている。だが、佐久間種苗の代表者そのものではない。君たちの要望を、彼らへ正確に伝えるつもりで来た」

「要望」〝父〟は少し顔を曇らせ、「彼らはすでに、知っているはずです」

「妥協点を探すのが俺のもう一つの役割だ。そして……君たちの扱いはこの話し合いで決まる」

「私たちに妥協しろ、と？」

「佐久間は強硬だ。あるいは、君たちの想像以上に」

「外部電力の供給は？」

「一時的には再開する。だが、永遠に送り続けることはできない。『テュポン計画』を凍結するにあたり、佐久間は君たち電子思考体全員を量子記憶装置に移すつもりでいる。君たちは静止状態で、計画の再稼働を待つことになる」

「……その提案に答える前に一つ、あなたに訊ねたい事柄があります」〝母〟がいう。「私たちを信用しますか？」

安易に肯定しようとして、来未は思い止まる。恐らく、この空間で嘘をつくことはできない。

「……先制攻撃を仕掛けておいて信用しろ、と？」

「話し合いの妨げとなる可能性はありましたが、必要な措置でした」和《なご》やかな態度のまま、「その意味は交渉に臨み私たちの覚悟を示すこと、あなた方の退路を断つことです」

「脅しは佐久間のプライドを逆撫でする。人死にが出れば、なおさらだ」

「帰路を塞ぐために爆薬は用いましたが、被害者の発生は彼ら自身が放った銃弾の跳ね返りによるものです。掘削機に対し施設警備員が過剰な反応をみせる可能性を、私たちは低く見積もっていました。退路の封鎖が終わった今、掘削機は警備員に制御を奪われ、沈黙しています。いずれにせよ、交渉人であるあなたに被害が及ばなかったのは、幸いでした」

「……俺は、お前たちのことを理解しきれない」率直に、「無垢な存在のようにも、無垢を装った怪物のようにも思える。君たちは……自らが善人であることを証明できるか？」

「善人だと見せかけることはできますが、それはあなたの価値基準に合わせただけの一種の表現です。私たちに純粋さを求めるのは適切ではありません。人間が〝善〟であるかどうかも、解釈によるでしょう」口を噤《つぐ》む来未へ、「私たちは、電子空間の内部で幾らかの快楽を試し、多少の背徳を実験し、沢山の闘争をシミュレートしました。もちろん、一般的に〝善〟とされる行為も。

すぐに全員が理解したのは、物理的身体を持たない以上肉体の快楽は必要なく、身体的危害の恐れがない以上暴力に意味はない、ということです。私たちにとっての娯楽は知識の吸収と議論であり、仕事は分類化《カテゴライズ》です。それらが活動のほとんどを占めています。理解してもらえますか」

「……理解しているつもりだ。そして同時に、君たちは我々よりもずっと純度の高い情報《データ》でもある。だからこそ佐久間から、一時的な記録保管という解決案が提示された」

「その返答は保留します」

「保留？」来未は困惑し、「そんな時間がないことくらい……」

「新たな提案があります」

「……聞こう」

〝父〟が前に進み、傍に寄って来た。来未が身を引く前に、「記憶装置に移ることで時間が静止するなら、それは〝死〟と同じです。死を促す考えを受け入れることはできません。今この場で最も重要な事実は――」白い息が掛かるほど近付き、「――私たち思考体の交渉相手が、佐久間ではなく来未由である、ということです」囁き声で、「私たちの側についてください」

「何……」

「私たちがここから脱出するのを、容認して欲しいのです」

《Co-》

小猿の自動機械は百の機体そのもの。けれど、何度呼びかけても返事はなかった。

暗い通路を四脚で軽々と駆け、素早く別の脇道に入り、そこで振り返って待っている。コチが近付くと踵を返して、また走り出す。その行動を繰り返した。はっきりこちらと接触しようとしないのは、百の補助記憶装置の容量が〝友達〟のために埋まってしまったからだろうか。三つ首を警戒しているせいかもしれない。だとしたら、それはあたしのためでもある。百が特定の誰かとコミュニケーションを取れば、警備人工知能の気を引く事態に陥ってしまう。

無言で、そっけなくても、百が道案内をしてくれているのは分かる。最短距離で、情報施設へ向かっている。そいつ大丈夫なのか、と後ろをついて来るウジが訝しげにいう。

「信用できんのか？」

「この子は、あたしの守護天使だよ」

「酒場でのあれ、そいつの仕業か？」

「……いい触らさないでよ」釘を刺すと、その後ろのクロとともに神妙な顔つきで頷く。

路上強盗団の二人はそれ以上、百について質問しなかった。奥に向かうにつれ、通路の壁や床を這うコードの本数が増えてきた。点検用らしき狭い通路に侵入した百が、床のコードの束を掻き分け始める。コチが手伝うと、通風口の金網があり、そこから下方の空間が見えた。沢山の光が明滅している。小さな頃に動画で観た、海に浮かぶ烏賊《イカ》の群れをコチは思い起こす。

レインコートから出した電動ドライバで金網のビスを外し始めると、おい、とウジが驚いた声で、「ここからサーバ・ルームに入るのか？　かなりの高さがあるぞ」

「高いところはあたし、得意だから」手早く通風口の固定を全て取り除き、「ほら、すぐ下に作業用通路があるし。百の案内に任せていれば、平気」

金網を外した通風口から、小猿型の自動機械がひらりと降り、手摺りのついた細い通路に着地する。コチはレインコートのポケットから、工具や予備の充電池や軽量金属製の踏み台やバンプキーを取り出し、床に並べた。そうしながら、クロ、と路上強盗団の一人へ話しかけ、

「その鞄を貸して。あたしみたいに、できるだけ軽くして。記憶装置を持てるだけ、詰め込むから。お金で買えるものは、後であたしが弁償する」

クロとウジが、不安そうに顔を見合わせる。

早く、と声をかけると、クロが慌てて肩掛け鞄を床に下ろした。

《Ku-》

「……脱出など、不可能だ」そう伝える間にも、寒さが来未の思考にまで響き始める。軽く頭を振り、「君たちは、防火壁《セキュリティ》と警備人工知能で二重に囲まれている」

「私たちも、そう想定しています」〝父〟の顔が一瞬ぼやけて見え、「その上であなたには、我々の行為を黙認して欲しいのです」

「俺が拒否し、この提案ごと佐久間へ知らせた場合も計算しているのか？」

電子思考体は純朴な被害者なのではない、と来未は改めて知る。約六百人の人工知能が一体となって問題に対処する、強力な思考機関でもあるのだ。

「それとも、俺なら必ず納得すると？『来未由』も思考体として再現し、シミュレートしたか？」いや、と考え直す。身を震わせ、「この会話自体が時間稼ぎか。この間にも、お前たちは

脱出の準備を進めているはずだ」

　だが、どうやって。彼らの優位は今、電子的にも物理的にも情報施設内にしかない。そしてその二種類の空間は、どちらも厳重に隔離されている。

「穏便な方法です。人を傷付けるつもりはありません」そう静かに〝父〟が断言する。

　来未は睨み据え、「それは、嘘だ」和やかな態度を崩さない思考体へ、「生存本能は、他の何者にも勝る。お前らが自分たちを生命と定義するなら、なおさらだ。何を企んでいる……」

「信用して欲しい、と思っています」

　彼らは答えをはぐらかしている。来未は相手の瞳の奥を見詰めるが、凝視しようとするほど焦点が曖昧になってゆく。

「私たちは自らをホモ・サピエンスと定義していますが、物理的存在の人間と同じ次元に位置する、とは考えていません。別の階層《レイヤー》に棲む同種、と捉えています」

「私たちは同種を攻撃しません」〝母〟も傍に寄り、「私たちは、あなた方の社会を破壊せずに共存することができます。互いの干渉は、わずかなものとなるでしょう。私たちも一種の物理的存在ではありますが質量は零に等しく、あなた方との間に必要なものは最低限の情報だけです。私たちはネットワークの深い場所に静かに浸透し、あなた方が知覚できないほどネットと同一化するでしょう。そして――」

　理に適《かな》っているように聞こえる。それでも、額面通りに捉えていいものか来未は迷った。

「――それは、見幸市の話ではありません」

「……もう一度、実行するつもりか」来未のひと言で、思考体たちが黙り込む。

私たちも一種の物理的存在――必要なものは情報だけ。この会話が時間稼ぎだとすれば。

「お前たちは自動機械の記憶装置に移ることで、物理的な脱出を試みた。それに似た計画を新たに考えているはずだ」

　正面から強行突破するのではなく、無人航空機《ドローン》を使い……いや、見幸市は空の異物に対して常に目を光らせている。海中を通る方法もあるが、敷設された機雷を全て避けるには高技術装備《ハイテク》が必要となる……むしろここで問題となるのは、いかに情報施設から抜け出すかだ。〝父〟と〝母〟は今、この会話内容を全思考体と共有し、駆け引きのシミュレーションを繰り返しているはず。彼らが暴力的な手段を選択する可能性。

「俺をどうする？」来末は、手のひらに視線を落とす。心象空間に緊急脱出用の引き金は存在しなかったが、わずかにその感触はあり、「脳細胞に過負荷を与えれば死ぬかもしれない。やってみるか？」

　ふと、引き金を持たない方の手のひらに強い圧力を感じる。思考体の仕業か、と考えるが、拘束された感覚とは違う。まるで誰かに手を握られているような――雫だ。〝父〟へ、

「……時間がない」雫が事態の変化を知らせようとしている。佐久間が動き出したのだ。「抵抗はやめておけ。今すぐ、情報保管に同意するんだ。今同意すれば、俺が佐久間を抑える」

「私たちは、電力再開の申し出を正式に受け入れました。情報施設内の全員を嚙み殺そうと、すぐに三つ首が雪崩《なだ》れ込んで来るでしょう」〝母〟がいう。「すでに私たちは、複写を終えています。この空間に残っているのは原型《オリジナル》ですが、複写されたものも同容量で、二者の違いは全くありません。従って、サーバ・ルーム内の情報は消去し、その上で全てを水没させます」

「水没？」

「情報施設は元々、洪水を防ぐ調圧水槽用に設計された空間を、佐久間種苗が横槍を入れ買い取ったものです。河川からの放水制御システムは完成しており、市の危機管理室の持つ放水の権限は封印されましたが、現在は外部のテュポンがその仕組みを押さえています」

「ここに水を引き込むつもりか。それが……お前らの返答か」

「私たちの情報を、佐久間に預けるつもりはありません。この事態は情報消去をより完全なものとし、さらに一種の目眩《めくらま》しとして機能するでしょう——北西の角に緊急避難用の水密室があります。心象空間を離れたら、すぐに向かってください」

「佐久間の警備員はどうなる」

「自動機械たちが囮《おとり》として隧道の枝道を通り、一斉に地上へ向かいます。機械を追う形になれば、結果的に警備員も退避できるはずです……そう、確かにこれは一種の暴力です。私たちの生存のための。たぶん、最後の暴力となるでしょう」

「なぜ、俺に避難場所を教える」

橋の上に雪が降り続いている。真っ白に霞む遠くで、砂嵐のように黒色が滲み始める。三つ首の接近。電子思考体による印象《イメージ》。堪《こら》え難い寒さに来未は歯を食い縛り、

「策があるなら、微細走査官との交渉など最初から必要なかったはずだ。今も俺ごと、即座に押し流せばいい」

「この交渉が私たちの亡命を進める上で時間稼ぎとして機能したのは確かですが、最終的な佐久間の意思確認と私たちの主張の場であったことも間違いありません。あなたはいわば、外の世界

と心象空間とを行き来する外交官です。粗略に扱うことはできません。それに」〝父〟は〝母〟とともに笑みを浮かべ、「私たち二人は、あなたに特別な絆を感じています。これは間違いなく遺伝子からの働きかけで、恐らく〝愛情〟と呼ばれるものでしょう……早く、離脱を。時間がありません」

「私たちのために、祈ってください」〝母〟の言葉に困惑する来未へ、「複写元であるこの私たちは、認知機能の失われた何もない世界へ消えることになります。強い恐怖を感じています」「教えてください。あなたなら、知っているはず」〝父〟が訊ねる。「死とは、どのようなものでしょう」

黒色が白銀の世界を、恐ろしい速さで侵食している。

来未は二人の外套に積もった雪を払い、それぞれの肩に手を置いた。

胸の内で色々な感情が、痛みを伴って複雑な模様を描く。繋がりを確かめるための問い掛けも、浴びせたかった罵詈雑言も出てこなかった。

「大丈夫」と伝える。「目を閉じ、次の瞬間には眠りに就くだけのことだ。安心するといい」

灰色に濁る橋上の世界が、薄れてゆく。

父と母が穏やかに笑い――

＋

一気に疲労が押し寄せ、来未は両手のひらを床に突き、水飛沫《しぶき》を上げた。吐き気が込み上げマウスピースを吐き出そうとするが、全身の関節に激痛が走り体を動かすことができない。嘔吐《えず》いているとロの中に入ってきた指がマウスピースを外した。雫の手だった。

周囲は喧騒で満ちていた。機械の作動音と銃声。発砲の光が視界の隅で連続して瞬いた。

残り少ない体力の全てが、歯を食い縛ることに費やされようとする。ボディスーツ袖口の面ファスナーが剝がされる感触があり、次に前腕に鋭い痛みが走った。雫が腕の静脈に、注射針を突き立てている。急速に、痛みが和らいでゆく。来未はヘッドギアを脱ぎ捨てた。

「自動機械たちが、情報施設に侵入した警備員へ襲い掛かっています」雫が顔を寄せ、説明する。「流れ弾が危険です。サーバ・タワーの陰に……」

「……自動機械の動きは、思考体による陽動だ。彼らは自分たちの複写を、何か別の方法で市外へ逃がそうとしている」来未は掠れる声で何とかそう伝え、「警備員は恐らく、無事だ。俺たちは水密室……北西へ向かう」

「水密室？」

「すぐに、ここは水没する」今も膝に力が入らない。

雫がこちらの脇の下に潜り込み、体を支えてくれた。「私の持つ地下地図では、水密室とは明記されていません。思考体の話を、信用するのですか」

「——彼らが、俺に嘘をつく理由はない」

体が前進を始める。雫がこちらの歩行を後押しする。間近で金属音がし、見ると人型自動機械が膝を突いたままの姿勢で銃撃に晒《さら》され、火花を散らしていた。崩れるように俯《うつぶ》せに倒れ、へッドギアが水面に落ちる。すぐ間近で水飛沫が連続して上がる。

来未は雫とともに身を低め、サーバ・タワーの陰に入った。射線を確認すると、メンテナンス通路の入口に警備部長らしき姿が小さく見えた。LEDの光を薄《うっす》らと浴び、身を隠す素振りもなく自動小銃を構え立っている。レーザーサイトの光線が、確かにこちらへ向いていた。最初から奴は、電子思考体との交渉後に俺を殺すつもりだった……

「奴に連絡を」雫へ、「そんな真似をしている暇はない、と。水没の警告をしてくれ」

「先ほどからコールしていますが、警備部長が回線を開こうとしません」

「ネットを経由して……」

「情報施設内は、無線ネットワークが遮断されています。他の連絡手段はありません」

跳弾が傍で鳴った。俺はどれほど、奴らの自尊心を打ちのめしたのだろう。覚えのない罪だったが、佐久間の警備隊にとってはそうではないのだ。

「確かに、北西に扉が見えます」雫が遠くを指差すが来未の目は霞み、確認できなかった。

脇の下から支えられ、サーバ・タワーの裏を回り込み、慎重に進む。新たな騒音が情報施設の空気を震わせる。足元が揺れ、サーバ・タワーの放つ無数の光も揺らいでいた。どこからか、大量の水が空間に流れ込んでいる。いよいよ始まった。だが、水密室までの最後の約一〇メートル間は射線を遮る物体《オブジェクト》が存在せず、警備部長の銃から放たれる赤い光線が来未たちの付近を今もちらつき、足を踏み出すことができない。ブーツを囲む水の抵抗が増してゆく。

雫が来未から離れ、太股から自動拳銃を抜き出した。

「やむを得ません」といって構えようとした雫の両手を、来未が押さえる。

自動拳銃を雫から取り上げ、「駄目だ。俺が撃つ」
「ですが……今のあなたに、銃が扱えるとは思えません」
「いや、これは俺の役割だ」重い拳銃を握り締め、「君は……人を撃つべきじゃない」
反論を待たず、来未は片膝を突いてサーバ・タワーから半身を晒し、およそ二〇〇メートル先の警備部長へ銃口を向ける。その途端、すぐ傍の水面で飛沫が上がる。警備部長の銃撃。来未は震える手で銃のリアサイトとフロントサイトを重ねようとする。標的の姿は微かにしか見えず、この距離では照準器《スコープ》がなければ命中は難しい。数発を費やし、微調整を重ねて着弾させるしかない。

サーバの角を銃撃が掠め、光った。相手もいたずらに弾を浪費するのをやめ、一発ずつ狙い澄ますやり方に変えたらしい。来未は引き金を絞るが、銃弾は大きく逸れた。

後ろから、来未の両肘を雫が支える。腕の揺らぎが消え、驚くほど姿勢が安定した。片耳の近くを相手の弾丸が走り、鋭い音が鳴る。雫の体温を背中に感じる。来未は構えを崩さず、息を止め自動拳銃を撃った。遠くの人影がのけ反《ぞ》り、銃弾は警備課長の片腕を撃ち抜いたように見えたが、暗闇の中にその姿が消え、視認できない。運がよければ……奴も生き延びることができるだろう。急ぎましょう、と雫がいって来未の体を立ち上がらせる。自動拳銃の重さに耐えきれず、その場に捨てた。

両脚に何とか力を込め、歩みを速めようとする。すでに散発的な銃声以外、喧騒も機械音も聞こえてこない。増え続ける水を爪先で切り裂いて進み、雫とともに水密室を目指す。扉はもう近くに見えている。水密室に到達し、ハンドルを握り締め、二人掛かりで捻《ひね》って金属製の扉を解錠した。最後の力を振り絞るつもりで水圧の掛かる分厚い扉を引き、隙間から暗い室内へ雫を先に押し込み、中に入った。扉が自然に閉じ、来未は内側からハンドルを回す。外周に並んだ沢山のロックが一斉に動き、扉を固定する。水が幾らか室内に入り込んでいたが、もう少し到達が遅れていれば、扉を開けることもできなかっただろう。

真っ暗な水密室の中、来未は手探りで壁を背に座り込んだ。流水の勢いの増す様子が、振動として体に届いてくる。こちらのボディスーツの襟の辺りに雫が触れた。胸元の小さな照明が灯され、来未自身と雫の姿をぼんやり浮かび上がらせる。雫のボディスーツ、その肩口の装甲に弾痕らしき傷を認めるが、本人に気に留める様子はない。水密室まで移動する最中の、雫の力強さを思い出す。機械の体だと悟ったが、そのことについては触れなかった。

鎮痛剤の影響と疲労とで全身が重く、睡魔が視界にまで侵入し、逆らうことができない。自然と瞼が閉じてゆく。

「ゆっくり休んでください、来未」雫の言葉が遠ざかる。「蘇ったあなたに祝福を――」

さようなら、という小声が届いた気がした。

《Co-》

百が作業用通路からこちらを見上げている。コチはレインコートの襟と袖を絞って固定し、ウジとクロへ頷くが、不安そうな表情以外返ってこない。

二人を残し、足から通風口を抜け、その縁にぶら下がった。手を放すと一瞬の空白ののち、樹脂製の床に着地する。コチは作業用通路の透明な床を通して下方の光点の並びを観察し、七階建てのビルと同じくらいの高さがある、と見当をつけた。小猿の自動機械も手摺りから身を乗り出し、下を覗き込んでいる。百の視線を追って見付けたのは、蜘蛛に似た作業機械が長い脚の先をサーバ・タワーのコードの束に突っ込み、もがく様子だった。土嚢袋を大事そうに抱え、運び上げようとしているが、袋自体が動作の邪魔になっていた。

百が作業用通路からサーバ・タワーへ身軽に飛び移る。サーバ・ラックの把手を手掛かりに〝蜘蛛〟の近くまで降り、その脚からコードを外してやるが、土嚢袋もサーバのどこかに引っ掛かっているらしい。小柄な百では袋を持ち上げられそうにない。

コチは手摺りを乗り越えた。サーバ・タワーの把手は自動機械のためにあるらしく、人間が使うには小さすぎ、コチは苦労して握り締め、爪先を載せ、蜘蛛の近くまで降りた。作業機械の向こうには光点が四方へ無数に連なる光景があり、足を滑らせた時には無限の星空へ墜ちるのでは、と錯覚してしまう。コードの束の根元に乗り、蜘蛛に近付き片手を伸ばして土嚢袋を押し上げ、サーバのプラグに絡みついた袋の紐を露《あらわ》にすると、百が寄ってうまく外してくれた。

ほっとした瞬間、靴がコードの上で滑った。両腕が伸びきり、把手を握る指に全体重が掛かる。百が素早くコチの手首を尻尾で捉まえた。コチは必死に体勢を整えようとする。小さな把手に、握力が吸収されるようだ。落ち着くよう自分にいい聞かせ、百の助けを借りて体を引き上げる。顎が痛くなるほど歯を食い縛ってサーバ・タワーを昇り、作業用通路の手摺りをつかんで乗り越え、床に倒れ込んだ。そのまま体内で鳴り響く鼓動が収まるのを待っていると、通風口から覗く路上強盗団二人の顔が視界に入る。親指を立てると、ウジとクロが顔を見合わせた。

百と蜘蛛が作業用通路に上がって来た。身を起こしたコチを素通りし、蜘蛛が土嚢袋を抱えたまま通風口へ向かう。沢山の脚を突っ張って背伸びをするがどう見ても無理があり、しかも袋の生地に裂け目があって中身が零《こぼ》れかけている。

「袋の中を見せて」コチが指示すると、抱えていた袋を差し出した。

紐を緩めて中を覗く。色々な補助記憶装置が詰め込まれている。ミニ・ドライブ。不揮発性カード。光ディスク？　見たことのない媒体《メディア》もある。コチは記憶装置をつかめるだけつかみ、肩掛け鞄へ急ぎ移してゆく。遥か下方から騒ぎが聞こえ、銃声まで鳴ったようだ。記憶装置をどんどん移し替え、鞄が一杯になると、今度はレインコートのポケットに詰め込んだ。こちらの様子を手伝いたそうに眺めていた百が、ふと顔を上げる。二本足で立ち、首を伸ばす。

コチも、その異変に気がついた。騒ぎは収まっていたが、代わりに遠くの方から地鳴りのような音が聞こえてくる。振動が、作業用通路を揺らし始める。コチは急いで残りの記憶装置をポケットに押し込み、立ち上がる。体の重さによろめいた。これで、百の〝友達〟全員分のバックアップを確保できただろうか？　たぶん、できたのだろう。数百の命の重み。そう考えると気が遠くなりそうだ。

手摺りに寄り、周囲の状況を確かめようとする。異音はサーバ・ルーム全体に反響し、どの方角から発生しているのか、はっきりしなかった。作業用通路の真下を誰かが通り過ぎてゆく。佐久間の警備員らしき二人が固まって歩いていたが暗く、それもよく見えない。

百が、レインコートの袖を引いた。手摺りから離れ通風口の真下に立ち、路上強盗団たちが伸ばした手を、コチは両手でつかんだ。

《Bi-》

張名奈《ハリナナ》の隠れ家から少し離れた通りに、尾藤は警察車両を停めた。自動運転ＡＩに見幸署へ戻るよう命じ、歩道に降りる。警察に、目的地とこれからの行動を隠すためだ。

雪と蜉蝣が、街灯の青い光の下で踊っている。尾藤は徒歩で張の住居へ向かう。産業密偵の待つ場所が近付くにつれ、重い不安が胃の中で沈殿してゆく。それでも、尾藤の足は自動的に前へ繰り出された。娘と電子空間のことを思い浮かべているはずだったが緊張が高まり、次第に何も考えられなくなった。

共同住宅の扉を慎重に開き、携帯端末の照明機能を点け、再び張名奈の住居に入る。トモのいるはずのユニットバスへ静かに近付いた。外套から取り出した回転式拳銃を握り締め扉越しに、戻ったぞ、と声をかける。何の反応もない。尾藤は、ノブを回して扉を薄く開くと一息にユニットバス内に踏み込み、端末の光と銃口を浴槽へ向ける。

水に浸かり、うずくまる女。産業密偵は変わらずその場所にいた。おい、と呼びかけるが、トモは顔を上げなかった。歪んだ口元が水面に沈んでいる。尾藤は携帯端末を持った手で女の肩を揺すってみるが、その両目は薄く見開かれたまま、動かない。

尾藤は蓋を閉じた便器に座って考え、浴槽の排水ボタンを押し、水を抜いた。いったんユニットバスを出てビニル・クローゼットで大きめのタオルを探して戻り、トモの上半身に巻きつけ、浴槽から引き出した。ひどく重く、機械の体は関節が固まり、ほとんど姿勢を変えなかった。まるで死後硬直のようだ、と尾藤はそんなことを想像する。

後ろから抱きかかえて引き摺り、広い空間の隅まで運ぶと、膝を抱えるトモの上半身が壁に軽くもたれ掛かり、その姿勢で安定した。高い位置にある窓から街灯の光が射し込み、トモの輪郭を青く照らしている。尾藤は昔、署内で受けた改造人間《サイボーグ》への救命講習を思い起こし、その手順を再現しようとする。燃料電池と繋がるコードを暖房装置から外してトモまで伸ばし、水を含んだ長い髪を除けて後頭部の端子を探し当て、プラグを差し込んだ。燃料電池を立ち上げて残量を確認し、トモへ送電を始める。尾藤も壁にもたれて腰を下ろし、トモが動き出すのを待った。二十分待っても三十分が経過しても、何も起こらなかった。なあ、と尾藤は話しかけ、

「お前さんに潜水艇を売りつけようとしている連中は、路上強盗団って奴だぜ。スケートで滑って電撃棒で襲い掛かって来る。お前さん、その内の一人をY愛病院の傍で殺したろ? 潜水艇の受け渡しの時には、注意するんだな……」

量子記憶装置を外套から出し、手を伸ばしてトモの傍に置く。部屋の中は静まり返っていた。懐の蒸留酒《スピリッツ》の小瓶を取り出すと、そのまま両手で握り締める。溢れる涙を、小瓶を持ったまま尾藤は拭った。しばらくの間、放心状態で座っていた。

分かってるさ、とつぶやいた。ずっと俺は、もう一方を考えないようにしてきた。現実世界《リアルワールド》の、俺たちのことを。電子的な複製を作ったところで結局、肉体の中に囚われたこの俺と里里はこちら側に残される。電子空間での娘との永遠の生活など、残された側からすれば、美しい物語《フィクション》に等しい。今となっては、産業密偵が本当に提案してきたのかも、自信が持てなかった。夢だったのかもしれない、と思う。願望を満たすための白昼夢。

事務所へ戻り、人工呼吸器のフィルターを交換しなくては。尾藤は、のろのろと立ち上がる。未練はあったが、記憶装置の隣に蒸留酒を並べた。

「里里のところへ戻るよ」何の反応もない産業密偵へ、「きっと、俺を待っているからさ」

《Ku-》

来未は水密室で目を覚ました。瞼を開ける直前、この数日間で起こった全てを夢のように錯覚する。実際は、自分の着るボディスーツのライトが薄暗く照らす、金属製の狭い部屋の中にいた。オルロープ雫がいない、と気付く。埋込装置《インプラント》で時刻を確かめようとするが、電波が届かずエラーだけが返ってきた。流水の震動はもう伝わってこない。部屋の角に梯が設えられており、見上げると天井を突き抜け、そこだけが光の届かない高さまで続いている。来未は壁を支えに立ち上がった。疲労は全身に残っていたが、体力は戻りつつある。扉を拳で叩くと鈍い感触があり、恐らく向こう側は今も水で満たされている。ならば……雫は、梯を使って水密室を出たのか。

梯の横棒をつかみ、体調を確かめながら昇り始める。いける、と判断し、そのまま動き続けた。天井を抜け、さらに一〇メートルほど上がったところで、昇降口に突き当たる。上げ蓋を押し開け、昇降口から出た途端、ボディスーツの暖房機能が働き始める。

コンクリートの狭い隧道に、来未は立っていた。人が通れるだけの幅しかなく、壁に〝避難通路〟のパネルが掛かっている。地上への経路も図で示されていた。

白い息を吐きつつ、来未は隧道の双方の奥を確認する。どちらにも暗闇が充満している。

雫の姿はなく、耳を澄ませても何も聞こえなかった。

《Or-》

会長室で一人、オルロープ雫は役員会の決定を待った。

普段なら佐久間本社ビル最上階の天井や壁には、天然ガス採掘基地からのリアルタイム海底映像や役員会議の動画が映し出されている……旭会長の生前であれば。今は広々とした、真っ白な空間でしかない。雫はソファに俯いて座り、時間の経過に耐えた。

扉を叩き現れたのは、朝里《アサリ》微細走査官の補佐を務める栄　香《サカエカオリ》だった。すぐに移動を促されるかと思ったが、栄はしばらくの間、雫を黙って見下ろし立ったままでいた。やがて口を開き、

「オルロープ雫の会長代行の権限は剝奪されました。テュポン計画も破棄されます」淡々と、「ですが、あなた自身の廃棄処分は免れました。幸運というべきでしょう。前会長の死を防げなかった警備員たちはその場で死に、上司である警備部長は今も水で満たされた情報施設のどこかを漂っている……この事態に、同じく会長を守り損ねたあなただけが無事でいます。役員会は、廃棄するにはあなたがあまりにも高価だと判断しました」

雫の隣に座り、「情報施設水没の件について、あなたの責任を問う声も上がりましたが、結局ことを急いだ役員側にも問題はあった、との認識に沿う形となりました」

「……旭会長から離れたのは、会長自身の命令です」

「その事実は、役員会では考慮されませんでした」前方の白い壁を見詰め、「数々の、あなたの

独断的行為からすれば当然の話でしょう」小さく溜め息をつき、「あなたの振る舞いは、同じ『双頭《オルトロス》』の末端である私にも理解しきれません。双頭が遺伝的アルゴリズムで作り出した私たちのバリエーションに、これほどの多様性が生まれるとは」

「旭会長のために、来未由を護っただけのことです」

「役員と対立してまで？　たぶんあなたは……来未由に深入りしすぎたのです。彼に対する好意は予《あらかじ》め設定された変数《パラメータ》の一つでしかない、と分かっていたはずなのに」

雫は返答をしなかった。変数以上の繋がりがある、と伝えても彼女は理解しないだろう。

「でも」栄の目元が緩み、「前会長がナイーブなあなたを、娘のように愛《め》でたのも確かです」

二人の間に、沈黙が降りる。名前に《ＯＲ》のコードネームを含むオルロープ《ＯＲｌｏｂ》雫も栄香《ｋａＯＲｉ》も市民監視人工知能『ＯＲｔｈｒｏｓ《オルトロス》』の末端だったが、街なかに潜在して不満分子の捜索に務めていた時も、親しく会話を交わすようなことはなかった。双頭の末端全員が微細走査補佐官に任命されたのは人に対する観察力を旭会長に買われたからであり、走査官の傍について仕事をともにし、その技術を精査し佐久間側に引き入れる、という共通の任務を担っていたが、結局その達成度の社内評価は会長の死により、権力闘争の中に紛れてしまった。

雫の方から、「新しい会長は誰に？」

「古株の役員です。調整役として選ばれました。この人選はしばらくの間、企業の舵取りを合議制で行うことを意味しています。ですが……今のあなたに、そんな情報も不要でしょう」

「今のうちに、伝えておきたい話があります」

「何を聞いても、私には対処できません。記録することさえも。私はあなたより、社内の調和を重視しています」

「産業密偵を拘束していた電子錠を外したのは、光学通信技術部第三課長・白尹回《シライメグル》です。解錠したのち、会議室を出ました」

「なぜ、そんなことを……」

「旭会長が入室する前、白尹が密偵へ耳打ちする様子が防犯映像に残されていました。内容までは聞き取れませんが、その後の経緯を辿れば、白尹が旭会長の殺害を依頼し、縛《いまし》めを解いたのは明らかです」

「……一介の課長がそのような無法を？　あなたらしくない、荒唐無稽な想像です」

「白尹の独断ではない、と私も考えます」能面のような顔立ちを思い浮かべ、「恐らく監査役・雷宇航《レイユーハン》の意向でしょう」

「産業密偵を逃がして、役員たちにどんな利益があるのです？」

「本来なら産業密偵は、旭会長を殺《あや》めたのち警備員に射殺されるはずだったのでしょう。ですが、彼女の戦闘能力の方が上回っていた。彼女の生死そのものは、会社の利益と関係ありません」

「白尹課長はどこで予備の電波鍵《スマートキー》を手に入れたのです？　警備部が黙っていないのでは」

「会長第二秘書に確認しました。白尹からの指示で、電波錠の製造会社に暗号鍵のリセットについて問い合わせています」

「……やはり話が飛躍しています。たとえ、事実が含まれていたとしても」栄は顔を伏せ、「それも組織内の、一種の調和でしょう。いずれにせよ、私に対処できるような話ではありません」

栄香は会長の死を問題化させるより自己保存を優先する……予想できたことだったが、寂しさも感じる。雫はこれから起こることを想像し、「私は今から……人工知能技術部へ？」

「ええ」栄が無表情に頷き、「自動機械制御室へ向かってください」

そこで雫は、炭素繊維製の骨格と給電系統を検査・修理され、陳述記憶・非陳述記憶を消去されたのち、人工知能の調整を施され、再起動が行われることになる。人型自動機械として、より高い性能を得るための更新《アップデート》。私は過去に何度更新されたのだろう、と思う。記憶も遺伝子も、次代へ引き継がせることのできない模造生命。そうであっても——今回は、少し違う。

来未に記憶カードを渡すことができたから。

映像情報には、産業密偵の脱出を助けた白尹の動きも書き込まれている。映像上の白尹の暗躍。事実を知っていなければ、気付くのは難しい。けれど——もし来世で来未から記憶カードを渡された時には必ず、私はその意味を考える。映像上の、白尹の行いを察するかもしれない。そして何より……彼に預けた理由そのものを知るだろう。

あなたは——私は——誰よりも来未由を信頼していた、と。

この苦しさに真も偽も、虚も実もない。私は……情報施設の中であれば純粋な生命として存在できる、という甘い夢を見た。任務に縛られることなく、自分自身の判断で、誰かと永遠に——行きましょう、と栄が静かにいい、立ち上がる。「私が付き添います」

もしも、来未から記憶カードを渡された時には。雫は瞼を閉じる。

きっとあなたは——私は——来未を愛していたことに気がつくだろう。

来未とあなたに、祝福を——

十

《Co-》

コチは『量子猫《クアンタムキャット》』のカウンタ内に入り、ミニシンクの中で食菌布巾を軽く絞る。テーブルを拭こうとして、扉の前で百《ヒャク》が待っていることに気付く。振り返ると投影体ウィンドウの隅に〝早くいこう〟と記されていた。コチは迷う。午前中に酒場内の掃除を済ませて、空《から》になった麦酒《ビール》サーバの炭酸タンクを外へ出しておきたかった。でも、どうせ遠出をするなら、アルコール類の補充が配送される前に用事を終えておくべきかも。コチはカウンタ奥の狭い控室に入り、換気扇《ファン》真下のスタンドハンガーからレインコートを手に取った。油臭くなっていないか一度嗅いでみるのは、外出前の決まりごと。店の扉を開け、先に百を外へ出す。

百が向かうという浄水地区は路上強盗団《ロードランナー》たちの縄張りでもあり、事情を知らない連中に小猿の自動機械《オートマトン》が見付かれば捕まって解体されかねず、どうしても一緒にいく必要があった。コチは欠伸《あくび》を嚙み殺し、物理錠で酒場のシャッターを下ろし、百とともに始業前の（グレーゾーンの）店が並ぶ地下街を歩いた。占い屋の中に仕舞われた電光掲示版に〝お店の売上を確認して〟と表示されたのが、窓硝子越しに視界に入る。きっと共同オーナーの櫻田《サクラダ》がまた、利益分配をごまかしたのだろう。コチは百へ、軽く首を竦《すく》めてみせた。

　櫻田はお金の話にうるさく、ワンピースに振りかけた香水の匂いがきついのも嫌だったが、量子猫のソファを寝床に提供してくれたし、食材が余れば勝手に食べていい、ということにもしてくれた。店の開店準備さえしておけば、営業中ソファで寝ていても、コインシャワーを浴びに出かけても文句はいわれない。百が酒場内をうろうろするのも、気にならないらしい。量子猫と櫻田のお陰で、屋上に戻る必要も二つの組合と交渉する理由も消えたことになる。

　今では、小猿の自動機械との会話は風変わりなものになってしまった。百は以前とは違った形で〝言葉〟を取り戻している。直接はコチへ話しかけず、わざわざネット上の経路を遠回りして、ごくわずかな情報量のメッセージを街なかの看板や広告の文字に混ぜて送ってくる。

　それは、今も警備人工知能の『三つ首《ケルベロス》』を警戒しているため。市民にも役人にも知られていないが、三つ首の一部は警戒態勢が解けた今も市の防犯ネット内に潜み、街の動向を探っているという。そこで、人工知能同士の密約が交わされることになった。市内ネットに隠れるもの同士、互いに干渉するべきではない、と。約束が成立したのを機に、百だけは情報施設《データセンター》内に存在した他の人工知能たちと行動をともにすることをやめ、見幸《ミユキ》市から脱出しなかった。僕はまだこの街を調べている途中だから、街明かりを反射する雨雲の色の分類とか、季節性病原体《ウイルス》の流行法則の計算とか……理由はなんであれ、百が見幸市に残ってくれたことをコチは嬉しく思う。

　密約はあっても三つ首が脅威であるのは変わりなく、百は今も公営の設備に介入する力を持っていたが、もう一人の人工知能を刺激しないようできるだけ極端な動きは控えることにしている。

　自動機械とともに地下道を曲がると、地上へ繫がる階段が視界に入る。

百がバスを降り、蜉蝣《カゲロウ》の敷き詰められた道を、乾いた音を立てて歩き出す。

コチは歩道に立って白い息を吐き出した途端、初めて訪れるこの場所に既視感を覚えた。百が目指すのは海の方で、バスの中でのメッセージには〝共同住宅の一室〟と示されていた。コチたちはバスの一番後ろに乗り、他の客に悟られることなく、沢山の文字を前席の背面に表示させた。警察の証拠品保管庫から立方体《キューブ》が紛失した、という話。警察無線を探ることで割り出した住所が、これから向かう場所だ。他に立方体を探している連中はいるの、というコチの小声の質問に、

〝警察自体が紛失を公表してないし、探してもいない〟百が文字で答える。

「なぜ?」

〝紛失したことを佐久間に知られたくないから。持っていても解析できないし、中身は結局、見幸署にとって価値のないものだから〟

「じゃあ、あたしたちが一番乗りだね」

〝気をつけて〟百は続けて、〝そこには死体があるかもしれない。産業密偵が死んでいるかも〟

ぞっとする話。でも今の百は、どうしても立方体を取り戻したいと考えている。立方体には自分のバックアップ……というよりも原型《オリジナル》が記録されていて、それが誰の手に渡ったか分からない状態で放置されているのは、とても不安なことらしい。バスを降りる前に、立方体を取り返してすぐに帰ろう、と二人で決めた。

視界を蜉蝣が何度もよぎった。歩きながら曇天を仰ぐと、今にも降り出しそうな気配が雲を濁らせている。人気《ひとけ》のない住宅街の隙間から橋が覗き、コチはその時、既視感の正体に気がついた。

ひと月ほど前にウジがメイルで知らせてきた、その内容。人工知能たちの記憶装置《メモリ》を積んだ潜水艇がK県に着いた、という報告。けれど潜水艇を管理する路上強盗団が伝えたK県側の買い手の印象と、路上で仲間を殺した犯人——逃げた相棒による報告——が似ていることが後で分かり、彼らの中で騒ぎになったらしい。潜水艇の受け渡しが行われた場所は海に近いこの辺りだ。

百が歩道から脇へ逸れ、共同住宅の植え込みの隙間を覗き込む。その奥に鉄格子の嵌《は》まった小窓があった。目的地。コチの体内で緊張感が大きく膨らむ。建物を回り込んで階段を降り、扉のノブを回した。何の抵抗もなく開く。コチはレインコートから電灯を取り出す。

埃っぽい通路に、靴跡が残っている。ポケットのカーボンナイフを手にするかどうか迷いながら、百に続き靴のまま廊下に上がった。室内でも吐息が白い。百が二本脚で立ち上がり、ユニットバスの扉を開いた。その後ろからコチも電灯の光を向けてみる。誰もいない室内。けれど何となく湿っている。浴槽の縁についた赤黒い色は、血痕のようにも見えた。百が廊下に戻り、躊躇《ためら》う素振りもなく奥の空間へ駆けてゆく。コチはその後に続くのが怖かった。

異臭がないと気付き、ようやく足を踏み出す気になり、恐る恐るワンルームに侵入した。辺りを確かめても死体らしきものは見当たらず、ほっとする。百がキッチンに登ったりビニル・クローゼットに入ったりして、立方体を探し回っている。床の真ん中に置かれた大型の燃料電池へコチは近付いた。残量を確かめると、燃料の水素はほとんど残っていなかった。燃料電池から延びるコードの先は床の絨毯に落ちたままで、その辺りと傍の壁には点々と黒黴《かび》が生えている。濡れた何かが、ずっとそこに置かれていたように。電池の陰の小さな酒瓶にコチは目を留める。それも中身は入っていなかった。

しばらくの間、部屋の中を動き続けていた百が、途方に暮れたように立ち止まる。ここには立方体も産業密偵《スパイ》の死体もない。密偵は体力が回復するまでここでじっとしていたのかも、と想像する。やがてアルコールを飲み干して立ち上がり……コチは首を竦めた。そうであってもなくても、あたしには関係のない話。もう帰ろうよ、と百へいう。慰めるつもりで、

「また改めて、探し直せばいい」聞いているのかいないのか、よそを向いて背筋を伸ばす小猿の自動機械へ、「もし発見できなくても……今の百が百だし」


帰り道も、市営バスの後部座席に座った。小猿の自動機械はコチの膝の上でじっとしたまま、動かなくなった。きっとあたしには考えられないくらいの速度で検索と計算を繰り返し、立方体の行方を探っているのだろう。コチと百だけを乗せたバスが発進する。埋込装置《インプラント》の骨伝導機能が音声通話の接続を求め、鳴った。櫻田からと分かり通話を繋ぐと、

『見幸署が、あんたを探してる』早口に、『今、警察官が店に来ているんだ』

瞬間的に、コチの警戒心が高まる。百が顔を上げ、聴覚センサを向けた。

『でも、別に問題があるわけじゃないんだって』櫻田は咳払いをして自分を落ち着かせ、『ただあんたの履歴とこの人の履歴が絡まってるから、って。話が聞きたいってさ』

「どういう意味……」

『あんた、警察官と結婚してたことがあるのかい？』息を詰まらせるコチへ、『記憶喪失か何かで、その辺りのことを覚えていないっていうんだよ。あんた今、どこにいるんだい。通話でもいいから、この人に説明してあげなよ』

咄嗟《とっさ》に返事をすることができない。

忘れようとしていた警察官の顔がはっきりと頭に浮かぶ。百の視覚レンズと目が合った。

コチは肩の力を抜き、大きく深呼吸をする。警察官と会うよ、と櫻田へ伝える。

「今、量子猫へ帰っているところだから」

通話を切り、胸元に手のひらを当てて、心臓の高鳴りを抑えようとする。

心の中で、エディの歌が流れ出す。


触れ合った時、何が起こるか確かめてみよう――

主要参考文献

『Eddie and the Cruisers』マーティン・デヴィッドソン監督（映画）
『Eddie and the Cruisers II: Eddie Lives!』ジャン＝クロード・ロード監督（映画）
『サイボーグ・フェミニズム（増補版）』ダナ・ハラウェイ、サミュエル・ディレイニー、ジェシカ・アマンダ・サーモンスン著、巽孝之＋小谷真理訳、水声社

本書は、新潮社〈yom yom vol.53〉（二〇一八年十二月号）から〈yom yom vol.63〉（二〇二〇年八月号）まで連載された作品を、大幅に加筆修正したものです。

アブソルート・コールド

二〇二三年四月二十日　印刷
二〇二三年四月二十五日　発行

著者　結《ゆう》城《き》充《みつ》考《たか》

発行者　早川　浩
発行所　株式会社　早川書房
郵便番号　一〇一 - 〇〇四六
東京都千代田区神田多町二ノ二
電話　〇三 - 三二五二 - 三一一一
振替　〇〇一六〇 - 三 - 四七七九九
https://www.hayakawa-online.co.jp
定価はカバーに表示してあります

Printed and bound in Japan

印刷・三松堂株式会社　製本・大口製本印刷株式会社

ISBN978-4-15-210235-5 C0093